二見文庫

甘い悦びの罠におぼれて

ジェニファー・L・アーマントラウト／阿尾正子＝訳

Till Death
by
Jennifer L. Armentrout

Japanese translation published by arrangement with
Jennifer L. Armentrout c/o Taryn Fagerness Agency
through The English Agency (Japan) Ltd.

甘い悦びの罠におぼれて

登　場　人　物　紹　介

サーシャ・キートン	連続殺人事件の被害者
コール・ランディス	サーシャの元恋人。FBI捜査官
アン・キートン	サーシャの母親。 〈スカーレット・ウェンチ〉の女主人
ミランダ・ロック	サーシャの友人。高校教師
ジェイソン・キング	サーシャの友人。保険代理店経営
タイロン・コンラッド	刑事
デレク・ブラッドショー	警察官
ジェイムズ・ジョーダン	〈スカーレット・ウェンチ〉のコック
アンジェラ・リディ	〈スカーレット・ウェンチ〉のスタッフ
ダフネ	〈スカーレット・ウェンチ〉のスタッフ
マーク・ヒューズ	町長
デービッド・ストライカー	ジャーナリスト
ドニー・カリアー	高校の体育教師
ヴァーノン・ジョーン	シリアルキラー。通称“花婿”

プロローグ

物事にはルールがある。

破られてはならないルールが。ところが今回、そのあってはならないことが起きた。いまいましいが、同じことはきっとまた起こるだろう。これまですべてをコントロールできていたとしても関係ない。これまでずっとルールが守られ、今後も守られる必要があるとしても。

もうなにもかもが変わってしまう。

彼女が帰ってくる。

そして、またすべてをぶち壊すのだ。

部屋の隅でうずくまった惨めったらしい影が、泣くような声をあげた。女が目を覚ましたのだ。やっとか。気絶している女になにをしてもあまり楽しくない。計画の遂行には忍耐を要するが、忍耐こそ美徳であり、長い年月をかけてようやく習得できるものなのだ。

手首と足首を縛ったロープは血と土で汚れている。女がのろのろと顔をあげ、まつげが震えながらあがったとき、終わりなき恐怖の井戸の底から驚きの悲鳴がもれた。大きく見開かれた虚ろな目を見ればわかる。彼女は気づいたのだ。そう、気づいたのだ、ここから生きて出られないことに。あの朝、職場に出かけようと車に乗り込んだときに見た太陽がこの世での見納めになることに。さわやかな空気を吸えるのはあれが最後だったのだ、と。

いまは薄暗い電灯の明かりだけしかないこの空間が彼女の家であり、息を引き取る瞬間まで麝香のような土のにおいを嗅ぎつづけることになる。そのにおいはすべての毛穴に入り込み、髪に染みつく。

ここが彼女の終焉の地になるのだ。

女がじめついたレンガの壁に頭をもたせかけた。目に浮かんだ恐怖が懇願に変わる。いつだってそうだ。予想どおりでつまらない。無意味にもほどがある。ここに希望はない。奇跡など万が一にも起こらないのだ。ここにきたが最後、救いだしてくれる白馬の騎士などどこにもいない。

頭上で足音がした。続いてかすかな笑い声が響くと、大きく見開かれた女の目が天井へ向いた。悲鳴をあげ、叫ぼうとしたが、かすれた声にしかならなかった。その哀れな声も、弱い明かりを受けて鋭いナイフの刃が光るとやんだ。

　女が首を激しく振ると、べったりしたブロンドの髪が血の気の失せた顔を打った。茶色の瞳に涙があふれた。

「あんたはなにも悪くない」

　荒い呼吸で女の胸が激しく上下する。

「彼女が帰ってこなければこんなことにはならなかったかもしれない。悪いのは彼女だ」言葉が途切れると、女の目がナイフの刃先にさっと向いた。「彼女はふざけたまねをした。だから最悪のかたちで思い知らせてやるつもりだ」

　今回はしかるべき終わりを迎える。彼女は死ぬことになる。だがその前に報いを受けさせる。すべての報いを。

1

バックミラーに目をやったとたん心臓が激しく打ちはじめた。茶色の目がやけに大きく見える。ひどくびくついているみたいに。実際、いまのわたしはびくついている。深呼吸してバッグをつかむと、ホンダのドアを開けて外に出た。たちまち冷たい空気が薄手のセーターの下にもぐり込む。車のドアを閉め、大きく息を吸い込むと、刈ったばかりの芝生のにおいに包まれた。

わたしは実家であるホテルのほうへ足を踏みだした。もう何年も見ていなかったけれど、記憶にあるままだった。無人のロッキングチェアが風に揺れている。晩春から初秋までびっしり茂るシダは、いまはない。羽目板の壁は真っ白に塗られ、鎧戸(よろいど)は深緑色で……。

喉がからからになった。肌が粟立(あわだ)ち、うなじの金色の産毛が逆立つ。いいようのない不安に胃がねじれたようになる。息がまた喉につかえた。

その不安がねっとりした愛撫のように背筋を這いおりた。うなじがかっと熱くなる。まるで彼が背後に座っているときみたいに――。

さっとうしろを振り返り、前庭に視線を走らせた。ホテルの敷地は高い生け垣に囲まれている。町をまっすぐに突っ切る大通り、クイーン・ストリートからはそこそこ離れているとはいえ、車の行き来する音は聞こえてくる。ここには誰もいない。わたしはその場でぐるりと体をめぐらせた。玄関ポーチにも前庭にも誰もいない。たぶん客室の窓の前を人影がよぎるかしたのだろう。外にいるのはわたしだけだ。それなのに脈が激しく打ち、本能が警鐘を鳴らしている。

緑の生け垣にふたたび目を凝らした。こんもり茂った生け垣は隠れるのにもってこいだ。あのうしろに身をひそめて、誰かがじっとこちらを見張って――。

「いいかげんにして」わたしは空いているほうの手を固く握り締めた。「被害妄想に陥って馬鹿みたいなまねをするのはやめなさい。誰もあなたを見てなんかいないから」

ところが心臓は激しく打ちつづけ、張りつめた筋肉にこまかな震えが走った。考える前に体が動いた。

わたしはパニックになった。

氷のような恐怖に心臓を鷲掴みにされ、わたしは走りだした。車の横を離れ、ホテルに駆け込む。視界がぼやけ、階段のところまでくるとそのまま四階まで一気に駆けあがった。

客室の上にある住居部分の狭くひっそりとした廊下まできたところで息があがり、吐き気がした。床にバッグを落として体をふたつに折り、両手で膝をつかんで荒い息をついた。

離れているあいだにホテルに変わったところがあったとしても気づかなかったし、母をさがすこともしなかった。ただただ走った。悪魔に追われているみたいに。

文字どおり、そんな気分だった。

帰ってきたのは間違いだった。

「違う」わたしは天井に向かってつぶやいた。壁に寄りかかり、両手で顔を撫でおろす。「間違いなんかじゃない」

顔から手をおろし、大きく息を吸い込みながら目をこじ開けた。強烈な反応を示しても当然だ。あれだけのことがあった場所に帰ってきたのだから。

町を出るとき、もうここにはけっして戻らないと誓った。

人生、なにが起こるかわからない。

戻ると決めたときから、この言葉が何度も頭によみがえった。こうしてここに座っているのが信じられない気分だった。絶対にしないと誓ったことをしている自分が。

子どものころ、このホテルには幽霊がいると信じていた。いないわけがない。なにせジョージ王朝様式のお屋敷と、隣接する馬車小屋は、南北戦争前に南部の黒人奴隷を北部へ逃がしていた秘密結社〝地下鉄道〟の隠れ家として使われていたほど古い建物なのだ。血みどろのアンティータムの戦いのあと、負傷し、死にかけた兵士たちが収容されていたという噂(うわさ)だ。

床板のきしむ音が夜通し聞こえた。部屋にひんやりと寒い場所があった。いちばん怖かったのは、古くて暗い従業員用の階段だった。いつだって壁紙の上を影が動きまわっているように思えた。もしも幽霊が実在するなら、このホテル〈スカーレット・ウェンチ〉は幽霊たちでつねに満室だろう。二十九歳のおとなになったいまでも、このホテルには幽霊がいるとわたしは信じている。

子どものころとはべつの幽霊が。

住居部分の狭い廊下をさまよい、磨きあげた床をつま先立ちで歩いて、薄暗い階段に隠れているのは、十年前のサーシャ・キートンだ。なにも起きないこの町に〝花婿(ザ・グルーム)〟がやってきて、すべてをめちゃくちゃにしてしまう前のわたし。

この町にはけっして戻らないと誓った。でもリビーおばあちゃんの口癖ではないけれど、〝人生、なにが起こるかわからない〟。

ため息をつき、壁を押すようにして体を起こすと、廊下の先に目を向けた。州間高速道路を離れる直前にラジオから流れてきたニュースを聞かなければ、たぶんここまで過剰な反応はしなかったと思う。フレデリック在住の女性が行方不明になっているというニュースだった。女性の名前は、バンクスという姓だけしか聞き取れなかった。記念病院の看護師だという。朝、仕事に向かうところを夫が見たのが最後だった。

寒気が走り、喉がつまった。フレデリックはここバークレー郡からそう遠くない。道が混んでいない昼間なら四十五分で行ける距離だ。指先が氷のように冷え、わたしは手を閉じたり開いたりした。

行方不明者がひとりでも、恐ろしく痛ましいことに変わりはない。行方不明者が複数なら怖気（おぞけ）をふるう大ニュースになる。そして、そこに一定のパターンがあれば——。

わたしは小声で悪態をつき、そんな考えを頭から締めだした。行方不明の女性とわたしはなんの関係もない。赤の他人だ。身内が行方不明になることの衝撃は誰よりもよく知っているし、無事に見つかってほしいとも思うけれど、わたしにはなんの関係もないことだ。

　十年前に終わっていることだ。

　一月初めの肌を刺すような風が屋根をガタガタと揺らし、わたしは飛びあがった。心臓が肋骨(ろっこつ)に当たるほど激しく打っている。おなかを空(す)かせた猫でいっぱいの部屋に放り込まれたネズミみたいにびくびくしている。いいかげんに――。

　携帯電話が鳴り、わたしははっとわれに返った。身をかがめ、特大サイズのバッグのなかをかきまわして、薄い電話をつかんだ。発信者名を見て、唇がひくついた。

「サーシャ」通話ボタンを押すと同時に母はいった。母の笑い声にわたしの笑みも広がる。「あなたいったいどこにいるの？　あなたの車は前庭にあるのに、当人は影もかたちもないんだから」

　わたしはわずかに身をすくめた。「上にいる。車を降りて歩きだそうとしたら……」その先はいいたくなかった。自分の狼狽(ろうばい)ぶりを認めるのは嫌だった。

「わたしも上に行こうか？」間髪容(い)れずに返ってきた母の言葉に、わたしはぎゅっと目をつぶった。

「ううん。もう大丈夫」

　間が空いた。「サーシャ、ハニー……」そこで声が途切れた。母がなにをいおうとしたのかは想像するしかなかった。「やっとうちに帰ってきてくれてうれしいわ」

うちに帰ってきた。

ほとんどの二十九歳は故郷に帰ることを負けと感じるだろう。でもわたしは逆だった。わたしにとっては勝利であり、簡単にはなし得ない偉業なのだ。わたしは目を開け、出かかったため息をのみ込んだ。「いまおりていくから」

「だと思った」母はまた笑ったが、その声は少し震えていた。「キッチンにいるわ」

「わかった」わたしは携帯電話をきつく握り締めた。「すぐに行く」

「待ってるわ、ハニー」通話が切れ、わたしはのろのろと電話をバッグに戻した。つかのま、床に根が生えたようにその場に立ちつくした。それからぶっきらぼうにうなずいた。さあ。

いよいよだ。

わたしはぽかんとしていた。

ホテルの内部は記憶とまるで違っていた。ロビーに足を踏み入れたとたん、この十年の激変ぶりに度肝を抜かれた。

バッグを指先にぶら下げたまま、ゆっくり歩を進めた。ランの造花をたっぷり挿した花瓶は新しく、チェックイン時に宿泊客が腰かける古くさい椅子はなくなっていた。ふたつあったラウンジは壁を取っ払い、ひとつの広々した空間に変わっている。落ち着くグレーだった壁は花柄の壁紙に張り替えられ、年代物のベルベット張りの椅子は姿を消して、代わりに座面の厚い青緑と白のウィングバックチェアを小卓のまわりに効果的に配した談話スペースになっていた。レンガ積みの暖炉は白に塗り直されている。

次の驚きが待っていたのは、ダイニングルームに入ったときだ。ホテルで食事をとる宿泊客が全員で囲む決まりになっていた、格式張った大テーブルが消えていたのだ。わたしは昔からあのテーブルが苦手だった。だってほら、窮屈だから。いまは白いクロスをかけた大きな円テーブルが五卓、広い部屋にゆったりとおいてある。ここの暖炉もラウンジのものと同じ色になっていた。ガラス扉の向こうで炎が揺らめいている。飲みものを出すドリンクスタンドは部屋のなかに移動していて、いまは暖炉とはすかいの位置にあった。

〈スカーレット・ウェンチ〉にもようやく二十一世紀がやってきたということね。

お母さん、そんな話していたっけ？　この十年、母とは電話でしょっちゅう話していたし、アトランタを訪ねてくれたことも何度もある。だからホテルの話も出たはずだ。出ないはずがない。だけど、この町に関係することはみなわたしの耳を素通りしてしまうらしく、ずいぶん多くのことを聞き逃したようだった。

こうすることに意味があったのだ。この変化を目の当たりにすることに。自分がどれほど長く故郷を離れていたか、いまようやくわかった。

喉元に熱いものが込みあげ、馬鹿みたいに涙があふれて目がひりひりした。「ああもう」わたしはしきりにまばたきしながら手の甲で目元を拭った。「ほら、しっかりして」

十数え、咳払いしてからうなずいた。母に会う心の準備はできた。取り乱したり、おなかが空いてむずかる赤ん坊みたいに泣きわめいたりせずにちゃんとやれる。

大醜態をさらすようなことにはならないと確信が持てると、わたしは足を動かした。肉を焼くいいにおいをたどってホテルの奥へ向かう。〝関係者以外立ち入り禁止〟の表示がある引き戸は閉まっていた。戸に手を伸ばしたところで突然過去に引き戻され、次の瞬間、まさにこの戸口を走り抜け、いっぱいに伸ばした手に幼稚園の初日に描いた水彩画をひらひらさせながら父の腕のなかに飛び込む、幼いわたしが見えた。ケニー・ロバーツに校庭の水たまりに突き飛ばされ、涙と泥でぐしゃぐしゃになった顔でとぼとぼとこの戸口をくぐる小学生のわたしも。お父さんが待っていてくれることはもうないのだと悟った、十五歳のわたしも見えた。

経済学入門の授業で知り合った青年を母に紹介するためにこのドアを通り抜ける、大学生のわたしが見えたところで心臓が騒ぎはじめ、いきなり現実に引き戻された。

「うう」わたしはうめき、狼(おおかみ)の目を思わせる薄青の瞳が脳裏に浮かぶ前に思考回路をシャットダウンした。いったん思いだしたらこの先十二万年は彼のことを考えてしまうし、いまそうなるのは絶対にまずいから。「だめだなあ」

わたしは頭を振ると、引き戸を開けた。ステンレスのカウンターの奥に母を見つけたとたん、喉元にまた熱いものが戻ってきた。そこは、ある朝突然起こした致命的な心臓発作——俗称〝未亡人製造器〟——で急死するまで父の定位置だった。

うんざりするほど長い車での移動中、ずっと心から離れなかった不安も、ラジオで聞いたニュースのことも忘れて、五歳のころの自分に戻った気がした。

「お母さん」声がしわがれ、バッグが床に落ちた。

カウンターの奥から出てくる母、アン・キートンに向かって、わたしはつんのめるようにして駆けだした。母と最後に会ったのは昨年のクリスマス。まだ故郷に戻る気になれないでいるわたしのために、アトランタまで会いにきてくれたときのことだ。

あれから一年ちょっとしかたっていないのに、母はホテルと同じくらい変わっていた。

肩までの髪はブロンドというよりシルバーに近い色になっている。茶色い目のまわりのしわは深くなり、薄くなった唇のまわりにも小じわができていた。女性らしいふっくらした体形は変わらないが——そう、わたしのお尻と胸、それにおなかと、くやしいけれど太腿も母譲りなのだ——体重は十キロほど落ちていた。

母に抱き寄せられながら、わたしは不安のあまりみぞおちが痛くなった。どうしてこの前会ったときに気づかなかったんだろう。親元を離れすぎていたのだろうか？十年ひと昔というけれど、たまにしか会えないと変化を見落としてしまうのだろうか。

「サーシャ」わたしを呼ぶ母の声もしわがれていた。「わたしのかわいい子。会えてすごくうれしい。帰ってきてくれてうれしいわ」

「わたしも」わたしは小声で返した。心からそう思っていた。

ここに帰ってくることだけはしたくなかった。それでも母を強く抱き締めて、母がつけている香水のバニラのにおいを吸い込みながら、帰ってきてよかったと思った。というのも、先ほど感じた不安が胸いっぱいに広がったからだ。

母はまだ五十五歳だけれど、死に年齢は関係ない。人は死ぬときは死ぬ。それはわたしがいちばんよく知っている。父は若くして亡くなり、そして十年前、十九歳だったわたしはすべてを奪われ……そのうえ命まで奪われかけたのだった。

2

物心ついたときからキッチンにあった鉄製のビストロテーブルは、いまもベランダと庭に面した大窓の前におかれていた。天板に手をすべらせると、端のほうにある小さなへこみやひっかき傷に懐かしさが込みあげた。小さいころに塗り絵をしたのも、学生時代に毎晩宿題をやったのも、まさにこのテーブルだった。

部屋の反対側にあるドアは、かつての使用人用の台所、いまはスタッフルーム兼倉庫として使われている部屋に通じていて、やっぱり〝関係者以外立ち入り禁止〟と書いてある。アップデートされたキッチンのほかの部分同様、そのドアも白く塗り直されていた。

マグカップを両手に持った母がテーブルの向かいに座った。キッチンはいまコーヒーショップのような香りがしていて、もうさっきみたいな考えが浮かんでくることはなかった。

「ありがとう」あたたかいカップを手で包み込むと、口元にわずかに笑みが浮かんだ。小さなクリスマスツリーが散った絵柄のカップ。クリスマスは二週間前で、飾りはとっくに片づけられているけれど、このクリスマス柄のカップだけはしまわれることなく一年じゅう使っているのだ。わたしはキッチンをぐるりと見渡し、眉をひそめた。「ジェイムズはどこ?」ジェイムズ・ジョーダンは少なくとも十五年はここでコックをしている。「料理のにおいがしているけど」

「これはふたり分の肉をローストしているにおいよ」母はコーヒーに口をつけた。「いくつか変更したことがあってね。夕食をホテルでとるお客さまには午後一時までに予約を入れてもらって、ご要望に合った料理を出すことにしたの。そうすればコックの手間は減るし、料理が無駄になることもないから」そこでふっと言葉を切った。「ジェイムズにはいま、週に三日だけきてもらってる。火、木、土と」母はカップをテーブルにおいた。「いまはまだ経営も順調だけど、このあたりにも毎年新しいホテルができているし、お金の使い方を考えないといけないのよ。アンジェラ・レイディの話をしたのを憶(おぼ)えてる?」

わたしがうなずくと、母は先を続けた。「アンジェラは客室係として水曜から日曜の午前と午後にきてもらってる。ダフネにもまだ働いてもらっているけど、彼女ももうい年だからパートタイムに移ってもらった。そうすればお孫さんたちと過ごす時間も増えるし。アンジェラは有能なスタッフだけど、ちょっと気まぐれで、忘れっぽいところがあってね。アパートメントの鍵を部屋に忘れて、締めだされてしまうなんてしょっちゅうでね。それで合鍵をスタッフルームにおいているくらいなのよ」

わたしの好みぴったりの砂糖入りコーヒーを飲みながら、いま聞いた話について考えた。要するに母はホテルの仕事の大半をひとりでやっているということだ。目のまわりのしわが深くなったのも、口のまわりに新しい小じわができたのも、ブロンドの髪が白っぽくなったのもそういうわけだったのか。ホテル経営であれなんであれ、必要最小限の従業員でまわしていくのは負担を強いられる。そのうえ、母にとってこの十年は、それとはまったくべつの理由で楽なものではなかった。

わたしにとって楽でなかったように。

ごく稀に、故郷を離れることになった原因を忘れられることがある。めったにあることではないけれど、そんなときは……心がほっこりするような安らぎを感じる。あのことが起こる前に戻ったみたいに。自分は望んでいた仕事と、ありふれた、退屈とさえいえそうな過去を持つごくふつうの女性だというふりができる。六年に及ぶ集中セラピーのおかげで、わたし自身と家族に降りかかったことと、ある程度折り合いをつけられるようになったけれど、それでもあのことを忘れていられる瞬間は貴重で、救われるような気がした。

「なにもかもひとりでやっていたのね、お母さん」わたしはカップをテーブルにおいて脚を組んだ。「大変だったでしょうに」

「それほどでもないわよ」母は笑ったが、その笑みはウイスキー色の目まで届いていなかった。わたしにそっくりな目には。「それに、こうしてあなたが帰ってきたわけだし、もうわたしひとりじゃないでしょう？」

わたしはうなずき、カップに目を落とした。「もっと早くに帰って――」

「そんなことといわないの」母は小さなテーブルごしに手を伸ばし、わたしの手を握った。「あなたは立派な仕事に就いていたんだし――」

「仕事といったって、要は社長が三人目の奥さんに隠れて浮気しないよう見張っているだけだったけど」わたしはそこでにんまりした。「まあ、ナンバー・スリーが家を出たところを見ると、あまりいいお目付役ではなかったみたいね」

母はかぶりを振るとカップを取りあげた。「サーシャ、あなたは数十億ドル規模の経営コンサルティング会社の社長秘書だったのよ。社長がズボンをおろさないよう目を光らせていること以外にも、もっと責任ある仕事を任されていたはずよ」

わたしは忍び笑いをもらした。元上司の仕事欲に唯一匹敵するのは、可能なかぎり大勢の女性と寝たいという欲求だった。とはいえ、母のいうことも当たっている。夜遅くまでの残業、夕食をとりながらの会議、つねに変わりつづけるスケジュールに、国内はもちろん世界じゅうを直行便で飛びまわるのが、この五年間のわたしの生活だった。よい面も悪い面もあったけれど、仕事を辞めることは安易に決めたわけではなかった。でもあの仕事のおかげでいくらか蓄えができたし、これまでよりはるかに……のんびりした生活への移行が少しだけ楽になるはずだった。

「あなたにはアトランタでの生活があった」続く母の言葉にわたしは片眉をあげた。わたしの時間は、基本的にバーグ社長の時間だった。「そしてここでの生活は、そうやすやすと戻ることのできないものだった」

体がこわばった。お母さん、まさかあの話をするわけじゃないわよね？　母はわたしの手を強く握った。

そう、あの話をするつもりなのね。

「この町も、ここであったことも、あなたにとっては思いだすのもつらいことだというのはわかってる。よくわかっているのよ、サーシャ」母はまたほほえんだが、その笑みはぎこちなかった。「だから今回のことがどれほど大きな決断かは理解している。

ここへ戻ると決心するまでにどれだけのことを克服しなければならなかったかも。あなたがそれをわたしのためにしてくれたことも。だからいまあなたがしていることを過小評価してはだめ」

ああもう、また泣きだしてしまいそう。

たしかに、ここに戻ると決めたのは母のためだ。でも……自分自身のためにしたことでもあった。

わたしは握られていた手をほどくと、コーヒーを一気にあおった。さもないと、昔みたいに鉄製のテーブルに突っ伏して泣きだしてしまいそうだった。

母は椅子に背をあずけ、咳払いしてからいった。「そうそう、水曜日に届いたあなたの荷物だけど、ジェイムズが上に運んでくれたから。あれ以外に車で持ってきたものもあるんでしょう?」

「うん」母が席を立ち、自分のカップを業務用の流しへ持っていった。「車に乗せてきた段ボール箱は自分で運べる。入っているのは衣類だけだし、百万時間も車を運転してきたあとだから、いい運動になるわ」

「階段を何段のぼらなきゃいけないか思いだしたら気が変わるかもね」母はカップを洗った。「現時点でお客さまは三組だけ。そのうちふた組は日曜にチェックアウトで、

「もうひと組は――新婚さんよ――火曜にチェックアウトの予定」

わたしはコーヒーを飲み終えた。「その先の予約はどうなってるの?」

母は布巾で手を拭きながら来週の予定をすらすらといってのけ、わたしはその記憶力に舌を巻いた。

「すぐに手伝えることはある?」話し終えた母にそう訊いた。

母は首を振った。「夕食の予約が入っているのはふた組。肉が焼きあがるまでにはまだ少し時間がかかるし、付け合わせのジャガイモはもう茹でてカットしてある。給仕を手伝ってもらうとしても、まだ二時間くらい余裕があるわ」

「わかった」椅子から腰をあげかけたとき、視界の隅でなにかが動いた。

窓のほうへ顔を向けると、ベランダの右端を影のようなものがよぎるのが見えた。背の低いりんごの木の枝が揺れている。わたしは窓に顔を近づけ、目を眇めた。ふだんならツタにおおわれている格子垣のうしろを、まわりより濃い影が動き、生け垣のほうへ移動していく。わたしは人が出てくるのを待ち受けたが、誰も出てこないと、庭のほうへ視線を向けた。なにも見えない。注意をベランダに戻した。ベランダにおかれた長椅子もそれ以外の椅子も無人だったが、外に誰かいたのはたしかだった。

「なにを見てるの、サーシャ?」

わたしはわけがわからず、まばたきをして首を振ると、母のほうに体を向けた。

「泊まり客の誰かが外にいるみたいなんだけど」

「変ね」母はフックで吊り下げたフライパンのうしろを通ってオーブンに近づいた。

「いまは誰もいないはずよ。みなさん出かけているはずだから」

わたしは窓のほうへ向き直り、母はオーブン用ミトンを手に取った。「まあ、こっそり戻ってきた人がいるのかもしれないけど」オーブンの扉を開けるきしんだ音がキッチンに響いた。「よくあることよ」

外で動くものはなにもない。

きっと人なんかいなかったんだ。ただの気のせい。妄想よ。駐車場からホテルの上の自宅まで駆けあがったあのときと同じ。町に戻ったことで神経がぴりぴりしているのだ。無理もないことだと思いたかった。

下唇を指で引っ張りながら、ラジオで聞いたニュースのことを考えた。胃がねじれたようになり、わたしは両手をきつく握り締めた。「ラジオで聞いたけど、フレデリックで女性がひとり行方不明になったらしいわね」

ビルトインタイプのオーブンの前にいた母が動きを止めた。目と目が合う。黙ったままの母を見ているうちに、胃のなかで無数の小さな蛇がうごめいているような気分になった。「どうして話してくれなかったの？」

母はオーブンに目を向けたまま手にミトンをはめた。「あなたによけいな心配をさせたくなかった。動揺させたくなかったの。あなたが平気なふりをすることはわかっていたから」母は小さくかぶりを振った。「ここへ帰ってくることを考え直してほしくなかったの」

わたしはそっと息を吸い込んだ。わたしはそんなに弱い人間だと思われているの？隣の州で女性がひとり行方不明になっただけで決心を翻すような？　あのことがあった直後ならそうだったかもしれない。また打ちのめされていたかもしれない。でもいまのわたしはあのときのわたしとは違う。

「その女性には気の毒だけど、よくいうでしょう？　失踪事件のほとんどが顔見知りによる犯行だって」母はいった。「たぶん犯人は夫よ」

ただし、わたしのときは顔見知りの犯行ではなかった。見ず知らずの他人で、気づいたときには手遅れだった。

数時間後、三階の客室に宿泊中のかわいらしいお年寄りのご夫婦と、ケンタッキーから親戚を訪ねてきた三人家族に夕食を出す手伝いを終えたわたしは、新たに自分の住まいとなる部屋の真ん中に立っていた。

元の生活に戻るというのはひどくおかしな気分だ。

同じなのに、どこか違う。

夕食の給仕は難なくこなした。不思議なものだ。十年近くやっていなかったのに体が勝手に動くのだから。奇妙に聞こえるかもしれないけれど、給仕は秘書の仕事によく似ていた。バーグ社長にするように、お客さまがなにを欲しているか予測して動く必要がある。〝欲しているもの〟が違うだけだ。飲みもののお代わりがほしい、空いた皿を下げてほしいといったように。

後片づけがうんざりするほど大変なのは記憶どおりだったけれど。

それでもターンダウン・サービス（客がすぐベッドに入れるようにカバー等をめくっておくサービス）をすませにいく母に代わってテーブルをきれいにし、食器洗浄機に入れる前に汚れた食器を軽くすすいでいるあいだは無心でいられた。上階へ向かう瞬間まで頭のなかは空っぽだった。

ホテルの屋根裏は改造され、二世帯半のアパートメントになっている。残りの半分が完成する前に父が亡くなったため、ふたつの住居とつながる二枚のドアのあいだは手つかずのままになっていた。完成する日がくるかはわからないし、完成したところでその使い途（みち）は？　わたしに家族が増えることは当分なさそうだし。

一生ないかもしれない。

右手が左手に伸び、気がつくと薬指をさすっていた。町を出たあと六年間セラピーを受けたけれど、この先ウェディングドレスを着て、この手に指輪をはめてもらう気になるとは思えなかった。

いつかその気になるかもしれないとセラピストはいうけれど、まずありえない。なにせ、元上司の三回目の結婚式にも出られなかったのだ。考えただけで吐き気がして。自分がなにをしているかに気づき、わたしは左手をおろして自分の新居に注意を向けた。

記憶とずいぶん違っている。母がリフォームしたのだろうか。それとも祖母のものをすべて片づけたせいで、部屋が広くきれいに見えるだけかもしれない。部屋はかび臭いどころかパンプキンパイ用スパイスのような香りがしていて、こぢんまりとしてかわいらしく居心地がよかった。

リビングはギャレー型のオープンキッチンとつながる配置になっていて、キッチンには冷蔵庫と電子レンジと流しがついていた。あと必要なのはカウンターテーブルに合うバースツールだけだ。クッションが厚くて座り心地のいいソファは、必需品と一緒にアトランタから送っておいた。くるまって寝転がるのにぴったりな、ふわふわであたたかいライトグレーのブランケットは、もうソファの背にかかっていた。

寝室もじゅうぶんな広さだった。リビングと寝室をつなぐ狭い廊下の途中にあるバスルームはクロゼットほどの大きさしかなかったけれど、シャワーヘッドつきの猫足バスタブが狭さを埋め合わせてくれた。

ひと晩かけて新居を整えることにした。といってもテレビを設置し、衣類をすべて段ボール箱から出すだけだったけれど、延々と服をたたんだせいで二の腕が痛くなってきて、向こうで全部寄付してしまえばよかったと思いはじめていた。

零時をまわったころ、顔を洗おうとよろよろとバスルームへ向かった。白い洗面台を見つめながら洗顔料で顔を洗い、前屈み(まえかが)になって湯ですすいだ。たしかそのへんにタオルがあったはず、と目をつぶったまま手を伸ばし、しばらく宙をつかんだあとで指がふかふかしたものに触れた。顔を拭きながら体を起こし、タオルをおろして目を開けた。

すると鏡のなかの自分が見返してきた。

ぎょっとして後ずさった拍子にバスルームのドアにぶつかった。「痛っ」小さく声をあげ、目を白黒させた。歯ブラシに手を伸ばしかけたところで大きく息をつくと、わたしはもう何年もしていなかったことをした。

自分の顔を見たのだ。

まじまじと。

最後にこんなふうに自分の顔を見たのははるか昔で、自分を見ないようにするのがうまくなりすぎたわたしは鏡なしでメイクをする達人になった。アイラインも引ける。上まぶたのアイラインも。

わたしの茶色の瞳は父ほど濃くない。母と同じあたたかみのある明るい茶色だ。ブロンドの髪は、今日はずっと頭頂部で無造作にひとつにまとめていたが、ほどくと背中の中程（なかほど）まで届く。顔は角張ってはいないものの、ハート形と呼ぶには少々難があった。

洗面台の縁をつかみ、鏡にぐっと顔を近づけた。

鼻と口が顔にしっくりくるようになったのは——とにかく自分でそう思えたのは——大学に入るころだ。それまでは顔のほかの部分にくらべて鼻は高すぎ、唇はぽってりしすぎていた。言葉のイメージに反し、魅力的な組み合わせとはいえなかった。厚い唇は祖母譲りだ。あごは父に、体つきと目は母からもらった。

大学一年のとき、わたしは自分がごく平凡な少女から、親しみやすくてかわいいブロンドの女の子に昇格したことに気づいた。いまのわたしは三人目の子どもを妊娠中の大きなおなかで、手作りのアップルパイをご近所に配っている女性みたいに見えるだろう。

唇の両端があがり、悲しげでどこか虚ろな笑みがふっと浮かんだ。どれだけ時がたとうと、頭でいくら割り切っていようと、目の下にうっすらとできた影と、瞳に浮かぶ油断のない光は消えてくれそうになかった。

もしも過去に戻れるなら、思いっきり人生を楽しんで、と十九歳のサーシャにいう。誘われていた友愛会主催のパーティに出かけて。夜更かしも朝寝坊も大いにしなさい。もっと自分に自信を持って。鏡を見て、自分の魅力に気づいて。

経済学入門の授業で知り合った青年との関係をひと思いに進めなさい、とも。あのことの前……〝花婿〟がわたしを見つける前にしておかなかったことでいちばん後悔しているのはこれだと思う。なぜなら〝花婿〟はわたしの初めてをいくつも奪って、吐き気がするほどつらいことにねじ曲げてしまったからだ。

わたしは唇を固く引き結び、視線を下に落とした。ほつれたジーンズの裾からピンク色の爪がのぞいている。豊かなお尻に手を当て、その手をウエストのくびれのところまですべらせた。裸のわたしはどんなだろう？

正直いってわからなかった。

ここ数年で親しくなった男性は何人かいるけれど、自分の体を鏡でチェックするようなことはしていない。考えてみたら、誰かの前で全裸になったことは一度もなかった。

それには理由がある。

正確には、ふたつの理由が。

このまま考えていると落ち込みそうで、わたしはそれ以上手を上に動かすのをやめた。急いでやることをすませ、明かりを消してバスルームを出た。

慣れないベッドにもぐり込む前に、リビングを抜けてキッチンへ向かった。素足にタイルの床が冷たい。キッチンカウンターに母がおいておいてくれたらしい家の鍵を見つけ、キーリングにこの鍵を追加すること、と頭のなかにメモした。カウンターの脇にはドアがひとつある。各住居は狭いバルコニーに通じる木の外階段によって仕切られているのだ。

そのドアの前で足を止め、補助錠（デッドボルト）がかかっていることを再度確かめた。不安で胃がむかむかする。馬鹿みたいに神経質になっていると思いつつ、念のためドアノブをまわしてみた。ちゃんと鍵がかかっている。疑う余地なく。呼吸が楽になり、わたしはベッドに戻るとあたたかい上掛けをあごのところまで引きあげ……そして影に包まれた天井を見つめた。車での長旅と、乱れに乱れる感情と、延々と服をたたみつづけたせいでくたくただったが、それでも目を閉じられずにいた。

眠りは簡単には訪れてくれない……そう、十九歳のときからずっと。あのときから眠りは、自分の身に迫っているものに気づけず、それ故に自分を守ることができない時間と化してしまったからだ。あの六日間、眠りは全身全霊で抗うものだった。ついに屈してしまったときは、そのことを瞬時に後悔した。

ようやくうとうとしかけたとき、いつものようにそれが起こった。

額に彼の額が押しつけられ、それでまだわたしを放したくないのだとわかる——いつだってそう。わたしは彼のそういうところが好き。ううん、愛している。「なかに戻ったほうがいいわ」彼の胸に押し当てていた手をおろしながらわたしはいう。「まだやらなきゃいけないことが山ほど残っているんだから」

「わかってる」そう囁きながらも、彼はその場から動かない。彼の唇が頬をかすめ、寸分の狂いもなしにわたしの唇を見つける。そっと重なった唇はいつまでもそこにとどまりつづけ、しまいにわたしは勉強会のことなんか忘れてといいそうになる。なのに彼はそこで体を起こすと、わたしの手から落ちていたリュックサックを拾いあげる。リュックをわたしの肩にかけ、ストラップに挟まった髪の毛を引き抜く。「あとで電話してくれる?」

〝あと〟だと遅い時間になってしまうけれど、それでもわたしはうなずく。

「気をつけて」と彼がいう。

わたしはほほえむ。だって、授業のないときに危険な仕事をしているのは彼のほうだから。「あなたも」わたしは指をひらひらさせてから彼に背を向ける。さもないと彼もその場を動かず、わたしたちは大学の図書館の前で立ったまま夜通しキスすることになるから。

芝生を半分ほど横切ったとき、背後から彼が呼びかける。「電話してくれ、ベイブ。待ってるから」

わたしは笑顔で彼に手を振り、理科棟の裏の小道をたどって駐車場へ向かう。もう時間は遅く、日はとうに暮れて、厚い雲のせいで星も見えない。駐車場は薄暗い。背の高い外灯五本のうち三本の電球が切れているのに、なかなか交換されないからだ。駐車場に残っている車はわずかで、コンクリート製の短い階段をおりていくと、わたしの車は停めたままのところにある。

ひび割れたコンクリート舗装を横切る足取りがゆるむ。わたしのフォルクスワーゲンの運転席側に黒っぽいバンが停まっている。さっきは停まっていなかったはず。かすかな不安が脳裏をよぎる。

わたしは唇を嚙み、自分の車に近づきながらバンの暗い車内に目を凝らす。フロントシートには誰もいない。ぞっとする考えが頭に浮かぶ。後部座席に誰か隠れていたら？　わたしはその考えをすぐさま払いのける。このところ〝花婿〟による事件が続いているとはいえ、考えすぎだ。これはただのバンだし、神経がぴりぴりすることくらい誰にだってあるわ。

「馬鹿みたい」ひとり言をつぶやきながら、バンと自分の車のあいだに入っていく。運転席のドアの前で足を止め、リュックをずらして前ポケットのファスナーを開け、キーリングをさがす。

そのとき、それが聞こえる。背後でスライドドアが開く、金属と金属がこすれるなめらかな音が。そこからすべてがスローモーションになる。わたしが首をひねるのと同時に指先がキーリングをかすめる。変なにおいに包まれ、わたしは息をしようと口を開くが、あっと思ったときにはすでに最後の息を吸ってしまっている。乱暴な手につかまれる。恐怖が背中を駆け抜け、わたしはその手から逃れようとする。反対の腕が腰にまわされ、わたしの右手の動きを封じる。苦いような奇妙なにおいが鼻孔と喉をふさぎ、悲鳴をあげようと口を開けたとたん、心臓をぎゅっとつかまれたようにな

る。わたしは両脚をばたつかせて抵抗しようとするが間に合わない。

手遅れだ。

「逆らうな」耳元で声が囁く。「二度と逆らうんじゃない」

　わたしは飛び起き、空気を求めてあえぎながら汚染されていない酸素を吸い込むと、闇に包まれた見知らぬ部屋に視線を走らせた。胸の奥で心臓が激しく打ち、吐き気がした。一瞬、自分がどこにいるのかわからなかった。二、三秒して、バークレー郡に帰ってきたこと、ここは〈スカーレット・ウェンチ〉の上にある自宅だということを思いだした。

「ただの悪夢よ」そうつぶやき、無理やりベッドに横になる。「なんてことないわ」

　悪夢を見るのはふつうのこと。とにかくセラピストにいわせれば、そうらしい。わたしの潜在意識が起きたことすべてを理解しようとしつづけているあいだは、この先もたぶん夢を見るのだろう。悪夢は週に三日は見るけれど、ここまで長いのはあの夜の夢以来だ。

　こうなってはふたたび眠りにつくのは無理な相談で、じっと天井を見つめているうちに時が過ぎ、いつしかベッドの向かいにある小さな窓から夜明けが忍び込んできた。そのころには、悪夢は残滓（ざんし）だけになっていた。

お母さんより先に階下におりられるかなと思いつつ、急いでシャワーを浴び、髪をざっと乾かして頭のてっぺんでおだんごにした。だぼっとした黒いセーターをひっつかみ――ここの一月はアトランタの典型的な一月よりはるかに冷えるから――チェック柄のレギンスを合わせた。わたしの太腿をすっきり見せてくれる、とはいいがたいけれど、楽なのは間違いない。

大きなあくびを手で隠しながらバスルームへ引き返したところで、はたと足を止めた。あたりをざっと見渡し、眉間にしわを寄せる。「ああもう」化粧ポーチをトートバッグに入れたままだ。そして、そのトートバッグは車の後部座席においたまま。ついてない。

まわれ右して、ベッドの前にあるベンチのところへ向かう。そしてベンチの下にあったサンダルをつっかけた。わたしの靴選びを母が白い目で見ているのは知っているけれど、たとえ雪が降ろうとこの習慣だけはやめられない。バッグから車のキーを取りだし、次に家の鍵をつかんだ。

玄関を出て従業員用の階段を使う代わりに勝手口から外に出た。うなじに張りついた、まだ湿り気の残る後れ毛に朝の空気がひやりとして、思わずその場にうずくまる。サンダルをぺたぺた鳴らしながら外階段をおり――冬にサンダルでこの階段をおりると、そのうち足をすべらせてお尻の骨を折りそうだ――ベランダを横切りながら家の鍵をキーリングに通した。

ホテルの角をまわって前庭を横切っていくと、吐く息が白い霧になった。夜露に濡れた芝が足をつつき、氷のようにひやっとする。玉石敷きのロータリーに出ると、馬車小屋の前に停めた車のところへまっすぐ向かった。早起きの宿泊客がいなかったことにほっとした。パンとコーヒーだけのコンチネンタル・ブレックファストを用意する母を手伝う前に、顔になにかはたくぐらいの時間はあるだろう。そんなことを考えながら車の前で足を止めた。

そして口をあんぐり開けた。「なんなの、これ」

自分の見ているものが信じられずまばたきをしたが、視力に問題はなかった。胃が引きつり、酸っぱいものが込みあげる。わたしは車のほうに一歩踏みだした。足の下でガラスがバリバリと音をたてた。

地面ではなく、わたしの車にあるはずのガラスが。

車の窓ガラスがすべて割られていた。一枚残らず。

3

「こんなことが起こるなんて信じられない。車上荒らしなんてこれまで一度もなかったのに」母は怒りに顔を真っ赤にした。「信じられない事態よ」

わたしたちはわたしの車の前で肩を並べて立っていた。わたしとしては宿泊客に見られないうちに馬車小屋のなかに車を入れてしまいたかったのだが、警察がくるまで動かしてはだめだと母が譲らなかったのだ。それに、シートはもちろん、車内はどこもかしこもガラス片におおわれていて、お尻に刺さったガラスを抜く作業に一日を費やすのはごめんだった。

母は後まわしにすることを渋ったが、わたしは先に朝食の準備をしてしまいたかった。そうすれば宿泊客を待たせずにすむし、口コミサイトの〈イェルプ〉に批判的なレビューを書き込まれる心配もないからだ。いや、どのみち批判的なレビューを投稿されそうだ。というのも、よちよち歩きの赤毛の子どもを連れたご夫婦のお客さまが、被害にあったわたしの車を見て自分たちの車のことを心配しはじめたからだ。無理もない。ただ奇妙なのは、ガラスを割られたのがわたしの車だけで、はるかに高級な三台は無事だったことだ。

あのご夫婦が所有するレクサスのように。

真面目な話、車上荒らしをするのにレクサスやキャデラックではなくホンダ・アコードを選ぶ馬鹿がどこにいる？

バークリー郡の犯罪者は、優先順位というものを学ぶ必要がある。

「お母さん……」わたしは首を振りながら腕組みをした。そう長く待たされることはないだろう。警察署は通りの先にある。文字どおり、同じ通りをちょっと行った先だ。「本当にごめん。お客さまにこんなものを見せて、よけいな心配をさせることになってしまって――」

「どうしてあなたが謝るの？」母は眉を寄せ、わたしの肩に手をおいた。「あなたのせいじゃないのに。もっとも、あなたが夜中に起きだして自分でやったというなら話はべつよ。もしそうなら、じっくり話し合う必要がある」

こんな状況にもかかわらず、わたしの口元に歪んだ笑みが浮かんだ。「わたしはやってない」さらりと答えた。「でも、馬車小屋のなかに停めることを思いつけばよかったと心底後悔してる」

「思いつかなくて当然よ」母はわたしの肩を抱いた。「このあたりで窃盗や器物損壊が問題になったことはないんだから。町のほかの地区ならいざ知らず、ここではこんなことは一度もなかった」

それなのに帰郷したまさにその晩に、どこかのろくでなしに車を壊されるなんて、ついているったらない。

わたしは母から離れ、ほつれて落ちてきたひと房の髪を耳にかけた。憂さ晴らしに庭石をひとつ手に取って、自分の車に投げつけたい気分だった。車両保険には入っているし。でも、今日のやることリストのなかにそれは入っていない。

実行しないで本当によかった。というのも、ドライブウェイをこちらに向かってくる白と青のパトカーが見えたからだ。車に石を投げつけるところを警官に見られるのは、いささか具合が悪い。

「かわいいお巡りさんだといいんだけど」母がいった。

わたしは勢いよく振り向くと、母の顔をまじまじと見ながら眉を吊りあげた。

「なによ?」母はウェーブのかかった髪を撫でつけながらにっこりした。「制服男子には目がないの」

「お母さん」わたしは目を丸くした。

「あら、わたしの記憶がたしかなら、あなたも警察官の制服に弱かったはずだけど」

カーディガンの前をかき合わせながら言葉を継ぐ母に、わたしは目玉が飛びだしそうになった。嘘でしょう、本当にその話をするつもり？　母はつま先立ちして、わたしの車のうしろに停まるパトカーをじっと目で追った。「だからこのお巡りさんのことも気に入るかもしれないわよ」

死にそうだ。

「本当にそうなったらいいのに。わたしがお墓に入る前に、なんとしてもあなたの花嫁姿を見たいもの」

頬に血がのぼり、わたしはあんぐりと口を開けて母を見た。まさかお母さん、最近は朝からお酒を飲んでいるとか？

「うーん」母の声に失望がにじんだ。「とっても魅力的だけど、ちょっと若すぎるわね。でも年下とつきあうのもいいかもしれない。最近の流行なんでしょう？　だったら——」

「お母さん」わたしは目を吊りあげ、低い声でいった。

だが、母は悪びれた様子もない。わたしは深呼吸してからくるりと向きを変えたが、警察官の姿が目に入ったとたん、またしても口をあんぐりと開けた。

近づいてくる警察官の顔を驚きの表情がよぎり、足取りがゆるんだ。わたしは心臓が飛びだしそうになった。その警察官は……経済学入門の授業で知り合った青年によく似ていた。ついさっき母が口にしたばかりの人に。

彼のはずがない。でも……。

気味が悪いほどそっくりだ。

頭の両サイドを地肌が見えるほど短く刈りあげた薄茶色の髪。ドアを壊してしまいそうなほど広い肩。紺色の制服とベストを着ていても、その下にたくましい胸が隠れているのがわかる。引き締まった腰や筋骨たくましい太腿までまったく同じ。似ているのは体つきだけではなかった。あの瞳――ああ、あの懐かしい薄青の瞳。角張ったあごは、ほんの少しだけ線がやわらかい。

この人はコール・ランディスにそっくりだ。

わたしは後ずさった。胸の奥で心臓が跳ねまわっている。無理だ。彼を見ることができない。わたしに見えているのは――コールだったから。

でも、ここにいるのは彼じゃない。目の前の警官は若すぎる。大学一年の終わりに知り合ったときコールはわたしより二歳上だったから、いまは三十一歳になっている。

でもこの警官はせいぜい二十五というところだ。

警官はわたしの車をちらりと見てからその横を通り過ぎた。「ミセス・キートンは？」

「わたしです」母が前に出て、カーディガンを脱ぎながらにっこり笑った。「先ほど電話したのはわたしですが、車の所有者は娘のサーシャです」

警官のハンサムな顔に合点がいったような表情が浮かんだ。「サーシャ・キートン？」

見えない糸に引っ張られたかのようにわたしの背筋がすっと伸びた。この警官が驚いた顔をした理由がいまわかった。事件が起きたときこの人は中学生か高校生だったはずだけれど、当時息をしていた町の住民は全員、わたしが誰か知っている。

逃げだせたのはわたしひとりだけだったから。

みぞおちのあたりで芽生えた恐怖が一気にせりあがり、吐き気がした。新聞の見出しが脳裏によみがえる。〝生きていた花嫁、花婿にとどめを刺す〟

やっぱり帰ってくるんじゃなかった。

いますぐきびすを返して部屋に隠れてしまいたいという衝動をこらえ、深呼吸した。耳にたこができるほど聞かされたセラピストの教えどおりに。恐怖を抑え込み、あごをあげる。わたしは逃げも隠れもしない。この十年間隠れつづけて、母との時間を失ってしまったのだから。

わたしにはできる。

少しずつ恐怖が退いていき、万力のように喉を締めつけていた圧迫感がなくなると、ようやく声が出た。「あなたはわたしをご存じのようだけど、あいにくわたしはあなたを知らなくて」

警官はいったん開けた口をまた閉じた。少しの間のあと「デレク・ブラッドショー巡査です」と名乗り、あごで右を示した。「で、一応お訊きしますが、これはあなたがやったことではないんですね？」

張りつめていた肩からすっと力が抜けていき、わたしはうなずいた。「ええ。この車の窓はけっこう気に入っていたので」

「ですよね」彼は体をひねり、前ポケットから手帳を取りだした。

ホテルの玄関ドアが開き、ミスター・アダムス――老夫婦のご主人――がポーチに出てきた。「ミセス・キートン、お取り込みのところすまないが、部屋のテレビがつかないんだ。フロントに電話したんだが誰も出なくてね」

「すぐ行きます」母は大声で返すと、わたしに向き直った。「悪いけど、行かないと」

そこでいったん言葉を切り、ブラッドショー巡査にウインクした。わたしは目を閉じ、また数を数えはじめた。「たぶんテレビのコンセントが入っていないだけだと思うけど」母は小声でつけたした。

ブラッドショー巡査が含み笑いをすると、またしても奇妙な懐かしさに襲われた。コールの笑い方に似ている。低く、セクシーな笑い声。「こちらは大丈夫ですから」

邪魔が入ったことを神さまに感謝したい気分だった。わたしは手を振って母を追い払うとブラッドショー巡査に意識を集中させた。

彼は腰をかがめて車内をのぞいていた。「なにか盗まれたものはありますか、ミス・キートン?」わたしのほうに首をひねる。「〝ミス〟でいいんですよね?」

わたしはうなずいた。「結婚していませんから」

「興味深いな」巡査がぽつりという。

わたしは両眉を吊りあげた。興味深い? いまの話のどこに興味を引かれる点があった? わたしはそろそろと車に近づいた。「じつはまだ確認していないんです。被害にあったのに気づいたのは今朝なので――そうだ!」車の後部にまわった。「昨夜トートバッグを車内に置き忘れて。それで今朝取りにきたんです。窓が割られているのに気づいたのはそのときです」身をかがめて車内をのぞき込み、わたしは仰天した。「あるわ、バッグが！　後部座席に。見間違いじゃない」

「ええ、あれを見間違うことはないですね。あのショッキングピンクは暗闇でも目立つでしょうし」巡査はわたしの肩ごしにトートバッグを見てから、素っ気なく感想を述べた。

ドアノブに手をかけようとして、動きを止めた。「開けてもかまわない？」

巡査はうなずいた。「正直いって、車内から金目のものが盗まれていない場合、この手の事件では指紋を取ることはまずないんです」

率直な物言いにも腹は立たなかった。被害にあったのは車だけで、けが人もいないわけだし。わたしはドアを開け、手を伸ばしてトートバッグの持ち手を慎重につかんだ。バッグを持ちあげてうしろに下がると、シートからガラスの破片がぱらぱら落ちた。

ブラッドショー巡査が車の前をまわって反対側へ向かうと、わたしは化粧品が盗まれていないことを祈りつつトートバッグを開いた。もしもコスメショップの〈アルタ〉へ行くはめになったら、盗まれたもの以外に最低でも二百ドルは散財してしまうだろうから。

下唇を嚙みながらバッグのなかをのぞき込む。「えっ、なんで……？」

を見た。

「どうかしましたか？」ブラッドショー巡査が体を起こし、車のルーフごしにこちら

「ＭａｃＢｏｏｋがあるんです！　化粧ポーチと一緒に。どっちも車内に置き忘れていたのに」わたしはすっかり混乱し、ノートパソコンが実際にあることを確認したくて手で触れてみた。化粧ポーチにも。

ブラッドショー巡査がこちらにやってきた。「ほかにも車内に置き忘れたものはありますか？」

わたしはトートバッグのなかを見つめたまま首を横に振った。「ここに置き忘れたことさえ忘れていたから」バッグを地面におくと巡査に顔を向けた。「車上荒らしをしておいて、どうしてパソコンを盗まないの？　化粧ポーチならわかるけど、パソコンよ？」

「きわめて珍しいことですね」彼は手帳になにか書き込み、無線機がザーザーと音をたてた。「ですがこういう場合は、車上荒らしではなかったと考えるのがふつうです」

わたしは手ぶりで車を示した。「それって……？」

「窓ガラスを割られたのに物品がなにも、とりわけ貴重品がなにも盗まれていない場合、車両に対する破壊行為であることが多いんです」薄青の瞳がわたしの目を見た。

「あなたは昨日こちらに着いたばかりでしたよね？」

胃のあたりのざわつきが戻ってきた。「ええ」

「町を離れていたのは十年ぐらいでしたか」

体がまたじわじわとこわばりはじめる。「ええ、そうです」

「あなたが帰ってくることを知っていた人は？」肩につけた無線機から女性の声が聞こえても、彼はわたしから視線をはずさなかった。「お母さん以外に」

わたしは眉間にしわを寄せ、のろのろと首を振りながら口を動かした。「知らせたのは……ミランダだけ。えっと、友人のミランダ・ロックのことですけど。彼女は誰にも話していないと思います」唇を嚙みながらトートバッグを抱き締めた。「母はホテルのスタッフに話したかもしれないけど」

巡査はうなずきながらメモを取ると、手帳を閉じて前ポケットに押し込み、ペンも同じようにした。「あなたの車を傷つけようとする人間に心当たりは？」

わたしは唇を開いた。「故意に、という意味ですか？」なに馬鹿なことをいってるの。それ以外にどんな意味があるのよ。「つまり、誰かがわたしへの嫌がらせにこんなことをしたと？」

「可能性はあります」無線機からコードを読みあげる声が響き、巡査はわたしに向かって人差し指を立ててから無線機のボタンを押した。「こちらユニット59。現在〈スカーレット・ウェンチ〉。数分後に10－8する」彼の視線がわたしを射貫(いぬ)いた。

「こういってはなんですが、あなたとこの町には過去のいきさつがありますから」

火蟻(ひあり)の大群に刺されたかのように、全身が怒りで熱くなった。「その〝いきさつ〟はわたしが招いたことじゃない」

「もちろんです」巡査はあわててつけ加えた。「そういう意味ではなかったんですが、気を悪くされたのなら謝ります。私はただ、あなたはこの町で……よく知られていますし、なかには気まずさを感じる人もいるのではないかと」

「気まずさを感じる？」わたしは小首をかしげ、その言葉をくり返した。お母さんがこのやりとりを聞いていなくてよかった。「どうしてわたし以外に気まずさを感じる人がいるのかわかりません」

「おっしゃることはもっともですが、あなたが気まずさを感じるいわれはありません。あなたのいうとおり、あれはあなたが招いたことではないんですから」この発言でブラッドショー巡査の評価が何ポイントかあがった。「今回のことが過去の事件と関係しているとは正直思いませんが、考慮に入れないわけにはいきません。あくまで頭の片隅においておくだけですから」

どう考えればいいのかわからず、わたしは前庭に目をやった。昨日、誰かに見られているような気がした。気のせいにしてほとんど忘れていたけれど、本当に誰かに見られていたのだとしたら？　わたしの車を壊したくなるほど、わたしが帰ってきたことに腹を立てている人がいるとしたら？

ううん、そんなことあるはずない。十年前に起きたことはわたしの責任じゃない。被害者は誰ひとり悪くない。なのになぜわたしの帰郷をよく思わない人がいるのよ？

「十中八九、行き当たりばったりの犯行でしょう。どこかの子どもが退屈しのぎにしたことで、あとのことは全部ただの偶然ですよ」

わたしは上の空でうなずいた。

「それでも、またなにかあったらすぐに警察に連絡して私を呼びだしてください。今回の件に関してなにか思いついたことがあった場合も。器物損壊事件として報告書をあげるので、保険会社にはあなたのほうから連絡しておいてください。いいですね？」

「わかりました。よろしくお願いします」

ブラッドショー巡査はうなずくとパトカーのほうに戻っていった。彼は運転席の横で足を止め、ドアの取っ手を握りながらわたしのほうに体をひねった。「お会いできてよかったです。もっと違うかたちだったら、なおよかったんですが」目と目が合い、わたしの背中を冷たい震えが走った。「でも、きっとまた会うことになると思いますよ」

4

保険会社に電話して来週調査にきてもらう約束を取りつけると、割れたガラスをできるだけ取り除いてから車を馬車小屋に移動した。

お尻にガラス片を突き刺すこともなくこれだけのことをやってのけたのだから勝利といっていいと思う。

今夜のディナーの準備は、じきに出てくるジェイムズに任せることにして、わたしは陽気なブロンド娘のアンジェラ・レイディを手伝って客室の清掃に取りかかった。

アンジェラはわたしよりいくつか年下で、おしゃべり好きの楽しい人だ。母が彼女を〝気まぐれ〟と評した理由はすぐにわかった。話の途中でいきなり話題が変わるのだ――近くのヘイガーズタウンにあるコミュニティカレッジの夜間クラスに通っていること。幼稚園に入る前の子どもを教える先生になりたいこと。イーサンという恋人がいること。つきあいはじめて三年になること。アンジェラは次々と話してくれた。

口を挟む隙こそなかったけれど、話を聞いているのは楽しかった。アンジェラに好きなだけしゃべらせながら部屋から部屋へ移動しているあいだは、今朝あったことを考えずにいられれた。暇ができたとたん、わたしの想像力が最悪のシナリオを描きだすのは間違いないからだ。

何者かがわたしの車を狙ったというシナリオを。

老夫婦の部屋の掃除を終えたわたしたちは、かつては寝室として使われていたランドリールームに入っていった。わたしは乾燥機のなかのほかほかのタオルを腕いっぱいに抱きかかえ、清潔な作業台の上にどさっとおろした。

アンジェラは鼻歌まじりで使用済みのシーツを洗濯機に押し込んだ。「この世でただひとつ我慢できないことがあるとしたら、それはシーツをたたむことよ」

わたしはタオルをたたみながらにんまりした。「なぜならシーツをたたむことは不可能だから」

「そのとおり」アンジェラは洗剤のボトルをつかんで、キャップで分量を量った。「帰ってくるってどんな気持ち?」一瞬の間のあと、そう訊いた。

わたしはたたんだ白いタオルを積み重ねながら肩をすくめた。「どうだろう。うれしいかな。ずっと……こうしたいと思っていたから」

「ほんとに？」次に柔軟剤を量りはじめたアンジェラの口調には疑わしげな響きがあった。「ずっと他人が使った部屋を掃除したり、汚れものを洗濯したりしたかったってこと？」

わたしは笑った。「そういうわけじゃないんだけど、これが家業だし……」両手でタオルのしわを伸ばしながら顔をあげた。「もともとそのつもりだったの。家業を継ぐ、ということだけど。それがわたしのしたいことだったの」それは事実だった。ホテルを継ぐことは子どものころからの夢だった。でもその夢は変わってしまった……そうじゃない、夢を奪われたのだ。「アトランタでしていた仕事は気に入っていたし、これ――タオルをたたむこと――はお世辞にもワクワクする仕事とはいえないけど、でもどれもこれもわたしの家族が、わたしがしてきたことだし。だからうまく説明できないけど、しっくりくるのよ」

アンジェラは一瞬わたしの顔を見つめ、それからにっこりした。「わかる。わたしにとっては、おちびちゃんたちの先生になるのがそういう感じ」柔軟剤のキャップを締め、背伸びをして頭上の棚にボトルを戻す。洗濯機のスタートボタンを押してから、跳ねるような足取りでわたしのところへやってくるとタオルを手に取った。「あんなことがあったのにここへ戻ってくるなんて並大抵のことじゃないよね。わたしだったたらできないと思う」

わたしは年下の女性にさっと目を向けた。

アンジェラは自分の前のタオルの山に専念していた。「国道十一号線沿いの古い給水塔の横を通るたびに、どうしても考えてしまうの」アンジェラが身震いし、わたしは胃がむかついた。「考えるだけでも恐ろしいけど、わたしは当事者じゃないから。あなたがどんな怖い思いをしたのか想像すらできない——」

手がすべり、タオルが床に落ちた。「いけない」わたしは急いで拾いあげると、体を起こしながらタオルを振ってほこりを落とした。「なにかほかの話にしない？」

アンジェラの茶色の目が見開かれ、顔が赤く染まった。彼女は胸の前でタオルをきつく握り締め、涙をこらえるようにしばらく横を向いていた。「ああ、ごめんなさい！　わたしったらうっかりして」

わたしは目を閉じ、ゆっくり息を吸って呼吸を整えると、作り笑いを浮かべた。

「いいのよ」

「ううん、よくない。わたしって頭で考える前に口が動いちゃうの。いつか面倒なことになるって、母親にしょっちゅういわれてる。イーサンにも同じことをいわれるんだ」アンジェラは早口でまくしたてた。「ママのいうとおりだった。本当にごめんなさい。とんでもなく失礼なまねをして」

わたしは深呼吸してから目を開けた。「気にしないでいいから」背中を這いあがる震えは無視してタオルをたたむ。「あなたの彼、フレデリックで働いているといってたわよね」無難な話題に変えたくて、そういった。「仕事はなんだったかしら？」

話の流れは変わったものの、わたしたちは張りつめた空気のなかでタオルを補充し、シーツを洗濯機から乾燥機へ移した。それが終わると、わたしは階下へおりてフロントデスクの椅子にどさっと座り込んだ。革装の予約帳を開きつつ頭からヘアピンを引き抜くと、まとめていた髪が肩のまわりに広がった。わたしは来週の予約に目を通した。帳簿を見て損益状況を確認する必要がある。十二月のページをめくり、ペンを取りあげ――。

フロントデスクに両手が叩きつけられ、わたしは悲鳴をあげて椅子から飛びあがった。心臓が肋骨に当たるほど激しく打ち、わたしは相手の目を突き刺すつもりでペンを強く握ると顔をあげた。

「びっくりした!?」両手を振りながらミランダ・ロックが叫んだ。

「やめてよ。心臓が止まるかと思った」わたしはペンをデスクに放ると、はじかれたように椅子から立ちあがった。デスクごしにミランダの腕をぴしゃりと叩く。「冗談抜きで」

「嘘ばっかり」ミランダは小分けにしてこまかな三つ編みにした長い髪を肩のうしろに払いながら、焦げ茶色の目をおかしそうにきらめかせた。「それよりさっさとハグしたら？　大好きなわたしに会いたくてたまらなかったくせに」

「あなたをまだペンで突き刺していない理由はそれだけよ！」わたしはデスクの奥から飛びだしてミランダの肩に抱きつき、わたしより背が高くスリムな女性をあやうく押し倒しそうになった。「ああ、ミランダ、久しぶり」

　ミランダはきつく抱き締め返した。「二年ぶり――だっけ？」

「もっと長く感じるわ」わたしは体を引き、高校二年生のときからの親友の腕をがっちりつかんだ。出会いは体育の授業。たちまち意気投合したわたしたちは、体育館の観覧席で肩を並べ、いまにもよだれを垂らしそうになりながら、とびきりセクシーな体育教師のことを目で追っていたものだ。

　ミランダは息をのむほど美しい褐色の肌の持ち主で、見た目ばかりか性格もよかった。いつもわたしのそばにいて、わたしがすべてを捨ててこの町を飛びだしたときも見捨てようとしなかった。

　ミランダを目の前にして、友情を保つために彼女がしてくれたことの重さを悟り、わたしは猛スピードで走る貨物列車に跳ね飛ばされたような衝撃を受けた。「わたしって最低ね」

ミランダは首をかしげた。「なにが?」

わたしはミランダの腕を放すと、うしろに下がってデスクにもたれた。「ひどい友だちだった。あなたに黙って町を出たりして」

優雅な曲線を描く濃い眉があがった。「まあ、たしかにあれは最低だった」

「そうよね!」わたしは首を振った。「何度も電話をくれたのに一度も出なかったし。ほかの友だちはみんなさじを投げても、あなただけはあきらめなかった」

「そりゃそうよ」ミランダは両手を腰に当てた。「簡単にあきらめたら友だちとはいえないからね。心に傷を負うような恐ろしい経験をしたあとならなおさらよ。さじを投げたやつらなんか友だちでもなんでもない。あんたがどんな目に遭ったか知っているんだから、そばにいるべきだった。わたしみたいにすればよかったんだ。あんたに二ヵ月だけ時間をあげたら、重たいお尻を飛行機に押し込んで、どこだろうと会いにいけばよかったのよ」

それこそミランダがしてくれたことだった。

あのあと……退院したあとのわたしは、精神的にも肉体的にもぼろぼろだった。心は何週間も死んだままだった。もちろん、誰もわたしを責めなかった。それでもようやく頭が機能しはじめると、ここにはいられないと思った。誰もがわたしをじろじろ見て、ひそひそと言葉を交わす。誰もがわたしを憐(あわ)れんでいた。それにマスコミのこともあった。

獲物に群がる、意地汚いハゲタカたち。

わたしは秋が終わるまで家に閉じこもった。そのあいだに遠方の大学について徹底的にリサーチし、決心がついたところで、フロリダ州に移って大学を卒業する計画を母に明かした。母は反対したが、最後にはわかってくれた。

そのことは母以外には誰にも知らせなかった。

「お母さんがさっさとわたしの居場所をあなたに教えたことに感謝しないと」わたしは苦笑まじりにいった。「あなたが重たいお尻を飛行機に押し込んで、わたしを見つけてくれたことにも」

「ならわたしは、あんたがその重たいお尻をあげてようやく帰ってきてくれたことに感謝する」改まった口調でミランダは続けた。「わたしにとってあんたは血のつながらない姉妹みたいなものだから」

「わたしにとっても同じよ」なんだかしんみりして、震える息を吸い込んだ。「それはそうと、すごくすてきよ」

「だって、男がいないわたしは、暇な時間はベッドじゃなくてスポーツクラブで過ごしているからね」

わたしは頭をのけぞらせて笑った。「わたしがいったのは髪形のこと。初めて見たわ」

「いいでしょ？」ミランダはこまかな三つ編みを撫でた。「編み方を知っている人間を見つけるのに、車を一時間以上走らせなきゃならなかったんだから。この町にはわたしの髪を任せられる美容師はいないからね。あんたがアトランタに住んでたことの唯一の利点はそれよ。あんたに会いにいくたび、美容院はよりどりみどりだったもの」

わたしはくすくす笑った。「飲みものを取ってきて外に出ない？　今日はさほど寒くないし。どうせ予約の確認をしていただけだから」

「あんたのお母さんお手製の甘いアイスティーはある？　あるなら、誘いに乗る」ミランダは答えた。「お母さんのアイスティー、コカインみたいにくせになるのよ。歯は溶けないし、顔を掻きむしりたくなることもない、体にやさしいコカインってところね」

わたしはまた声をあげて笑った。ああ、こんなふうにミランダと大笑いしたいと何度思ったことか。ごくたまに会いにきてくれたときや、週に一度電話でおしゃべりするのとは全然違う。「アイスティーなら、いつもピッチャーにたっぷり作ってあるわよ」

キッチンではジェイムズがオーブンで調理中の二羽の丸鶏（ロティサリーチキン）の焼け具合をチェックしていた。あたりにはレモンとハーブのすばらしくいい香りがしていて、ミランダがそれを指摘すると、ジェイムズは聞き取れない声でもごもごとなにか返した。ジェイムズは口べたなのだ。

「なにか手伝うことはある？」わたしはアイスティーのピッチャーを冷蔵庫に戻しながら尋ねた。

ジェイムズはオーブン用ミトンをつかんだ。「手を出さないのがいちばんの手伝いだ」

目を丸くするミランダの横で、わたしはにっこりした。「それならわたしたちにもできそう」そういいながら、スタッフルーム兼倉庫へ通じるドアに向かう。

「地下におりたか？」ジェイムズの声に足が止まった。

「いいえ」わたしはミランダを見て眉をひそめた。「どうして？」

「さっきワインセラーに入ったら明かりがついたままだったぞ。かならず消しておけ。配線が古くなっているからな」

地下にはおりていないともう一度いう手間は省き、ただうなずいてドアを押し開けた。部屋のなかは古い家具でいっぱいで――そのほとんどに白い布がかかっていた――建物のほかの部分よりはるかに空気がひんやりしていた。奥の壁にかけたコルクボードに鍵がいくつか下がっている。細長い部屋の反対側にあるドアの先はワインや根菜類の地下貯蔵庫におりる古い階段で、いつも豊かな土のにおいがしていた。使用しているのは一部の地下室のみで、あとは土と岩がつまっているだけだ。貯蔵庫から裏庭へ逃げるために作られた古いトンネルは、すいぶん前に封鎖されていた。

ベランダに出るドアを開けると、コルクボードに下げた鍵がカチャカチャと鳴った。

「愛想がいい人でしょ」

「みたいね」ミランダは鼻にしわを寄せた。「厨房の仕事に人柄は必要ないもんね」

「必要なのは料理の腕だけよ」

ひとけのないベランダを横切りながら、わたしは車のことをミランダに話した。一月にしては季節はずれのあたたかさで、気温は十三度近くまであがっていた。日差しがさんさんと降り注ぎ、あと一時間かそこらは気持ちよく過ごせそうだ。わたしたちはガラステーブルを囲むアディロンダックチェア（アウトドア用の折りたたみ椅子）に腰をおろした。

「車のこと、気味が悪いね」ミランダはグラスの氷を指でかきまわした。「とんでもなく気味が悪い」

「うん。わたしの帰郷をよく思わない人がいるんじゃないか、というようなことをブラッドショー巡査に訊かれたときは、わたしもちょっと怖くなった」わたしはテーブルにグラスをおくと、クッションのきいた椅子にもたれておなかの上で腕を組んだ。「でもまあ、どこかの子どもが退屈しのぎに、行き当たりばったりでしたことに決まっているけど。だって、わたしが帰ってくるのを知っていたのはお母さんとあなただけだし、お母さんがあちこちにいいふらしたとは思えないもの」

「それなんだけど……」ミランダはいいかけ、グラスに口をつけた。

わたしは話の続きを待った。「なに？」

「わたし、いっちゃったかも」ミランダは脚を組んだ。「もちろん誰彼かまわずってわけじゃないよ。話したのはジェイソンにだけ」

「ジェイソン？　嘘でしょう、まだこのあたりにいるの？」ジェイソン・キングはわたしたちと同じ大学に通っていた。オリエンテーションで知り合い、わたしが在籍していた一年半はいくつか同じ授業を取っていた。感じがよくて楽しい人だったことを憶えている。年はわたしと同じで、オタクっぽいところはあるけれど、ごくふつうのハンサムな男の子だった。数学と統計学が抜群にできて、そこは尊敬していた。

じつをいうと、わたしは退院後ジェイソンに会っている。マスコミとわたしの母というふたつの壁を突破してきたのは彼だけだった。最後に話をしたとき、ジェイソンはベッドの上で泣きじゃくるわたしを抱き締めてくれた。もう大丈夫だよ、といってくれたのが最後の言葉になった。

わたしはそんな彼のことも切り捨てたのだ。

ミランダはグラスごしにわたしを見ながらうなずいた。「うん。わたしと同じよ。あんただって知ってるでしょう？　二十一歳までにこのくそいまいましい町を出なければ、一生出られないって」

「そんなことあるわけないでしょう」手を伸ばしてテーブルからグラスを取りあげた。「出たければいつだって出られるわよ」

「へえ、そうですか」アンジェラは焦げ茶色の瞳をぐるりとまわした。「ともかく、ジェイソンは大学卒業後も町に残って保険代理店を開業したのよ。二年前だったかな。実の父親は見つからなかったんだけどね。そのこと憶えてる？」

わたしはうなずいた。ジェイソンの母親と義理の父親は、ジェイソンが十八になった年に住宅火災で非業の死を遂げた。たしか突然の寒波の到来で凍ってしまった水道管をとかすために石油ストーブを使っていたという話だった。両親の死がきっかけとなり、ジェイソンは実の父親をさがす決心をしたのだ。「ええ。ジェイソンがこの町にきたのは、実のお父さんがヘッジズビル出身だと聞いたからよね。じゃあ、結局見つからなかったんだ」

「うん。あんたが知らなかったのは――」

「わかってる」ため息がもれた。わたしがここを出ていく前、ジェイソンはわたしと連絡を取ろうとしたが電話はつながらなかった。わたしが番号を変えたからだ。

そこまでしてくれたのはジェイソンだけじゃない。コールも病院まできてくれた。何度も電話をくれたし、自宅まで会いにもきてくれた。

なのにわたしはコールのことも切り捨てたのだ。

わたしはグラスに目を落とし、唇をぎゅっと結んだ。舌先に後悔の苦い味がした。いま思えばもっとべつのやり方があったとわかるけれど、あのときはああするよりないと思ったのだ。

「あんたが帰ってくることを話したら、ジェイソンは飛びあがって喜んでた。あんたさえよければ会いたいって」ミランダはいい淀んだ。「かまわないよね。ジェイソンどう?」

「今週中に三人で夕食でも」

「かまわないわよ」口にしたとたん、本心だと気づいた。

は友だちだったし」

「うん、カンペキ!」ミランダはアイスティーをすすった。「わたしはいつでも平気。ずっと暇だから。夜も週末も夏休みもね」

「授業プランを立てて、放課後に補習をおこなって、くびになるのが怖くて夏休みにアルバイトしているとき以外は、ね」わたしは訂正した。

「あんたって嫌な女ね」ミランダは真っ白な歯を見せた。「ああ悲しや、教師の人生」

ミランダは二年前からわたしたちの母校の高校で教師をしている。ようやく手に入れた専任教諭の座だった。皮肉なことに、あのころ夢中だった例の体育教師といまや同僚というわけだ。ミランダによれば、ドニー・カリアー先生はいまも〝めちゃくちゃセクシー〟だとか。

人生とはおかしなものだ。

おかしいといえば——わたしは今朝やってきた警官のことを思いだした。「妙な話を聞きたい?」

「妙な話は大好物よ」ミランダはアイスティーを飲み干した。「ただし、オカルトっぽいのはなし。昨夜ここで幽霊を見たとかいう話なら聞きたくない。今夜も安眠したいからね」

わたしは噴きだした。「大丈夫。その手の話じゃないから」

「だったらいいわ」ミランダは大仰に手をひらひらさせた。「続けて」

「許可してくださって感謝いたします」わたしが片方の眉を吊りあげると、ミランダも横目でにらんできた。「今朝ここにきた警官だけど……彼にそっくりだったのよ、ミランダ」

「彼って？」ミランダの唇から囁きがもれた。「まさか……〝花婿〟？」

「待って。なんの話？　ああやだ」胃が急降下するのを感じた。「そっちじゃなくて。警官がコールに似ていたのよ」

「コール？」ミランダの声がさらに低くなった。

「憶えていない？」訊きながら、グラスを持つ手に力がこもった。「もう長いこと話題に出たことはなかったけど――」

「もちろん憶えているわよ！」ミランダは椅子に座り直した。「あのとびきりセクシーな男のことはひとつ残らず憶えてる」

「たしかにとびきりセクシーだったわ」物悲しげな声が出た。

「イドリス・エルバ（イギリス人俳優）には負けるけど」

「たしかに」わたしは笑った。

「話を戻すと、その警官がコールに似てたってこと？　コールも警官じゃなかった？」ミランダは集中し直した。

「コールも保安官補をしていたけど、今朝の警官が彼じゃないのはたしかよ。年が若すぎるから。でも気味が悪いくらいよく似ていた。とにかく、わたしにはそう見えた。お母さんには違って見えたのかも。なにもいっていなかったから」わたしは椅子の上でもじもじした。こんなこと訊くべきじゃないのはわかっているけど。「もしかして……彼がいまもこのあたりにいるかどうか知っていたりする？」

「大学にはきていたけど、経済学入門のほかに同じ授業は取っていなかったから。あんたのことはしつこいくらいに訊かれたけど……まあ、そういうこともだんだんと減っていって」ミランダは顔にかかった三つ編みをうるさそうに払った。「もう何年も会っていないな。もう保安官補はしていないはずよ。少なくともこのあたりではね」

「そう」胸がよじれるような、おかしな感じがした。まるでがっかりしたみたいに。どうかしてる。ここに帰ってきたのは、十年前に終わった恋をよみがえらせたかったからじゃないのに。おそらくコールはとっくの昔に町を離れ、結婚して、子どももたくさんいるのだろう。だってコールにはハッピーエンドがふさわしい。最高にすばらしい人なのだから。

ミランダはこれまで何度となくしてきたように、すべてを見透かす目でわたしをじっと見ていた。「コールの電話番号はまだ持ってるの？　たぶん前と同じはずよ。番号を変える人はいないからね」

「コールの電話番号は持ってない。自分の番号を変えたときにアドレス帳は全部消去したから」いいながら、そのことにやましさを感じた。「仮に持っていたとしても、かけるつもりはないけど」

「臆病者」

わたしは小さく笑った。「勘弁してよ。十年も音信不通だったのにいきなり電話するなんて、それこそ薄気味悪いわ」

「コールがフェイスブックのアカウントを持っているかどうか調べればよかったのに」ミランダはそこで言葉を切ると、唇の両端をあげてにんまりした。「じゃ、コールがフェイスブックのアカウントを持っているかどうか調べたんだ？」

顔がかっと熱くなった。「調べたかもしれない」

ミランダは続きを待っている。

「わかった。降参です。ちょっと前に調べました。見つからなかったけどね」

「興味深いわね」ミランダがつぶやく。

どこが。哀れで、滑稽なだけよ。

ミランダはすっかり腰を落ち着け、ディナータイムがはじまる直前に帰っていった。レギンスをジーンズに穿き替えるくらいの余裕しかなかったので、サンダルとセーターはそのままにして、残りの時間で髪をおろしてブラシをかけ、口紅をたっぷり塗った。

ディナーには宿泊客全員が顔を揃えたので、休んでいる暇はなかった。最後のゲストが席を立ったときには八時近くになっていて、早くベッドに倒れ込みたいということしか頭になかった。うまくいけば四時間以上眠れるかもしれない。

テーブルからすべての皿を下げてクロスを替え、ティーキャンドルを新しいものと交換していると、母がキッチンから戻ってきた。

「なにかおなかに入れる時間はあったの？」

「うん」いいながら、笑みがもれた。お母さんときたら。いつまでたっても子ども扱いして。「チキンをちょっとつまみ食いした。ジェイムズに見つかったときは命の危険を感じたけどね」

「ほら、ジェイムズはぶっきらぼうなところがあるから」母はわたしの手からミニキャンドルを二個取ってガラスのホルダーにおいた。「でも料理の腕は抜群だし……」

声が途切れ、暖炉のそばのテーブルに最後のキャンドルをおいていたわたしは母のほうに目をやった。母はおかしな顔をしていた。失神しようか小躍りしようか迷っているような顔。でも母が小躍りするところは前に見たことがある。膝を持ちあげ、両手を広げて。今回のはそれとは別物だ。

母の目はわたしの背後にあるなにかに釘づけになっていた。「嘘でしょう……」

わたしは眉根を寄せてうしろを向き——そのとたん、すべてが、なにもかもが停止した。全世界がぴたりと動きを止めた。心臓が鼓動をひとつ飛ばした。ううん、止まってしまっていてもおかしくない。冗談じゃなく。わたしは片手を持ちあげ、胸の真ん中に手のひらを押しつけた。

目の前にわたしの過去の亡霊が立っていた。

コール・ランディスが。

これはきっと幻覚だ。たぶんわたしは椅子につまずいて、川石造りの暖炉に頭をぶつけのだ。目の前に実物のコールがいることにくらべたら、そのほうがありそうなことに思えた。

でもわたしはどこにも頭をぶつけてはいない。

信じられないことだけれど、コールは現にそこにいて、そして――なんとまあ――時間はとてつもなく彼にやさしかったようだった。

コールの無骨な男らしさにわたしは打ちのめされた。

最後に会ったときの、そのハンサムな顔立ちに残っていた少年っぽさは消えていた。頬骨がくっきり浮きあがり、濃いまつげに縁取られた薄青の目は鋭さを増している。鼻筋の通った高い鼻は、殴られて折れたことがあるかのようにいまは少し曲がっていた。そしてあの唇は……ああ神さま、いまもふっくらとして分厚かった。がっちりし

5

たあごをおおう無精ひげが、整った顔に野性味を添えている。サイドを刈りあげた薄茶色の髪は、記憶にあるより少し長くなっていた。

しかも、昔よりずっと……たくましくなっている。

着古した赤いフランネルシャツの袖は力こぶではち切れそうだ。肘までまくりあげた袖からのぞく前腕も力強い。前を開けたシャツの下はありきたりな白いTシャツだったけれど、引き締まった腰を見ても、Tシャツの下の肉体がありきたりでないことは容易に想像できた。

「本当にきみだったんだな」コールがいった。

またしても世界が動きを止めた。この声。あのころより低く、しゃがれてはいるけれど、ああ、間違いなくコールの声だ。

「信じていなかった」コールが前に進みでると、わたしの全身の筋肉が固まった。

「というより信じたくなかったんだ。あいつの勘違いだといけないから。でも勘違いじゃなかった。本当にきみだった」

わたしは彼を見つめることしかできなかった。心臓が胸を突き破りそうなほど激しく打っている。なにかいわなくてはと思うけれど、ショックのあまり舌が口のなかに張りついていた。

あいにく、母の舌はなんの支障もないようだった。

「あらまあ、これは驚いた」いわずもがなのことをいった。「そうじゃない、サーシャ？」

のろのろとうなずくわたしをコールの薄青の瞳がじっと見ている。喉がからからになった。なにかいわないとまずいとわかっているのに、頭に浮かぶのは昨夜の悪夢のこと。コールと最後に会った日のこと。

「ホテルに電話を入れようかとも考えたんだが」コールはちらっと母に目をやり、すぐにわたしに視線を戻した。その熱いまなざしに、全身がかっと熱くなった。昔からそうだった。コールの目にはそういう力があった。目が合っただけで反対方向に逃げだしたくなるか、磁石みたいに吸い寄せられるか。「いきなりきたほうが得策だと思い直した」

コールのいわんとすることがわかって、わたしははっと息をのんだ。ここへくることを前もって知らせたら、わたしが姿をくらますと考えたのだ。残念ながら、肯定も否定もできなかった。それに気づいたとたん、わたしはショック状態から脱した。

「わたしが戻ったことをどうやって知ったの？」

コールはわずかに目を見開き、あの表情に富む厚い唇を開いたが、今度は彼の舌が口のなかに張りついてしまったようだった。

「さてと」母が咳払いした。「わたしは……やることがあるんだった」そういうと身を翻し、そそくさと引き戸の向こうへ姿を消した。

わたしもコールも動かなかった。

十年ぶりにふたりきりになり、わたしたちは見つめ合った。最後にこんなふうに見つめ合ったとき、コールはわたしにキスした。わたしのことを〝ベイブ〟と呼んで、わたしの電話を待っているといった。電話はかけなかった。かけたくても、家までたどり着けなかったからだ。

最初に口を開いたのはコールだった。「きみが戻ったことはデレクから聞いた」

デレク？　誰のことか思いだすまでに少しかかった。「今朝きてくれた巡査？」

「そうだ」わたしを見つめるコールの目は、二度と会うことはないと思っていたと告げていた。会えればいいと思っていたが、あまり期待はしていなかった、と。「あいつはいとこなんだ」

なるほど。それで今朝デレクを見たときにコールのことを考えたわけね。コールの家系は血が濃いのだろう。だけど、デレクがすぐコールに連絡した理由がわからない。

それにコールがここにいる理由も。

「で、彼があなたに電話で……わたしのことを知らせたの？」おなかの前で腕組みしたとき、十キロは太って見えるセーターを着ていることを思いだした。サイコー。髪をとかしてあったのがせめてもの救いだ。

コールはうなずき、また前に進みかけたが、そこで足を止めた。「少し話せるか？」

口を開き〝悪いけど〟という寸前に思いとどまった。本能は〝やめろ〟と叫んでいた。コールとの会話をさっさと終わらせろ、と。これまでずっとそうしてきた。ほんの少しでも過去と対峙(たいじ)したときはいつも。

だけどコールは敵じゃない。

ずっとわたしの味方だった。

わたしは切れ切れに息を吸い込むと、舌先で下唇を舐(な)めた。「わかった。つまりその、大丈夫」震える手で戸口のほうを示した。「向こうなら座って話せるから」

「いいね」コールの視線はまだわたしから離れず、頬が赤く染まりはじめたころに彼がようやく向きを変えた。

ラウンジへ向かうあいだに無数の問いが頭に浮かんだ。コールはいまもこのあたりに住んでいるの？　それともここには車できた？　いまも保安官事務所にいる？　それとも大学時代の計画どおりにＦＢＩに入局した？　奥さんや子どもはいるの？

暖炉のそばのウィングバックチェアに足を向けながらも、わたしの心臓はまだ騒いでいた。コールが向かいの椅子に腰をおろすと、わたしの視線は彼の左手に落ちた。そんなつもりはなかったのに、目が勝手に動いたのだ。左の薬指に焦点が合う。結婚指輪もなければ、ついさっき指輪をはずしたことがうかがえるへこみもない。

母の小躍りをまねて、心臓がおかしなダンスをしはじめた。

わかってる。指輪があろうとなかろうと、わたしにはなんの関係もない。そもそも、あとの祭だし。

コールはラウンジを見まわした。「ここはすっかり変わったな」視線がわたしの上で止まる。「ずっときていなかったんだ。きみが……その、町を離れてから」

「わたしもよ」いってすぐに心のなかで毒づいた。なに当たり前のことをいってるの？　そんなことコールは知ってるわよ。神経がすり切れてしまいそう。こうして向かい合っているだけでいっぱいいっぱいだった。いますぐ走って逃げたいと思う反面、好奇心をそそられ……興奮してもいた。またしても胃が急降下するのを感じた。

今度は興奮しすぎて。

「一度も帰ってきたことはなかったのか？」手のひらのつけ根で胸骨のあたりをさすりながらコールが訊いた。

わたしは深呼吸してからうなずいた。「ええ。母が訪ねてきてくれたから。ミランダも」

「ミランダか」唇の両端がわずかにあがり、すぐ元に戻った。「彼女のことは憶えてる。きみたちが連絡を取り合っていたとわかってうれしいよ」

本心からいっているように聞こえるのが不思議だった。なにしろ、わたしは彼になにも告げずに姿をくらましたのだから。恨まれていたとしてもおかしくないのに。コールにはなんの落ち度もなかった。わたしが——めちゃくちゃだったのだ。

言葉を返そうとしたけれど、目の前にコールがいることがまだ信じられなかった。あの濃いまつげがあがり、視線がぶつかった。わたしはあわてて目をそらし、彼の肩先に視線を向けたまま両手を組み合わせた。「それで、どうしてデレクは……その、あなたに連絡したの？」

コールは椅子の肘掛けに手を落とし、笑ったか咳き込んだかしたような声を発した。どちらなのかわからなかった。「当時デレクは子どもだったが、ぼくたちがつきあっていることは知っていた。それできみのことを憶えていたんだ」

「そう」わたしは小声でいうと、視線を暖炉へ移した。コールを見ているのはつらかった。つらすぎた。手に入らなかった未来を見ているようで。

「ぼくがきみに夢中だったこともデレクは知ってる」コールは続けた。「家族全員が知ってる」

ちょっと待って。

うわあ。

いきなり直球を投げてきた。

暖炉のガラス扉の向こうで揺らめくガスの炎を見つめながら、どう答えたらいいか考えた。これまでにフェイスブックで一度——本当は二十回くらい——あなたのことを見つけようとしたけど、結局見つからなかったと白状するのはかっこ悪すぎる。だから話題を変えることにした。「じゃ、デレクはあなたの背中を見て警官になったのね」コールのほうを盗み見ると、彼はじっとこちらを見つめていた。ほんの数秒でも目を離したことがあるのか疑問だった。「それとも、あなたはもう警官じゃないのかしら？」

「いまはＦＢＩに所属している」コールは説明した。

わたしの顔にぱっと浮かんだ笑みは作り笑いではなかった。「夢を実現したのね。おめでとう」

「きみこそ」コールは灰青色のソファの肘かけに指の長い手をすべらせた。「子どものころからの夢をいよいよ実現しようとしているじゃないか」

そんなことをコールが憶えていたことにびっくりして、わたしは目をぱちくりさせた。「そう。そうだった……」また目が合い、わたしは咳き込むような声で笑った。

「ごめんなさい。ただなんていうか――まさかあなたに会うとは思っていなくて」

「わかるよ。一日待てばよかったんだろうが、デレクからきみが戻ったと聞いたら……」声が途切れ、コールはあごを引いて濃いまつげごしに上目遣いでわたしを見た。

「じっとしていられなかった。どうしても顔を見たかった。ずっと会っていなかったし、きみが本当に……大丈夫かどうか確かめずにいられなかったんだ」

わたしが大丈夫かどうか確かめたかった。

胸がいっぱいになると同時に心がしぼみ、せめぎ合うふたつの感情をどう理解すればいいのかわからなかった。コールの気遣いは春の日差しのようにわたしの心をあたため、それでいてちくちくする毛布みたいに息苦しくもさせた。

「きみはびっくりするほどすてきだ」コールはいい、目を丸くするわたしを見て声をあげて笑った。「不躾(ぶしつけ)だったかな？　でも事実だからしょうがない。きみはあのころと変わらず――いや、あのころにも増してきれいだ」

わたしは顔を真っ赤にして、口をぽかんと開けた。

「いまつきあっている相手はいるのか？」彼の言葉に、わたしはまた不意をつかれた。

「またしても不躾だったか？」

「いいえ」考えるより先にそういっていた。「つまり、誰ともつきあってないわ」

コールが返したゆっくりした笑みに、わたしは胸がきゅんとなった。まったくもう。

「ぼくもだ」

それはさっきあなたの左の薬指をチェックしたときにわかってたわ。「ありがとう――その、褒めてくれて」手をきつく握り合わせているせいで指が痛くなってきた。

「あなたもびっくりするほどすてきよ。前よりもっと」わたしは縮みあがった。「いえ、あのころもすてきだったけど、いまは……。ごめんなさい、しゃべりすぎね」

コールの口元にあのかすかな笑みが生まれ、薄青の瞳がやわらいだ。「いいから続けて」

わたしは集中し直した。「それで、あなたはいまもこのあたりに住んでいるの？」

コールはうなずいた。「ああ。フォーリング・ウォーターズに家を持っている」

「いいわね」でまかせをいったわけではないけれど、その先の言葉が出てこなかった。あのころはいくらでも話していられたのに、いまはぎごちなく言葉を選んでいる。なにをいえばいいかも、なにをしたらいいかもわからない。

だが、コールは気づいていないようだった。「車の件は大丈夫なのか？　窓ガラスを割られたとデレクから聞いたが」

「保険会社に電話したら、調査員をよこしてくれるって。全額保険でカバーできそう」そこでいったん黙り、両手に目を落とした。指のつけ根のところが白くなっている。「それにしてもおかしな話よね。車の窓ガラスを割っておいて、後部座席においてあったノートパソコンは持っていかないなんて」

「暇を持て余した子どもたちのしわざのようだな」

「あなたのいとこもそういってた」わたしはもごもごといって視線をあげた。コールが胸いっぱいに息を吸い込む。無言の時間が数秒流れた。「大丈夫か、サーシャ？　本当に大丈夫なのか？」

ああもう。またこの質問だ。わたしが誰か知っている人はみな、最後は決まってこう訊く。コールの口からこの質問を聞きたくなくて、わたしはこの十年、彼を避けてきたのだ。おそらくコールが訪ねてきた理由もこれなのだ。背中がこわばった。「ええ、大丈夫よ」

あの瞳がすべてを心に刻もうとするかのようにわたしの顔の上を這う。ふたたび緊張をはらんだ沈黙が落ち、はたしてコールはわたしの答えを信じるだろうかと思った。

大丈夫なわけがないと思っているのでは？　あれだけのことを経験して立ち直れるわけがないと考える人がいるのは知っている。そういう人たちはわたしのことを傷ついた動物のように扱う。この州を出たあとで知り合った人たちに事件の話をしなかったのはだからだった。

「あの晩のことを考えるんだ」コールの声は重く沈んでいた。「何度となく」

「コール……」

「あの晩、車のところまできみについていくべきだった」まっすぐにわたしを見つめながら続けた。「これまでの人生であれほど後悔したことはない」

お願い、やめて。

わたしは逃げ場を求めるように椅子の背に体を押しつけた。いますぐここから、コールの言葉から逃げだしたかった。でももう遅い。コールの言葉が嫌でも頭に焼きつく。彼にそんな思いをさせたくない。「そんなふうに考えてはだめ」わたしは両手をきつく握り合わせた。「あの日起きたことは――」

「ぼくのせいじゃない。あれはやつがしたことだ。それはわかってる」コールは大きく息を吐きだした。「だとしても、やっぱり車のところまでついていくべきだったんだ。事件のことは誰もが知っていたんだし――」

「仮にあの晩は無事だったとしても、彼はべつの日にわたしを拉致したはずよ」うなじの産毛が逆立った。あのことについて話すのはずいぶん久しぶりだ。「それに彼がわたしを――」呼吸が喉に引っかかった。「――監視していたことは周知の事実だわ。ほかの女の人たちにしたみたいに。だからいずれはわたしを手に入れていた」

コールが視線をはずし、小さな声でいった。「そうだな」

わたしはいたたまれず、椅子の上で身じろぎした。「えっと……元気そうでよかったわ。でももう時間も遅いし、今日はとんでもなく長い一日だったから」

「わかった」コールの視線がわたしに戻った。「だが最後にもうひとつ訊きたいことがある」

わたしはすぐにでも逃げだせるように身構えた。

「今度、食事でもどうだろう？」

わたしはぽかんと口を開けた。さすがにこれは予想していなかった。

「きみの近況を聞きたいんだ。でもたしかに時間も遅いし、いきなりだったから、話の続きはきみが少し落ち着いてからにしよう」

参ったな、コールが何事にも単刀直入なのをすっかり忘れていた。

「どうかな？」ただ見つめ返すだけのわたしにコールがたたみかけた。

「ちょっと……わからない」いってすぐに後悔した。わたしは肩で大きく息をした。心のなかに、絶対にだめと両手でバツを作るわたしと、手を叩いて喜んでいるわたしがいた。コールと食事だなんて、いい考えとは思えない。彼がこんなことをいいだした理由は、わたしが心身ともに健康であることを確かめたいということ以外にないのだから。

コールの唇の片端が持ちあがった。「正直いうと、きみはそういうだろうと思ってた」

わたしは片方の眉を吊りあげた。「どういうこと？」

コールは首をかしげ、しばらくしてからいった。「本当に久しぶりだな」

「ええ。じゃなくて……」わたしの質問の答えになっていないと思うんだけど。

コールはこれまでとはどこか違うまなざしでわたしをじっと見つめた。「いいんだよ」

わけがわからず、わたしはぽかんと彼を見つめた。ダイニングルームで顔を合わせてから、こればっかりのような気がする。

コールが座ったまま腰を前にずらすと、膝と膝が触れそうになった。視線が絡み合い、わたしは息を殺した。「携帯電話の番号をおいていく」コールは腰を浮かせてポケットから財布を抜くと、名刺を一枚取りだした。「ここに私用と仕事用、両方の番号がのっている。気が変わったら、いつでも電話してくれ」

握り締めていた指をほどいて名刺を受け取ったとき、手が彼の手をかすめた。ぴりぴりするような感覚が腕を走り抜け、わたしは小さく息をのんだ。あのころもそうだった。ほんのちょっとでも肌と肌が触れ合うと電気が走ったみたいになる。この感覚が、少なくともわたしのほうにはまだ残っていることに気づいたときの感情は〝衝撃的〟という言葉では収まらないほどだった。

「わかった?」コールがそっといった。

「わかった」わたしは同じ言葉をくり返した。

「よし」コールは立ちあがり、そのまま椅子の肘掛けに両手をついてわたしを閉じ込めた。コールが頭を下げた次の瞬間、彼の唇がやさしく頬をかすめるのを感じた。

「帰ってきてくれてうれしいよ」みっともないことにその言葉に涙が込みあげてきて、わたしは目をぎゅっとつぶった。「電話してくれ、サーシャ。待ってる」

6

「コールの誘いを断った？」ミランダの口ぶりは、まるでたったいまわたしから〝土曜の夜に過去のクリスマスの亡霊があらわれた〟と聞かされたみたいだった。「完全に頭がどうかしちゃったんじゃないの？」

たしかにそうかも。なにしろ、ほぼ二日たったいまでも、コールの突然の出現はわたしの頭が作りだした幻ではないかと思っているところがあったからだ。

もっとも、自分の部屋にあがるたびに飽きもせず眺めていた名刺は、あれは幻ではないと告げていたけれども。

「どうかな」わたしは枕を取りあげながらため息をついた。「だって、いきなりあらわれるから」

ミランダは枕を叩いてふくらませるわたしを見ていた。今日は月曜で、ミランダは学校から大急ぎで駆けつけたのだ。今夜は通りの先にあるレストランで、ジェイソンと三人で食事をすることになっていた。「まあ、気持ちはわかるよ。なにしろコールの話をしたその日に、本人がぱっと目の前にあらわれたんだから」

まさにそんな感じだった。

「だけど、相手はコールだよ」ミランダは話を続け、わたしは使用済みのシーツを床から拾いあげて丸めた。「あんた彼にべた惚れだったじゃないの、サーシャ」

「十年前の話でしょう」わたしが廊下に出ると、ミランダもついてきた。足を止め、ドアを閉める。「大昔のことよ」

「だから？ コールと食事に出かけてはいけない理由をひとつ述べよ」ミランダは教師然とした声でいった。シックな黒いセーターとぴったりしたパンツが合わさると、いかにもという感じ。

答えは簡単だ。「ここへ帰ってきたのは恋愛するためじゃないからよ」

ミランダは目をぐるりとまわした。「へえ、あんたは近況を教え合うために食事に誘うことを恋愛と呼ぶんだ？」

わたしはミランダをにらむと廊下を歩きだした。「わかってるくせに」

「ええ、わかってますとも」わたしたちはランドリールームへ入っていった。「でもまあ、あんたのいうとおりかもね。あんたが帰ってきたのは男を見つけるためじゃない。その男がとんでもなくセクシーで、あんたのことをきれいだといってくれたとしてもね」シーツ類を洗濯機に押し込み、洗剤のボトルをつかむわたしにミランダはいった。「あんたは自分の人生をはじめるために帰ってきたんだから」

洗濯機に洗剤を注いでいた手がびくっと跳ねた。あんたは自分の人生をはじめるために帰ってきたんだから。ミランダのいうとおりだ。くやしいけれど、ぐうの音も出ない。

洗濯機のふたを閉めると、わたしは彼女に顔を向けた。「今夜わたしはあなたやジェイソンと食事に出かける――」

「それはすごいことだよ。ジェイソンと会うのが簡単なことじゃないのはわかってる」ミランダがさえぎった。「でも、そこで満足しちゃだめ。せっかく帰ってきたのに、過去の影に怯(おび)えて暮らすなんて」

「これでも頑張ってるのよ。ほんの数日前に帰ってきたばかりにしてはね」

ミランダは両手を腰に当てた。「わかってる。でも、もうちょっと頑張ってコールの誘いを受ければ――ねえ、どうしていまこんなことしてるの？　あんたが洗濯しているところを見ていると、手伝わなきゃいけないような気分になってくるんだけど」

わたしはにやにやしながら洗濯機のスイッチを押した。「もう終わった」

「よかった。罪悪感で胃に穴があきそうで、あやうくあそこにあるタオルをたたむところだったわよ」

わたしは噴きだし、ミランダを従えてランドリールームを出た。狭い階段をおりてキッチンに着くころには、わたしの胃が緊張でしくしく痛んでいた。「ジェイソンとの約束は何時だった？」

「あと二十分くらい」ミランダはわたしの肩に手をおいて、ぎゅっとつかんだ。

「きっと楽しめるから」

わたしはミランダがくる前に着替えたセーターの裾を直した。「楽しめないと思っているような顔をしてる？」

「少し青い顔をしてる」ミランダはうっすらほほえんだ。「ちょっと座ったほうがよさそうな感じ」

「やめてよ」わたしたちはキッチンを出てフロントへ向かった。玄関ドアのガラスの向こうはすでに暗かった。日はとっくに沈んでいる。

「ところで、今日の髪すごくいい。そうやっておろしているのも似合うよ」ミランダはわたしにウインクした。「緊張して当然。ジェイソンに会うのは十年ぶりなんだし」

「緊張している理由はそれだけじゃないの」わたしはフロントデスクのそばの椅子に

どさっと腰を落とした。「この町のレストランに入るのも十年ぶりなのよ。ずっと人前に出るのを避けていたから」

「心配いらない、誰もあなたに目もくれないって、わたしもさっきいったんだけどね」

声のほうに目をやると、母が手すりをなぞりながら中央階段をおりてくるところだった。「よけいな心配だってことはわかっているけど、心配くらい好きにさせてよ」

ミランダが母を見て眉をあげた。「むちゃくちゃなことといってますけど」

「ほっといて」わたしは電話を確認した。メッセージはなし。「食事しながらワインをボトル一本空けちゃうかも」

「どうぞご自由に。運転するのはわたしだし」ミランダはにやりとした。「それにレストランは通りの先で、ここから一キロちょっとしか離れていないから、ふたりして酔っ払って千鳥足で帰ってきたっていいしね」

「それもいいかも」いいながらデスクの引き出しに手を入れてバッグを取りだした。携帯電話のバッテリーがたっぷり残っていることを確認する。「それならわたしが先に帰りたくなっても——」

「まず、あんたは肉汁たっぷりの分厚いリブロース・ステーキを食べ終えて、デザートのフォンダンショコラを注文するまで帰りたくなんかならない」ミランダの話を聞いただけで、期待で胃がぐうぐう鳴りだした。「次に、あんたが早めに店を出たくなったときは、わたしも一緒に帰る」

「帰りたくなんかならないわよ」母はデスクに寄りかかった。「サーシャはレストランでステーキとデザートを食べて、ワインを飲んで、愉快に過ごすんだから」

わたしは大きく息を吸い込むと、念を送るかのようにわたしを見つめている母に笑いかけた。不安をおぼえるのは無理のないことだけれど、いまわたしが感じている不安には剃刀（かみそり）の刃先ほどわずかに恐怖に似た味がまじっていた。朝からずっと高まりつづけているその感情が馬鹿げているということも、不合理だということもよくわかっている。だからこそ今夜、社会にうまく適応しているごくふつうの二十九歳のように外出することにしたのだ。

「悪いんだけど」椅子から腰をあげ、バッグを腕に通したとき、母がミランダに声をかけた。「この子を説得してくれない？　コールに――」

「お母さん」わたしは声を張りあげた。

「――電話するようにって」お構いなしに母は続けた。「あんないい男の電話番号を知っていて電話しないなんて、わが娘ながらほんと信じられない」

まずい。

ミランダの目がきらりと光った。「じゃ、コールは本当にセクシーだったんですか？」

「それはもう。サーシャからあの名刺を取りあげて、わたしが電話しようかと思ったくらいよ。おとなになった彼をあなたにも見せたかったわ。あの青年は、いまや立派な男よ」

まずいって。

ミランダはげらげら笑った。「なら、なんとしてもいまのコールを見てみないと」

母は髪の毛を撫でつけながらうなずいた。「ええ、あれは一見に値する。彼、フランネルのシャツを着ていたんだけど、あれを着てすてきに見える男なんてまずいないのに、コールときたら――」

「ほら、そろそろ出かけないと」わたしはフロントデスクの奥から出て、母の頬にキスした。「外出のついでになにか買ってくるものはある？」

「あなたは楽しんでくれればそれでいいの」母は答えた。

わたしは体を引きながらほほえんだ。ああ、お母さんがわたしの母親でよかった。

わたしはとんでもなく幸運だ。いってきますと声をかけてから、ミランダのあとについて肌寒い夜気のなかに出た。ミランダの真っ赤なフォルクスワーゲン・ジェッタは、誰かが窓ガラスの総入れ替えを思いつくまでわたしの車が停まっていたスペースにあった。保険会社の調査員の査定がすめば、わたしの車もこの週末までには元どおりになるはずだ。

ミランダの車に乗り込むと過去に戻ったような気がした。助手席に座るわたし。車用アロマ・ディフューザーのさわやかなりんごの香り。車の前をまわって運転席へ向かうミランダを待ちながらちらりとうしろに目をやって、わたしは思わず頬をゆるめた。後部座席は一週間分のカーディガンとポンチョで埋まっていた。

あのころみたいに。

駐車スペースから車を出し、ドライブウェイの出口で一旦停止するまで、ミランダは妙に静かだった。「わたしたち、コールのことであんたを困らせているよね」ミランダの声に、わたしは運転席に目をやった。ミランダは前方の道路を一心に見つめていた。「そりゃ、あんたのお母さんもわたしもあんたがコールとよりを戻せばいいと思ってるよ。でも、あんたがためらう理由もわかっているから」

わたしはごくりとつばを飲んでからうなずいた。「うん」

「あんたにつきあっていた人がいるのは知ってる」長い間のあと、ミランダは続けた。

「どの人とも本気になれなかったこともね」

ミランダが車の流れに合流すると、わたしは視線を道路へ戻して頬の内側を嚙んだ。何人かいた交際相手とはセックスまで進んだ。初めてのセックスはフロリダの大学の四年生のときで、初めての——〝花婿〟事件のあと初めてで、すっかり取り乱してしまったのだ。惨憺(さんたん)たるものだった。終わったあとで、すっかり取り乱してしまったのだ。でも時がたつにつれてそういうこともなくなっていった。それでもミランダのいうとおりだ。どの相手ともひと月以上続くことはなかった。理由はわからないけれども。

「昨日は一日じゅう、今日もほとんどコールの誘いのことを考えてた」わたしは打ち明けた。

頭がどうにかなりそうなほど考えに考えたけれど、コールとの再会にわたしはとまどっていた。正直いって、コールのことを考えるのはよくあることだった。でも彼と話をしたり、また会ったりするのは儚(はかな)い夢、眠れぬ夜を慰める馬鹿げた空想でしかなかった。

空想の世界のわたしたちはおたがいの仕事について語り合い、いまも心でつながっていることに気づく。コールはわたしにキスするけれど、わたしの頭に……彼のことは浮かばない。べつの空想では、わたしたちが再会したときコールには奥さんも子どももいて、わたしは一抹の寂しさをおぼえながらも彼が幸せなことに満足する。叶うはずがないと思っていたことが現実になり、おたがいの仕事のことや、この十年間の意味について語り合う機会を得られたことに、どうにも頭がついていかなかった。

「それで?」黙り込むわたしをミランダが促した。

わたしはシートの背に寄りかかった。「それで、わたしの気持ちは……彼と食事に出かけるほうに大きく傾いてる」

ミランダはすぐには答えず、最初の赤信号で——気分的には五百番目の信号ぐらいに感じたけれど——停まったところでいった。「だけど?」

「だけど……」わたしはバッグのストラップをぎゅっと握った。だけど……考えるだけでもつらいけれど、コールはわたしを不安にさせるのだ。初めて会ったときもそうだった。誰かに見つめられただけであんなふうになったのは初めてだったから。この世界に彼とわたししか存在しないみたいに思えた。話せば話題が尽きることはなかったし、コールにキスされたときは? いまでも憶えている。キスしただけで頭がどうにかなりそうだった。体じゅうの細胞に火が点いたようになった。コールといると崖っぷちに立っているような気持ちになる。頭から飛び込んでしまいそうになる。あれ以来、そんな気持ちになったことはない。ただの一度も。

コールはわたしを怯えさせる。

なぜなら彼は、手にできるはずだったのにできなかったすべてのことの象徴だから。

そういうことを言葉できちんと説明できるかどうかわからなかった。「どうかな」だからバッグのストラップを握る手をゆるめながらそれだけいった。「ひょっとしたら電話するかも」

「かも、ね」ミランダはいったが、わたしの言葉を信じていないのは明らかだった。


十年前にはなかったそのステーキハウスは、繁華街とは名ばかりのダウンタウンにありながらびっくりするほどにぎわっていた。わたしたちのテーブルは細長い一階の奥、二階の個室にあがる階段のそばの薄暗く静かな一角にあった。

テーブル担当の二十代後半のブロンド女性――リズと名乗った――がグラスに水を注ぐあいだ、わたしはうなじのあたりがぴりぴりするのを感じていた。とはいえ、誰もこちらに注意を払っていないようだったし、気のせいだと自分を叱った。

ミランダが携帯電話をちらっと見た。「そろそろジェイソンもくるはずなんだけど」

わたしは髪の毛の下に手を入れてうなじをさすりながら周囲に目をやった。はす向かいのテーブルについているのは、スーツ姿の男性のグループだった。全員が中年で、見覚えのある顔はひとつもない。どの顔も上座にいる茶色い髪の男に向けられていた。誰だか知らないけど、見たところ重要人物のようだ。「すごくいい店ね」

「オープンして三年くらいになるかな」ミランダはメニューに目を落とした。「チェーン店じゃないレストランのなかでは最長記録ね」

「よくくるの？」そのとき上座の男がこちらに顔を向けた。目と目が合った。男は目を見開き、首元に手をやって赤いネクタイの位置を直した。じろじろ見ていたことに気づかれた。わたしはあわてて目をそらした。

ミランダはメニューをめくりながら首を横に振った。「そうでもない。でもあんたも帰ってきたことだし、ここはホテルからも近いから、週に一度は仕事のあとで食事につきあってもらうからね」

わたしは笑みを浮かべ、ふたたび顔をあげた。メニューに集中できず、店内にさまよわせた視線が、白いボタンダウンシャツに黒っぽいジャケットを着た長身の男性の上をいったん通り過ぎ、すぐまた戻った。わたしは眉をあげ、テーブルに手をおろした。

次の瞬間、大またでこちらに歩いてくるその男性が誰かわかった。髪の色は濃くなっているし眼鏡（めがね）もかけていないけれど、おとなになってもかわいかった少年の面影は残っている。

「ジェイソン？」わたしは椅子をうしろに押し下げた。

立ちあがったわたしに、ジェイソンはにこっとした。「サーシャ、元気そうだね」

感情が込みあげてきて喉がつまり、わたしは前に踏みだした。ジェイソンに会ってこんな気持ちになるなんて思いもしなかった。彼の体に腕をまわし、目をきつく閉じた。ジェイソンはわずかに身を固くしたあと、ぎごちなくわたしの背中に手をまわした。

ああ、やっぱりジェイソンだ。とにかく不器用で、最後に泣きじゃくるわたしを抱き締めてくれたときもこんなふうだったっけ。

「すてきになっちゃって」体を引いて彼を見あげた。「眼鏡はどうしたの？」

「レーシックの手術を受けたんだ」ジェイソンはわたしを見おろした。「すてきなのはきみのほうだよ、サーシャ。十年の年月は……きみにだけやさしかったみたいだな」

わたしは声をあげて笑うと、ふたたび椅子に腰をおろした。膝が少しがくがくした。

「ありがとう」

「どうしてわたしのことはハグしてくれないのよ？」ミランダが口を尖（とが）らせた。

ジェイソンはくっくっと笑うと、ジャケットを脱いで椅子の背にかけた。ひょろりと背の高い体形も昔のままだ。「それはたぶんきみとは週に二度は会っているけど、サーシャとは十年ぶりだからじゃないかな」

「あら。会うたびにハグしてくれたって、わたしはちっともかまわないけど」

ジェイソンはやれやれというように首を振ると、テーブルの上で両手を組み合わせた。目を落とすと、ゴールドの指輪がちらりと見えた。ジェイソン、結婚したの？ 茶色い目がわたしの顔をまじまじと見た。「目の前にきみが座っているのがまだ信じられないよ。本当に久しぶりだね」

「ええ」わたしは唇を湿らせ、まずは難問を片づけてしまうことにした。「最初に謝らせて。あのことのあと、あんなふうに……出ていってしまってごめんなさい。あなたは友だちだったのに。力になろうとしてくれたのに、わたしは――」

「いいんだ」ジェイソンは手を振った。「謝る必要なんてない」

「いいえ、あるわ」

ジェイソンはミランダに目をやった。「きみからもいってくれよ」

「サーシャが謝りたいっていってるの」ミランダは切り返した。

「ごめんなさい」わたしは言葉を重ねた。「本当に」

「謝る必要はないと思うけど、謝罪は受け入れた」ジェイソンが顔を左に向けるとウェイトレスがやってきた。白ワインをボトルで注文したあと、ジェイソンはわたしに向き直った。「ところで、ミランダから聞いたけど、車のことは災難だったね。保険会社の査定が入ったあとで訊きたいことが出てきたら電話して。力になれると思うから」

「そうさせてもらう」ウェイトレスがワインを持ってあらわれ、料理の注文を取るのを待ってから、わたしは尋ねた。「ところで、その結婚指輪だけど。いつ結婚したの？」

「あらやだ」ミランダがワイングラスをジェイソンのほうに押した。「話していなかったっけ？」

わたしは眉根を寄せた。

「これか？」ジェイソンは手元に目を落とし、右手で左手をさっと撫でた。「結婚したのは六年前だ。きみは会ったことがないんじゃないかな。キャメロンはこのあたりの出身じゃないから。じつをいうと、いまは別居中でね。彼女はオハイオの実家に帰っているよ」

「やだ！　ごめん……」わたしは口ごもり、ミランダのほうを横目で見た。やけに真面目くさった顔でワインをすすっている。こんな大事なことをいい忘れるってどういうこと？「そうとは知らなくて」

「いいんだ、気にしていないよ」ジェイソンはさらりと受け流したが、気にしていないというのは本当だろうかと思った。大学時代のジェイソンは物静かでやさしかった。傷つきやすいタイプではなかったけれど、結婚したら長続きしそうな人に見えた「それより」ジェイソンが咳払いした。「きみのほうこそどうなんだ？　アトランタに置き去りにしてきた男がいるんじゃないのか？」

「まさか」わたしはワイングラスを取りあげた。「真剣につきあった人はいないから」

「土曜の晩にコールが訪ねてきたらしいわ」ミランダがいい放った。

「ミランダ」わたしは彼女のほうにさっと首をめぐらせ、ため息をついた。

ジェイソンの顔を驚きの表情がよぎった。「そうなのか？」

「そうなのよ。サーシャを食事に誘ったんだって。断ったらしいけど」ミランダはわたしに向かってワイングラスをあげた。「考え直せっていってるんだけどね」

コールと会うのをためらう理由はわかるといったのはどうなったのよ？　たぶんワインに口をつけた瞬間にどこかへ行ってしまったのだろう。

「そうか」ジェイソンは椅子に深く座り、ゆったりと腕を組んだ。「コールがいまもこのあたりに住んでいるとは知らなかった。もう何年も会ってないな」

なんといえばいいのかわからなかった。

「でもいいやつだったじゃないか」ジェイソンはグラスをテーブルにおいた。「それにあのころきみは彼に夢中だったはずだよ。旧交をあたためるのもいいんじゃないかな。誰に迷惑をかけるわけでもないんだし」

わたしは口を開いた。でも、なにがいえる? ジェイソンのいうことは正しい。コールと食事に出かけても誰にも迷惑はかからない。わたしが馬鹿げた不安を克服すればいいだけの話だ。だとしても、それは口でいうほど簡単じゃない。

テーブルに影が落ち、わたしは顔をあげた。はす向かいのテーブルの赤いネクタイの男が立っていた。近くで見ると五十代半ばというのがわかる。頬がたるんで顔にしまりがなくなってきているし、茶色の髪は頭頂部が薄くなっていた。彼は小さいけれど眼光鋭い目でテーブルをさっと見まわすと、ジェイソンに軽くうなずいた。「やあ、ミスター・キング。ミズ・ロック」その目がわたしに落ちた。「ミス・キートンだね?」わたしの名を呼ぶときだけ声が高くなった。

この人、何者?

ミランダにちらりと目をやったが、彼女はワイングラスごしにわたしを見返すばかり。助ける気はないってことね。「そうですが」

男は硬い笑みを浮かべた。「私を憶えていないかな？　まあ、無理もないか。会うのはずいぶん久しぶりだからね」

わたしはすがるような目でジェイソンを見た。ジェイソンは男から離れるように椅子を少しずらした。「こちらはマーク・ヒューズ——マーク・ヒューズ町長だ」ジェイソンは説明した。

「どうも」マーク・ヒューズだかなんだか知らないけど、町長だというなら愛想よくしておいたほうがよさそうだ。だからわたしはにっこりした。

ヒューズ町長はブレザーのボタンを留めた。「きみが町にいるころは金物屋の主人だった。店はいまもあるが、最近はなにかと忙しくて開ける暇がなくてね」

金物屋のことはおぼろげに記憶があったものの、店主の顔は空白のままだったので、わたしは笑顔でうなずきながらリブ・ステーキはまだかなと考えていた。

「きみが帰ってくると聞いたときは非常に驚いたよ。先週、商工会議所の集まりできみのお母さんが話していたんだ」ヒューズはそう説明した。どんな会話の流れでわたしの話になったのかは見当もつかないけれど、お母さんはたぶん浮かれていたのだろう。「きみが戻ったことで……問題が起こらなければいいのだがね」

「問題？」わたしはおうむ返しにいってからテーブルを見まわした。「なんのことをおっしゃっているのかわからないのですが」

「いやね、このあたりじゃきみは有名人だから。少なくともマスコミにとってはね」肩を怒らせるヒューズ町長の横で、わたしは自分の聞き間違いではないことを確かめるために頭のなかで彼の言葉を再生していた。「なんといってもきみは現実に起きたセンセーショナルな生還劇の当事者だ。そんなきみが町に戻ったことを嗅ぎつければ、マスコミはきっとそれを売りものにしようとするはずだ」ひと呼吸おいてから続けた。「あるいは、売りものにするのはきみのほうかもしれないが」

ミランダが首をかしげ、グラスをテーブルにおろしたが、どちらかというと手から落ちたという感じだった。

「いまなんて？」わたしはあまりのことに笑いだした。うなじがまたちくちくしはじめたが、今回は神経が昂(たかぶ)っているせいではなかった。これはいらだちだ。

「ヒューズ町長」ジェイソンが口を開き、テーブルに片手をついた。「サーシャは――」

あいだに入ろうとするジェイソンの気持ちはうれしかったけれど、わたしは手でそれを制した。誰かに擁護してもらう必要はない。「わたしは自分の経験をセンセーショナルだと思っていないし、追体験したいとも思いません。たとえそれが商売になるとしても」

ヒューズ町長のたるんだ頬が紅潮した。「気に障ったのなら申し訳ない」

わたしは彼の目をにらみ返した。ええ、大いに気に障った。それにいまは寛大な気分になれそうにない。空腹のあまり胃が不満の声をあげていては無理だ。

ヒューズは周囲に目をやってから声を落とした。「私は過去をほじくり返されたくないだけだ、ミス・キートン。わかるだろう」

「その点あなたはうまくやっていますものね」ミランダが皮肉たっぷりに笑った。「すっかりなかったことにしちゃって」

ヒューズはミランダの発言を無視した。「〝花婿〟による一連の事件で、この町は大いに苦しみ――」

「苦しんだ？　この町が？」わたしの喉から、またしても奇妙な笑いがもれた。「その汚名と不安を払拭するのに何年もかかった」彼は続けた。「善意から出た不都合な会話がよからぬ人間の耳に入ることで、その努力が無駄になるのを見たくないのだよ」

わたしは開いた口がふさがらなかった。当時どんなインタビューにも答えなかったわたしが、いまさら事件のことをマスコミに話すと、この人は本気で考えているの？「食事の邪魔をして悪かった」ヒューズ町長はそういうと、うしろに下がった。「みなさん、よい夜を」

「町長さんも！」ミランダは明るく返したが、町長が背中を向けたとたん中指を立てた。

「なにあれ」わたしはグラスに手を伸ばし、一瞬で中身を半分にした。「嫌なやつ」

「ふだんはのんびりした男なんだけど、いまはストレスでぴりぴりしているんだと思う」ジェイソンがいった。「なにしろ、今朝あんなことがあったばかりだからね」

「ジェイソン」ミランダが凄みのある声を出した。

わたしはふたりの顔を交互に見ながら眉をひそめた。「なんなの？」

「なんでもない」ジェイソンはワイングラスに目を落とした。

「今朝なにがあったの？」わたしはテーブルに両肘をついて身をのりだした。「ねえ、いいかけたことは最後までいって」

「困ったな」ジェイソンはグラスの脚を指で撫でおろしながら眉をあげた。「ミランダにぶん殴られるよ」

「どっちにしろ、ぶん殴るけどね」ミランダは頭を振りつつ、ぴしゃりといい返した。

く訊く。

「なんなの、ジェイソン？」じゃれ合うようなふたりのやりとりを無視して、しつこ

ジェイソンはため息をついてミランダに顔を向け、ミランダは口をすぼめた。「どのみちどこかから耳に入るんだ。そうだろう？」

「そうだけど、なにもいまここで耳に入れなくてもいいじゃないの」ミランダはグラスを取りあげ、中身を飲み干した。それからテーブルにグラスを戻して、まっすぐにわたしの目を見た。わたしの背中を不安が這いあがった。「さっきみたいなことがあったあとなんだし」

「いいから」いらだちが募り、わたしはゆっくりといった。「いま聞かせて」

「今月の初めにフレデリックに住む女性が行方不明になった」ジェイソンの説明は、わたしがラジオで聞いてすでに知っていたことだった。「この話は知っている？」

わたしはうなずいた。「少しだけだけど」

「じつは、あの事件に進展があったんだ。ぼくがそれを知ったのは、彼ら――州警察の警官のことだけど――が、いつも〈ザ・グラインド〉にコーヒーを買いにくるからなんだ。まだ公にはなっていない。発表されるのは今晩か明朝だと思う。ミランダには今日の昼休みに話した。ニュースになる前にきみに知らせておいたほうがいいと

思ったからだ」ジェイソンの茶色い目がわたしの目をとらえると、胃のなかに不安が毒草のようにはびこった。「今朝早くその女性が……遺体で見つかったんだ」

「なんてこと」わたしは手で口を押さえた。

「いまのところ警察は顔見知りによる犯行と考えている。まあ、ふつうはそうなんだろうし」けれどもジェイソンの目に浮かんだ苦しげな表情は、話はまだ終わっていないと告げていた。

わたしは口元にあげた手を膝におろして身を硬くした。「まだ続きがあるのね？」

「たぶん、ただの偶然よ」ミランダの声は小さかった。

心臓が跳ねた。「なんなの？」

「問題は遺体が見つかった場所なんだ、サーシャ。国道十一号線から少しはずれたところにある古い給水塔の裏」ジェイソンの言葉に、わたしは椅子の上で体を引きつらせた。「〝花婿〟が……遺体を遺棄したのと同じ場所だ」

7

わたしはゆっくり目を覚ます。何日も眠っていたみたいな気分で、まぶたをこじ開けるのに時間がかかってしまう。部屋は暗く、なにも見えない。顔から一センチのところすらも。喉は紙ヤスリがつまったみたいにざらつき、頭はずきずきしている。混乱して頭がよくまわらない。寒い。すごく寒い。隙間風が肌を、むきだしの肌を撫でていく。ここはどこ？ 起きあがろうとするけれど、手も足も動かない。

もう一度やってみようとして、心臓がどくんと跳ねる。体が――なにかでマットレスに固定されている。わたしはそこではっとする。思いだした！ わたしは自分の車に向かって歩いていた。バンが見えた。スライドドアが開く音がして――。

体の奥で恐怖がはじけ、心臓と喉を締めつける。わたしは縛（いまし）めを解こうともがく。なにかの金属が――ベッドのフレームだ――カチャカチャと鳴る。手首と足首に激痛が走るが、わたしはそれを無視する。ここから逃げなくては。どうにかして――。

「起きたかい？」闇のなかから声がする。「心配しはじめていたところだよ」

わたしは息を止め、周囲に広がる虚空に目を凝らす。人が動くかすかな気配に耳をそばだてる。ベッドが揺れ、マットレスが沈む。わたしは目を見開き、心臓がありえないほどの速さで打っている。

誰かの手が頰に触れる。わたしは悲鳴をあげ、押しのけようとするがどうにもならない。やめて。いや、いや、いや。

「だめだよ」彼がいう。「きみとけんかはしたくない。それだけはしたくないんだ」

恐怖に心臓を鷲掴みにされ、わたしはかすれた声で絞りだすようにたったひと言いう。「お願い」

髪に手が差し入れられるが、そのしぐさは意外にもやさしい。満足しているみたいに。「それでこそぼくの花嫁だ」

またしても悪夢を見たあと、わたしはもう眠れなかった。今回はベッドに横になったままでいることすらできなかった。それでリビングに向かい、テレビをつけた。深夜の通販番組が、これさえあれば世界を救えるとばかりにフードプロセッサーを売り込んでいたが、ソファの上でやわらかいブランケットにくるまるわたしの耳にはなにも届かなかった。

わたしは〝花婿〟のことを考えていた。

彼は死んだ。

生きていたら、いまは六十代だ。年を取ったからといって犯行を続けられないということにはならないが、それでも犯行が容易でなくなるのは想像がついた。

囚われているあいだ〝花婿〟の顔は一度も見たことがなかった。室内は真っ暗だったし、そうでないときは目隠しをされていたからだ。初めて彼の顔を見たのは、入院中にFBI捜査官が持ってきた写真でだった。事件に群がってくるマスコミは一切避けていたし、写真を見たのも一度きりだが、その顔は脳裏に焼きついている。だから監禁時の夢を見るとき、実際には見たことのない〝花婿〟の顔が出てくることがあった。

わたしは身震いして膝を胸に引き寄せた。心の底ではあの気の毒な女性の死と〝花婿〟のあいだに関係はないとわかっているのに、どうしても考えがそちらに行ってしまう。あのがりがりに痩せたブルネットの美人ニュースキャスターのせいだ。彼女はなんといっていた？「遺体が見つかったのは、〝花婿〟が被害者の遺体を捨てた忌まわしい場所でした」

遺体を捨てた。

わたしは目を閉じ、唇をきゅっと結んだ。これより腹立たしい言いまわしは数えるほどしかない。まるで道路際に捨てられたゴミみたいに。被害者は罪のない女性たち——誰かの姉妹であり娘であり、友人であり恋人であった六人の善良な女性たちだ。たとえ死んだあとだろうと、ファストフードの空箱かなにかみたいに捨てられていいはずがない。

でも今回の被害者の身に起きたことは〝花婿〟とは関係ない。彼は死んだ。わたしが死んでいないのがその証拠だ。だから被害者の遺体が、〝花婿〟が好んだのと同じ場所で見つかったのは、単なる偶然ということになる。

だとしても、気分は晴れなかった。

わたしは目を開け、震える息を吐きだした。ソファから腰をあげ、前庭に面した窓のところへ歩いていった。カーテンを脇に寄せ、ひんやりした窓ガラスに額を押しつける。

闇に沈む庭を見つめながらヒューズ町長との一件を思い返した。わたしが〝花婿〟事件のことをマスコミに話すと、町長は本気で考えているのだろうか？　そんなことを考える人の気が知れない——。

ぼんやりした影のようなものが庭を横切り、生け垣のなかに消えた。胃がうねり、わたしは窓から飛び退いた。ブランケットが肩からすべり落ちる。すぐにまた窓に飛びつき、カーテンをぐいと開けた。

眼下の庭に視線を走らせるあいだも心臓が激しく打っていた。いまのはなに？　わからない。影は人くらいの大きさに見えたけれど、一瞬のことではっきりしなかった。見間違いでないともいい切れない。

なにか動くものはないかと、しばらく窓の前に立っていたが、ドライブウェイ沿いに植えられた樫の木の枝が風に揺れているだけだった。

「ああ、いやだ」カーテンを引いて窓に背を向け、ブランケットを拾いあげた。ついにありもしないものまで見るようになってしまった。

帰ってきたのは間違いだったのだろうか？

「そんなことない」わたしは誰にともなくつぶやいた。帰ってきたのは正しい選択だった。取るべき道はそれしかなかったのだ。

ソファの前を通り過ぎ、リモコンを取りあげてテレビを消した。寝室に入り、サイドテーブルの明かりを点けた。ベッドに浅く腰かけ、長方形の小さなカードを手に取った。

暇さえあれば見ていたから、名刺に書かれた文字も番号もすっかり憶えてしまった。

親指で名刺を撫でながら、ミランダにいわれたことを思い返した。なんの気なしにいったことだろうけど、シンプルなのに重い言葉だった。

わたしは自分の人生をはじめるために帰ってきたのだ、と。

被害にあった女性の顔写真が頭に浮かんだ。マスコミが見つけてきたのは、勤務先の病院の身分証に使われていた写真だった。彼女は若かった。三十代前半か二十代後半といったところか。薄茶色の髪にはブロンドの縞が入っている。美人で、笑顔は希望に満ち、目は熱意できらめいている。彼女は生きていた。何者かがそのきらめきを奪うことを思い立つまでは。

一面識もないこの女性は、やり直す機会を与えられなかった。つらい経験から立ち直るために何年間もセラピーを受けることもできない。彼女の物語は章の途中で終わってしまった。

わたしは大きく息を吐くと、名刺をサイドテーブルにおいた。

死には二種類ある。ひとつは現実の死。この気の毒な女性のように肉体も魂もすべてが消滅してしまう死だ。そしてもうひとつの死は――魂の剝ぎ取られた肉体だけが、ただの抜け殻として存在しつづけること。

立ちあがり、リビングのほうに足を向けたところで、自分がどこでなにをするつもりでいるのかわからないことに気がついた。わたしは両手で顔をおおい、息を止めた。

十年前にわたしは死んだ。

体に負った傷や……さまざまなダメージのせいじゃない。わたしを殺したのはべつのもので、それ以来ただ存在
しているだけだった。そんなこと、いわれなくてもわかっている。

喉がひりひりしだした。

町を出てもだめだった。事件と折り合いをつける時間ができただけだった。百パーセント克服しなくてもいい、ただ……折り合いをつける。セラピストから五百回くらいそういわれた。それもわかっている。

肺が焼けるようだ。

この町に帰ってくることは、もう一度やり直すということだ。やるつもりでいたことを実行するということだ。母の仕事を手伝い、ゆくゆくはホテルを引き継いで、子どものころからの夢を叶えるということだ。わたしは中断していた人生の章を再開しようとしているのだ。

目の前にチカチカする光があらわれた。

〝花婿〟に遭遇する前、わたしの人生にはコールが含まれていた。わたしたちの関係

がどこに向かっていたかはわからないけれど、彼とのあいだにはなにかが、なにかすばらしいものがあった。あのまま交際を続けていたら、わたしたちなりのハッピーエンドを見つけていたかもしれない。それとも徐々に気持ちが離れて、べつの誰かと出会っていただろうか。そんなことはいまさらどうでもいいことだし、仮にわたしがあの名刺を取りあげてコールに電話したとしても、一度食事をするだけで、そのあとは二度と口もきかないかもしれない。でもコールに電話すれば、わたしはついに人生の章を再開することになる。

そうなったら、もう庭やベランダに落ちた無害な影のなかに〝花婿〟を見ることもなくなるかもしれない。実体のない目に見られているという感覚も消えるかもしれない。悪夢もやむかもしれない。わたしはようやく人生をはじめられるかもしれない。

口を開けて大きく息を吸い込み、焼けつくような喉と肺を冷たい空気で落ち着かせた。それから両手を体の脇におろしてサイドテーブルのところへ戻った。

そろそろ物語を再開する頃合いかもしれない。

「もうあがるけど、その前になにかやることある？」弾むような足取りでキッチンに入ってくるとアンジェラはいった。

わたしは母がつけている昔ながらの革装の帳簿から顔をあげた。午後の大半を費やし、〈スカーレット・ウェンチ〉にビジネス面でも二十一世紀を導入しようとしていたせいで指が攣りそうだった。それに自分で自分の目を突き刺したい気分でもあった。スプレッドシートに数字や領収書の内容を入力していくのは、壁紙を爪で剝がすのと同じくらいワクワクワクする作業だからだ。ノートパソコンの横にはぬるくなったコーヒーがおいてあった。

「こっちは大丈夫よ」わたしは、こりをほぐそうと首のうしろを揉んだ。「今夜は試験があるんじゃなかった?」

「レポートよ」アンジェラはにっこりし、カールしたブロンドの髪を耳のうしろに撫でつけた。「昨夜のうちに終わらせたけど、もう一度目を通したほうがいいかも」

いまやっていることにくらべたら、レポートを書くほうがましだ。わたしは蛍光マーカーを取りあげた。空色にしよう。「そうなんだ、頑張ってね。わたしの応援なんかいらないと思うけど」

「ありがとう。また明日」アンジェラはドアのところでためらい、くるりと向きを変えて戻ってきた。そして唇を嚙みながらわたしのことをじっと見た。

わたしは身構えた。「アンジェラ、どうかした?」

「どうもしないんだけど」アンジェラはピンクのセーターのおなかのところにあるポケットに両手を突っ込んだ。「あなたが大丈夫かどうか訊きたくて」

なんのことかわからないふりをしたかったが、自分をまぬけに見せる趣味はなかった。行方不明の女性の遺体が発見されたことは、今日の昼過ぎには誰もが知るところとなった。朝刊が一面トップで報じたのだ。食事の用意をしようとわたしがキッチンに入っていくと、母はお昼のローカルニュースの途中でテレビを消した。平気だからといっても聞かなかった。

平気にならなくてはいけないのだ。

この先ずっと無差別の殺傷事件を見ないふりして生きていくわけにはいかないのだから。できればそうしたいと思っている人は山ほどいるだろうけれども。

「ちょっと薄気味悪いけど」太いマーカーを手のひらで転がしながら、わたしはやっとのことでそういった。「でも大丈夫よ」

「本当に薄気味悪い」アンジェラは自分のスニーカーに目を落とした。「ニュースを聞いたとき、あなたのことを考えた」

「わたしは平気だから。考えるならあの女性とご家族のことにしてあげて」わたしはマーカーをデスクにおいた。「でも心配してくれてありがとう」

アンジェラは視線をあげた。「うん。あなたが経験したことを考えれば、きっとつらいだろうなと思って。ありえないような偶然が起きただけだってことはわかっているんだけど。そうはいっても……どこかおかしい気がして」

わたしは眉根を寄せた。「おかしい点ならいくらでも思いつくけど」

「そうだけど」アンジェラは重心を左右の足に移しながらいった。「でも、同じ場所を使うなんて……」彼女はごくりとつばを飲むとバッグの口を開けた。「なにかいわくありげっていうか」

ノートパソコンのスクリーンがちらちら揺れてスリープモードに入った。「犯人はあそこがいわくつきの場所だってことを知らなかったのかもしれない。可能性はある」

「たしかに」アンジェラはバッグのなかに手を入れた。「あの場所のことを知らない人間がしたことかもしれない。だけど……この手の犯行はたいてい顔見知りによるものだというでしょう?」

わたしは無言でうなずいた。

「午後のニュースでいってたけど、被害者の女性も彼女の夫も近隣三州の出身だそうよ。どちらの家族もあの場所のことを知らないはずがない」

ノートパソコンの画面が消えた。「彼女の知り合いで、このあたりの出身じゃない人間のしわざかもしれない」

アンジェラは片方の肩をあげた。「彼女がどんなふうに殺されたかニュースではいってなかったけど」

胃がむかむかした。「しばらくは報道されないでしょうね。もしかしたら、一切報道されないかも」〝花婿〟の最初の犠牲者の死の詳細をニュースが伝えるまでに数週間かかった。「そういう情報は捜査に支障が出ないと確信が持てた時点で発表するものだと思う」

「なるほど」アンジェラはうなずき、それからこわばった笑みを浮かべた。「ごめん、こんな話したくないよね。わかっているんだけど……」

「いいのよ」アンジェラが初めて事件の話を持ちだしたとき、あんな反応をするんじゃなかった。「こういうことが起きたとき、それについて話したいと思うのは人間の性だから」わたしはそこで言葉を切り、すっかり冷めてしまったコーヒーに口をつけた。うう、まずい。「あのときも事件の話で持ちきりだった。一連の事件に関連性があるとわかる前からね。わたしも話したし。ふつうのことよ。だから謝らないで」

今度アンジェラが浮かべた笑みは作りものではなかった。「ありがとう」彼女は一歩うしろに下がった。「さてと、そろそろ行かないと――ああ、やっぱり」眉をひそめ、バッグのなかから手を出すと、目をぐるりとまわした。「鍵を忘れた」

母が話していたことを思いだし、わたしは頬をゆるめた。アンジェラはキッチンを突っ切ってスタッフルームに飛び込み、少ししてキーホルダーを手に意気揚々と戻ってきた。「あった！」

わたしはひらひらと手を振ってアンジェラを見送った。そして彼女にいわれたことを考えはじめてしまう前に、ノートパソコンのマウスをクリックして仕事に戻った。

一時間後、母が戸口から顔をのぞかせた。「あなたにお客さんよ」

その顔に浮かんだ満面の笑みの意味を吟味する間も与えず、母は引き戸をいっぱいに開けてその〝お客〟の正体を明かした。

呼吸が喉に引っかかり、わたしは椅子にきちんと座り直した。

母の横にはコールがいた。

真っ先に頭に浮かんだのは、ああ、暗色のスラックスと白いボタンダウンシャツがすごく似合ってる、ということだ。外はかなり寒いのにジャケットは着ていない。次に考えたのは、たしかにコールに電話すると決めたけれど、まだ実行していないのにどうして、ということだった。

「やあ」コールがあの低くざらついた声でいうと、わたしの脇腹に悪寒とは違う震えが走った。

彼の肩のうしろでは母が口と目をめいっぱい開いて、ぐっと親指を立てている。勘弁して。

コールがキッチンに入ってくると、母はドアを半分だけ閉めた。

「いらっしゃい」わたしはノートパソコンを閉じた。百匹の蝶が羽ばたいているみたいに胃と胸がざわざわしている。この感じだと肉食の蝶が百匹かもしれない。

コールはキッチンを横切り、カウンターのところで足を止めた。その目がゆっくりとわたしの顔を這う。自分がすっぴんで、シャワーも浴びていないことに気がついたのはそのときだ。浴びるつもりでいたのだ――暇ができたら。髪はいいかげんにまとめただけだし、いまのわたしはチークとマスカラとリップグロスと、とにかくフルメイクが必要な顔をしているだろう。

「この前、帰り際に携帯の番号を渡した。連絡するかどうかはきみに一任したと解釈されて当然なんだが――」

「連絡しようと思っていたのよ」思わず口走ってから、わたしは赤面した。ああもう、馬鹿みたい。「つまりその、今夜にでも」

「そうなのか？」コールの顔を驚きの表情がよぎり、口元にかすかな笑みが浮かんだ。うれしくて胃がでんぐり返りそうになった。わたしはうなずいた。「ええ」「そうか」コールは含み笑いをしながらカウンターに腰をもたせかけた。「それを聞いてずいぶん気が楽になったよ。なにせ、もう二度もこうして押しかけてきているわけだから」

唇がひくついて笑みを作った。「それはよかった」まつげを伏せて、こっそり彼を観察した。なぜって……そうせずにはいられなかったから。あのスラックス、本当によく似合ってる。「今日は仕事じゃないの？」「勤務時間は決まっていないんだが、今朝は裁判所に出向く用事があってね。その帰りなんだ」コールはドアのほうをちらりと見た。「で、今夜ぼくに連絡しようとしていたのは……？」

頬に血がのぼるのを感じて、小さく息を吐きだした。「食事しながら近況を報告し合うというあなたの誘いを受けようと思って」

あの情熱的な目が輝いた。「よかった。どこか行きたい店はある？」

昨日のレストランでの一件が頭に浮かび、わたしは下唇を噛んだ。「料理をテイクアウトして家で食べるのはどう？」口に出したとたん、撤回したくなった。ここにきてこんな妙なことをいいだすなんて、いかにも……。

「だったら、ぼくがきみに料理をふるまうのはどうだろう？」間髪を容れずに返された。「憶えていないかもしれないけど、料理は好きなんだ」

わたしたちの視線がぶつかった。憶えてる。わたしは大声でいいたかった。憶えてるわ。「あなたの……家で？」

「きみさえよければ」

脈が乱れた。わたしはそれでいいの？　自宅へ行くなんてなれなれしすぎる。でもレストランへ出かけるのは嫌だとほのめかしたのはこのわたしだ。わたしは手のひらににじんだ汗を太腿で拭った。「かまわないわ」

「明日の夜はどう？」

嘘でしょう。それはまた急な……。わたしは不安に襲われた。「だ、大丈夫だと思うけど、ホテルの仕事を任せてもいいかどうか母に訊いてみないと――」

「ご心配なく」引き戸の向こうから母が叫んだ。「十年間、ひとりでやってきてますから」

ちょっと、盗み聞き？

「ありがとう、お母さん！」わたしは引きつった笑みを浮かべた。

赤面するわたしに、コールは満面の笑みを向けた。彼はわたしに顔を寄せ、おもしろそうに目をきらめかせながら小声でいった。「きみのお母さんは最高だってこと忘れてたよ」

「どうやら明日は暇になっちゃったみたい」

「それはいい」コールのまなざしは一瞬たりとも揺るがなかった。「じゃ、デートだな」

彼女は、なにも心配いらないと思いたがっている。気の毒なミセス・バンクスは無差別殺人の犠牲になっただけだと。誰もがそう思いたがっているが、彼女は不安をおぼえている。

不安を隠せないでいる。

彼女は感じただろうか？　恐ろしい復讐が、正当な裁きが、襲いかかる絶好の瞬間を待ってホテルのすぐそばにひそんでいることに？　彼女がカーテンを開けたとき、部屋の明かりにシルエットが浮かびあがった。そう、彼女は気配を感じたのだ。当然だ。

いまはまだ見えないふりをしたいだけだ。

建物の正面ドアが開いて、ほっそりした人影があらわれた。その若い女は歩道を渡りながら手のなかのデバイスを見ている。バッグが尻に当たって弾む。彼女は周囲にこれっぽっちも注意を払っていない。駐車場に入り、自分の車に向かうあいだも。まさにこの瞬間、巨大なタンクローリーが突っ込んできたとしても気づかないだろう。

人はみな自分の周囲にもっと注意を払うべきだ。報道番組の〈20／20〉でも身の安全を守るには用心を怠らないことが重要だと、あれほど強調していたというのに。どうやらこの小娘は、自分は透明人間だとでも考えているらしい。連中はみんなそうだ。

遠くで車のクラクションが響いたが、彼女は相変わらず顔をあげず、数メートルしか離れていないところを行く足音も聞こえていないようだった。風がブロンドの髪と戯れると、シャンプーのりんごの香りがふわりと漂ってくるほど近くにいるというのに。

この娘は……特別になる。しかし、もう少し我慢が必要だ。今夜はやめよう。だが、もうじきだ。

この娘のことは彼女も見ぬふりはできなくなる。

8

デートなんかじゃないから。

火曜の夜、ミランダと話したときにわたしはそういった。母がこの話を持ちだすたびに、百回くらい母にもそういった。水曜の昼休みに、従業員の手作りだというクッキーを持ってジェイソンが立ち寄ったときも――彼がクッキーをわたしたちに押しつけようとしているのは見え見えだった――同じことをいった。

どうやらミランダがジェイソンにご注進に及んだらしい。

清潔なディッシュタオルを腕いっぱいに抱えたアンジェラが、アイランド・カウンターの脇を通り過ぎしなに、皿からさっとチョコチップクッキーをつかみ取った。

「わたしはデートだと思うけどな」

わたしはクッキーの皿を穴があくほど見つめながら、手が出そうになるのをなんとかこらえた。「どうしてあなたが知っているの？」

「あなたのお母さんから聞いた」アンジェラはクッキーを口に放り込んだ。

ジェイソンは、タオルを引き出しにしまうアンジェラをしげしげと見ていた。アンジェラがくるりとこちらに向き直ると、彼はあわててわたしに視線を戻した。「ぼくはいいことだと思うけどな」

「すばらしいことよ」アンジェラは跳ねるような足取りでわたしたちの横を通り過ぎ、ついでにクッキーをもう一枚かすめ取った。「これ、すごくおいしい。ありがとう、ジェイソン」

「ど、どういたしまして」ジェイソンは口ごもった。

アンジェラは輝くばかりの笑みを見せてキッチンから出ていった。左右に揺れるヒップにジェイソンの目が釘づけになっていることには、どうやら気づいていないらしい。やっとのことでこちらに意識を戻したジェイソンに、わたしは片方の眉を吊りあげた。

「なんだよ?」ジェイソンがいった。

「べつに」

彼はにやりと笑うと、身をのりだすようにしてカウンターの上で腕を組んだ。「ぼくもしょせん男だからね」

「はいはい」

「今日ここへ寄ったのは、クッキーを届けるためでもアンジェラを眺めるためでもないんだぞ」

「それはよかった」わたしは皮肉を返した。

ジェイソンは片目をつぶった。「保険会社の調査員はもう訪ねてきたかい？」

わたしは首を振った。「明日きてくれることになってる」

「もっと早くに対応してくれれば、とっくに査定が出ていたんだ。保険証券を見せてくれないか。もっと保険料が節約できてサービスも充実した契約を紹介できると思う」

「たしかに保険を更新する必要があるかも」わたしはクッキーの皿を見つめつづけた。

「証券類は今度用意しておくわ」

「そうしてくれ。メールアドレスを教えてくれればリストを送るよ」ジェイソンはにんまりした。「クッキーを食べなよ」

「クッキーはわたしのお尻にもっとも必要ないものよ」わたしはカウンターの上のペンとポストイットをつかむと、メールアドレスを走り書きして彼に渡した。

ジェイソンはくっくっと笑った。「ところで、コールの家までの足はどうするんだ？」

「母のトラックを使わせてもらうつもり」クッキーが食べたくて死にそう。

「そうか」ジェイソンはカウンターを押すようにして体を起こした。「保険金請求のことでわからないことがあったら、いつでも電話してくれよ」

「そうする」わたしは彼に笑いかけた。「クッキーをありがとう」

「いいんだ」ジェイソンは向きを変えようとして動きを止めた。そして肩をこわばらせた。「帰ってきてくれてうれしいよ、サーシャ」

「わたしもよ」わたしはしんみりといった。

「きみが後悔しないといいんだけど」

わたしの視線が、さっと彼に飛んだ。「どういうこと？」

「例の女性のことと町長の言葉が……頭から離れないんだ。きみがストレスで参ってしまわないといいんだが。ここへ戻ってくるのは簡単なことじゃなかったはずなのに、こんなことが起きるなんて。台無しだよ」

わたしは少しだけ緊張を解いた。「わたしはストレスで参ったりしない。帰ってきたことも後悔しないわ、ジェイソン」

ジェイソンはほほえんだが、その笑みはどこかぎごちなく――嘘くさかった。それでわかった。ジェイソンはわたしの言葉を信じていないのだ。

コールとの食事のために身支度していると、デートのために身支度しているような気分になった。ベッドには手持ちの服の半分が散らばっている。服を着ては脱ぐ、を三回はくり返して、ようやく少しは痩せて見えるブラックジーンズ——ぱつんぱつんすぎて、ちゃんと座っていられる自信はないけれど——と、黒の透けるニットにキャミソールの組み合わせに落ち着いた。靴は大のお気に入りのグレーのロングブーツにした。

頑張りすぎない自然な雰囲気を出すために、ナチュラルに見えるフルメイクに三十分、髪にウェーブをつけるのに四十分近くかかった。

そのあいだもずっと胸が高鳴っていた。ここ二年でデートは何度かしたけれど、こんなふうになったことは一度もない。そりゃ、あのときもかなりドキドキしたけれど、ここまでではなかった。いまは心臓が胸を突き破って出てきそうだ。

幸い、母はチェックイン中のご夫婦の対応で忙しく、あの小躍りを目撃することなくわたしはホテルを抜けだすことができた。

にやにやしながらトラックのドアロックを解除し、運転席に乗り込むと、バッグを助手席においた。ところがエンジンをかけたところで急に疑念に襲われ、大きなかぎ爪でつかまれたみたいに体が動かなくなった。

わたしがしようとしているのは正しいことなのだろうか？

「なんなのよ、もう」運転席から手を伸ばし、バッグのなかをかきまわして携帯電話を見つけると、ミランダにかけた。

ミランダは二度目の呼び出し音で電話に出た。「はいはーい」

「いまなにしてる？」声がこわばっているのが自分でもわかった。

「学校を出て、スポーツジムに行こうかバーガーキングに行こうか迷ってるところ」

ミランダの言葉にわたしは頬をゆるめた。「あんたはコールのところへ向かっているんだよね」

「えっと……」

「サーシャ！」ミランダが大声を出した。「さっさと出かけないと、マジであんたのお尻を蹴飛ばしにいくよ」

わたしは思わず噴きだしたが、すぐに真顔に戻った。「これって正しいことなのかな？」

間が空いた。「わたしは正しいことだと思うけど、その問いに答えられるのはあんただけだよ、サーシャ」

わたしは大きく息を吐くとフロントガラスの向こうに目をやり、空の青色がだんだんと深まっていく様を見つめた。「わたしも正しいことだと思う」

「三つ質問をさせて」ミランダはいった。「いまワクワクしてる？」

「してる」

「コールに会いたい？」

ためらいなく答えた。「会いたい」

「じゃ、今夜コールに会わなかったら後悔すると思う？」

後悔するのはわかっていたし、さすがに二度目はコールも許してくれないだろうということもわかっていた。あんなふうに町を出たわたしをあっさり許してくれたことを思いだすと、いまだに胸が熱くなる。「きっと後悔する」

「だったら答えはわかっているはずだよ、サーシャ」

そう、わかってる。ただ怖気づいているだけ。「そうね。行くわ」

「そうこなくちゃ」ミランダはいった。「これでいいんだって。わたしがいうんだから間違いない。あとからこの瞬間を振り返って、コールに会いにいかなかったことを後悔したくないでしょう？」

ミランダの口調のなにかが、彼女自身そういう後悔をした経験があると告げていた。

「ミランダ、大丈夫?」

「もちろん。どうして大丈夫じゃないと思うの?」

わたしは唇を噛んだ。「なんとなく。それはそうとスポーツジムに行ったあとでバーガーキングに行けばいいわ。両方のいいとこ取りってわけよ」

ミランダは笑った。「いいわね、気に入った。さあ、あんたも楽しんできなさい」

電話を切ると、これ以上びくつく暇を自分に与えないよう、すぐに車を出した。コールは昨日、長居はしなかったが、帰り際に自宅の住所を残していった。

州間高速道を使うと郡の反対側までは十五分ほどで、そこから出口標識に従って五分ほど通りを進むとポトマック川を臨む新興住宅地に入った。

ハンドルをきつく握り、通りをゆっくり進みながら、立ち並ぶ家々をしげしげと見た。通りの左側の七軒目、とコールはいっていた。家と家のあいだには広々とした緑地が広がっている。わたしは目を凝らし、コールの自宅とおぼしき家が見つかったときには小さく歓声をあげた。

コールの家は、通りからかなり奥まったところにあるランチハウス風の平屋だった。わたしは呼吸に意識を集中させながら、車二台分のガレージに通じるドライブウェイにトラックを入れてエンジンを切った。町に帰り着いたあの日のようにいつまでも車内にいるわけにはいかない。だから、うまくいけば小さく見えるはずのお尻をあげて車を降りた。

人感センサーが作動してライトが点いた。

家の正面は、きれいに刈り込まれた低木と、見たことのない黒っぽいアシのような植物が美しく配されていた。近くの川の湿った土のにおいを吸い込みながら玄関ポーチに向かい、ステップをあがった。するとポーチの明かりがぱっと灯り、ドアが開いた。

目の前にコールがいた。片手に赤と白のチェック柄のディッシュタオルを持ち、ハンサムな顔にやわらかな笑みを浮かべて。「どうぞ、入って」

わたしは笑みを返し、コールが脇に寄ると素直に戸口を抜けて、アーチ型天井の玄関ホールに足を踏み入れた。

「道は混んでいた？」コールが訊いた。

「そうでもない」わたしは興味津々で周囲を見まわした。玄関ホールの先は仕切りのないオープンスペースになっていた。広々したリビングの奥にキッチンが見えている。

「二十分ぐらいしかかからなかったわ」

「よかった」先を行くコールのお尻に視線が吸い寄せられた。穿き古されたジーンズがぴたりとフィットしている。「なにか飲む？　ワインとビールとソーダがあるけど」

「ワインをいただく」リビングは男性のひとり住まいという感じだった。リビングとキッチンを分けている特大サイズのユニットソファは、サッカーチームのメンバー全員が座れそうだ。壁際にある石造りの暖炉の上には大型テレビが鎮座している。ローテーブルが二台。堅木張りの床の一角にグレーのラグマット。きわめてシンプル。じつに男っぽい。リビングから続く廊下の先には寝室とゲスト用のバスルームがあるのだろう。「いい家ね」

「ありがとう。二年前に買ったんだ」コールはディッシュタオルをレンジの脇においた。レンジからはものすごくおいしそうなにおいが漂っている。「ひとりには広すぎるんだが、いい買いものができたと思ってる」

わたしはキッチンをチェックしながら、高まる緊張感をほぐそうとした。キッチンはすばらしかった。白いキャビネット。グレーのカウンタートップ。ステンレスの調理器具。ゆったりしたアイランド・カウンターの前にはバースツールが数脚並んでいる。わたしはカウンターの上にバッグをおいた。

「ふだんワインはおいていないんだけど、今日はピノ・グリージョを買っておいた」

冷蔵庫のところへ歩いていきながらコールがいった。「それでよかったかな?」

「好きなワインよ」わたしはバースツールに腰をおろした。

「よかった。どのワインにしたらいいか、おふくろに訊いたんだ」コールは冷蔵庫からワインを取りだした。

わたしはキャビネットのところへ向かうコールを見つめた。彼が棚の上に手を伸ばすとシャツの裾がずりあがり、腰まわりの筋肉が張りつめるのが見えた。「お母さんに電話して訊いたの?」

コールが振り返り、照れ笑いを浮かべて肩をすくめた。「ああ。ぼくはビールとウイスキー派だから。ワインのことはさっぱりなんだ」

大の男が母親に電話して、どのワインを選んだらいいか相談しているところを想像したら、なぜだか体から緊張が抜けていった。コールったら、なんてやさしいの。

「ワインの好みはうるさいほうじゃないの」

コールはプロのような手際でワインのコルクを抜くと、こちらを向いた。「今後のために憶えておくよ」

今後のために。

その言葉にくらりときて、顔がほころんだ。「それで、なにを作ってくれたの?」

コールはワインをグラスに注ぐと、カウンターのわたしの前にグラスをおいた。「たしかきみは肉が好きだったよな。絶対菜食主義(ヴィーガン)に転向していないといいんだが」

わたしは笑った。「まさか」

「ジャガイモとニンジンを添えたポットローストにした」コールがカウンターに寄りかかってシャツの袖を押しあげると、視線が彼の腕に吸い寄せられた。「完成までにあと二十分くらいかかる」

食い入るような目つきでコールの腕を見ていたことに気づき、わたしはワインをひと口含んで、そのぴりっとした酸味を歓迎した。「今日はありがとう――料理からなにから全部してもらっちゃって」

コールは唇の片側だけをあげてほほえんだ。「料理する機会が増えるのはいつだって大歓迎だ。こちらこそ礼をいうよ」

「いまも料理がリラックス法なの？」

コールはうなずいた。「なにかをフランベしようとして火事を出して、家が全焼するようなことにならないかぎりは」

わたしは笑った。「フランベはちょっと手ごわいわよね」

「そのうちマスターしてみせるよ」コールはウインクしてカウンターから離れると、

冷蔵庫を開けてビールを取りだし、栓を抜いた。「じゃ、サーシャ。あれからどうしていたのか教えてくれないか」

カウンターのところへ戻ってきたコールが隣のスツールに脚を広げて座るのを見て、わたしはドキッとした。彼がわたしのほうへ体を向けると、ふたりのあいだにほとんど空間がなくなった。コールは昔からこうだった。距離が近いのだ。くっついたり触れたりするのが好きだった。

そういうわたしも、まだ好きみたいだけど。

「大しておもしろい話はないわ」わたしはワインをすすった。「聞いても退屈するだけよ」

「いやいや」コールはビールをひと口飲んだ。「きみのことで退屈するなんてありえない」

わたしは小さく笑った。「話を聞いたら考えが変わるかも」

「じゃ、代わりばんこに話すのは?」コールが問いかけるように両眉をあげた。「きみがひとつ話したら、ぼくもひとつ話す」

目と目が合った。「前にもやったわね」

「初デートのときに」コールはいい、カウンターに片腕をもたせかけた。

「ええ」授業のあとでこぢんまりしたカフェに行ったのがわたしたちの初デートだった。気がつくと何時間もたっていて、わたしは結局、午後の授業に出損ねた。

わたしにとって、人生最良の日のひとつだ。

「またあのゲームをやろうよ」コールは薄青の瞳でわたしをじっと見つめたまま、ビールのボトルを口元にあげた。「どう？」

「わかった」わたしは、ビールを飲むコールの喉が動く様を見つめた。「わたしはフロリダ州の大学へ行って、経営学の学位を取得した」

「ぼくは刑事司法の学士号を取得して、シェファード大学を卒業した」

わたしはほほえみ、ワイングラスの脚を指でなぞった。「フロリダで暮らすうちに、ここにはいられないと考えるようになった。うんざりするほど暑かったの。地獄にいるんじゃないかと思わずにいられるのは三ヵ月しかないのよ。四季があるタラハシーですらそうなんだから」

「フロリダか。行ったことないな」コールは頭をのけぞらせた。「生まれも育ちもこのあたりだしね。ここ以外の場所に住むなんて考えたこともないよ」

「卒業後にアトランタへ移って、社長秘書の仕事に就いた」そこで言葉を切り、ワインに口をつけた。「出張ばかりだったわ。国内はもちろん、イギリスと日本にも一度ずつ行った。主な仕事は社長のスケジュールの管理だったけど、これが山ほどあって」グラスをカウンターにおき、コールのほうにちらりと目をやった。彼がこちらをじっと見つめているのに気づいて顔が熱くなる。「仕事は好きだったけど……」目を伏せて、大きく息をついた。「心から楽しいとは思えなかった。やりがいはあったけど、本当にやりたいこととは違ったから」

「きみがやりたかったのは〈スカーレット・ウェンチ〉の経営だったね」コールの静かな声にわたしはうなずいた。彼はビールをカウンターにおいた。「大学にいるあいだは保安官補の仕事を続けて、その後二年間パトロール警官をやってからＦＢＩに志願した。半年後に入局が許され、それ以来ずっと凶悪犯罪課にいる」

「うわっ、すごい。この近くにそんな課があるなんて知らなかった」

「ここにはない」そこでタイマーが鳴り、コールはスツールからさっと立ちあがった。「職場があるのはボルチモアだ」

「なにか手伝う？」わたしは、よいしょとスツールをおりた。

「頼む」コールはわたしに食器の在り処を教え、わたしは皿やカトラリーを出しはじめた。「スケジュールはあってないようなもので、事件が起きると家にもめったに帰れなくなるが、通りには出ていない」

「食べるのはあっち？」フレンチドアの向こうにダイニングルームがあるのに気づき、そう尋ねた。「それともここのカウンター？」

「いまだにあのダイニングテーブルは使ったことがないんだ」コールはオーブン用のミトンをつかんだ。「今晩から使いはじめる気もないよ」

わたしは笑った。「わたしもそれでかまわないわ」そして食器をカウンターにおいた。「それで、通りに出ていない、というのはどういう意味？」

「潜入捜査はしないってことだ。ぼくのいる課は組織犯罪以外も扱っているのでね」

コールはそこで言葉を切り、わたしのほうにいたずらっぽい笑みを投げた。「もっと話したいところだが、次はきみの番だ」

コールが湯気のあがる鍋をカウンターにおくと、わたしのおなかがぐうと鳴った。

「わかった。でもいまのあなたの話にくらべたら、わたしの毎日はひどくつまらないわよ。ええと、アトランタに住んでいるときに趣味を見つけようとしたの。それで絵画教室に通いはじめたんだけど、へたすぎて追いだされたわ」

大ぶりのフォークを持つコールの手が止まった。「本当に？」

「本当よ」ため息がもれた。「先生はわたしが真面目にやっていないと考えたのね。やる気のない生徒は邪魔だって。それでわたしがいかに上達していないか示すために、それまでにわたしが描いたへたくそな絵を全部引っ張りだしてきたの」わたしは肉と付け合わせの野菜を皿に移しているコールに笑いかけた。「わたし、自分が描いた家の絵を見ていたんだけど、先生にいわれるまでそれが家の絵だと気づかなかった」

「家じゃなければなにに見えたんだ？」

「ありていにいうと……窓のあるシューズボックス」

コールが笑い、わたしはみぞおちのあたりがムズムズした。低くて……セクシーな笑い声。「それは大金を積んでも見てみたいな」

「やめてよ」わたしたちは席についた。ナイフを手に取り、切り分けた牛肉を舌先にのせたとたん、味蕾（みらい）が歓喜に爆発した。スパイスのかげんも、ホロホロと崩れるやわらかさも完璧だった。「なにこれ、すごくおいしい」

「うまくないだろうと思っていたのか？」

わたしは首を振った。「転職する気はない？　お抱えシェフとして雇いたいくらいよ」

「きみのためならいつでも作ってあげるよ、ベイブ。なんなりとお申しつけを」

その言葉の響きがたまらなくて、顔が赤くなった。わたしは牛肉をもうひと口食べてから、ジャガイモを口に運んだ。こちらも完璧だ。「それで、あなたの課はどんな仕事をするの?」

「重窃盗と凶悪犯罪全般を専門に扱っている」コールは説明した。「通常は州や地元警察の要請を受けて捜査に協力するんだ」

ふたたび牛肉にナイフを入れながら、わたしはコールの話を総合してみた。「凶悪犯罪というのは、先日ここで起きたようなこと?」皿に目をやったまま、つばを飲み込んだ。「ああいう事件も扱うの?」

「扱うこともあるが、きわめて稀だな。他の事件と関連があると思われる事件が起きたときに協力要請がかかる専門チームが局内にあるんだ」

「そこの捜査官のことなら憶えてる」わたしは牛肉を切りつづけた。「入院中と退院後に訪ねてきたわ。彼らが最初に町にきたのはいつだったかしら? 三人目か四人目の犠牲者が出たあと? それまで本物のFBI捜査官を見たことはなかった。病院を訪ねてくるまではね。こんなに質問ばかりして馬鹿じゃないの、と考えたのを憶えてる」わたしはナイフとフォークを皿においた。「〝花婿〟は死んだ。いまさらなにを知る必要があるの、って。この人たちは捜査官であると同時に情報を集めるコレクターなんだと気づいたのは、もう少したってからで……」語尾がすぼまり、わたしは震える声で笑った。「あーあ。せっかくの楽しい雰囲気をぶち壊しちゃった。それはそうと――」

あごの下に指が二本差し入れられ、くいと上を向かされた。コールと目が合い、わたしははっと息をのんだ。薄青の瞳の奥には名状しがたいなにかがあった。抑えきれないむきだしの感情が。「サーシャ、きみはなにもぶち壊していない。なにひとつね。その捜査官の話がしたければしよう。べつの話がよければそれでもいい。とにかく話をしよう。いいね？」

わたしはコールの目をのぞき込み、真意を探ろうとしたが、しばらくしてうなずいた。「あなたの……お母さんのことを聞かせて。いまも電話交換手の仕事を続けているの？」

コールはすぐには答えず、わたしのあごから手をはずそうともしなかった。と、次の瞬間、彼の親指がわたしのあごの線をなぞった。体に震えが走り、なにも考えられなくなった。コールは手をおろした。「おふくろは五年前に退職した。いまは親父(おやじ)ともども老後をエンジョイしているよ」

「すてきね」わたしは自分の皿に注意を戻した。食欲は失せていたけれど、このすばらしい料理を無駄にするわけにはいかない。それは犯罪だ。「わたしも母にそうさせてあげたい。死ぬまで働きつづけるようなことにはなってほしくないの。本人はそれでいいと思っているとしてもね」

「きみのお母さんは昔から働き者だったからな」

食事を終えるころには近況報告も途切れ、すると消えたはずの不安が戻ってきた。それも真夜中過ぎに食べものを与えられたモグワイ（映画『グレムリン』に登場する生物。三つのルールを破ると凶暴なグレムリンに変態、増殖する）みたいに増殖して。どうして〝花婿〟の話を持ちだしたりしたんだろう？口ではああいっていたけれど、コールにとっていちばん触れられたくない話題に決まっているのに。わたしにとってもそうだ。コールの目の奥に見てしまったもののことが頭から離れず、後片づけを手伝いながらも、どうしてこんなことをしているんだろうと思わずにはいられなかった。無数の問いが頭のなかを駆けめぐる。

なんだってわたしたちは和気藹々と食事なんかしているの？十年の空白などなかったみたいに。わたしがコールのもとを去ったことなどなかったかのように。こんなことになんの意味があるの？わたしが情緒的に安定しているかどうか確かめたかった？コールが元気で暮らしているかどうか見てみたかった？いまさら？

わたしは押し黙ったまま、残った料理をだいぶくたびれたタッパーウェアに入れるのを手伝った。すべて片づくとコールは冷蔵庫を開けた。わたしはキッチンの真ん中に突っ立っていた。心臓がまた騒ぎだした。「ワインのお代わりはどう？」コールが訊く。

ええ、ぜひともちょうだい。ゲームをしていたころのわたしたちに戻りたかった。〝花婿〟のことや、この町から逃げだしたときに置き去りにしたもののことなど考えずにすんだ、あの幸せな瞬間に戻りたかった。だけどあのころには戻れないし、戻ったふりのできるコールが理解できなかった。

頭をもたげてコールを見たけれど、わたしの目にコールは映っていなかった。少なくとも、いまのコールは。わたしに見えたのは十年前のコール、最後に会ったときの彼だった。あのときコールは、わたしの取っていない授業の勉強会に参加するため大学に残っていた。そして先に帰るわたしを図書館の外まで見送ってくれたのだ。そこでわたしたちはキスをした。ああ、コールみたいなキスをする人はほかにいない。どのキスもすばらしいのに、するたびにもっとすてきになるのだから。

わたしたちはどうして、なにもなかったような顔でここにいられるの？

「わたしたち、なにをしているの？」思わずそういっていた。

コールがゆっくりとこちらを向いた。片手を冷蔵庫のドアにおき、反対の手にはなにも持たずに。「いや、飲みながらもう少し話をしたいと考えていたんだが」

「そういう意味じゃなくて」わたしは胸の前で腕を組み、意志の力で鼓動を静めようとした。「どうしてあなたは平気でいられるの？　わたしはあなたがくれた電話に一度も出なかった。訪ねてきてくれたときも会おうとしなかった。さよならすらいわずに町を出た。どうしてそんなわたしにまた会いたいだなんて思えるの？」

コールはつかのまわたしを見つめたあと、冷蔵庫のドアを閉めた。「いい質問だな」

わたしは大きく息を吐いた。「答えになってない」

コールはわたしのほうへ歩いてきて、三十センチほど手前で止まった。コールがどんなに背が高いか忘れていた。彼の目を見るには頭をのけぞらせなければならなかった。「その質問の答えを、きみは本当に聞きたいのか？」

それでようやくわかった。思ってもみなかったことだけれど、そう考えればすべてに納得がいく。わたしが帰ってきたと聞くなりコールがホテルにやってきた理由も。彼の瞳の奥にわたしが見たもののことも。気持ちが沈んだ。「あなた……わたしのことを憐れんでいるのね？　だから今夜こんなことをしたんでしょう？　わたしに同情して」

嫌悪感と恥ずかしさが一気に込みあげた。コールが初めて立ち寄った晩にどうして気づかなかったの？　思わず後ずさると、カウンターにぶつかった。昔々、あるところに魔法みたいにすばらしいものがありました。でもいまのわたしたちにあるのは十年の歳月と、過ぎ去ったいくつもの可能性と、後悔と憐憫。それだけだ。

首がじわじわと熱くなり、頬にまで赤みが広がった。コールのきれいな目にあの表情が忍び込んだ。さっき目にしたのと同じものが。もう耐えられない。わたしは押すようにしてカウンターから離れると、ぐるりとまわり込んでバッグをつかんだ。「夕食をごちそうさま」コールの目は見ずにいった。「すごくおいしかった――」

「なんだって？」コールは吠えるように短く笑った。「きみと食事をしたかったのは、きみに同情しているからじゃないぞ。きみはそんなふうに思っているのか？」コールは乱れた髪に手を突っ込んだ。「本気でそう思っているのか？」

「――おたがいの近況を知ることができてよかったわ」わたしはかまわず続け、不意に喉元に込みあげてきたものを飲み下した。

コールは体の両脇でこぶしを握り締めた。「なんだってそんなふうに考えたか知らないが、今夜ぼくがきみを食事に招いたのは――」

「それ以外に考えられないじゃない。だって、あなたはなにがあったか知っている。誰よりもよく知っているじゃないの」わたしはバッグの持ち手を握り締めた。「この十年間がなかったみたいなふりをして、差し向かいで食事する気になんてなれない」

コールの目が怒りに燃えた。「ぼくはふりなどしていない」

「なにもなかったふりはできないのよ」肺が焼けるように熱くて、わたしは鋭く息を吸い込んだ。自分がこの状況に、コールに過剰に反応しすぎていることは頭のどこかでわかっていたが、どうにも止まらなかった。「わたしも。あなたも……」

「ぼくはふりなどしていない。きみになにが起きたかはよく知っている」コールは口元を引き締めた。「ちくしょう、サーシャ。ぼくは何年もそのことばかり考えていた。何年もだ。だが目の前にきみがいるのを見たときにぼくが考えたのはそのことじゃない」

「やめて」わたしは手で制した。声が震える。「そろそろ失礼するわ。もう帰らないと」答えを待たずにコールに背を向け、玄関に向かった。コールがわたしの名を呼んだが、そのまま歩きつづけた。

家に帰って、落ち着いて考える時間ができたら、自分を殴りたくなるのはわかっていたけれど、いまは逃走本能がアクセル全開になっていた。

玄関ポーチに出てドアを閉めると、いきなり夜の冷気に出迎えられた。小道を半分ほど進んだとき、背後でふたたびドアが開いた。嘘でしょう、速すぎる。

「サーシャ」

わたしはかまわず歩きつづけ、しまいにはほとんど小走りになった。かまうもんか。

いまより恥をかくことなんてあるわけない。いまはとにかくここを離れなくては。

「サーシャ、頼む、待ってくれ」コールがすぐうしろに迫っていた。「頼むから、またぼくから逃げないでくれ」

また、ぼ、く、か、ら、逃、げ、な、い、で、く、れ。

その言葉が胸に突き刺さった。そのとおりだ。それがいまわたしのしていることだ。それでも自分を止められなかった。トラックの取っ手をつかんで、勢いよくドアを開けた。車内灯が点いたとたん、衝撃に襲われた。わたしはよろよろと後ずさり、バッグが手から落ちた。このにおい。たちまち吐き気が込みあげた。金気臭い、むっとするにおいがした。なにかが腐っているような。ブンブンとうるさい音もする。ハエだ。くるりと向きを変える直前、赤いものがこびりついた茶色と白の毛皮がちらりと見えた。

コールがわたしの横で止まった。「どうかした……」

体をふたつに折り、両手を膝について吐き気をこらえようとしたけれど、だめだった。胃がうねり、胸が波打った。

コールがわたしの脇をまわり込み、大またでトラックの開いているドアに近づいた。「なんてこった」うなるようにいって、さっとこちらを向いた。次の瞬間、コールはわたしの腕をつかんで立ちあがらせた。「きみは家のなかに戻ったほうがいい」

脚に力が入らず、わたしは大きく見開いた目で彼を見た。「トラックのなかにあるあれはなに？」

コールはダイヤモンドも嚙み砕けそうなほど、あごにぐっと力を入れた。「いいから、きみは家のなかに——」

「なんなの？」わたしは迫った。

「サーシャ——」

つかまれている手を振りほどき、コールの不意をついてさっと右に動いた。コールはとっさにわたしの腰に片手をまわし、自分のほうに引き戻そうとした。でも遅かった。わたしは見てしまった。喉の奥から悲鳴がせりあがったが、あまりの衝撃に声にならなかった。

母のトラックの車内になにがあったか、わたしは見てしまった。

9

コールの家の堅木張りの床に胃の中身を全部ぶちまけたくなる衝動が過ぎ去るまで、両手を顔に押し当てて数を数えていた。でもなにをどう頑張っても、トラックのなかに見えたものがおどろおどろしいほど鮮明に脳裏によみがえった。

〝花婿〟に……監禁されているあいだに一度だけ闇が晴れたときのことを思いだした。あれは〝花婿〟が癇癪(かんしゃく)を起こしたとき。彼はしょっちゅう癇癪を起こした。まるでふたつの違った人格が同居しているみたいだった。胸が悪くなるほどやさしく、親切なときがあるかと思えば、凶暴でなにをされるかわからないときもあった。そうなると、息をするだけでも逆鱗(げきりん)に触れた。あの日もそうだった。トイレを使うために監禁部屋から引きずりだされたあと――彼に殴られた顔と腹部が焼けるように痛かった――彼はわたしの目隠しをはずしてから、突き飛ばすようにして部屋に戻した。わたしは床に倒れ込んで膝を打った。部屋の外に明かりのスイッチがあることに気づいたのはそのときだ。

彼が明かりのスイッチを入れた。目がまぶしさに慣れるまでに少しかかった。目が見えるようになると……それまでわたしは恐怖を知りつくしたと思っていた。これ以上恐ろしい思いをすることはないだろうと考えていた。

大きな間違いだった。

一瞬にしてすべてが目に飛び込んできたが、その光景に脳が圧倒されてすぐには理解できなかった。

堅木張りの床一面に、乾いて茶色くなった血痕が飛び散っていて、そのほとんどが床下まで染み込んでいるようだった。どうやってついたのかわからない傷も無数に走っている。ベッドはまだ新しい血――わたしの血――で汚れていた。そして壁は――ああ、神さま――あの壁はいまでも目に焼きついている。ベッドの上のあたりで乾いた血が弧を描き、まさにそこで誰かが命を落としたことがわかった。だが問題は、ふだんわたしがつながれているベッドの正面の壁にかかっていたものだった。

血まみれの白いウエディングドレス。

ドレスは六枚あった。

どのドレスにも細い針金でなにかがぶら下がっていた。最初は理解すらできなかったもの。認めるまでに何年もかかったものが。

ドレスからぶら下がっていたのは一本の指だった。

わたしはこの部屋で死ぬことになるのだ、とそのとき気づいた。ほかの大勢の女性たちと同じように。わたしは悲鳴をあげた。声が嗄(か)れて出なくなるまで叫びつづけて——。

「これを飲んで」

手をおろして顔をあげたとき、コールがソファの横にあるサイドテーブルに泡立つ水の入ったグラスをおくのが見えた。しばらく廊下の先に消えたあと、グラスを持って戻ってきたのだ。わたしは震える手を伸ばし、ひんやりしたグラスを取りあげた。

「ありがとう」

コールはしばらく無言でその場に立っていた。「トラックのなかの……ものは処理したから」

わたしは身震いし、ちびちび飲んでいた制酸剤(アルカセルツァー)を一気に空けた。玄関ドアが開く音に顔をあげると、ガラスの向こうで青と赤のライトが点滅していた。コールが警察を呼んだのだ。この状況で警察にできることがあるのかわからなかったけれど、州警察は二十分ほどでやってきた。

糊がきいてアイロンもかかった緑色の制服姿の警察官がリビングに入ってきた。年配の警官は、わたしのトラックのなかで見つかったものよりもっとおぞましいものを山ほど見てきたという面構えをしていた。

彼はコールに目をやってからわたしに話しかけた。「いくつかお訊きしたいことがあるんですが」

わたしは空のグラスを持ったままうなずいた。

「コールによると、あのトラックはあなたの母親――アン・キートンのものだそうですね？」わたしはもう一度うなずいた。「お母さん以外に、あなたがあのトラックを使うことを知っていた人はいますか？」

「友人のミランダは知っていました。それにアンジェラも。うちのホテルで客室係をしている若い女性です」そこで少し考えた。「ジェイソンも知っていました。昼休みにホテルに寄ったんです。でもみんなこんなことをするような人じゃありません」

「ジェイソン……？」コールが首をかしげた。

「そう。憶えてる？　経済学の授業で一緒だった。いまは――」

「保険代理店をやっている」コールはわたしの言葉を引き取っていったが、わたしの表情に気づくとこう説明した。「国道九号線沿いに広告板を出しているんだよ。本人とはもう何年も会っていないけどね」

「ジェイソンなら私も知っている」警官がいった。「好人物だよ。毎朝コーヒーを買いに寄る〈ザ・グラインド〉で顔を合わせるんだ」

わたしはコールの視線をとらえた。「誰がなんのためにあんなことをしたのか見当もつかない」

「コールに聞いたが、金曜の晩に〈スカーレット・ウェンチ〉の前に停めていたあなたの車が荒らされたとか」警官はいった。「最近誰かとトラブルになったことは？」

不安が込みあげ、わたしはソファに座り直した。「ありません。そもそも町に戻って間がないし、誰かを怒らせるようなことをした憶えもありません。まったく理解できない」

訊きたいことはそれで終わりのようだった。今夜、どんな違法行為がなされたのだろう？　容疑者もいなければ、その心当たりもないとすると、これがただのいたずらか嫌がらせか、それとももっと悪質ななにかなのかもわからない。州間高速道で車両事故という無線が入った。いまここで起きていることより、はるかに火急の問題に思えた。

「ちょっと話せるか？」警官がコールにいった。

コールはわたしを見てから答えた。「ああ」

ふたりが出ていくとわたしは席を立ち、空のグラスを流しへ持っていってゆすいだ。そのままぼんやり宙を見つめ、いまさっき起きたことを理解しようとした。流しの縁をつかんで深呼吸した。いまにもパニックを起こしそうだった。先ほどキッチンで起こした騒ぎがかすんでしまいそうなほど、すさまじいパニックを。

今夜コールに会いにきていなかったら、いまごろはソファに座ってアイスクリームをやけ食いしながら、心のなかで自分を罵(ののし)っていたはずだ。むしろそのほうがよかったと思うなんて、誰が考えた？

どれぐらいそうしていたのだろう。そのときまた玄関ドアが開く音がした。首をめぐらせると、コールが玄関ホールに入ってくるところだった。外でライトが点滅していたパトカーはいなくなっていた。

「報告書をあげておくそうだ」コールはいい、携帯電話にちらりと目をやってからポケットにしまった。「現状ではその程度のことしかできないだろう」

わたしはうなずき、流しに寄りかかって腕を組んだ。「どうして警察を呼んだりしたの？」

コールはアイランド・カウンターの端で足を止め、両眉をあげた。「誰かが大型トラックに轢かれた鹿を拾ってきて、きみのトラックの車内においたんだぞ」

わたしはたじろぎ、気分が悪くなった。まあ、だいたいそんなところだろう。かわいそうに、あの鹿は死んでいた。死んでしばらくたっていた。

「事件として報告する必要がある」コールは締めくくった。

口のなかに嫌な味が広がった。「とにかくいまは……いうべき言葉が見つからない」

コールは答えず、そのままキッチンに入ってきた。わたしは体を硬くしたが、コールはわたしの横を通り過ぎて冷蔵庫へ向かった。水のボトルを二本取りだすと、一本をわたしに差しだした。「大丈夫か？」

わたしはうなずいた。

「ちゃんと言葉で聞きたい」やさしいけれど、有無をいわせぬ声だった。

わたしは口を開き、そのまま小さく首を振った。大丈夫じゃない。体が震えた。頭のなかがぐちゃぐちゃだった。「あれは母のトラックなのよ。なんて説明すればいいの？　きっとヒステリーを起こすわ」

コールは水をひと口飲んだ。「車のメンテナンスを請け負っている友人がいる。外にいるあいだにそいつに電話して事情を説明しておいた。鹿の死体はもう出してあるし、明日の朝にはトラックを取りにきて作業に取りかかってくれるだろう。午後には新品同然にしてくれるはずだ。なにもなかったみたいにね」

それを聞いて安心した。もっとも、どんなにきれいになろうと、わたしがあのトラックに乗ることは二度とないだろうけれども。わたしはコールにちらりと目をやり、大きく息を吐いた。「そこまでしてくれなくてもよかったのに」

「だが、もうしてしまった」

わたしは天井をにらみ、コールに駆け寄って胸に顔をうずめたいという突然の衝動をこらえた。「ありがとう。いくらかかるか教えてくれたら、あとは自分でやるから」

「礼なんかいわなくていい」

「でも、もういっちゃった」わたしは彼の言葉をまねた。

コールの口の片端に小さな笑みがふっと浮かんだ。

わたしはつばを飲み込むと、水のボトルをぐっとまわしてプラスチックのキャップを開けた。「母にはいわずにおくつもり」

コールは押し黙り、険しい目をした。

「話せば、母もわたしと同じになる。二度とあのトラックに乗れなくなってしまうわ。かといって、簡単に車を買い換えるわけにもいかない」わたしは水のボトルを脇へおいた。「それに、よけいな心配はさせたくないの」

コールはあごをこわばらせた。「むしろ、心配してもらったほうがいいんじゃないか」

心臓がどくんと跳ねた。「どうして……そんなことをいうの?」

「怖がらせたいわけじゃないが、いまきみのまわりではなにかおかしなことが起きている。それはきみもわかっているはずだ」コールは水を飲み干し、ボトルをゴミ箱に放った。わたしに向き直ったとき、その端整な顔には怒りの表情が浮かんでいた。「町に戻った最初の晩にきみの車が荒らされ、今度は何者かがトラックに鹿の死体をおいた。そこにはなんらかの意図がある。暇を持て余した子どものしわざじゃない」

「あれが暇を持て余した子どものしわざなら、いますぐその子をカウンセラーのところへ連れていくべきね」

コールの口元に歪んだ笑みが浮かんだ。「たしかに」

彼に笑みを返しながらも、胃がむかむかしていた。わたしは世間知らずでも馬鹿でもない。コールに後始末を任せてソファに腰をおろしたときから、あれが故意になされたことだというのはわかっていた。わからないのはその理由だけ。「だとしても、母には知られたくない」

「サーシャ、お母さんに知らせるべきだ。知っていれば用心できる」

「なにに用心するの？　郵便受けに死んだアライグマを入れられること？　玄関ポーチに猫の轢死体をおかれること？」わたしは押すようにしてカウンターから離れると、両サイドの髪を耳のうしろにたくし込んだ。「コール、あなたのいいたいことはわかるけど、それでなくても母は苦労してきたの。嫌というほどね」

「それはきみも同じだろう」コールは口調をやわらげた。

「そうね。でもわたしは逃げられた。ここで起きたことから、この町から身を隠すことができた。でも母はそうはいかない。だからぎりぎりまで黙っておきたいの」

コールの顔つきがやさしくなった。「サーシャ……」

「そんな顔でわたしを見ないで」わたしは小さく息を吸い込んだ。ふだんの顔で見つめられるだけでもどぎまぎするのに、これはまずい。ハンサムな顔立ちがやわらぎ、クールな目元にあたたかな色が浮かんだら……とても太刀打ちできない。

「そんな顔って？」

少し前にわたしがしたいと思ったことをしたがっているような顔。ふたりのあいだの距離を飛び越えて、わたしを抱き締めたいと思っているような。いまだってわたしはコールに駆け寄りたいけれど、そんなことは許されない。

わたしは目を閉じ、何度か深呼吸してからふたたび目を開けた。「なにが起きているのかはっきりするまで、母にはよけいなストレスを与えたくない。だって、母とは関係のないことだから。嫌がらせを受けているのは母じゃない……わたしよ」

コールはまだなにかいいたそうだったが、そこで大きく息を吸い込んだ。「決めるのはきみだ。いっておくが、ぼくは賛成できないからな」

「憶えておく」

「きみが今夜お母さんのトラックを使うことを知っていた人物について州警察に訊かれたのは知っているが、ぼくからも訊きたいことがある」

「なんでも訊いて」

「きみに恨みを持っている人間に心当たりはないか？」

コールがいわんとしていることはすぐにわかった。「わたしの車を荒らしたり、トラックの車内に死んだ鹿をおいたりするほどに？　いいえ、そんなことをしたがる人に心当たりはない」

コールが手で襟足をさすった。懐しいその仕草に、心臓が馬鹿みたいに騒ぎだした。コールのこの癖に、わたしは昔から弱かった。正直いって、いまも弱い。「恋人とか――」

「いったはずよ、つきあっている人はいないって」いいながら頬が赤くなった。

「じゃ、元恋人は？」コールはそういい直し、首から手をおろした。

答えたくはなかったけれど、答えないといけない気がした。「これまでの……人たちとは、恨みを買うほど真剣なつきあいはしてこなかったから」

コールの目つきが鋭くなった。「とても信じられない」

「どうして？　いえ、答えなくていい。過去につきあった男性のなかに、嫌がらせのためにわざわざここまでやってくるほどわたしに執着している人はいないわ」

コールは片眉をあげた。「きみの上司はどうだ？」

わたしはかぶりを振った。「わたしが辞めることは……不本意だったみたいだけど、後任としてわたしが面接していた二十五歳の赤毛の女性を見たら、五分もしないうちに機嫌がよくなったわ」

コールの唇が一瞬ひくついた。「よく考えてくれ、サーシャ。三年前にスーパーマーケットで口論になった相手だろうとかまわない。恨みを買った可能性のある人間がいないか真剣に考えてみてほしい。返事はいまじゃなくていい。二、三日、じっくり考えてくれ」

二、三日も必要ない。フロリダでもアトランタでも、人づきあいはほとんどしてこなかった。仕事に行き、たまに同僚と飲みに出かけて、数夜限りの関係しか求めていない人とときどき会う。

考えてみると、この十年間、わたしはいったいなにをしてきたのだろう？　ほとんどなにもしていないじゃないの。なんだかむしゃくしゃしてきて、わたしはバッグをおいたスツールのところへ向かった。バッグに手を入れ、携帯電話を取りだす。

「きっと誰か――なにしてるんだ？」

わたしは電話から顔をあげた。「ミランダに電話しようと思って。家まで送ってもらわないといけないから」

「ぼくが送っていく」

そういわれるだろうと思った。だって、コールが今夜わたしを食事に誘ったのは――ああもう、なにがなんだかわからない。さっき醜態をさらしたのが何時間も前のことに思える。でも、コールにはこれ以上わたしのためになにもしてほしくなかった。

「必要ない」

「サーシャ」断固たる口調でいった。「ぼくが送っていく」

わたしはつかのまコールを見つめ、そしてうなずいた。無意味ないい合いを続けることに、急に疲れを感じた。「わかった」

わたしたちは無言でガレージへ向かい、コールのトラックに乗り込んだ。鹿の死体はもうないとわかっていても、母のトラックに足を向けることはできなかった。

いくつもの問いが胸にわだかまっていたが、いちばんの疑問はどうしてこんなおぞましいことをするのだろうということだった。なぜわたしの車の窓ガラスを割ったりするの？　その答えはすぐにわかる。わたしの過去となにか関係があるのだ。理由がわかったところで意味は通らないけれども。

それでもわたしは心底怯えていた。すっかり震えあがっていた。車を荒らされるのはまだしも……今回のことはまったく次元の違う話だ。なにかの……前兆のように思えた。馬鹿みたいに聞こえるのはわかっているけれど、あれから十年がたったいまでも、なにか兆候のようなものがあったのではないかという考えが頭について離れずに、幾晩も眠れぬ夜を過ごしていた。わたしの身に降りかかろうとしていることにはちゃんと前兆があったのに、わたしはそれを見過ごしていたのではないか。

いまも同じ思いに駆られていた。

家に向かう道すがら、ふとあることを思いつき、わたしはコールにちらりと目をやった。コールはむずかしい顔であごにぐっと力を入れ、一心に路面に目を向けている。「ちょっと訊いてもいい？」

「ああ」コールはすぐさま答えた。

「あなたの仕事のことなの」わたしはそう断り、膝においたバッグを握り締めた。「答えられることなら」コールはちらりとわたしを見た。「なにが知りたい？」

わたしは大きく息を吸い込んだ。答えを知りたいのかどうか、自分でもわからなかった。「行方不明の女性が古い給水塔の近くで見つかった事件だけど……あなたも捜査に参加しているの？」

「あの事件に関してFBIはまだ捜査協力の依頼を受けていない」一瞬の間のあとでコールはいった。ハンドルを握る彼の手に力がこもった。「だが支局長がメリーランド、ウェストバージニア両州の警察と話をしたのは知っている」

わたしは窓の外に目をやり、通り過ぎていく木々の黒っぽい影を見つめた。「あなたは……」

一拍あいた。「ぼくがなんだ、サーシャ？」

わたしはごくりとつばを飲んだ。「女性の遺体がよりによってあの場所で見つかったこと、あなたは妙だと思う？」

コールはなかなか答えなかった。痺れを切らしたわたしが彼のほうに視線を戻したとき、ようやくこういった。「ああ、妙だと思っている」

「玄関まで送る」車のエンジンを切るとコールはいった。

その必要はないという間もなく、コールはさっさとトラックを降りた。わたしはため息をつき、ドアを開けて外に出た。コールはわたしについてホテルの玄関ポーチまでくると、そのままドアに向かおうとした。「そこからは入らないの」

コールは足を止めてわたしを振り返った。「裏口から入るのか？」

わたしはうなずいた。「ホテルの裏に、住まいに通じる家族用の出入口があるのよ」べつに正面玄関を使ってもいいのだけれど、母と鉢合わせする危険は冒したくなかった。コールに車で送ってもらう、それらしい理由が思いつかなかったからだ。「もう家だし、そこまでしてくれなくて大丈夫よ」

「ぼくがしたいんだ」コールが建物の横手に向かうのを見て、わたしはため息をもらした。「夜間は正面玄関に鍵をかけるのか？」

わたしは眉を寄せてうなずくと玄関ポーチからおりた。「宿泊客が全員戻っていることを確認したらね」

「宿泊客が戻らなかった場合はどうする？」

「それでも十時には戸締まりをする。帰りが遅くなる場合は、チェックイン時に渡した鍵を使ってもらうことになってるわ」わたしは説明した。

コールはわたしの前を歩いた。人感センサーが作動して小道を照らしだす。ホテルの裏手にまわるとわたしはコールを追い越し、背の高い樫の木のうしろに隠れた階段に向かった。コールは当然のようにあとをついてきた。階段をあがって勝手口の前まできたときには、わたしはもう鍵を手にしていた。

「夕食をごちそうさま。それに……トラックのこともありがとう」ドアを開け、万が一母が私室にいるとまずいので声をひそめた。「いつ引き取りにいけばいいかメールで教えてもらえると助かる――」

「そう簡単にぼくを追い払えると思ったら大間違いだぞ」

わたしは足を止め、くるりとコールに向き直った。バルコニーの照明が彼の頬骨に濃い影を落としている。「どういうこと?」

コールが部屋に足を踏み入れ、わたしは押されるようにしてうしろに下がった。

「今夜はここに泊まる」

わたしは目をぱちくりさせた。いまのは聞き間違いに決まってる。「はい?」

コールはわたしをさらに奥へ押すと、取っ手をつかんでドアを閉めた。キッチンに突っ立って、あんぐりと口を開けたわたしは、さぞかし間が抜けて見えただろう。

「今夜はここに泊まる」

きっとわたしの聴覚が機能不全を起こしたんだ。「どうして？」

「理由はふたつある」コールはそれだけいうと、細めた目でわたしの住まいを見まわした。ソファの横のライトは点けたままにしてあったし、そう広い部屋でもないから、明るさはじゅうぶんだった。

わたしはここから先には一歩も行かせないとばかりに足を踏ん張った。「その理由とやらをさっさと説明したらどう？」

ところがコールはお宅チェックに余念がなく――彼の家には遠く及ばないけれど、かなりおしゃれにまとまっていると思う――わたしの脇をすり抜けてなかに進んだ。

わたしは啞然とし、彼のほうに体をめぐらせた。「なにかわたしに手伝えることはあるかしら？」わたしはドア横の小卓にバッグをおきながら皮肉を飛ばした。

コールがこちらを向いて唇の片端をくいっとあげたが、その顔はさっきまでとはまるで違っていた。からかうような茶目っ気たっぷりの表情に、胃がでんぐり返った。

「そいつは意味深な質問だな、サーシャ」コールはキッチンのカウンターにキーリングを放った。「きみに手伝ってもらいたいことなら山ほどあるよ」

コールと目が合うと、腕に震えが走った。コールはわたしを……口説いている？

わたしは鋭く息を吸い込み、コールがどういうわけでここにいるのか、その理由に集中しようとした。「どうして泊まる必要があると思うの？」

「いわずもがなだと思うが」豆鉄砲を食らった鳩(はと)のような顔で突っ立っているわたしをよそに、コールはソファのところへ歩いていくと……真ん中に腰をおろした。「誰かがきみに嫌がらせをしているんだぞ」

その言葉にまったくべつの種類の震えが肌を這い、わたしはソファに近づいた。

「そうだとしても、あなたがここに泊まる必要があると考える理由にはならない」

コールはソファの上で身をのりだし、あごをあげてわたしを見た。「誰かがきみに嫌がらせをしているときに、きみをひとりにしておきたくない」

わたしは口を開いたが、言葉にならなかった。コールはなんてやさしいの。すごくやさしい。だからといってここに泊まらせるわけにはいかない。「あなたにいてもらわなくても大丈夫だから」

「どうして大丈夫なんだ？」挑むようにいいながら、コールは手をおろしてシャツの裾を持ちあげた。なにをするつもり？　まさか服を脱ぐの？　やめてというべき？　それとも黙って見ていようか。心拍数が跳ねあがったそのとき、コールの右の腰にホルスターに差した拳銃が見えた。拳銃はずっとあそこにあったということ？　もっと観察力を磨かなくては。

「ひとりではないからよ」わたしはひそめた声で嚙みついた。「当然でしょう。ホテルの上階に住んでいるんだから。文字どおりふた部屋先には母もいるしね」

コールがにっこりし、わたしの心臓がまた跳ねた。側転もしたかもしれない。だってコールはただ座って息をしているだけでも頭にくるくらいセクシーなのに、笑うとそれはもう美しいのだ。「いくつか質問させてくれ」

わたしは腕組みして待ち受けた。

「今夜、宿泊客は全員ホテルにいるのか？」

わたしは眉根を寄せた。「さあ、知らない。わたしは留守にしていたから」

「そうだ。つまり、きみが留守にしているあいだにホテルに忍び込んだ誰かが、みんなが寝静まるのを待ってホテル内を自由にうろつくということもじゅうぶんに考えられるわけだ」

ぞくりとして、体がこわばった。「まさか――」

「まさかとは思うが、万が一ということもある」

わたしはぽかんと口を開けて彼を見た。

「次の質問。警報装置はついているか？」

「もちろん――」

「ホテルに設置してあるのは知っているが、この部屋はどうだ？」コールはそういい直し、ホルスターをはずした。

わたしは首を振った。「ついてないけど――」

「けどじゃなく、ここにも早急に設置する必要がある。警報装置の設置を請け負っているやつで、ひとつ貸しのある友人がいる。明日電話しておくよ」

口を開けたまま顔が固まってしまいそうだった。住居部分に新たに警報装置をつけるのはいい考えだ。ホテルのほうの装置は有線式だから、回線を追加するより別個に設置したほうが安くつく。今度は新型のワイヤレスにしよう。「なんといえばいいのかわからない」

「ありがとう、は？」

わたしはびっくりして噴きだした。「わたしが考えていたのはそれとは違う言葉だけど」

「どんな言葉か想像がつくよ」コールは皮肉めかしていうと、コーヒーテーブルに拳銃をおいた。

これは現実に起きていることなの？

コールの腕をつかんで、いますぐ部屋から引きずりだしたい。そう思っている自分がいた──うまくいかないことはわかっていたけれども。一方で、いま起きていることが信じられずにいる自分もいた。けれど理性を欠いた愚かな一部は、コールがこの部屋のソファに座っていることに密かにときめいていた。

同時に怯えてもいた。コールの強引さが、わたしを不安にさせた。わたしばかりか、母の身にも危険が及ぶかもしれない。正直にいうと、とっくにわかっていた。ただ、理由がわからないうちは、すべてが現実離れしたことに思えたのだ。

わたしは片足にかけていた体重を反対の足に移した。「今回のことだけど……心配したほうがいいのかな？」

目と目が合った次の瞬間、コールが急に信じられない速さで動き、気がつくと目の前にいた。彼はわたしに触れた。彼の両手がそっと頰を包み込む。わたしの心臓、いま絶対に側転をしているわ。「心配したほうがいいかどうかは問題じゃない。きみは現に心配している」

口先まで嘘が出かかったが、コールの澄んだ瞳を見つめているうちに、消え入るような声で正直な気持ちを明かしていた。「たまらなく怖い」

「誰だってそうだよ」コールの声もわたしと同じくらい小さかった。「たとえきみのような……その、経験をしたことがなくても」

わたしはたじろぎ、コールの親指が右の頰をさっとかすめると目を閉じた。そして自分でもわからないうちにこういっていた。「前兆を見逃したんじゃないかと思うことがあるの。つまり、〝花婿〟がわたしをつけ狙っていることを示す前兆があったのに、それに気づかなかったんじゃないかって」

「仮に前兆があったとしても、あんなことになるとはわからなかったはずだ」その声は、体にまわされた腕と同じくらいやさしかった。「今回のことが前兆だといっているわけじゃないが、備えあれば憂いなしというしね」

わたしは喉に込みあげてきたものを飲み下してから目を開けた。「もしわたしが……過去にあんな経験をしていなくても、あなたはここに泊まるといい張った？」

コールのあごの筋肉がぴくりと動いた。「サーシャ――」

わたしは体を引き、彼の手が届かないところまで離れた。失望が胸を満たした。それはコールの家で感じたものと同じだった。わたしの過去が彼をこんな行動に駆り立てているかと思うとたまらなかった。べつの可能性があるかもしれないと考えるなんて馬鹿みたいだ。

胸がつまった。「わたしのことを憐れんでこんなことまでしなくていいのよ、コール」

コールは首をかしげ、眉間にしわを寄せた。「きみを憐れんでなどいない」

わたしは声をあげて笑いそうになった。「なら、十年前のことでわたしに責任のようなものを感じてこんなことまでしなくていい、といえばいいかしら」

コールがすべてを察した顔をした。「なるほど、ぼくらにはまだ話し合わなきゃならないことがあるようだ。そのひとつは、ぼくの家から逃げだす前にきみがキッチンでぶちまけた、あのくだらないたわごとのことだ」

わたしは背筋をこわばらせた。「話すことなんてなにもない。いいからもう――」

「いや、話はする。だがそれはあとだ。さしあたり、きみはいくらでも怒ればいいし、横暴だとなじりたければそれでもいい。ぼくがこうする理由とやらをいくらでもこじつければいい。だがぼくは帰らない。もう二度と――」コールは目をぎらつかせた。

「――きみをひとりにするつもりはない」

10

コールは帰ろうとしない。

だったらわたしも、すてきだけれどコールの家には負ける自宅のリビングで突っ立ったまま、彼と議論するつもりはなかった。かっかしながら寝室に飛び込んだところで、この家のバスルームは寝室の外にあることを思いだした。

コールは見えざる脅威からわたしを守るためにここにいる必要があると感じているようだけど、たぶんそんな脅威などありはしないのよ。いらいらとそんなことを考えながら、しばらく寝室のなかを行ったり来たりしたあと、ドアを勢いよく開けて、足音も荒く短い廊下に出た。廊下からコールの姿は見えなかったが、どうやらテレビのリモコンを見つけたようだった。

コールがわたしの自宅のリビングでテレビを見ているなんて。

とても信じられなかった。

寝る前の日課を急いですませると、また寝室に飛び込み、ドアを叩きつけたい衝動をなんとかこらえた。ミランダと話がしたい。

ところがわたしの携帯電話は、キッチンのカウンターにおいたバッグのなかだった。もう一度あそこに戻るなんてまっぴらよ。

服を脱ぎ、引き出しのなかから最初に手が触れたものを無造作に引っ張りだすと、頭からそれをかぶった。この寝室のドアには鍵がついていないし、なにかのはずみで部屋に入ってきたコールに裸同然の格好で突っ立っているところを見られる事態だけはなんとしても避けたかった。

わたしは身を投げだすようにしてベッドに倒れ込んだ。まださほど遅くないし、ふだんならこんな時間にベッドの近くにいることなどないのだけれど、寝室に閉じ込められてしまったのだからしかたがない。

オーケイ。閉じ込められたわけじゃない。みずから進んで隠れたのだ。また、い、いコールが正しいと思うことをしているのはわかっていた。わたしの安全を確保したいという彼の気持ちはうれしいけれど、同時に腹立たしくもあった。だってわたしは守ってもらわなきゃならないような、か弱い女ではないから。かといって、この身が危険にさらされたときにコールになにができるかわからないような馬鹿でもない。

コールは拳銃を持っているが、わたしは持っていない。それでも……自分の身は自分で守れると思えなくなるのは嫌だった。この十年間、ずっとそうしてきたからだ。恐怖に打ち勝ち、それなりにうまくやってきた。

ただし、コールがここにいるのは、かつてわたしに起きたことのせいだ。あのときわたしのそばにいなかったのを彼が気に病んでいることくらい、心理学の学位がなくてもわかる。いうなれば、コールはあのときの罪滅ぼしをしているのだ。

でもひょっとしたら、そう、ひょっとしたら、わたしはコールと向き合うのが怖くて、彼の話を聞きもせずに自分であれこれ理由をこしらえて、それが真実だと決めつけているだけかもしれない。

いや、それだとあまりに筋が通りすぎていて、かえって嘘っぽく聞こえる。

「もうなにがなんだかわからない」天井に向かってつぶやいた。

天井はなにも答えてくれなかった。

気がつくと、コールの家から帰ろうとしたときのことを考えていた。すると死と腐敗のにおいの記憶にのみ込まれそうになり、わたしは上掛けの下で体を震わせた。

横向きになって体を丸め、あごの下で両手を組み合わせて、ベッドの向かい側にある小窓を見つめた。わたしは目をつぶった。鹿の死体のことも、窓ガラスを割られた車のことも考えたくなかった。なにも考えたくないのに、何時間も考えつづけた。寝室の外で物音がするたびに体をこわばらせ、息を殺して、コールがなにをしているのか知ろうと耳をそばだてた。もしかしてこの部屋に入ってこようとしている？　でも入ってくる理由はないし。朝になってもコールはリビングにいるだろうか。それとも夜が明けたら帰る？　コールが明日仕事に行くのかどうかも知らないけれど、長身の彼にあのソファが小さすぎることは知っていた。

どれくらいそうしていただろうか。窓から差し込む月明かりが床のどのあたりまで届くか追いかけるのにも飽きたころ、ようやくうとうとしはじめた。夢とうつつのあわいを漂っているとき、むきだしの肩をまるで羽根がかすめたようにそっと撫でられるのを感じた。

鼓動が一気に速まった。コール？　わたしの部屋でいったいなにをしているの？　彼の指の動きに合わせてゾクゾクと肌が粟立ち、わたしは息を殺した。その指がネグリジェの肩紐(かたひも)の下にもぐり込み、腕からゆっくりと引きおろしていく。いますぐやめさせなければ。そうよ、わたしの寝室に忍び込んでこんなことをしているコールを怒鳴りつけてやらないといけないのに……ああ、すごくいい気持ち。気持ちよすぎて、このまま寝たふりをしていたいくらい。

コールの手が肩をすべり、肩胛骨をなぞって背骨に触れる。わたしの口から震えるため息がもれた。背中を撫でおろす彼の手に力がこもって――。

「サーシャ……」

心臓がぎゅっと締めつけられた。背中に当てられたこの手。ざらついて、やけに大きな手。冷たすぎる手。この手なら嫌というほど知っている。

わたしは体をよじって仰向けになった。大きく見開いた目で暗闇を見据えたが、彼の顔が見えないことはわかっていた。彼の顔は絶対に見えないから。それでも、わたしにはわかった。どうしよう、これはコールじゃない。喉の奥からせりあがってきた悲鳴が口から飛びだし、その大きな声に耳がかっと熱くなる。そのとき、それが聞こえた。甲高い笑い声。次にくる苦痛を予告する笑い声。なぜならこんなふうにわたしに触れ、こんなふうに笑うときの彼は、もうただの〝花婿〟じゃない。正真正銘の怪物だから。

「サーシャ！」腕を強くつかまれ、わたしはさらに大きな悲鳴をあげた。「サーシャ！　落ち着け。大丈夫だ。もう心配ない。落ち着くんだ」

もう心配ない。

〝花婿〟ならけっして口にしない言葉。

わたしははじかれたように身を反転させ、やみくもに手を振りまわしながら左に転がり、そのままベッドから落ちたが、床で体を打つことはなかった。コールがとっさにわたしの腰に腕を巻きつけ、ベッドの上に、彼のほうに引き戻したからだ。胸と胸が触れ、肌に肌が……触れる？　どうして？　悪夢が煙のようにふっと消えて、だんだんとまわりが見えてきた。コールがわたしを抱き締めていた。あたたかな彼の息が頬にかかる。コールはいつのまにかシャツを脱いでいて、いまやわたしの心臓はまったくべつの理由で高鳴っていた。

「ぼくがわかるか？」コールが訊いた。

ええ、よくわかる。

部屋は暗く、なにも見えなかった。感じられるのはコールだけ。ベッドに入る前に適当に選んで着たものがなんだったのか気づいたのはそのときだ。肩紐が細く、胸元がハート形に深くくれたネグリジェ。丈が太腿の真ん中あたりまでしかなく、やわらかなコットン地は明るい照明の下だとほとんど透けて見える。生地が薄すぎて、肌と肌がじかに触れ合っているような錯覚をおぼえたのだ。

胸に触れるコールの胸はあたたかく、熱いくらいで、内腿に当たるジーンズのデニム生地がごわごわした。それでわたしはまたあることに気づいた。わたしはコールの膝の上にいるばかりか、彼にまたがっている。どうしてそんなことになったのかわからないけど、わたしの両手の下には硬くなめらかな彼の肩があった。

「サーシャ」片手をわたしのうなじにまわし、髪の毛をひとつに束ねながら、コールはさらに声を低くした。「ぼくがわかるか？」

わたしは喉がからからになり、あえぐようにいった。「ええ」

「よかった」コールはわたしを放すどころか、手と腕にさらに力を込めた。「こういうことはよくあるのか？」

「こういうこと？　よくあるってなにが？」

コールはしわがれた声で小さく笑った。「悪夢のことだよ、サーシャ。よくうなされるのか？」

ああもう。わたしは目を閉じ、小さく首を振った。「今日はたまたまよ」

「きみが本当のことをいっていないような気がするのはなぜかな？」額に彼の息がかかった。

「そんなこと知らないわよ」彼の肩から手をどけないといけないのに、まるで手が鉛になったみたいに持ちあがらない。

「きみは忘れているようだけど」コールが急に姿勢を変えた。体が彼のほうへすべって、わたしは小さく声をあげた。両脚をさらに開く格好になり、いまではわたしのおなかと、はるかに硬い彼の腹部はぴったりとくっついていた。「ぼくはきみという人を知ってる。まったくの他人とは違うんだ」

「あなたはもう……」

「なんだい？」彼の声が囁くように低くなる。

暗闇のせいかもしれない。それとも悪夢のせいか。コールに抱かれているという、この現実離れした状況のせいだろうか。どうしてかはわからないけれど、わたしは彼の問いに答えた。「あなたはもうわたしを知らない」

手の下で彼の肩がこわばった。「ぼくはいまでもきみを知ってる、サーシャ」

わたしは首を振り、両手を彼の胸にすべらせた。「いいえ、知らない。あれから十年たったのよ、コール。いまのわたしをあなたは知らない」

「ぼくの知っているサーシャもいる。今夜、食事をしながら、ぼくは彼女の姿を垣間見た。きみはまだあのころのきみだ」その声は険しく、断固としていた。

「あなたは――」

「悪夢のことできみが嘘をついているのはわかっている」コールはかまわず続けた。「よく見るんだろう？　毎晩ではないにしろ、不眠に悩まされる程度には」

ぴしゃりといい当てられ、わたしは息をのんだ。

「そうなんだろう？」

そのとおりよ。でもコールはそれを知らなくていい。いま以上にわたしを憐れに思うようなことは知らなくていい。わたしは声が上擦(うわず)らないよう努めた。「ただの夢よ。大したことじゃない」彼の上からおりようとしたが、コールは放そうとしなかった。

「もう大丈夫だから。放して」

「ぼくは大丈夫じゃない」

わたしは首をかしげてコールに目を向けた。表情が見えたらいいのに。「どうしてあなたが大丈夫じゃないの？　悪夢を見たのはあなたじゃないでしょう？」

「そうだが、きみの悲鳴が聞こえたときは悪夢を見ているみたいだった。死んだように眠っていたのに飛び起きた。てっきり……」

わたしは彼の腕のなかで身を硬くした。コールがなにを考えたのか知りたくなかった。おおよその察しはついていたから。「もう平気だから。あなたはソファに戻って寝て。それより、家に帰ったら？　わたしなら――」

「どうしてぼくを締めだすんだ？」

その問いかけに、わたしはびくっとした。「べつに締めだしてなんか――」

真夜中にこんな話はしたくなかった。暗い寝室のベッドの上で、裸同然の格好でコールの膝にまたがっているときには。わたしは彼の胸を押しやった。

「いや、締めだしているね」

びくともしなかった。

「放して」わたしはいった。

「放すよ」そういいながらもコールは放さなかった。「だがその前にいいたいことがある」

わたしはもう一度彼の胸を押し……手のひらに感じるうっとりするような感触を無視しようとした。硬く、なめらかな肌は、シルクにくるまれた鋼鉄みたいだ。「そのいいたいこととやらは、わたしを抱いてなくてもいえるでしょう?」

「いえない」

「コール」わたしは声を荒らげた。

うなじに添えられていた手が上にすべり、後頭部をすっぽりと包み込んだ。たちまち肩から胸へと震えが広がったが、それは心地よい震えだった。乳首が硬くなるのがわかり、部屋が暗くてよかったと思った。

「きみは心に壁を築いている。それはいいんだ。そうする理由も理解できるし、この十年、きみが誰とも深く関わってこなかった理由もわかるつもりだ。そう、理解できる」コールはわたしの顔を自分のほうに向け、すると今度は唇に彼の息がかかった。「だがぼくは行きずりの男とは違う。きみの心はそうした壁をぶち破ってでも手に入れる価値のあるものだということを知らない、そこらへんのやつらとは違うんだ」

ああ、神さま。

「二度目のチャンスを与えられる人間はそうはいない。だがぼくらはそのチャンスをもらったんだぞ、サーシャ。ぼくはこの好機を見逃すつもりはない」

「二度目のチャンス？」わたしは馬鹿みたいにくり返した。「それはわたしたちのことをいっているの？」

「そうだ」

わたしは呆気（あっけ）に取られ、つかのま黙り込んだ。「わたしが二度目のチャンスを望んでいなかったら？」

コールが笑った。「いや、きみは望んでいるよ」

わたしはあんぐりと口を開けた。「どうしてそう思うのかしら、物知り博士？」

コールのあの唇が頬をかすめ、わたしは思わず息を吸い込んだ。「ほらね、いまのがその証拠だ。今夜ぼくに向けたきみの目にもそれはあらわれていた。それにもうひとつ」コールはふっと言葉を切った。「ぼくの胸に押しつけられているその硬く尖った乳首も、きみが二度目のチャンスを望んでいるといっている」

ああ、神さまっ！

「それに、ぼくに突破できない壁はないんだ。テフロン製だろうが、鉄条網を張りめぐらせてあろうが、ぼくを止めることはできない」

わたしは闇のなかでただただコールを見つめていた。自分が息をしているかどうかもわからなかった。

「今夜いった言葉に嘘はないよ、サーシャ」コールの唇が頬の丸みをなぞると、全身に震えが走った。「ぼくはきみをひとりにしない。もう二度」

11

「なるほど。それはエロいわ」

わたしは目を細めてミランダを見た。翌日の午後、わたしたちはホテルのキッチンで向かい合っていた。ミランダは昼休み中で、高校に戻るまでにあと十分ほど余裕があった（ちなみに、高校はここから歩いてすぐのところにある）。

例によって、ミランダはすてきだった。濃い紫色のニットワンピースが褐色の肌にすばらしく映えている。わたしがあんなワンピースを着たら、映画『パープル・ピープル・イーター』に出てきた紫色の太っちょエイリアンみたいになってしまう。しかもミランダはいまイタリアン・ドレッシングを山ほどかけてあるようなにおいのするサラダをむしゃむしゃと食べているところだった。「コールが帰ろうとしなかったのよ」わたしはそう念を押した。

ミランダはグリーンリーフを突き刺したフォークをわたしに向けた。「あんたの身の安全を守りたかったからでしょ」

「なにから守るのよ?」

ミランダはわたしに顔を近づけ、ひそひそ声でいった。「あんたのお母さんのトラックに、車に撥ねられた動物の死体をおいていくような、頭のいかれたやつからよ」

わたしはミランダをにらみつけ、それからため息をついてうつむいた。「たしかに」ミランダにはすべて話してあった。そりゃまあ、硬く尖った乳首のくだりは抜かしたけど。真面目な話、ミランダだってそんなことは聞きたくないだろうし。もちろん、鹿の話にミランダは震えあがった。当然だ。ところがそれを除けば、コールの言動のすべてが、ミランダにいわせれば〝めちゃくちゃエロい〟なんだとか。

「お母さんにはなんて話したの?」ミランダはキッチンの開いたままのドアにちらりと目をやった。

「昨夜はワインを飲みすぎちゃって、それでコールに車で送ってもらったって」わたしは飲んでいるダイエット・コークのキャップをいじった。「お母さん、これっぽっちも疑わなかった。それどころか、酔っ払うほど楽しかったんだって大喜びよ。たぶんもう孫の名前を考えはじめていると思う」

ミランダは笑った——頭をのけぞらせて、げらげらと。

「笑い事じゃないわよ」

「いやいや、笑えるって」まだ笑いの残る声でいった。「ほかは笑えないことばかりだけど、いまのはサイコーだね。あんたのお母さんならやっていそう。たぶんもう男の子でも女の子でも大丈夫な色の毛糸でロンパースを編みはじめているわよ」

せっせと編み針を動かしている母が目に浮かび、わたしはうめいた。

「で、トラックのほうはどんな具合？」ミランダが訊いた。

わたしは椅子の背に寄りかかった。「一時間前にコールがメールをくれたわ」なぜだか心臓が跳ねた。コールの名前を口にするたびに胸のなかで起きるこの馬鹿げた反応を、わたしはずっと無視していた。まあ、明らかに無視できていないのだけれど。

「この午後にはできあがるって」

ミランダは食べ残したサラダの上にプラスチックのフォークを落とした。「コールが昨夜泊まったこと、お母さんは知っているの？」

わたしは首を横に振った。「知らないと思う。知っていたとしても、なにもいってこなかった」

ミランダはテイクアウトの容器をつかんでふたを閉めると、椅子から立ちあがった。

「コールが昨夜あんたにいったことについては根掘り葉掘り聞きたいけど、鹿のことは……」

「ええ」ミランダが容器をゴミ箱に捨てるのをわたしは見ていた。「わたしもどう考えたらいいのかわからない」

「コールに訊かれたことは考えてみたの？」ミランダはバッグを取りあげて肩にかけた。「あんたに恨みを持っていそうな人間のリストだけど」

わたしはテーブルを押すようにして両腕を伸ばし、背中のこりをほぐそうとした。悪夢を見たうえにコールにあんなことをいわれたせいで、あのあとはもう寝つけなかった。寝室を出ていったコールがソファに戻って寝た――たぶん――あとも、ベッドの上で不自然に体をこわばらせたまま、まんじりともせずにいた。どうせならこの時間を有効に使おうと、自分に恨みを持っていそうな人について考えてみた。ふだんから寝つきの悪いほうだけれど、真夜中過ぎに自分に腹を立てていそうな人間のことをつらつら考えるのは、眠りを誘う妙薬とはいえない。

腕をおろし、サンダルの踵に体重をかけた。「考えてはみたけど……」足音が聞こえたので、そのまま語尾をのみ込んだ。

母がふらりと入ってきて、キッチンのなかを見まわして眉根を寄せた。「アンジェラを見なかった?」

わたしは片方の眉をあげた。「見てないわ」腕を組みながら続けた。「客室の清掃をしているんだと思っていたけど」

「それがまだ出勤していなくて、連絡もないのよ」母は唇をすぼめた。「アンジェラらしくないのよねえ」

「具合が悪いのかも」ミランダはダイニングルームのほうへ向かい、わたしは母と一緒にそのあとをついていった。「たちの悪い風邪が流行っているのよ。十年生に歴史を教えているチェイス先生が先週これにやられて、ひと晩じゅう寝られなかったって。病欠の電話を入れて代用教員を頼むのもやっとだったんだから」

「まあ大変。もしそうならスープでも持っていってあげないと」ロビーを横切りながら母がいった。

わたしはフロントデスクの電話にちらりと目をやり、席を離れていたあいだにメッセージが入っていないか確かめた。メッセージはなかった。幸い、いま予約が入っているのは一室だけで、明日ふた組のゲストがやってくることになっていた。「マターソンズ夫妻の部屋はわたしが担当する。残りの部屋の準備もやるから」

「終わったらわたしに電話すること」玄関ドアを開けながらミランダがいい添えた。

「なにしろまだ聞きたいことが山ほど――うわっ。びっくりした」笑い声をあげながら脇へ寄った。「もう少しであなたを轢いちゃうところだったわ」

ドアのほうに顔を向けると、見覚えのない人が戸口に立っていた。薄茶色の髪の男性だ。焦げ茶色のセーターに合わせたベージュのスラックスにはピシッとアイロンがかかり、しわなど無縁のように思えた。

男性はミランダに笑いかけてからわたしのほうに目を向けた。「ミス・キートン?」みぞおちのあたりにもやもやした不安が芽生えた。「そうですが」

男性の笑みが大きくなり、びっくりするほど白く、びっくりするほどきれいに揃った歯をのぞかせた。「どうも。デービッド・ストライカーです。みんなストライカーと呼びますが。フリーのジャーナリストで、いまは――」

「おあいにくさま」ミランダが首をかしげ、わたしは胃がずしりと重くなった。「なんの用だろうと、ミス・キートンはまったく興味がありませんから」

ストライカーの笑みが薄れた。「用件はまだ話していませんが」

「いったでしょう、なんの用だろうとミス・キートンはまったく興味がないって」ミランダは男性をにらみつけた。「なんならもっとわかりやすい言葉でいい直しましょうか?」

いまや笑みは完全に消えていた。「いや、結構」彼は焦げ茶色の目を細めた。「ミス・キートン、ほんの数分ですむので」

ミランダが口を開きかけたとき、わたしはすっと前に出た。「あなたは学校に戻って。ここはわたしが対応するから」

「対応するというのは、質問には一切答えないという意味ですから」母が、母親然とした声——威厳に満ちた声——でいった。「では、お引き取りください——」つかつかと前に進み、ドアに手をかけて閉めようとした。

ストライカーはドアを閉めさせまいとして手を突きだした。「フレデリックで行方がわからなくなっていた女性の遺体が、〝花婿〟が犠牲者を放置したのとまったく同じ場所で見つかったことはご存じですよね?」

鹿撃ち用の散弾でも食らったみたいに、戦慄が全身に広がった。母がまたドアを閉めようとしたが、ストライカーは頑として動かなかった。そしてミランダも。吐き気がして、いますぐ自室に駆け込みたかったけれど、ミランダを巻き込みたくなかった。これはわたしの問題だ。ミランダの問題でも、母の問題でもなく。

「ミランダ、ここはわたしに任せて、あなたは行って」怒りに吊りあがった彼女の目を見つめながら、安心させるようににっこりした。「大丈夫よ。予想はしていたから。

ほら、行って」

きつく結ばれた口元から、ミランダがありったけの忍耐力を総動員していいたいことを我慢しているのが伝わってきた。彼女は素っ気なくうなずくと、ストライカーをじろじろと眺めまわして嘲りの笑みを浮かべてから、よけるようにして外に出た。ミランダがポーチを横切り、角を曲がって姿を消すのを見届けると、わたしはストライカーに注意を向けた。

彼は、質問に答えるつもりはないという先ほどのやりとりなどなかったかのように話を続けた。「遺体発見に関して、今朝ヒューズ町長が記者会見を開いて――」

「あなたもご自分の仕事をされているだけでしょうし、ここは穏便にすませますが、お話しすることはなにもありません」

「というわけですから、失礼してこのドアを閉めてもよろしいかしら。あたたかい空気が逃げてしまいますので」母が横から口を挟み、改めてドアを閉めようとした。

「これでも穏便にお願いしているんですけど」

ストライカーは手ばかりか足まで突きだして抵抗を試みた。「微妙な問題ですし、話したくないというお気持ちもわかりますが、遺体を遺棄するのにまったく同じ場所が使われたというのは、あまりにもできすぎている」

わたしは両手のこぶしを握り締めた。「たしかにできすぎていますが、だとしてもわたしには関係のないことです」

「では、まったく気にならないということですか？」

これでは質問に答えているも同然だ。手のひらに爪が食い込んだ。「どうして気にしなくてはいけないんです？　今回の事件は――あのこととなんの関係もないのに？」

　ストライカーは唇を噛んだ。「いいですか、私はただ――」

「あなたがどう思おうとかまいませんが」怒りがいらだちに取って代わり、わたしはすかさずやり返した。「わたしの身に起きたことは、新聞の日曜版に掲載される楽しい読みものとは違うんです。これはわたしの人生です。今回の事件とはなんの関係もないし、あの気の毒な女性の身に起きたことをセンセーショナルに書き立てようとするなんて吐き気がする」

　ストライカーが足を踏ん張るのを見て、梃子（てこ）でも動かないつもりなのがわかった。顔つきが変わり、あごをぐっと突きだしたところから、彼が勝負に出ようとしていることが知れた。「あなたが脱出したのは、〝花婿〟があなたを殺そうとしているときだった――あなたはその最中に逃げだしたというのは本当ですか？」

ああ、そんな。

頭から一気に血が引いて、めまいがした。わたしは後ずさり、フロントデスクにぶつかった。この人は知っている。でもどうして？　ああした記録は誰でも見られるものなの？　裁判はおこなわれなかった。必要なかったからだ。〝花婿〟は死んだから。マスコミにリークされた情報はごまんとあったけれど、このことは表に出ていないのに。

わたしはあえぎながら切れ切れにいった。「どうして……それを知っているの？」

「私は記者ですよ、ミス・キートン。知ることが仕事だ」

「もうたくさん」母がぴしゃりといい、ストライカーに答える間を与えず、ふたたびドアを押した。「十数えるまでにわたしの土地から出ていかないと警察を呼びます」

「その必要はありませんよ」低くざらついた声がして、心臓がまたしてもおかしな跳ね方をした。ストライカーの肩ごしに、大またでこちらに歩いてくるコールの怒りの形相が見えた。コールはストライカーの肩をつかんでくるりと向きを変えさせると、ドアから引き離した。「こちらはもう帰るところですから」

横によろけたストライカーは、コールと顔を突き合わせると目を見開いた。その顔を驚きの表情がよぎる。「あんたが誰か知っているぞ」

コールは薄ら笑いを浮かべた。「では、とっとここから立ち去ったほうがいいこともわかるのでは？」

「べつに法は犯していない」ストライカーが食ってかかった。「連邦法はとくにね」

「いや、犯していますよ。ここは私有地ですし、おふたりはあなたに立ち去るよう求めた」コールに詰め寄られ、ストライカーは後ずさった。「なのにあなたは立ち去ろうとしない。これは立派な違法行為だ」

ストライカーの頰が朱色に染まった。彼はなにかいおうとするように口を開いたが、すぐにまた閉じた。それからわたしにちらりと目をくれるときびすを返し、足早にポーチをおりていった。コールはドアを閉めた。

「ありがとう、コール」フロントデスクの前で呆然と立ちすくむわたしをよそに、母はまくしたてた。「もう少しであのフロアライトを持ちあげて、あの男が逃げだすまで頭をぶん殴るところだったわ」

コールの唇がひくつき、笑いをこらえているのがわかった。わたしはのろのろと母のほうに顔を向けた。「そうなっていたら大損害だったわよ。あのライトは、何ヵ月もさがしまわった末にようやくネット通販の〈ウェイフェア〉で見つけた逸品だから」母はそういい足した。

わたしは問題のフロアライトに目をやって眉をひそめた。グレーのポールに白いかさがついた、なんの変哲もないライトだった。

「大事なフロアライトを守れてよかったですよ」コールはポケットに手を入れ、ひと組の鍵を取りだした。「トラックは外に停めてあります」

トラックやなにかのことを思いだしたとたん、わたしはしゃんとなった。「ありがとう。わざわざ届けてくれなくてもよかったのに」

コールの冷静なまなざしがわたしのほうを向いた。「だが、もう届けてしまった」

またあのいいまわし。頭に焼きついて離れなくなってしまった。それをいうなら、あのまなざしも。今朝、わたしが寝室から出ていったときにはコールはすでに帰ったあとだったが、その前にコーヒーメーカーをセットして、淹れ立てのコーヒーが飲めるようにしておいてくれた。


どこまで気がまわるんだか。

一瞬、目と目が合い、わたしは鋭く息を吸い込んだ。コールは数メートル先にいるのに、まるで目の前に立っているような気がした。彼の体が放つ熱をたしかに感じた。考えないといけないことは山ほどあるのに、その瞬間わたしの頭にあったのは、昨夜コールにいわれた〝二度目のチャンス〟と〝壁をぶち破る〟という言葉だけだった。

しっかりしなさいったら。

わたしは母に注意を向けた。「こんなことになってごめん」

母は眉根を寄せた。「どうしてあなたが謝るの、ハニー。あなたのせいじゃないのに」

「そうだけど、もしもロビーに誰かいて、さっきのやりとりを聞かれていたらと思うと」わたしは腕組みをした。「ホテルの評判にプラスになるとは思えないもの」

「だとしても、きみのせいじゃないよ、ベイブ」コールがいった。

ベイブ?

「あの男がここにきたのはこれが初めてですか?」コールは訊いた。

「ええ」母は答え、ゆったりしたセーターの裾を手で撫でつけた。「前のことがあったあとは記者が押しかけてくるなんてしょっちゅうだったけど、あの顔を見るのは初めてよ」

「もしもまたあらわれたら知らせてください」そういいながら腕組みをしたコールは黒のヘンリーシャツを着ていて、わたしはシャツの裾からちらりとのぞくホルスターに今度は気づいた。「目にもの見せてやりますから」

「こういうことはこれで最後にしてほしいものね」母が顔に張りつけた笑みは、どこか嘘くさかった。「今回は不意をつかれてしまったけれども」

母とコールのやりとりを聞いているあいだも、あの記者が口にしたなにかが頭の隅に引っかかっていた。わたしは口を引き結び、ストライカーとのやりとりを頭のなかで再生した。そのときピンとくるものがあった。

「町長」わたしはつぶやいた。

母がこちらに顔を向けた。「なにかいった、ハニー？」

コールのまなざしが鋭くなるのを見て、わたしは目をしばたたいた。「なんでもない。ただのひとり言よ」

コールは襟足を手でつかむ例の仕草を、今度は頭をかしげながらしつつ、わたしをじっと見つめた。

母はわたしとコールの顔を交互に見た。そして一瞬の間のあとにいった。「マターソンズ夫妻の部屋の清掃はわたしが引き受けるわ」

わたしは母のほうに体をひねった。「わたしがやるといったでしょう？」

「いいから」母はすでに階段の前にいた。「あなたはコールとおしゃべりしていて」そういうと、まるでコールが空飛ぶ自動車でも発明したかのように、にっこりほほえんだ。「昨夜はわたしの娘に飲酒運転をさせないでくれてありがとう」母の言葉に、わたしは目をぐるりとまわしたくなるのをかろうじてこらえた。「わたしのトラックを届けてくれたことにも、改めてお礼をいうわ」

「いいんですよ、ミセス・キートン」コールの唇の片端があがった。「お嬢さんが法を遵守するよう、つねに気をつけておきます」

わたしは小さく鼻を鳴らした。レディらしからぬふるまいだとわかっていても止められなかった。

「なにかいったか、ベイブ?」コールが訊いた。

わたしは彼を見あげ、片方の眉を吊りあげた。「べつに」一拍おいてから続けた。「それと、ベイブと呼ぶのはやめて」

「照れちゃって」母は階段の手すりに片手をかけた。「ほんと、かわいいんだから」

階段をあがっていく母を見ながら、わたしは眉をひそめた。足の運びがやけにゆっくりしている。体がどこか痛むのか。それともコールとわたしの話を盗み聞きしようと時間稼ぎしているだけか。

たぶん後者だろう。

母の姿が視界から消えるのを待って、わたしはコールのほうを向いた。ところがわたしがなにかいうより早く、コールがふたりのあいだのわずかな距離をつめてわたしの前に立った。わたしはフロントデスクに背中を押しつけた。彼と目を合わせるには頭をのけぞらせなければならなかった。

「さっきいったことは本気だから。あの男がまた姿を見せたら、かならずぼくに知らせろ」どすのきいた声でコールはいった。「とことん思い知らせてやる」

そうする必要はないといおうとして、わたしは、コールと再会してから、もう十回以上その台詞(せりふ)を口にしていることに気がついた。そしていま手を伸ばせば触れられるところにいるコールに、その言葉をいいたくないと思っている自分に驚いた。

コールが与えてくれようとしているものが必要だったからだ。

コールがなにくれとなく世話を焼いてくれるのは、わたしに対する憐れみと歪んだ責任感のせいだとわかっていても、そういったことには気づかないふりをして、コールにここにいてほしかった。いまこの胸に広がるぬくもりは、コールがここにいてうれしいと告げていた。「ありがとう」わたしは目を伏せた。「母のトラックのことも、あの記者を追い払ってくれたことも」

「礼なんかいわなくていい」コールは手を伸ばし、わたしの腕組みをそっとほどかせた。視線が彼に引き寄せられる。コールはわたしの腕に手をおいたままで、わたしは胸の奥が騒ぎだした。「あの記者のせいできみが嫌な思いをしたのはわかっている」

否定してみてもはじまらない。「あの人、わたしについて調べていたのよ、コール。彼は知ってた……」わたしは咳払いした。「わたしが逃げたのは、〝花婿〟がわたしを殺そうとしているときだったたって」

コールのあごの筋肉が引きつった。「くそっ」

「あの人、どうやってそれを知ったの？」声がかすれた。「事件に関する記録は誰でも入手できるものなの？」

「容易に手に入るものではないが」コールはわたしの二の腕に手をすべらせ、なだめるようにゆっくりと肘まで撫でさすった。「やつはジャーナリストだ、ベイブ。警官や刑事に知り合いもいれば、コネもあるはずだ。魚心あれば水心、というやつだ」

「そんな」わたしに関しては相当分厚いファイルがあるはずだ。地元警察とＦＢＩの両方と話をしなければならなかったし、どちらにも**すべて**を話すようにいわれたからだ。コールがどこまで知っているかわからないけれど、おそらくひととおりは把握しているはずだ。彼は当時、保安官補をしていたのだから。でも、今回のことはそれとは違う。なんの権利もない赤の他人でもファイルを入手できると知って、わたしは吐き気がした。

コールがまたわたしの腕をさすった。「そんなことはぼくがさせないといえればよかったんだが」

わたしは弱々しい笑みを浮かべた。「遅かれ早かれこういうことは起こると思っていたし、たぶんまたあると思う。慣れないとね」

「慣れる必要なんかない」

彼の目を見あげ、わたしは小さく息を吸い込んだ。コールはわたしの腕をさすりながら探るような目でわたしを見ていた。いまのこの幸福な瞬間だけでもすべてを忘れるのは簡単だったが、少し前に思いだしたことをコールに伝える必要があった。

唇を嚙み、階段のほうにちらりと目をやった。お母さんはしばらく手が離せないはず。「もう少し……いられる?」

コールの目元がやわらいだ。「もちろん」

わたしは震える息を吸い込むとフロントデスクから離れ、コールの手からもすり抜けて、彼をラウンジのほうにいざなった。わたしが暖炉のそばの椅子に座ると、コールは隣の椅子に腰をおろした。母かマターソンズ夫妻がふらりとあらわれないともかぎらないので声は低く保った。

「わたしに腹を立てている人間に心当たりはないかとあなたに訊かれてからずっと考えていたんだけど、これという人は思いつかなかった」わたしが話しはじめるとコールはこちらに体を向けて、椅子の肘掛けに片腕をのせた。「だけど、さっきの記者——ストライカーにいわれたことがきっかけで、ある人物のことが頭に浮かんだの」

「そうか」コールは身構えた。「よかったよ。あのいけ好かない男にも少しは役に立つことがあって」

会話の内容にもかかわらず、思わずにやりとしてしまった。「ヒューズ町長」

コールの両眉が跳ねあがった。「いまなんて？」

「まともじゃないのはわかってる。でも、今回のことはなにからなにまでまともじゃないし」わたしは自分の膝に手をすべらせた。「月曜の夜に、ミランダとわたしとジェイソンで食事に出かけたの。その店にヒューズ町長がいて、わたしたちのテーブルにやってきた。すごく失礼なことをいわれたわけじゃないけど、わたしが戻ってきたことを喜んでいないのは伝わってきた。マスコミと話をするつもりか、というようなことを訊かれたわ。当時のことをあれこれほじくり返されるのを心配しているみたいだった」

「町長はほかにもなにかいったか？」

わたしは首を振った。「わたしが帰ってくることは知っていたということだけ。どうやら商工会議所の集まりで母が話したみたい」

コールは襟足をさすった。「だとすると、集まりに参加していた人間なら誰でも、きみが帰ってくることを耳にした可能性があるということか」

「ええ」わたしは手を止めた。「あるいは全部わたしたちの思い過ごしで、単に奇妙な出来事が二度続いただけかもしれない」

コールが首から手をおろした。「本当にそう思うのか、サーシャ？」

ああ、そう思いたい。切実に。なのに、わたしの勘はべつのことを告げていた。

「それは――」

不意にコールが片手でわたしを制し、椅子の上でフロントデスクのほうに体をひねった。彼の視線を追った直後、コールが人並みはずれた聴力の持ち主だということがわかった。

ロビーに入ってきた若い男性は両手でキャップのつばをひねくりまわしていた。フランネルのシャツにはしわが寄り、茶色の髪は何時間も指でかきまわしていたみたいにくしゃくしゃだ。「すみません」茶色の目があたりをきょろきょろ見まわした。「ミセス・キートンはいらっしゃいますか」

「母はいま席をはずしています」コールに続いて、わたしも椅子から立ちあがった。「わたしは娘です。なにかご用ですか？」

動きを止めた青年の指は関節のところが白くなっていたが、その顔も同じくらい血の気がなかった。「ぼくはイーサン――イーサン・リードといいます。恋人がこちらで働いていて」

その名前には聞き覚えがあった。「アンジェラのことかしら?」

青年はうなずいた。「彼女は今日いますか?」

わたしはかぶりを振った。「いいえ、今日は出てきていないわ。病気で休んでいるんだろうと思っていたんだけど」

イーサンの指がまた動いて、帽子の硬いつばをひねりだした。「アンジェラは病気じゃありません。少なくとも、ぼくは病気じゃないと思う。でも彼女は昨夜、学校から帰ってこなかった」言葉が一気にほとばしりでた。「ひと晩じゅう帰ってこなかったんです。アンジェラの行方がわからないんです」

12

彼女の行方がわからない。

聞いた者の不安をこれほどまでに掻き立てる言葉はほかにない。すぐにでも行動を起こし、州内を駆けまわって、すべての裏道をのぞき込み、ドアというドアを叩き破ってでもさがしだしたいと思うものの、そのはてしなさに愕然（がくぜん）として、おのれの無力さに打ちのめされる。

自分の知り合いについてこの言葉が使われるのを聞くのは初めてだった。逆側のことならよくわかる。

行方がわからなくなっている側の気持ちは。

イーサンの不安げな表情や、その場を行ったり来たりしながらひっきりなしに指で帽子のつばをひねりまわしている姿を見ていれば、愛する者の身になにが起きているかわからないというのはつらいものらしいと察しがつく。

確証がほしければ母かコールに訊けばいい。

「アンジェラは外泊したことも、仕事をサボったこともないんです」イーサンは自分の言葉に身をすくませた。「何度も電話しました。何十回も。でも、全然つながらなくて」

コールはすぐさまその場を仕切り、イーサンに訊いた。「警察には届けたのか?」

イーサンは首を振った。「アンジェラがいなくなってからまだ二十四時間たっていないし――」

「誰かがいなくなって、実際に行方不明だと信じるに足る理由があるなら待機期間など必要ない。リサーチ不足の映画やなにかの影響で、そうしたろくでもない誤解がはびこるんだ」コールはポケットから携帯電話を取りだした。「いまから地元警察を呼ぶ。いろいろ訊かれると思うからそのつもりでいてくれ。彼女の写真があると助かるんだが」

「さ……財布に入れてある写真があります」イーサンは持っていたキャップをかぶると、ズボンのうしろポケットに手を伸ばした。「一年前に撮ったものですけど。アンジェラが自分の誕生日にスマホで自撮りした写真なんだけど、きれいに撮れていたから……プ、プリントアウトしてもらって……」声が途切れ、イーサンは手のなかの小さな写真を見つめた。

話を聞きながら、わたしは胸が締めつけられた。「座って。いまなにか飲みものを持ってくるから」いいながらも、もっとできることがあればいいのにと思っていた。

イーサンは焦点の合っていない目をわたしに向けてぼんやりとうなずくと、椅子に腰をおろした。コールは電話に向かって低い声でなにか話していた。わたしと視線を合わせたあとで顔をめぐらせ、片手で襟足をつかんだ。

キッチンに駆け込んだわたしは、ジェイムズがいるのを見てぎょっとした。「あなたがいるとは思わなかった」

ジェイムズは大きな鍋をカウンターにおきながら、こちらに顔を向けた。「しばらく前からいるぞ」

「アンジェラが行方不明なのよ」思わずそういっていた。

年齢を感じさせるジェイムズのしわだらけの顔が、一気に色を失ったように思えた。彼は鍋の取っ手をつかんだまま、黒い目を見開いてわたしを見た。

「彼女の恋人がロビーにきているの」説明しながら無理やり足を動かし、冷蔵庫のところへ向かった。

「なんてこった」ジェイムズはぶっきらぼうにいった。「あの娘は一日だって仕事を休んだことがないんだ。去年、たちの悪い流感にやられたときだって休もうとしなかったのに」

淹れたてのアイスティーが入ったピッチャーをつかみながらわたしは気づいた。あれだけのことを経験したにもかかわらず、アンジェラが出勤しなかったとき、母もわたしも最悪の事態を一切考えなかった。それがいいことなのか悪いことなのか、自分でもわからなかった。

「まったく」グラスにアイスティーを注いでいると、ジェイムズがぼそっといった。「たまらん話だ」

「そうね」わたしは彼のほうに目をやった。

ジェイムズは鍋を流しに持っていった。「だが前にも聞いたことがある」

「そうね」わたしは同じ言葉をくり返した。

ジェイムズが最後にいったことは考えないようにしながらキッチンを出た。ラウンジに戻ってみると、すでにおりてきていた母がイーサンの前に膝をついていた。小さなサイドテーブルにアイスティーの入ったグラスをおいたとき、心配そうな母と目が合った。コールの姿は見えなかったが、フロントデスクのほうから話し声が聞こえていた。

「ありがとうございます」イーサンはつぶやくようにいってグラスを取りあげた。「昨日は一睡もしていないし、食事も喉を通らなくて。コーヒーだけでしのいでいる感じで」彼はアイスティーをひと口飲んでからわたしの母に目を向けた。「アンジェラは……」その声は苦痛に満ちていた。「無事だと思いますか?」

「もちろんよ、あなた」母はイーサンの膝を撫でた。「無事に決まっているわ」

イーサンはそばに立つわたしに視線をあげた。彼はなにもいわなかったが、いう必要はなかった。

「きっと大丈夫だから」わたしはイーサンにいった。自分でもそう信じたかった。信じる必要があった。悲しみに曇った瞳には恐怖の色がまじっていた。

アンジェラが無事じゃないなんて考えたくもなかった。それ以外のことは想像したくなかったからだ。あの陽気で楽しい

「本当にそう思いますか?」イーサンの言葉が胸に突き刺さった。

口のなかがからからになった。質問の真意はわかっていた。イーサンだけじゃない、十年前にこの町に住んでいた人間ならみんな知っているからだ。誰かが行方不明になったとき、めでたしめでたしで終わらないこともあるということを。

イーサンはごくごくとアイスティーを飲み、手のなかでグラスが震えた。「大学にも行ってみたんです。その、アンジェラの車があるかもしれないと思って。だけど

……車はなかった。アンジェラが授業に顔を出したら知らせてほしいと、教授に伝言も残してきました」

「昨日は出てきていたのよ」母がゆっくり立ちあがった。「シフトどおりに」

つい昨日、跳ねるような足取りでキッチンを飛びまわりながら、ジェイソンが持ってきたクッキーを食べていたアンジェラのことを思いだして、わたしはうなずいた。コールが戻ってきた。油断のない目つきで、全身に緊張をみなぎらせている。これが仕事のときの顔なのだろう。コールは電話を切った。「ここには車できたのか、イーサン?」

青年はうなずき、グラスをテーブルにおいた。「はい」

「よし。これから一緒に警察署へ行く」コールはロビーを横切りながらいった。「行方不明者届を出しにいくといってあるから」

「なにかわたしたちにできることはある?」わたしは訊いた。

「なんでもいって」母がいい添えた。

「ある」コールはわたしの前で止まると、いきなりわたしの耳元に口を下げた。「今夜は家にいてくれ。それがぼくのためにきみにできることだ」

気がつくとわたしはうなずいていた。

コールは体を引き、わたしの目を見た。「あとで話そう」

驚いたことに、彼はふたたび顔を下げてわたしの頬にキスした。それからイーサンのところへ向かうと、彼の肩に手をおいてホテルの外へ促した。

イーサンとコールを見送ると、わたしは母のほうに目をやった。母がまじまじとこちらを見ていることに気づいても驚かなかった。たったいまコールがしたことについて母はなにもいわず――これには驚いた――身をのりだしてわたしの体に腕をまわした。

なんといえばいいのかわからなかったけれど、いつものように母はわかってくれているようだった。

母はわたしの腰をぎゅっと抱いた。「わかってるわ」

その日の午後、保険会社の調査員が車を見にきた。調査員が帰ってまもなくレッカー車が到着し、通りを十分ほど行ったところにある自動車修理工場までわたしの車を運んでいった。ガレージのところで少し話したところ、作業は火曜日には終わるだろうとのことだった。

コールにいわれたとおり、わたしはずっと家にいた。とくに出かける用事もなかったし。午後の残りはアンジェラの行方について朗報があることを願いつつ、ふだんはアンジェラがしている仕事を片づけた。

さほど小さな町でもないのに、アンジェラが失踪したらしいという噂はあっという間に広がった。マターソンズ夫妻に夕食を出し、夫妻が部屋に引きあげたあと、ミランダが顔を出した。続いてジェイソンまでやってきた。ふたりはキッチンにいる母とわたしに合流した。

ミランダはカウンターの上に座って足をぶらぶらさせていた。ジェイムズが帰ったあとでよかった。さもなければ、ミランダのお尻に蹴りを入れていたはずだから。

母とジェイソンはミランダのお尻がどこにあろうと気にもせずにテーブルにつき、わたしはミランダのそばに立っていた。どの手にも淹れ立てのコーヒーのマグカップが握られている。アンジェラのことはまだニュースになっておらず、そのことがもどかしくもあったが、明日の朝にはストライカーのような連中が大勢押し寄せてくるだろう。ストライカーがもっと役に立つことに時間を使ってくれることを祈った。

「こんなことが起きるなんて信じられない」ミランダがいった。彼女がこれをいうのは四回目だったが、前の三回同様、わたしたち全員が考えていることはいわずにいた。

みんながその言葉を避けているのはわたしがいるからだ。だから自分からいうことにした。「こんなことがまた起きるなんて信じられない」

ミランダが鋭く息を吸い込む。母は唇を引き結び、窓の外の闇に沈むベランダに目をやった。

「みんなが考えているのはこれでしょう？」わたしはカップをカウンターのミランダのうしろにおいた。「フレデリックで女性が行方不明になったあと……遺体で見つかり、今度はこれが起こった、って」

「だからってふたつの事件に関連があるということにはならないよ」ジェイソンは身をのりだして両腕を腿の上においた。「警察はフレデリックの女性の夫を徹底的に調べているという話だし」

「前のときもそうだったじゃない」ミランダが静かな声でさえぎった。「ひとり目の女性が姿を消したとき、警察は夫のしわざに違いないと考えた。実際に逮捕したんじゃなかった？」

母がうなずき、遠くに思いを馳せるような声でいった。「ええ。警察はベッキー・フィッシャーの夫を逮捕し、数日間拘束したあとで釈放した。証拠が見つからなかったからよ」

「それにジェシカ・レイが姿を消したから」わたしは寒気を感じて手で腕をこすった。

「新たな女性が行方をくらましたときには、前の女性はすでに死んでいるということに世間が気づくのは、あのあとすぐだったかしら」

母がわたしのほうに体をひねった。「サーシャ」

わたしは唇を嚙んだ。「だって、こんなこと――」

「ただの偶然だよ」ジェイソンが話をさえぎり、わたしは彼に目を向けた。「つまりぼくがいいたいのは、ぼくたちは先回りしすぎて、最悪の事態ばかり考えているんじゃないかってことだ。無理もないことだとは思うけど、もしもアンジェラが本当に行方不明で、それがフレデリックの女性の事件となんらかのつながりがあるとしたら、ぼくたちは――」彼は大きく息を吸い込んだ。「ぼくたちはまた連続殺人鬼(シリアルキラー)を相手にしていることになる。だけど、ここみたいな場所にシリアルキラーがふたりもあらわれる可能性がどれだけある?」

わたしはぎょっとし、ひどく動揺した。ジェイソンではなく、彼のいったことが原因だった。シリアルキラーがふたり。わたしは押すようにしてカウンターを離れると、マグカップをつかんで流しに持っていった。

「たぶんフレデリックの事件とはなんの関係もなくて、アンジェラは明日にはひょっこり姿をあらわすわよ」ミランダは笑顔を見せたが、その笑みは目元にまで届いていなかった。自分の言葉を信じていないからだ。

わたしたちの誰も信じていなかったと思う。

会話は、ミランダが職場で嗅ぎつけたスキャンダルのにおいのことに移った。くわしいことはミランダも知らないらしいが、放課後に極秘の話し合いが何度もおこなわれているとか。夜も更けはじめ、ミランダとジェイソンが腰をあげた。

「じゃあ、また」ジェイソンが上半身を傾けて、ぎこちなく片腕をまわしてくると、自然と笑みがもれた。ジェイソンはハグするのがひどくへたなのだ。「車のところまで送ろうか?」彼はミランダにいった。

「いつもなら暴漢くらい尻キックでやっつけるから平気、というところだけど」ミランダはカウンターから飛びおりた。「いまは心底びびっているから、送ってくれてまったくかまわないわよ」

「気をつけて」わたしはいった。「ふたりとも」

ミランダが敬礼した。「了解であります」

「たまに、きみは隠れ酒飲みなんじゃないかと思うことがあるよ」ジェイソンがぼやいた。

「わたしは堂々と飲むタイプよ」ミランダは答えた。ジェイソンは無言で首を振ると、彼女の腰に手を添えてキッチンの外へと促した。わたしは両眉を吊りあげた。あのふたり、どうにかなっているの？　でももしそうならミランダがなにかいってくるはず。そうでしょう？

　わたしはしばらくその場に突っ立っていた。「マターソンズ夫妻は部屋にいるし、玄関に鍵をかけてくる」

「わかった」母はテーブルから立ちあがった。「でも、戻ってきてね。少し話したいことがあるから」

　わたしはうなずくと、キッチンを出て玄関に向かい、ひんやりとした木のドアに両手を押しつけた。

　シリアルキラーがふたり。

　ごくりとつばを飲み込み、ドアを開けて前庭に目をやった。玄関ポーチの淡い明かりは闇を追い払う役には立たなかった。肌がさっと粟立ち、うなじの毛が逆立った。わたしは後ずさり、斧（おの）を手にした殺人鬼がドライブウェイを駆けてくるかのように、急いでドアを閉めて鍵をかけた。

　キッチンに戻ったときには母はまたテーブルについていた。マグカップはすべて軽くすすいで食器洗浄機のなかに収まっている。母がテーブルをとんと叩いた。わたしはそちらに歩いていって向かいに座った。「調子はどう？」母は訊いた。

わたしは唇を嚙んで首を振った。「ここに帰ってきて明日で一週間になるけど……」

力なくあげた手を、またすぐにテーブルにおろした。女性がひとり亡くなり、アンジェラが行方不明というときに、自分のことを話すのは間違っているような気がした。

「これはわたしのことじゃないんだし。心配しないで」

「そんなことわかってるわ、ハニー」母はテーブルごしにわたしの手に手を重ねた。

「だけど、あなたのことも心配なの」

「わたしは大丈夫」本当は心がぐらぐらしていた。怖くてたまらなかった。車の窓ガラスを割られたことも、鹿の死体のことも不安でならない。だけどわたしは大丈夫だ。

それなのに、こう尋ねる声はいささかせっぱつまっていた。「アンジェラは無事に帰ってくると思う？」

「わからない。そうあってほしいと祈るばかりよ。気まぐれなところはあるかもしれないけど、アンジェラは無断で仕事を休んだことは一度もない。だから単なる家出ではないと思う」母はわたしの手を強く握った。「でも、話したかったのはそのことじゃないの」

当て推量しなくてもなにかわかった。「コールのこと？」

母の顔がふっとほころんだ。「今朝、外へ出たら、彼のトラックがあったわ」嫌だ、ばれていた。お母さんが起きる前にコールがうまく抜けだせたようにと願っていたのに。

「べつに詮索するつもりはないのよ。だけど、今日の午後のコールのふるまいを見るかぎり、あなたたちなにかいいムードみたいだなと思って」

あれは本当に昨日のこと？　はるか昔のように思える。「コールは車でわたしを送ってくれたあと、そのまま泊まっていったの――もちろんソファによ」そういい添えた。「もう遅い時間だったし」

母は首をかしげた。「あんないい男をソファに寝かせるなんて、あなたを褒めるべきか叱るべきかわからないわ。あなたのベッドはたっぷり余裕があるっていうのに」

わたしはあごが落ちるかと思うほど口をあんぐりと開けた。「お母さん」

「なによ？」母は声をあげて笑った。「いくつになろうと色男は大好きよ」それから椅子に深く座り直した。「とりわけその色男が以前わたしの娘に好意を持っていて、いまも同じ気持ちでいるようなら。なにせ、あなたのほうも以前彼に夢中だったことを知っているわけだし。わたしが知りたいのは、あなたがいまも彼を愛しているかどうか」

わたしは頭をのけぞらせ、網膜に光の残像が焼きつくまで天井の明かりを見つめていた。「よく……わからない」

「それはちょっと信じられないわね」

わたしはため息をつきながらあごを引くと、チカチカする光が消えるまで目をこすった。ときどき、お母さんはわたしのことなどすべてお見通しなんじゃないかと思うことがある。「込み入っているのよ」

「人生で価値のあることは、それが楽しいことでもうれしいことでも、えてして込み入っているものだとわたしは思う。単純なものは、たぶんさほど価値がないのよ」

「そうかもしれないけど……」

「いっちゃいなさいな、ハニー」

「わかったわよ」わたしはうめいた。「コールはわたしに同情しているんだと思う。彼がここにきたのは、歪んだ義務感にとらわれているせいなのよ」

母の両眉が額の生え際まで吊りあがった。しばらくして、こういった。「コールはいったいなにをして、あなたにそんなふうに思わせたの？　コールがしたとあなたが思っていることじゃなく、実際にコールがしたことよ」

この町に帰ってきてからコールと何度か過ごすうちにそう考えるに至った理由の

数々を挙げようと口を開いたが、具体的なことはなにひとつ思い浮かばなかった――コールの言動に対するわたしの印象以外は。わたしは口をぴしゃりと閉じた。

「率直にいわせてもらうわよ、ハニー、いつもどおりに」

母流の率直な物言いは、大笑いさせられるか、とことん気まずい思いをさせられるかの両極端で、今回がどちらになるかは見当がつかなかった。

「あなたは女性として、あってはならないような苦しみを味わった。ふつうなら一生知らずにすむようなことを耐え抜いた。あなたは強い人よ。本当の強さを持ち合わせている。ここと」母は自分の頭をトンと叩き、次に胸に手をおいた。「ここに。あなたはばらばらになってしまった人生を拾い集めて、元どおりにつなぎ合わせた。あなたのことを誇らしく思うわ、サーシャ。あなたは自慢の娘よ」

母の言葉を聞いているうちに目頭が熱くなってきた。

「だからといって、あなたがすべての物事を正しく理解していることにはならない。あなたのことを気の毒に思う人はいる。わたしだってあなたを気の毒だと思ってる。そういう感情を持つのが人間というものだし、コールもきっとそうなんだと思う」母はおだやかな顔で続けた。「でもね、そうした感情が彼の行動を駆り立てているとはかぎらない。コールがあなたを食事に誘い、車で家まで送って、あなたのソファで眠ったのは、あなたに同情しているから、義務感を抱いているからとはかぎらないのよ」

わたしはまじまじと母を見つめた。

「わたしがいいたいのは、というかあなたに頼みたいのは、コールがなにをしたかで彼のことを判断してほしいということ。あなたが彼の行動をどう解釈したかではなくね。わかった?」母はそう締めくくった。

「わかったわ、お母さん」わたしは小声で返した。

疲れの見える母の目に笑みが浮かんだ。「それを聞いて安心した」母は椅子から腰をあげた。「さてと、わたしはもう寝るわ。アンジェラのことでなにかわかったら知らせにきてちょうだい」

「ええ」

母は私室にあがり、わたしは戸締まりを再度確認してまわった。そうしているあいだに、ふと思いついたことがあり、わたしはふたたびキッチンに戻った。そのままスタッフルームへ入り、頭上の明かりを点ける。壁のコルクボードのところへ向かうと、母が前にいっていたものが見つかった。

アンジェラの自宅の合鍵だ。

その鍵はコルクボードのいちばん下、母のトラックのスペアキーの隣にかかっていた。ピンクのキーキャップがついていて、そこに黒いマジックでARとイニシャルが入っている。手を伸ばしてその鍵に触れながら、アンジェラがふたたびこれを使う日がくることを祈った。

ため息をついてスタッフルームを出ると、そのまま私室へあがった。十時近くになっていた。顔を洗い、髪は頭の上でひとつにまとめた。それからフランネルのパンツに着替えた。昨日の晩、引き出しから適当に引っ張りだしたセクシーなネグリジェとは雲泥の差だ。

水色のキャミソールを着ているとき、視線がベッドに吸い寄せられた。母の言葉がくり返し頭に浮かんだ。

コールがなにをしたかで彼のことを判断する。わたしがそれをどう思うかではなしに。

びっくりするほど単純な考え方だけれど、自分の考えにとらわれていると簡単にはいかなかった。

ベッドのところへ歩いていき、昨日のネグリジェを取りあげると、たたんで引き出しにしまった。昨夜の食事がはるか昔のことに思えた。自分に正直になるなら、コールの家で〝花婿〟のことを考えはじめたとき、わたしはパニックを起こしていた。

ゆったりめのカーディガンをひっつかんで羽織るとリビングへ戻った。テレビのリモコンに手を伸ばしたとき、勝手口のドアがノックされた。

わたしはさっと体をめぐらせた。胸の奥で心臓が跳ねている。こんな夜遅くに外階段を使う人はひとりしか思いつかなかった。わたしはカーディガンの前をかき合わせると勝手口に突進し、ポーチの明かりを点けてからブラインドを脇へ寄せた。

彼だ。

さっき飛び跳ねた心臓がとんでもない速さで打ちはじめ、わたしはブラインドから手を離した。震える手で鍵をまわし、ドアを開ける。

そこにはコールがいた。目と目が合った。どちらもなにもいわなかった。〝コールがなにをしたかで彼のことを判断しなさい〟いまのわたしにまともな判断が下せるかどうかはわからなかったが、母の質問の答え――あのときよくわからないと返した質問の答えだけはわかった。

わたしはいまもコールを愛している。

本当は彼を愛するのをやめたことなどなかったのだと思う。馬鹿みたいに聞こえるのはわかっている。十年も会わずにいたのだから。それでも誰かを本気で好きになってしまったら、たとえなにが起ころうと愛する気持ちを止められないということもあるのだ。

わたしはその小さな真実を胸にしまうと、脇へ寄ってコールを通した。

13

コールは無造作にまとめたわたしの髪から裸足（はだし）のつま先までをゆっくり眺めまわすと、ようやくわたしの目に視線を戻して、いつものように唇の片側だけ引きあげて笑った。

「かわいいな」ぽつりというと、腰につけたホルスターをはずして拳銃ごとカウンターにおいた。

わたしは自分の頭にさっと手をやった。「なにが？」

「なにもかも」コールは勝手口のドアを閉めた。鍵がかかるカチリという音がすると、わたしは妙に落ち着かない気分になった。「昨夜きみが着ていたやつも大変よかったが、これはこれで……かわいいよ」

頰に熱いものが広がり、血管を満たした。わたしは頭から手をおろした。「その話はやめにしない？」

コールは唇の片側だけだった笑みを口全体に広げながら、キーリングをカウンターに放った。「暗くて見えなくても感触でわかったレースのことは持ちださないよう努力するが、約束はできないな」

コールが感触でわかったのはレースだけじゃない。わたしはカーディガンの前をかき合わせながら、ボタンがついていればよかったのにと思った。キャミソールの下にブラジャーを着けていなかったからだ。わたしの胸はブラなしでも平気なサイズではないのだ。「なにか飲む?」

「それはやぶさかではないが、ここは〝どうしてきたの? 帰って〟というところじゃないのか?」コールの目が明かりを映してきらめいた。

「いまはいわないけど」わたしは答え、あごを引いた。「約束はできないわね」

コールがもらした含み笑いは、低くセクシーだった。

熱いものは、いまやおなかのあたりまで広がっていた。「どうして……きたの?」

「もう忘れたのか? いっただろ、きみをひとりにするつもりはないと。少なくともこの部屋のドアに警報装置をつけるまでは。いや、きみのお母さんの部屋にもつけないといけないな。今日は友人と話す暇がなかったんだが、明日連絡しておく」

歩く警報装置みたいな人にいてもらう必要はない、といいかけて、わたしは口をつぐんだ。コールにここにいてほしかったからだ。それに警報装置がつくまで、コールは本気でここに泊まるつもりなんじゃないかという気もしたし。

「で、飲みものだけど、なにがあるんだ?」コールが訊いた。

「大したものはないけど」わたしは素足でまわれ右して冷蔵庫へ向かった。「母お手製の甘いアイスティーと、ミネラルウォーターが二本、それにダイエット・コーク。悪いけど、アルコールはないわ。店まで買いに出かける時間がなかったものだから」

「アイスティーをもらうよ」コールはわたしのあとについて狭いキッチンに入ってきた。「明日は朝から仕事だし」

「なら、あまり夜更かししないほうがいいわね」ピッチャーをつかんで向きを変えたとたん、わたしは小さく息を吸い込んだ。すぐうしろにコールがいたからだ。狭いキッチンとはいえ、そこまで狭くない。その近さに、わたしはまた落ち着かない気分にさせられた。嫌だとか、不快だとかというんじゃない。ただ、コールのすることすべてにひどく敏感になっているという感じだ。なにしろ、ここまで近づく必要がないことははっきりしているから。コールはわたしに近づきたくて近づいたのだ。

　わたしは咳払いした。「つまりその、通勤に時間がかかるだろうし」

「始業時間はとくに決まっていないんだ」コールが体を斜めにすると、ブーツと素足が触れた。「仕事のスケジュールは自分で決める。もうおとな(ビッグボーイ)だからね」

たしかにコールはおとなの男だ。

彼はわたしの手から小ぶりのピッチャーを取りあげた。「グラスはどこ？」

「流しの上のキャビネット」

「きみも飲むか？」

「ええ」わたしの家でなぜコールがもてなす側になっているのかわからなかった。コールがグラスをふたつ出してアイスティーを注ぎはじめても、わたしはヘンリーシャツの下で動く彼の筋肉を眺めるのに忙しかった。グラスを渡そうとコールがこちらを向いたのであわてて目をそらしたが、その前に彼が訳知り顔にほほえむのがちらりと見えた。「ところで……」わたしはリビングに向かいながら、そう切りだした。

「アンジェラのことでなにかわかった？」

コールはわたしの横をかすめるようにしてリビングに先まわりし、ソファに腰をおろした。「わかったことはあまりない」

わたしはコールのあとからリビングに入ると彼の横に腰かけた。さほど大きなソファではなかったから、ふたりのあいだにほとんどスペースはなかった。「でも、わかったこともあるのね」

「イーサンと警察署にいるあいだに、地元警察の刑事——タイロン・コンラッドが、アンジェラが受講している水曜の夜間クラスの教授に話を聞くことができたんだ。アンジェラは授業に出ていたそうだ。普段とまったく変わらない様子で、授業が終わったあとすぐにキャンパスを出たはずだという話だった」コールは言葉を切り、グラスに口をつけた。「ヘイガーズタウンにあるキャンパスまでアンジェラをさがしにいったイーサンは、アンジェラの車はなかったといっている。そこでタイロンはメリーランド州警察に彼女の車両データを伝えた。アンジェラの車が本当にないかどうか、再度確認してもらっているところだと思う」

わたしはアイスティーをすすりながら、いま聞いた話について考えた。「アンジェラの車がキャンパス内にないとしたら、帰宅途中か帰宅後になにかあったということになるわね」

「あるいは授業のあと、誰にも告げずにどこかへ向かったか。ありそうにないことに聞こえるだろうが、いまの段階ではどんな可能性も排除できない」コールは身をのりだしてコーヒーテーブルにグラスをおいた。「これからいうことはここだけの話にしてほしい」わたしのほうに体を向け、そう断った。「いいね？」

「わかった」

コールはしばしわたしを見つめた。「水曜の夜、車で大学に向かっていたアンジェラと電話で口論になったとイーサンはいっている。口論の理由についてはくわしく語ろうとしないが、かなり揉めたらしい」

「それはいい知らせでもあり、悪い知らせでもあるわね。だって、アンジェラはひとりになって頭を冷やしたかっただけかもしれない。人騒がせな話ではあるけど、もうひとつの可能性よりはるかにましよ」わたしは唇を引き結んだ。「ただそれだと、イーサンが容疑者と見なされるということ？」

「彼に怪しい点があるわけじゃない。行方不明者が出た場合、最初に疑われるのは近しい人間なんだ。両者のあいだに諍いがあったのならなおさら」コールは説明した。「行方不明者届を提出したから、近隣の全警察署にアンジェラ本人と彼女の車の特徴が通達される。うまくいけば、なにか手がかりがつかめるだろう」

「うまくいけば」わたしはグラスを口元にあげた。震えが腕を伝いおりた。「あなたもイーサンが関係していると思う？」

「本音をいってもいいかい？」コールがわたしの手からグラスを取りあげ、自分の傍らにあるコーヒーテーブルにおくのを見て、わたしは眉をひそめた。彼はソファから腰をあげながら話を続けた。「ぼくは生まれたときからこの町に住んでいるが、複数の女性が姿を消したのは町にシリアルキラーがあらわれたときだけだ」

コールの言葉に吐き気が込みあげたが、脈拍が速くなったのは彼が目の前に立っているせいだった。「新たなシリアルキラーがあらわれたということ?」

「そうはいっていない。まったく関係のないふたつの事件かもしれない。だがどんなことも起こりうる」

「どんなことも――」わたしははっと息をのんだ。コールがその場にひざまずき、わたしの腕に手をまわしたのだ。「なにしてるの?」

「きみと話をしている」コールは答えた。

「これは話をしていると――」わたしは声にならない声をあげた。コールがわたしを抱きあげ、そのままソファに腰をおろしてわたしを膝に座らせたのだ。脇腹が彼の胸にくっつき、両脚はソファの上に伸ばす格好になった。あまりのことに、わたしはマネキンのように固まったままコールを見つめた。最初は顔の前に彼の顔があったが、コールがわたしを少し下にずらしたので、いまは目の高さに彼の喉があった。「これは話をしているといわない」

コールはわたしを見てにやりとした。「いや、いうね。ぼくらはきわめて親密に話をしているだけだ」

わたしは口をパクパクさせたが、しばらく言葉が出てこなかった。わたしはコールに包まれていた。彼のぬくもりと、アフターシェイブローションかコロンのシトラス系の香りに。たぶんコロンだ。ここまで近いと、コールがここ二日くらいひげを剃っていないのがわかるから。「ここまでする――」

「必要は大いにある」コールがわたしの心を読んでさえぎった。彼は片腕をわたしの腰にまわした。「それにだ」

わたしは彼を見あげた。「なによ？」

「きみは逃げようとしていない」

くやしいけれどコールのいうとおりだ。わたしは彼の膝の上にぬくぬくと収まっている。わたしは鼻にしわを寄せた。「逃げても無駄だとわかっているからじゃない？」

「ふーん」コールの笑みがわずかに大きくなった。彼の膝に座っていないときなら〝いい笑顔〟ですんだだろうけど、いまは目がくらみかけた。「さっきの話に戻るが、どんなことも起こりうる。ぼくもきみもそれを知っている。それでもぼくは、ふたりのシリアルキラーが同じ町を襲うなんてありそうにないことだと、何度も自分にいい聞かせている」

わたしは下唇を引っ張りながら視線を彼の喉元に下げた。ジェイソンも同じことをいっていた。たしかにありそうにないことだけど、ありえないことじゃない。いずれにしろ女性がひとり死んでいるのだ。たとえアンジェラが明日無事に帰ってきたとしても、恐ろしいことに変わりはない。

「おーい」腰をぎゅっとつかまれ、顔をあげると、コールがこちらを見ていた。「なにを考えてる？」

わたしは唇から手を離した。「なんていうか……心当たりがあるなと思って。こんなふうに座って、誰かが無事に帰ってくることを祈っていたことが前にもあったなって」

コールの手が腰を離れて背中をさすった。元気づけるように。「そうだな」コールはつぶやいた。「心当たりがある」

しばらくすると、自然と体から力が抜けていった。わたしはコールにもたれかかった。握り締めていた両手がゆっくりほどけていく。どちらも黙ったままずいぶん長い時間がたったような気がしたけれど、沈黙に気まずさは感じなかった。むしろ心が安らぐ気がした。コールの肩に頭をあずけたら、どんなに幸せだろう。

そのときコールが沈黙を破り、すべてをぶち壊すようなことを口にした。「きみをあんな目に遭わせてしまったことを後悔している」

わたしはさっと頭をめぐらせ、コールの膝からおりようとした。「なにいってるの？」

ウエストにまわされたコールの腕に力がこもり、背中に当てられていた手が腰におりた。「説明させてくれ、頼む」

本能は彼の腕を振りほどけといっていたが、そのとき先ほど母にいわれた言葉がよみがえった。それに正直いって、コールの話を聞きたくないのなら、どうしてわたしは彼を部屋に入れたの？

なぜ彼の膝に抱かれているの？

わたしは浅く息を吸い込んだ。「わかった」

コールは探るような目でわたしを見た。「本当に……申し訳ないと思っているんだ。きみがどんな目に遭ったのか、すべては知らない」わたしが身をこわばらせると、コールはわたしの背中に手をまわした。「ぼくが知っているのはほかの被害者のケースから学んだことと、きみから聞いたこと、そしてそこから推測したことだけだ。だがそれだけでも胸が張り裂けそうだった」

わたしは目をつぶった。

「あの夜のことでぼくは長いこと罪悪感に苛(さいな)まれてきた。いまもそうだ」消え入るような声に、わたしはぱっと目を見開いたが、わたしがなにかいうより早くコールは言葉を継いだ。「それに怒りも感じている。きみの行方がわからなくなってすぐに〝花婿〟のしわざだとわかったときは——ああ、サーシャ、あれほどの怒りと無力感をおぼえたのは生まれて初めてだった」

喉元に苦いものが込みあげた。「コール……」

「あの男を殺してやりたかった」コールの声が剃刀のように鋭くなった。「この手でやつを捕らえていたら確実にそうしていたと思う。あのくそ野郎の皮を剝ぎ、骨を断って、八つ裂きにしていた。やつがしたことの報いとして」腰に当てられていた手が頬にあがった。「やつがきみから奪ったものの報いとして」

ああ。コールから目をそらすことができなかった。彼を黙らせることもできない。

「ぼくから奪ったものの報いとして」冷徹な薄青の瞳がわたしの目をまっすぐに見た。

「だからそう、ぼくは後悔しているし、罪の意識を感じることもいまだにある。すでにくたばったあのげす野郎をもう一度殺してやりたいと、いまも思っている。だがぼくがいまここに座ってきみを抱いているのは、あの夜に対する後悔やきみへのやましさが理由じゃない。きみが町に戻ったと聞いた瞬間に全速力でここへ駆けつけた理由もそれじゃない」

喉をふさいでいるものがふくらんで、這いあがってこようとしていた。

コールは親指でわたしのあごを撫でながら話を続けた。「きみを食事に誘った理由もだ。ひとつ秘密を教えようか。きみがここでひとり無防備な状態でいることを心配しながら、ぼくはその事実を利用してもいた。きみのそばにいられる格好の口実を見過ごすわけないだろう」

わたしはコールを見つめながら唇を開いて小さく息を吸い込んだ。コールの言葉は聞こえたし、理解もできたけれど……信じられずにいた。もしかしたら、信じる覚悟ができていなかったのかもしれない。「どうして?」

コールは両眉をあげた。「どうして?」おうむ返しにいうと、小さくかぶりを振った。「焦らずゆっくり進めていくつもりだったからだ。どんなに時間がかかろうと、心を許し合える関係に戻れるように。なんとかもう一度デートにこぎつけられるように」

デート? コールの自宅での食事はデートだったの?

正しかったのはみんなのほうだった。

またしても。

「焦りは禁物だというのはわかっているんだ」濃いまつげの奥でコールの薄青の瞳が

熱を帯びた。彼はわたしを見つめ、やがてつぶやいた。「わかっているのに」

コールはわたしの頭に指を差し入れ、髪の毛をつかんで上向きにさせた。次の瞬間、コールはわたしに口づけた。

14

コールがわたしにキスしている。

完全に不意をつかれて、五秒ほどショック状態にあったものの、驚きはすぐにどこかへ消えてしまった。たちまちコールと、いまこの瞬間に起きていることだけしか考えられなくなった。

髪の毛に差し込まれた彼の手と背中にまわされた腕、それに唇に押し当てられた唇に全身の神経が集中している。力強くやわらかな彼の唇に、あらゆる感覚が研ぎ澄まされていく。キスは甘く、そしてあまりに短すぎた。

コールが少しだけ口を離し、唇を触れ合わせたまま囁いた。「これが同情のキスだと思うか？」

「いいえ」わたしは目を閉じた。体が震えだし、どうにも止まらない。

「よかった」コールの声がいつも以上にしわがれている。「いまぼくが感じているのは同情とはほど遠いものだから」

全身が脈打っていた。甘く、激しく。膝においた手がコールに触れたくてむずむずしている。こんなことをするのはまだ早い、性急すぎるかもしれない。だけどわたしは最後にしたキスのことを憶えている。あれは八ヵ月前？　相手の男性はグレッグといい、わたしたちはバーグ社長主催の慈善行事で知り合った。グレッグにキスされたことは憶えているけれど、思いだせるのはそれだけだ。ところがこのキスときたら。やさしく触れたコールの唇の感触をわたしは一生忘れないと思う。だけど……もっとほしい。

ほしくてたまらない。

高まる興奮の波にのみ込まれ、わたしは組んでいた手をほどいてコールの胸におくと、身を寄せて唇のあいだのわずかな距離を埋めた。両手を彼の肩へすべらせ、シャツをぎゅっとつかむ。

そしてコールにキスを返した。

コールはわたしを強く抱き寄せた。硬く引き締まった胸と腹部に体が押しつけられる。今度のキスは……短くもなければやさしくもなかった。

コールはすばらしい味がした。触れ合っているところから体が熱くなり、その熱が筋肉や血管に侵入してくる。コールが喉の奥からもらした低くうなるような声が、胸に甘く響いた。乳首がうずき、キスがさらに深くなる。わたしは唇を開いた。コールは……あたかもこれが最後のキスだとばかりにわたしにキスした。彼とのキスを夢に見て、空想したことはあったけれど、現実になるとは思ってもいなかった。

コールの手が背中からおりて、わたしの腰を強くつかむ。わたしはもぞもぞと体を動かした。彼にもっと近づきたい。どうやらコールも同じことを考えていたらしく、わたしが身をくねらせたまさにそのとき、彼が両手でわたしの腰をつかんだ。わたしが動くと同時にコールがわたしを持ちあげ、わたしはコールにまたがってソファに両膝をついた。そのあいだもキスが途切れることはなかった。わたしは彼の体に両手を這わせ、シルクのようにつややかな髪に指を差し入れた。

腰と腰が密着するとわたしの喉からうめきがもれた。ああ、すごい。肌に伝わる彼の感触は、間違っても同情じゃない。まぎれもない興奮の証だ。心拍数が跳ねあがり、わたしは彼のキスにとろけた。

「ああ……」わたしの口元でコールがうめいた。どちらも空気を求めて息をあえがせている。「忘れていたよ」

目を開けると、頭がクラクラした。「なにを？」

「この感触を」コールはわたしの首筋からうなじへ手をすべらせ、わたしの下で腰をぐいと突きあげた。「きみの感触を」

ああ、神さま。

コールはわたしの額に額をくっつけた。「たった一度のキスで、女の子に近づいたことすらない十六歳の少年みたいな気持ちにさせられる」

ああ。神……さま。

「きみは？」一拍おいてコールはいった。「忘れていた？」

わたしはまつげを伏せた。「いいえ、忘れたことは一度もない」

うなじに添えられていた彼の手に力がこもった。「それを聞いてうれしいといったら引く？」

わたしはにんまりした。「そうでもない」

コールは頭を軽くかしげ、わたしの口の片端にキスした。「これからちょっと赤裸々な話をするけどいいかい？」

わたしにキスするのも相当赤裸々だと思ったけれど、とりあえずうなずいた。

「さっきもいったが、きみが戻ったとデレクに聞いて、ぼくはいても立ってもいられなくなった。いますぐきみに会わなければと思ったんだ。ここへ向かいながら自分がなにを考えていたか、正直思いだせない」コールは頭を反対側に倒し、わたしのもう一方の口の端にキスした。「唇のこちら側がやきもちを焼かないようにね」

わたしは声をあげて笑った。体重が五十キロは軽くなった気がした。

コールの口元に笑みが浮かんだ。「ホテルに着いてきみの姿が見えたとき……なんていうか、自分の人生について急にわかったことがあったんだ」

聞いているわたしは、なんの話かまったくわからないけど。

コールの手が背中を撫でおろし、体に震えが走った。彼は両手をまたわたしの腰においた。気がつくとわたしはソファに仰向けになっていて、コールが上にいた。片手をわたしのウエストの横につき、反対側の肘をわたしの頭のそばのクッションにあずけている。

彼の腕力にびっくりして、両手を彼の胸に当てて押してみた。びくともしなかった。

「なにが……わかったの?」

コールは答える代わりに頭を下げて唇を重ね、舌でやさしくわたしの口を開かせた。舌と舌が触れ、キスが深くなっていく。だけど、この体勢だとしっくりこなかった。コールは少しだけ体を落としたが、まだわたしに体重がかからないようにしていた。

キスを返しながらも、わたしはもっとほしかった。彼のシャツを握り締めて引き寄せようとしたが、コールはぐっとこらえ、欲望をコントロールしていた。「コール」わたしは彼の名を呼んだ。体に火が点き、この上なく甘美な炎で内側から焼かれているようだった。こんな感覚は久しぶりだった。忘れかけていたほど。

「ぼくらには十年分の積もる話があるんだ」わたしの口元でコールはいった。「話さないといけないことがまだ山ほどある」

「わかってる」コールに近づきたくて、左脚を彼の腰に巻きつけた。唇を嚙み、腰を少しだけ持ちあげて押しつける。コールがまたうめき声をもらし、わたしの首筋に顔を下げた。

そして首の脈打っているすぐ下にキスした。「これでもゆっくり進めようとしているんだ、ベイブ。それが賢いやり方だと思う」

じっとしていられず、彼の肩に両手をすべらせた。「わたし……で、できるから」

一瞬おいてコールが頭をもたげた。熱を帯びた薄青の瞳と目が合うと頰が上気した。「あのあとも……セックスはしているから」〝花婿〟がわたしの人生にあらわれる前、わたしはバージンだった。バージンでなくなったあと、何年にもわたって数え切れないほどのセラピーと、失敗に終わったデートをいくつも重ねてようやく、相手を信頼して体を許せるまでになったのだ。「セックスに……恐怖感はないから」

「ベイブ」コールは囁き、わたしにそっとキスした。「きみがそこまで吹っ切れていると聞いて安心した。だとしても、ぼくは急ぎたくない」

「気持ちはうれしいけど……」

あのすばらしい目がわたしの口をひたと見つめている。いい気分だった。すごくいい気分。血管を熱いものが駆けめぐる。わたしは早く先に進みたかった。だって、次があるとはかぎらないことを知っているから。明日はかならずくるとはかぎらないし、わたしたちはほしいものをほしいといえるおとなだ。

わたしはコールの頬を両手で挟むと、彼の口を自分のほうに引き寄せた。そしてあなたがほしいという気持ちを全部込めてキスしながら、反対の脚もコールに巻きつけて腰を押しつけた。すると、ああ、コールもわたしと同じくらいに求めているのがわかった。コールがまたうめき、そして……彼の自制心はきれいに剝がれ落ちた。

コールの手が首から肩へとすべりおりてカーディガンをずらすと、めまいがするような感覚をおぼえた。彼の手のひらが胸の頂をかすめ、わたしはキスで口をふさがれたまま息をのんだ。キャミソールの生地は薄く、まるで肌と肌が直接触れ合っているかのようだ。乳首が尖り、するとコールがまたうめいた。わたしは息をあえがせ、全身の細胞が期待にうずいていた。コールは期待を裏切らなかった。

コールの手がキャミソールの下にもぐり込むと、体がぴくりと跳ねた。彼の指が脇腹をなぞる。わたしは目を見開き、ほんの少し興奮が冷めた。コールの手のそばに……傷跡があるのだ。傷はとっくに癒えているけれど、跡がぎざぎざに盛りあがって、そこだけ妙に敏感になっている。ところがコールが触れたのはそこではなかった。彼の指が見つけたのは、痛いほど尖ったわたしの乳首。すると彼のキスが変わった。それまでとは違う、むさぼるようなキス。下唇を甘噛みされ、わたしは息をあえがせながら小さくうめいた。コールのすべてが——彼の味が、においが、感触が——わたしのなかに入り込んでくる。体の芯をとろかしている炎はもう消せないほど熱くなっている。わたしが全身をわななかせたとき、コールが低くかすれた声で訊いた。

「どうしてほしい、サーシャ？」

あなたがほしい。あなたのすべてが。「触って……わたしに触って」

コールがうめいた。「それならしてあげられる、かわいい人。してあげられる」

そして彼はそうした。

彼の手がわたしの乳房から離れ、フランネルのパンツとその下のショーツのなかにするりともぐり込んだ。コールは左腕で体重を支え、ほんの少し体を浮かせた。その目は欲望に燃えていた。「ぼくのために脚を開いてくれ」

わたしはいわれたとおりにして、彼の手が太腿のあいだのやわらかな丘をたどるあいだ息を殺していた。コールの目が、わたしの服のなかで動く自分の手を見ていることに気づき、心臓が喉から飛びだしそうになる。彼の指が一本、触れるか触れないかのところをかすめると、全身に電気が走った。

「ああ、すてきだ」コールにやさしく探られ、わたしはホテルの階段を上まで駆けあがったみたいに息をあえがせた。「きみを見たい、きみのすべてを。だがその時間はなさそうだ」

「そうなの？」わたしは腰をくねらせながら囁いた。

「ああ」コールが濃いまつげをあげた。親指で敏感なつぼみをこすられ、わたしの喉からすすり泣くようなうめきがもれる。「ここまで用意ができていたら、きみはこれ以上待てないと思う」

コールは指の動きを速め、しまいにわたしは自分から彼の手に腰をこすりつけていた。強烈な快感が高まっていく。体がどんどん熱くなり、ソファの上で燃えあがってしまいそう。彼の指があふれるほど潤った部分に分け入る。興奮に体が張りつめ、コールの手に腰をぐいぐい押しつけたとき、指が一本するりとなかに入ってきた。

「ああっ」わたしはコールのシャツを強く握り締めた。「コール……」

「ああ」コールがまたうめいた。「そんなふうに名前を呼ばれるとたまらない」

彼の指が動いて完璧なリズムを刻みはじめた。もう限界。だけど全然足りない。コールの手に腰を突きあげた瞬間、すさまじい快感が全身を貫き、わたしは身をよじった。そのとき指がもう一本入ってきた。わたしは声をあげ、全身にこまかな震えが走った。

コールに触れたかった。硬く引き締まった胸やおなかに触れたいのに、懇願するように彼の名を呼びながらしがみついているので精一杯だった。彼の指の動きに合わせて、緊張が体の内側から全身に広がっていく。コールがうなるような声を発し、硬く張りつめたものをわたしの腰の横に押しつけながら、親指で的確な場所に的確な円を描く。目がくらむような絶頂に襲われ、わたしは大声をあげながら背中をのけぞらせた。体が激しく痙攣（けいれん）し、いつまでもやみそうになかった。

「すばらしかった」コールはわたしの口元に唇を寄せて囁くと、パンツから手を抜いた。

「それは……わたしの台詞だと思うけど」激しい快感の余波に、声が喉につかえた。オーガズムを迎えるのは初めてではないけれど、これはこれまでのすべてをはるかにしのいでいた。

「うーん」コールはわたしにキスした。

鼓動が少し落ち着きはじめた。でも彼がくれたものをわたしもあげたかった。わたしは手を下に伸ばした。指先が彼のベルトに触れたとき、コールがわたしの手首をやさしくつかんで自分の胸に戻した。

「無理しなくていいよ」まぶたを半ば閉じたコールの目はひどくセクシーだった。

「でも、わたしがしたいの」

わたしの言葉に、コールはぶるっと身を震わせた。「サーシャ」

「だって、あなたがしてくれたことは……すてきだったから」まさに言葉どおりに。

「あなたにも同じものを味わわせてあげたいの」

コールは少し体をずらした。「ベイブ、ぼくの指で達するきみを見られただけで、いまはじゅうぶんだ。参ったな」彼の唇がまたわたしの唇をかすめた。「本当にゆっくり進めるつもりでいたのに」

「わたしはいいペースだと思ったけど」

「そうだな」コールの手がわたしの胸をかすめて頬にあがった。「ぼくもそう思う」

胸の奥でなにかがふくらんだ気がした。どうやらこれが〝胸がいっぱいになる〟ということらしい。まだ息は荒かったけれど、鼓動は収まりつつあった。わたしは目を閉じ、コールのシャツをきつく握り締めていた指をほどいた。「また……代わりばんこにする?」

コールがもらした含み笑いに、わたしの体に震えが走った。「きみにまたキスしたい。そのパンツを剝ぎ取って、きみの太腿のあいだに手じゃないもので入りたい」コールの低い声に、興奮が火のように血管を駆けめぐった。「きみにキスしたときのことを憶えている。きみをこの腕に抱いたときのことも。一度だけきみに触れたときのことも」コールはわたしの額に額を押し当てた。「あのときのこと憶えているかい?」

「ええ」わたしは囁いた。忘れるはずがない。あれはコールが同僚の保安官補とシェアしているアパートメントを初めて訪れたときだった。彼の部屋でだらだらと映画を観(み)ているうちに、なんとなくそういう流れになったのだ。コールがわたしのパンツのなかに手を入れ、わたしも同じことをした。

あのときも今夜と同じくらいすてきだった。

「だがあのときは、ぼくが触れたいようには触れられなかった」コールは顔を傾け、鼻と鼻をこすり合わせた。「きみの味を知ることもできなかった。だからぼくが本当にしたいのはそれだ」

わたしは唇を噛み、うめき声が出そうになるのをこらえた。一瞬、コールがそうした知らなかったことを知るのはいい考えに思えた。最高にいい考えに思えたけれど、やっぱり少しペースを落としたほうがいいかもしれない。わたしたちのあいだになんらかの感情があるのは明らかだとしても、一気に昔の関係に戻ろうとしたり、あのころ分かち合っていなかったものに焦って手を伸ばしたりすれば、途中で行きづまってしまうかもしれない。

わたしはコールの胸に手のひらを当てた。「でも、いまはしないのよね」目を開けて彼を見あげたわたしは、ごくりとつばを飲んだ。そこにはこの世の絶景があった。手くつろいだあたたかな表情を浮かべたコールのハンサムな顔がすぐそこにあった。手を伸ばせば触れられるところに。これはわたしが作りあげた空想なんかじゃなく、コールは現にここにいるからだ。だから、わたしは彼に触れた。手をコールの胸から顔にあげ、指先で頬をなぞりながら、伸びかけた無精ひげのざらざらする感じを記憶に刻んだ。「わたしたちには……話さないといけないことが、まだ山ほどあるし？」

コールの口元がふっとゆるんだ。「この前の近況報告ではとても足りないからね」

コールは顔を傾けてわたしの指先にキスした。胸が震えた。これは十年前にはしなかった初めてのことだ。「たしかに」

「だがもう時間も遅いし、明日は早起きしてボルチモアまで行かないといけないんだ」濃いまつげが下がって目を隠した。「帰りは遅くなると思うんだが、土曜の夜に食事につきあってもらえるかな?」

アンジェラが行方不明というときにコールとまた食事をするのは不謹慎な気がした。でも過去から学んだことがあるとすれば、それは時間は止められないということだ。どんなにつらいことやすばらしいことがあっても人生は続いていく。だからわたしはうなずいた。

「よかった」コールは頭を下げてキスすると、わたしの脚のあいだから身を起こした。それからわたしの手を引っ張って起きあがらせた。「ぼくが料理を作ろうか? それともどこかへ食べにいく?」

まだ少しぼうっとしていて、考えをまとめるのに少し時間がかかった。最初は、あなたが作ってといおうと思った。でも、それは隠れるのと同じことだ。「食べにいきましょう。少し遅い時間になると思うけど」気が変わる前にそういった。「ディナータイムはお母さんを手伝わないといけないから」

コールはわたしに笑いかけた。「かまわないよ」

わたしはカーディガンの乱れを直しながら床に足をおろした。ソファから立ちあがり、まだじんじんしている唇に指を押し当てる。振り返ると、コールがにやにやしながらこちらを見ていた。十代のころに戻ったような気分になり、わたしは顔を真っ赤にして手をおろした。「なにかいるものはある？　もっと厚い毛布とか……」コールをまたソファで寝させるつもり？　座り心地のいいソファではあるけれど、コールは背が高いし、ひと晩だけでもどうかしているのに、ふた晩続けてなんてありえない。

「大丈夫だよ、ベイブ」

わたしはコールを見つめ、からからになった口から言葉を絞りだした。「なんなら……わたしのベッドにきてもいいけど」

コールが両眉をあげた。「それは――」

「セックスするという意味じゃなくて、ただ寝るだけよ」頰の赤みが首の下まで広がっているのにも気づかないふりをした。「ベッドはふたりでもじゅうぶんな大きさだし。昨夜見たと思うけど」

「そうだね」コールの声が低くなる。わたしはおなかのあたりがゾクゾクするのを感じた。「たしかに見た」

わたしは肩で大きく息をした。「どうしてもここに泊まるといい張るなら、ソファで寝なきゃいけない理由はないでしょう？」

コールがソファの上で身じろぎした。「きみと同じベッドに入ってはいけない理由ならいくつか思いつくが」

わたしは息をのんだ。胸のあたりまでが熱く火照ってくる。あわててカーディガンの前をかき合わせた。「どちらもおとなだもの。ひとつのベッドでもお行儀よく寝られるわよ」

「きみは自分のこともぼくのこともずいぶん信用しているんだな」

わたしは眉をひそめた。「寝ぼけて相手をベッドから蹴り落とす、なんてことにはならないわよ」

コールがにやりとした。「あれは頭にくるよな」

わたしはぐるりと目をまわしたが、口元はひくついていた。「いいわ、あなたの好きにして。わたしはどちらでもかまわない。もしも理性を取り戻したら、寝室のドアは鍵をかけずにおくから」

コールは小首をかしげてわたしを見つめた。わたしはその視線を数秒間受け止めてから口のなかでおやすみなさいとつぶやくと、バスルームに駆け込んだ。寝室のドアを閉めたとき、コールはまだリビングにいた。

彼はきっとこないだろう。

胸のなかで安堵と失望が複雑にまじり合う。わたしはカーディガンを脱いでベッドにあがった。マットレスの上で手脚を伸ばし、ベッドサイドの明かりを消そうとしたとき、寝室のドアが開いてコールが入ってきた。わたしは動きを止めた。

「これはたぶん大きな間違いだ」コールはそういいながらベッドの反対側に近づいた。「自分でもびっくりしている」ちらりとわたしに目をくれた。「まあ、きみはあのネグリジェを着ていないから、ぼくのほうはお行儀よくできるかもしれないな」

呼吸さえ止めていたかもしれない。

コールは彼の側のサイドテーブルに拳銃をおくと、蹴るようにしてブーツを脱いだ。「とはいえ、きみのいったことも当たっている。あのソファで寝るのはうんざりだし、このベッドはいかにも気持ちよさそうだ」

「ええ」わたしはつぶやいた。

「なにしろ、きみが隣にいるんだから」コールはそうつけ足すと、片手を首のうしろにまわして頭からシャツを脱いだ。そのシャツをベッドの前にあるベンチに放る。

すると、わたしは本当にしばらく息ができなくなった。

シャツを着ていないコールを見るのは久しぶりだった。シャツの下に見事な肉体が隠れていることは手のひらから伝わってきていたとはいえ、実際に目で見るのはまるで違った。大胸筋は厚く盛りあがり、腹筋もくっきり割れている。かといって筋肉ムキムキというわけではなく、ランナーのような無駄のない引き締まった体をしていた。しかも腹筋の両サイドには腹斜筋が、セクシーで男らしい線を刻んでいる。

コールの手がジーンズのボタンに伸びた。股間のふくらみがはっきりわかる。少し前にこの手で触れた。「そんなふうにじろじろ見られていたら、せっかく取り戻した理性をかなぐり捨てることになってしまうよ」

頬が熱くなり、わたしは寝返りを打ってコールに背を向け、目をぎゅっとつぶった。ジーンズが床に落ちる音がした。その直後にベッドが沈み、上掛けが持ちあがった。コールはごろりと体を回転させ、わたしの体ごしに手を伸ばした。わたしはぱっと目を開けた。「なにしてるの？」

「明かりを消そうと思って」そしてコールは明かりを消した。部屋は闇に包まれたが、コールはそこから動かなかった。彼が肘を立てて身を起こすのがわかった。彼の手が毛布に包まれたわたしの腰に触れる。「戸締まりは確かめたから」

心臓が騒ぎだした。「ありがとう」

「明日はきみが起きる前に出てしまうかもしれない」

「それは……どうかしら」わたしは首だけめぐらせた。コールの顔の輪郭しかわからなかった。「わたし、寝つきがよくないから」

腰におかれた手がぴくりと動いた。「知ってる」

おそらく昨夜の悪夢のことを思いだしているのだろう。だとしても、コールがそれを口に出すことはなかった。「今夜はいつもと違ってよく眠れるかもしれないよ」

いつもと違う理由でそれは疑問だったけれど、なにもいわずにおいた。コールはわたしのうしろで体を伸ばした。すぐうしろで。腰の上にあった手がおなかにまわり、わたしを胸に引き寄せた。

ああ、すてき。

これも前にしたことがなかった。誰ともしたことがない……本当はしたくてたまらなかったのに。過去につきあった人は泊まっていったことがなかったから。ひとりも。これは初めての体験だ。わたしいま、ベッドでうしろから抱き締められている。こういうのを〝スプーンみたいにくっついて寝る〟というのだっけ？　背後でコールが脚をもぞもぞさせ、腰を押しつけてきた。ああ、コールの体はまだ……昂っている。そしてわたしの体も。

「わたし……」

「なんだい、ベイブ？」コールが囁く。

わたしは下唇を湿らせた。「こんなふうに眠るのは初めて。えっと、これまでつきあった人とはしたことがなかったってことだけど」

コールはしばらく答えなかった。やがて肩から髪を払われ、むきだしになった肌に唇が触れた。

「いいものね」そういったのは、部屋が暗くておたがいの顔が見えなかったからかもしれない。

コールの腕に力がこもった。「ああ。いいものだ」

わたしは震える息を吐きだした。「昨日の食事のとき、わけのわからないことをいいだしてごめんなさい」

「謝る必要はないよ」コールは体をずらしてわたしの脚のあいだに片脚を差し入れた。

「あるわ。自分でもどうしてあんなことをしたのかわからない。せっかくの食事を台無しにしてしまった」

「ベイブ……」

「そうなの」消え入るような声でいった。

コールの唇がふたたび肩をかすめた。「食事を台無しにしたのはきみじゃない。トラックにおかれた鹿の死体だ」

わたしの唇が笑みを作った。「たしかに」

「ぼくはいつでも正しいんだ」コールの声がさらに低くなる。「長いこと離れていたのは知っているけど、どうして忘れるかな？」

わたしは目をぐるりとまわした。「よくいうわ」

コールは低い声で笑った。「すぐに思いだすよ」

暗闇に助けられ、わたしは素直に顔に笑みを浮かべた。数秒が過ぎた。「コール？」

「うん？」

コールはうとうとしているようだった。「なんでもない」

「なんだよ？」コールは腰にまわした腕でわたしをぎゅっと抱き締めた。「いえよ、サーシャ」

「今朝目を覚ましたときは……こんなことになるとは思ってもいなかった」わたしはいった。「でも、こうなってよかった」

またしても腰を抱き締められた。「ぼくもだ」

それを最後にわたしは口を閉ざした。背中に押しつけられたコールの胸のあたたかさが魔法のような効果をもたらす。陳腐に聞こえるかもしれないし、まったく信じられないのだけれど、気がつくとわたしは初めてコールの腕のなかで眠りについていた。

コールはわたしが起きる前に出かけていて、いつもと違ってよく眠れるかもしれないといった言葉が正しかったことを証明した。たしかに今朝はいつもと違う気がした。でもそれはどこか上の空で、コールのことばかり考えてしまうからではない。金曜の午後になるころには、なにかが違って見えるのはコールを受け入れたせいだと気がついた。コール云々(うんぬん)ではなく、受け入れたということそれ自体に意味があったのだ。

わたしは心を開こうとしている。

そしてそれは生きているということだった。

アンジェラもどうかそうであってほしいと祈るばかりだ。

予約客がチェックインしてきた。最初は若い夫婦で、〈スカーレット・ウェンチ〉とその周辺地域の歴史にえらく関心を持っているようだった。かわいらしいカップル――かわいらしい歴史オタクだ。わたしは荷物を部屋まで運ぶのを手伝いがてら、近くの戦場跡への道順を教えた。ふたりが取った部屋はスイートルームだった。

「すごく豪華な部屋」ミセス・リッチーはクイーンサイズの天蓋つきベッドにバッグをおいた。「まるで過去にタイムスリップしたみたい」

そういういいかたもできるわね。心のなかでつぶやきながら、ジーンズのポケットに手をやった。「いけない、スペアキーを持ってくるのを忘れました」チェックイン時にルームキーをふたつほしいといわれていたのだ。「すぐに取ってきますので」

「フロントにおいておいてもらうことはできますか?」ミスター・リッチーがいい、奥さんのほうをちらりと見た。「しばらく……その、手が離せないかもしれないので」

おやおや。

奥さんがくすくす笑った。

わたしはにっこりすると戸口のほうに戻った。「ではキーはフロントでおあずかりしておきますね」廊下に出て、ドアを閉めた。「どうぞごゆっくり」

ミセス・リッチーの笑い声が楽しげな悲鳴に変わるのを聞きながらドアから離れ、廊下の突き当たりにある従業員用の階段へ向かった。リッチー夫妻に渡すキーをフロントにおきっぱなしにはできないから、自室からノートパソコンを取ってきてフロントで仕事をするとしよう。

ドアを開け、廊下よりかなりひやっとする狭い階段に出た。消臭スプレーをどれだけ使おうと、ここはいつもナフタリンみたいなにおいがして、どうにも薄気味悪い。においの原因はおそらく、この階段が地下室までつながっているところにあると思う。古い木の手すりに手をすべらせながら急いで階段をおりた。二階の踊り場をまわり込み、一段とばしで階段をおりて一階のドアに手を伸ばしたとき、反対側からドアがいきなり開いた。

よけようとしたが間に合わなかった。

真鍮（しんちゅう）の取っ手をおなかに食らって、うしろに跳ね飛ばされた。わたしは悲鳴をあげ、両手を振りまわした。どことなく見覚えのあるロゴが入った白いシャツと、同じロゴ――グレーのなにかだ――入りの黒いキャップがちらりと見えた。地下室まで続いている階段を転がり落ちる寸前、伸ばした手が木の手すりをがっちりつかんだ。

「しまった」悪態をつく男性の声が聞こえたちょうどそのとき、バキッという大きな音が狭い踊り場に響き渡った。ぞっとするような一瞬、それがわたしの重みで手すりが折れた音だと気がついた。

わたしはそのまま背中から落ちていった。

15

すべてがあっという間で、落下の衝撃はすさまじかった。体が宙に浮いたと思った次の瞬間、でこぼこした硬い地面に叩きつけられていた。肺から空気が押しだされ、わたしは激痛に悲鳴をあげた。

側頭部と左肩が激しく痛み、耳ががんがんして、近づいてくる足音も聞こえなかった。なにがなんだかわからなかった。起きあがろうとすると――そうしないとだめなのはわかった――強烈な吐き気に見舞われた。腕がいうことをきかなかった。体の両脇にだらりと垂れたままだ。

突然、こちらにかがみ込む人影がぼんやり浮かびあがった。黒いキャップがまた見えた。そのキャップがふたつになる。わたしはよく見ようと目を細めた。人がふたりいるの？

わたしは助けを求めて口をパクパクさせた。

「くそっ」うなるような男の声に続いて古い蝶番がきしむ音が聞こえ、濃厚な土のにおいがあたりを包んだ。

そしてすべてが消えた。

肌がじめじめして寒気がする。わたしは硬く冷たい床に膝を押しつけている。うしろでは彼がベッドの端に腰かけて、濡れたわたしの髪に櫛を通している。嘔吐したいけれど胃のなかは空っぽで、脇腹はすでに痛くてたまらない。彼に触れられたくない。わたしが望んでここにいるみたいに話しかけてくるのも嫌だ。

櫛の動きが止まり、彼の気配が変わるのを感じる。空気がこわばる。わたしは爪が手のひらに食い込むほどきつく両手を握り締める。

「動くな」彼が立ちあがり、わたしをよけて戸口に向かう。彼が部屋を出て、ドアに鍵がかかる音がする。

わたしは動かない。

床にひざまずいたまま、体を震わせながら聞き耳を立てるが、牛の鳴き声がかすかに聞こえるだけだ。もっと耳を澄ませば馬のいななきも聞こえるだろう。

どこかでドアを叩きつける大きな音がする。

胸が痛み、いまは寒さではなく恐怖に体が震えていたが、それでもわたしは動かない。動けない。大きな足音が響き渡る。なにかがぶつかる音がする。彼がまた痼癪を起こしたのだ。ああ、そんな。彼が痼癪を起こせば、わたしは死ぬことになる――嫌だ。

違う、これは現実じゃない。これは悪夢だ。目を覚まして。目を覚ますの！

わたしは目を覚ました。

「あの手すり、ずっと前に修理しておくべきだった」母が神経質な鳥のように小さな窓の前を行ったり来たりしていた。「悪くしたら、あなたの頭がぱっくり割れていたかもしれない」

わたしはありふれた吊り天井へ視線を移し、ゆっくりと頭を左に向けた。鈍い痛みに襲われた。「石頭だから大丈夫よ」

ベッドの足元でわたしのカルテになにか書き込んでいた、やけに若く見える女性のドクターがにっこりした。「運がよかったんですよ」

「じゃ、もう家に帰っても？」

「いえ」彼女はベッドの端にカルテを引っかけると、白衣の胸ポケットにペンを差した。「ひと晩入院していただきます」

いらだちが募った。「でも――」

「あなたは意識を失ったんです。いまのところ深刻な脳震盪の症状は見られませんが、念のため二十四時間、様子を見ましょう」ドクターは、わたしにはまったく不必要に思える点滴バッグが吊るされたスタンドに近づいた。「明日の朝の検査でなんの問題もなければ帰ってかまいませんよ」

「すみません」母がベッドのそばにきて、わたしの脚にかけられた薄い毛布をいじりだした。「サーシャは病院というものがあまり得意じゃなくて」

「得意な人はめったにいませんよ」ドクターは慣れた手つきで点滴を確認すると笑顔を引っ込めた。「三十分ほどしたら看護師が様子を見にきます。なにか用事があるときはコールボタンを押してください」彼女が向きを変えたちょうどそのとき、仕切りのカーテンが開いた。「まさに、計ったようなタイミングね」

ドクターの肩先に目をやったわたしは、青みがかった緑のカーテンからのぞいた顔を見てベッドの下にもぐり込みたくなった。

いうまでもないデレク・ブラッドショー巡査だった。世界じゅうで勤務に就いている警官はこの人しかいないに違いない。

デレクは脇へ寄ってドクターを通すと、わたしに向かって片眉をあげた。「世間は狭いですね」そしてベッドのそばまできた。「コールはこのことを知っているんですか?」

わたしは一瞬、目をぎゅっとつぶった。「じつは知らせるチャンスがなくて。コールは仕事中だし、迷惑は——」

「あなたは病院にいるんですよ。コールは当然知りたいだろうし、迷惑だなんて思うはずないですよ。絶対に」デレクは母に目を向けた。「なにがあったんです?」

「男がホテルの階段から娘を突き落としたんです」母は答えた。「もう少しで地下室のドアを突き破るところだったのよ！　ダフネが見つけてくれたからよかったようなものの、さもなければずっとあそこに倒れたままだったかもしれない。かわいそうに、ダフネはあやうく心臓発作を起こしかけて。救急車を二台呼ばなきゃならないかと思ったわよ」

デレクのまなざしが険しくなった。

「実際はちょっと違うの」わたしは両肘をついて起きあがろうとしたが、こめかみにうずくような痛みが走ったので、このまま横になっているのがいちばんだと即断した。「つまり、ドアがいきなり開いて、わたしはそれをよけられなかった。だから厳密にいえば、自分で足をすべらせたってこと」

デレクは眉間にしわを寄せた。肩につけた無線機がバリバリと音をたてる。「いくつかはっきりさせたいことがあります。あなたは誰かに押されたんですか？　それともただの事故ですか？」

「事態を軽く見てはだめ」母はぴしゃりというと、ベッドの横のいかにも座り心地が悪そうな椅子に腰をおろした。「これは由々しきことよ」

「そうですよ、サーシャ」デレクは、ずいと前に出た。「なにがあったのか正確に知る必要があります」

わたしは唇を嚙み、荒いため息をついた。「リッチー夫妻に渡すスペアキーを取りにいこうと階段をおりていたんだけど、一階の踊り場に着いたときスタッフルームに通じるドアが開いて、いきなりだったからよけられなかった。それでドアノブがおなかに命中した」点滴を受けているほうの手でおなかを示した。「はずみでうしろに飛ばされて、階段で足をすべらせた。体を支えようと手すりをつかんだら、その手すりが折れた。これがいきさつよ」

「あの手すり、さっさと修理しておけばよかった」母がぼやいた。

「お母さん」わたしはため息をついた。

「では、突き落とされたんではないんですね？」デレクが訊く。

わたしはうなずき、痛みにひるんだ。「ええ。あれは事故だと思う。男性は驚いたみたいに二度、悪態をついていたし……」

母が舌打ちした。「だけど本当に事故だったんなら、その男はあなたのそばについているか、助けを呼んだはずよ。倒れているあなたを放りだしていくはずない」

たしかに。

「それに、その男が誰かもわかっていないのよ」母は続けた。「ジェイムズじゃなかった。スタッフルームに用がある男性なんて彼しかいないのに」

これまたいえてる。「知らない人だったと思う」わたしはいった。「顔をはっきり見たわけじゃないんだけど。さっきもいったように一瞬のことだったから。白いシャツと黒のキャップがちらりと見えただけなの。キャップになにかついていた。グレーのエンブレムみたいなのが」わたしは眉根を寄せた。「あと、白人男性だったと思う。ううん、たしかに白人男性だった。気づいたのはそれくらいね」

デレクが手帳を取りだし、またしてもメモを取りはじめた。「その男性が宿泊客である可能性はないんですか?」

「現在宿泊中の男性客はミスター・リッチーひとりだけど」手で頭の横をおそるおそる触って、思わずつばを飲んだ。かわいいこぶができている。「彼がわたしより先に一階に着いたはずがないわ」

「ほかにホテルにいた可能性のある人は？」とデレク。

母が答えた。「ひとりもいません」

わたしはのろのろと体の位置を変えながら、床に打ちつけられて朦朧（もうろう）としていたときのことを思い返した。「意識を失う前のことだけど、なんとなく……男がわたしの体をまたいでいった気がする。背後でドアが開く音がしたような。地下室のドアのことだけど」

「その男は地下室から外に出たということですか？　一階には戻らずに？」デレクは母のほうを見た。「あのホテルは地下室から外に出られるんですか？」

母は天井にちらりと目をやり、鼻にしわを寄せた。「以前は地下にトンネルがあって、それが敷地のはずれにある古い墓地まで続いていたのよ」

古くて薄気味悪い墓地はかつて雑草がぼうぼうに生い茂っていたが、わたしが中学生のころに父がきれいにした。庭の整備を請け負っている業者が墓地にも手を入れたのだ。

「そうしたトンネルは、南北戦争前に奴隷の逃亡を手助けしていた秘密結社〝地下鉄道〟が隠れ家としていた屋敷に人が出入りするために使われていたのね」母は説明した。「だけどうちのトンネルは何年も前に夫が封鎖したわ」

「それはたしかですか？」デレクが訊いた。

「それはもう……」母の鼻にまたしわが寄った。「墓地には長いこと足を踏み入れていないけど、一回ふさいだトンネルがまた開くようなことがあるとは思えない」

コールによく似たデレクの目がわたしに戻った。「確認する必要がありますね。トンネルの出入口はどうやれば見つかりますか？」

「墓地のなかでいちばん気味の悪いものをさがせば見つかるわ」わたしがいうと、デレクはにっこりした。「出入口は霊廟（れいびょう）のなかにあるの。地下室のドアみたいに。だけど、そこをお父さんがレンガでふさいだのよね、お母さん？」

母がうなずく。「ホテルの裏にまわって小道をずっとたどっていくと墓地に出るから」

「部外者がホテルに侵入する理由に心当たりはありますか？」

わたしは母に目をやった。母は眉をひそめた。「盗み以外の目的は思いつかないわね」

デレクの目がわたしの視線をとらえた。彼はなにもいわなかったが、わたしは胃が痛みはじめた。「お母さん、悪いけどなにか飲みものを買ってきてもらえる？　炭酸水かなにか」

「いいわよ、ハニー」母はすでに椅子から立ちあがり、身をかがめてわたしの額に軽く唇を押し当てた。「少し時間がかかるかもしれない。ついでにダフネに電話を入れたいから。ホテルのほうは大丈夫だと思うけど、彼女がストレスで参っちゃうといけないし」

「わかった」わたしはほほえんだ。そして母がカーテンを閉めて出ていくと、デレクのほうに頭をめぐらせた。「えっと……コールと話した？」

「コールとはたくさん話していますよ」デレクは背後に目をやり、ぽつんとおいてあった椅子をベッドの横まで引きずってきた。「彼があなたと一緒に過ごしていることは知っています。それにトラックの件も」

呼吸が乱れ、胸が波打った。「どうして知らない人がホテルに入り込むのかわからない。鹿のこともわたしの車のことも、どうしてあんなことをされなきゃいけないのかわからない」わたしは深く息を吸い込んだ。「アンジェラのことでなにかわかった？」

一瞬の間のあと、デレクは首を横に振った。「これからトンネルを見にいって、ふさがれた状態のままかどうか確認してきます。階段にいた人物はふつうに正面玄関から逃げた可能性もありますし。いまから行って調べてきます」

「わかったわ」わたしはいい、天井に視線を移した。

デレクは手を伸ばしてわたしの手を握った。「携帯電話は持ってきていますか？」

「たぶんないと思う」ダフネが悲鳴をあげはじめてからは頭がぼうっとしていたし、スタッフルームまで吐かずに階段をあがるのがやっとだった。そこから救急車が到着して病院へ運ばれるまでは混乱の極みだった。お母さんがわたしのバッグか携帯電話を持ってきてくれたかどうか見当もつかない。

「コールには私から連絡しておきます」口を開きかけたわたしの手を、デレクはそっと握った。「あなたは病院にいるが無事だということをコールは知る必要がある。ほかの誰かから中途半端な話を聞かされる前に」

「そうね」わたしはもごもごといった。「心配いらないと忘れずにいってね。コールによけいな心配はさせたくないから」

デレクは椅子から立ちあがった。「あなたは階段から落ちたんですよ。事故であろうとなかろうと重傷を負っていたかもしれないし、現にけがをしている。命が助かったからといって大丈夫ということではないんですよ」

どう答えたらいいかわからなかったので、なにもいわずにおいた。デレクは帰っていった。母はまだ戻ってこない。そこでわたしは目を閉じ、いったいなにが起きたのか考えようとした。

おそらく誰かが現金か、質屋に持っていけそうなものを物色するために、正面玄関か裏口からホテルに忍び込んだのだ。この郡ではドラッグが大きな問題になっている。とはいえ、これまでこうしたことは起きていなかった。だけどドラッグの問題はいまにはじまったことじゃないし、空き巣や強盗も格別珍しいことじゃない。

珍しいことがあるとすれば、それはわたしの存在だ。

わたしがこの町に戻って、まだ一週間しかたっていなかった。

16

まぶたがひくひくして開いたが、目が見ているものに頭が追いつくまでに二秒ほどかかった。わたしは病院の天井を見あげていて、例によって信じられないほど喉が渇いていた。入院するとかならず喉がサハラ砂漠と化してしまったように感じるのはなぜだろう？ 前に一度、長期に入院したときも、目が覚めるたびに同じことを感じた。不思議だ。

わたしは息を吸い込んだ。消毒液と病気のにおいがまじったような、病院特有のつんとするにおいがするものと思っていたのに、まったく場違いなシトラス系のさわやかな香りが鼻孔をくすぐった。一瞬、心臓が止まり、わたしは視線を左に向けた。

そして恋に落ちた。

その場で。

恋に落ちた。

馬鹿みたいに聞こえるだろうし、デレクが帰ったあとで投与された鎮痛剤のせいだと思われるかもしれないけれど、ふくらませすぎた風船が入っているみたいに胸がいっぱいなのは、看護師が点滴バッグに注入したもののせいじゃないのはわかっていた。見舞いにきたミランダとジェイソンが帰ったあとで、待望の昼寝をしたからでもない。目がコールの姿をとらえた瞬間、この感情は本物だということがわかった。わたしは本当に胸がいっぱいになって、涙が込みあげてきて喉がつまった。

正直にいえば、十年前に恋に落ちてから、わたしの心はずっとコールから離れたことがなかったのだ。

コールは小さくて座り心地の悪い病院の椅子に座って、わたしのベッドの端に両足をのせていた。今日も黒っぽいパンツを穿いている。たぶん仕事用なのだろう。黒いレザージャケットの下は白のシャツだ。コールは片方の腕をおなかの前に軽くまわし、椅子の肘掛けに反対の腕をついて、手のひらにあごをのせていた。いかにも窮屈そうだった。コールがいつからそこに座っているのか知らないけれど、四角い小窓から見える空は暗かったし、聞こえるのは医療機器の電子音だけで、病院内は比較的静かだった。コールの髪は、何度も指でかきむしったかのようにくしゃくしゃに乱れていた。長い脚をベッドにのせていても、あの椅子ではさぞかし窮屈だろう。

それなのに、これほど美しい人をわたしは見たことがなかった。わざわざこなくてよかったのに。もっとも、コールがここにいるのを見ても驚かなかった。デレクが彼に電話することは知っていたから。だとしても、ここまでする必要はないのに。その瞬間、これまでのコールの行動すべてが腑に落ちた。母と話をしたことでわかりはじめていたことが、いま心からの確信に変わった。コールはしなければいけないという義務感からしていたのではない。ずっと、したいからしていたのだ。

なんだか階段から落ちたおかげで、物事がはっきり見えるようになったみたい。

わたしは大きく息を吸い込んだ。すると、コールの目がぱっと開いた。目と目が合った次の瞬間、コールが体を起こしベッドから足をおろした。ブーツが床に当たる重い音がした。

「やあ」コールは身をのりだし、眠気の残るかすれ声でいった。

「どうも」わたしは小声で返した。

コールの口の片側に笑みが浮かんだ。「気分はどう?」

「最高よ」

コールの笑みが広がり、彼はわたしのほつれ髪をつまんで耳のうしろにそっとかけた。「きみは頭を打って病院にいるんだぞ。どうして最高なんだ?」

「あなたがここにいるから」小声のままでいった。

コールの両眉がさっとあがったかと思うと、まなざしが限りなくやさしくなった。彼はわたしの頬に手を当て、親指であごの線をなぞった。「いまのは薬漬けのサーシャがいったのかい? なんだか彼女を好きになりそうだ」

わたしは声をあげて笑い、襲ってきた鈍い痛みを無視した。「そこまで薬漬けじゃないわよ」

「本当に?」

「本当に」

コールはわたしの顔をじっと見つめた。「なにか飲むかい? 水ならここにあるが」

わたしがうなずくと、コールはプラスチックのカップに水を注いだ。わたしはベッドの背もたれを起こすやり方をなんとか突き止め、座った姿勢になった。これで水を胸元にこぼさずにすむ。コールがカップを渡してきた。冷たい水が、渇き切った喉を潤していく。ごくごく飲もうとするわたしを、コールが手首をつかんで制した。

「一気に飲まないほうがいい」

コールのいうとおりかも。わたしはカップを膝においた。「いま何時?」

コールは腕時計に目を落とした。「零時を少しまわったところだ」

わたしは目を見開いた。「どうやってここに入ったの？」

コールはわたしの顔に視線を戻すと、片方の眉をあげた。「ＦＢＩのバッジをちらつかせればたいていのことはなんとかなる。そこにこのチャーミングな笑顔が合わされば効果絶大だ」にやりと笑った。「それに、誰になにをいわれようとこの部屋を離れるつもりはなかったしね」

わたしの心臓が短いタップダンスを踊った。

コールはベッドに近づき、頭を下げてわたしの額にそっとキスした。そのやさしい仕草にわたしは目を閉じた。「怖かったよ」

わたしは眉間にしわを寄せた。「なにが？」

「デレクからの電話できみが入院したと聞いたときは心底ぞっとした」コールが少しだけ体を引いたので、顔が見えるようになった。「きみは大丈夫だと教えられ、なにがあったか説明されても、まだ怖くてたまらなかった。ここに着くまでずっと震えが止まらなかった」

「コール……」

「きみの無事をこの目で確かめずにいられなかったんだ」コールの親指がまた動き、

今度は唇の下をなぞられて背中に震えが走った。「きみがこんなところにいるのを見たくない」

「わたしもこんなところにいたくないわ」わたしはいい、カップの水を飲み終えた。

コールは空になったカップを取りあげてベッド脇の小さなトレイにおくと、探るようにわたしの目を見た。「前のとき、入院中のきみに会えなくてよかったのかもしれないな」

前のとき、わたしは惨憺たるありさまだった。目のまわりに黒いあざができ、あごの骨は砕けていた。こんなところにあざができるのか、というところまであざだらけだった。それに腹部と胸部に包帯を巻いていた。

コールはわたしの手を取って指を絡めた。医療用リストバンドが揺れた。「事情はデレクから聞いた」

体のなかを冷たい隙間風が通り過ぎた気がした。「なにかわかったって?」

コールはまつげを伏せ、一拍おいてから答えた。「その話は明日にしないか。もう夜も遅いし、きみは休まないと――」

「デレクはなにか見つけたのね?」わたしはコールの手を強く握った。「教えて」

コールのあごの筋肉がぴくりと動いた。一瞬、答えないつもりだと思った。「デレクはホテルを二度調べた。きみのお母さんが帰ってきたとき、盗まれたものがないか確認するために再度ホテルに出向いたらしい。お母さんによれば、盗まれたものはなにもないそうだ」

母がそういうならそうなのだろう。

「デレクは一度目にトンネルの古い出入口を調べた」コールは続けた。「レンガがはずれていたそうだ」

わたしは息をのんだ。「ほんとに?」

コールがうなずく。「問題は、レンガが自然に落ちたのかどうかわからないことだ。出入口をレンガでふさいだのはきみのお父さんだったね?」

「ええ。ずいぶん昔のことだけど」

「自然に崩れたにせよ、故意に壊されたにせよ、いつからその状態だったのかわからない。きみのお母さんによれば、もう何年も霊廟に人が入ったことはないそうだ」

コールはわたしの手を裏返し、手のひらを親指で揉んだ。

まだ続きがあるような気がした。「それで?」

コールは濃いまつげをあげてわたしの目を見た。「ただ、地下室とトンネルをつなぐ扉が開いていた」

「そんな」わたしは首をめぐらせた。さまざまな考えが頭のなかを駆けめぐる。「地下室の奥のドアがしばらく前から開いていたということは……誰かがトンネルを使ってホテルに出入りしていたかもしれないということよね。だけど、誰がそんな面倒なまねをするの？　正面玄関から入ってくればすむ話なのに」

コールは親指でわたしの手のひらに円を描きつづけた。「人目につきたくないからだ。それだけの手間をかけてでも、人に見られる危険を冒したくないということだ」

わたしは唇を引き結んだ。「〈スカーレット・ウェンチ〉の歴史を知っている人なら、あのトンネルのことも当然知ってる」町長のことを考えた。わたしの帰郷をよく思っていない人リストにかろうじて名前が挙がった唯一の人物。でも、密かにホテルに出入りする理由が町長にあるだろうか？

そもそも、密かにホテルに出入りする理由ってなに？

コールのほうに目をやると、じっとこちらを見つめる視線にぶつかった。なぜだか〝花婿〟といた時間のことを考えた。あのときコールを拒絶していなければ、彼はきっと十年前もこんなふうにわたしのそばにいてくれたのだろう。そのとき、思いもよらないことが起きた。初めて事件のことを話したいと思ったのだ。コールはいまもわたしの目を見つめている。すると口から自然に言葉がこぼれでた。

「生きて帰れないと思っていた。わたしは窓のない寝室で死ぬんだと思っていた」消え入るような声でいったとたん、コールの目にさっと理解の色が浮かんだ。「何度も死にたいと思った。でも、いざとなると意気地がなくて死ねなかった。彼は……自分のしていることを悪いことだと考えていなかった。単に完璧な花嫁をさがしているだけだって」わたしは天井に顔を向けて目を閉じた。「彼が求めていたのはそれ――花嫁たちが彼のそばにいることを望み、彼との生活を楽しむこと。でもこうしたことは全部あなたも知っているわよね。事件の詳細は新聞にも載ったと聞いているし。だけど彼は……まるでまったく違う人間がふたりいるみたいだった。やさしいとさえいえるときもあったのよ。もちろん正気じゃないし、精神的にひどく不安定ではあったけれど。でもいったん癇癪を起こすと人が変わったみたいになる。そして他人を痛めつけて苦痛を与えることに興奮をおぼえるの。そうなると最悪だった」

　コールはなにもいわず、全身を耳にして聞いていた。親指の動きは止まり、いま彼はわたしの手をきつく握っていた。沈黙に促され、わたしは話を続けた。

「一度、彼に聞かされたことがあるの。わたしが彼を……喜ばせたあとで」体に震えが走った。「ほかの花嫁たちのどこが不満だったか。彼女たち全員が彼に抵抗した。わたしも抵抗した。だから理由はそれじゃなかった。彼女たちを躾けられるはずだった……彼はくり返しそういったわ。わたしのこともしっかり躾けて、従順な花嫁にしてみせるって」最後の部分を吐き捨てるようにいった。「そうじゃなくて、理由はありきたりなものだったの。ある女性は生まれつきのブロンドじゃなかったから。髪を染めていたから〝完璧〟じゃないってわけ。べつの女性は子どもが産めないといったから。それが事実だったのかどうかは知らないけれど、彼はそれを理由に彼女の命を奪った。痩せすぎていて彼の好みに合わなかったから、というのもあったわ。その女性が痩せすぎていたのは食事をとろうとしなかったからなのに」ごくりとつばを飲み、さらに続けた。「泣いてばかりいるからという理由で殺された女性もいた。彼女が泣いているのは自分のせいじゃないとばかりにね」嫌悪感で胃がねじれたようになった。「わたしの前の女性は、年を取りすぎているという理由で、ある日突然殺された。彼女の年齢は最初からわかっていたはずなのに。だって彼は彼女たちを——わたしたちをストーキングしていたんだから。どんな女性を選ぼうと、彼が満足することはない。結局は欠点を見つけるの。なにかしらの欠点を。それでおしまい」

次に吸い込んだ息は浅く、魂まで焼けつくようだった。「彼にあんなことをいったのは、たぶんわたしひとりじゃないと思うけれど、わたしは花嫁にふさわしくないと彼が判断した理由は結局それだった。彼にそういわれたとき、どういう意味かすぐにわかった。もうわたしでは満足できないんだって」

わたしは目を開けたが、見ていたのは天井ではなかった。「ウェディングドレスを着せられ、目隠しをされて、部屋から連れだされたとき、わたしにはわかった。彼がわたしを殺すつもりでいることがわかったの。あのときのことは、昨日のことのようにはっきり憶えてる。ウェディングドレスはレースみたいに薄くて、あたたかなそよ風が肌を撫でるのがわかった。新鮮な空気の味がして、雨上がりのさわやかなにおいと、かすかに堆肥のにおいもした。それで外にいるのだとわかった。これで終わりだ。ついにそのときがきたんだとわかったの」全身に震えが走り、コールがわたしの手を握り締めた。「彼は声をあげて泣いていた。わたしの手を取って外へ連れだしながら彼は泣いていたのよ、コール。泣きじゃくっていた。わたしは……彼に懇願した。殺さないでと泣きついた。これで死ぬんだと思ったら、急に死にたくなくなったの」

喉がつまり、あやうく先を続けられなくなるところだった。「そのとき彼が泣きやみ、わたしの手を放した。彼がどこにいるかわからなかったけど、わたしは逃げようとした。でもそう遠くまで行かないうちに体当たりされて、地面に押し倒された。そのまま仰向けにされて、そして腹部に焼けるような強烈な痛みを感じた。おなかが裂けるんじゃないかと思った。彼がわたしを刺したの」

コールは黙ったままだったが、彼の全身から立ちのぼる怒りが第三の存在となって病室に居座っていた。

「彼はわたしの手を縛っていなかった。対処できる自信があったんでしょうね。次になにが起きたのか……正確なところはわからない。わかっているのは、わたしが彼に応戦したということ。そのとき、今度はここに焼けるような痛みを感じた」手で自分の胸元を示した。「地面の上で揉み合っているうちに、彼がナイフを落とした。そして今度はわたしの首を絞めはじめた。そのときわたしの手が偶然、石をつかんだ」囁くようにいった。「偶然。それがわたしの命を救ったの。その石を彼の頭に叩きつけると、彼はわたしから手を離した。はじかれたように立ちあがって走りだしたのを憶えてる。どこかの時点で目隠しをむしり取って、ただただ走りつづけたら、あの農場が見えて……」

わたしが聞いたいななきは、その農場の馬のものだったのだ。そちらの方向に走ったのも偶然だったし、農場主のマーカソン老人が外で牛の囲いを修理していたのは、まぎれもない幸運といえた。

わたしはコールのほうに顔をめぐらせ、大きく息を吸い込んだ。「もしもあのとき殺されていたら、コールのほうに顔をめぐらせ、彼はわたしの左の薬指を切り取っていた。着ているウェディングドレスを脱がせ、新しいドレスに着替えさせてから、脱がせたドレスと……わたしの指を部屋に持ち帰って、ほかのものと一緒に壁に飾ったはずよ」わたしはゆっくりまばたきした。「どうしてあなたにこんな話をしたのかわからない」

コールの頰の筋肉がぴくりと動いた。「ぼくは話してくれてうれしい」

十年分の緊張がいくらか体から抜けていくのを感じた。起きたことを洗いざらい話すことの治療効果についてはセラピストが口を酸っぱくしていっていたけれど、あまり信じていなかった。でもどうやらわたしが間違っていたようだ。次に吸い込んだ空気は清々(すがすが)しい味がしたから。

「だが、ひとついわせてくれ。きみは意気地なしなんかじゃない」静かな声でコールはいった。「きみは弱さとは無縁だ。きみが地獄から生きて戻れたのは、ただ運がよかったからじゃない。きみはやつと戦い、打ち勝ったんだ。きみは勝者(サバイバー)だ。きみはその称号にふさわしい人だ。そのことを誇りに思うべきだ」

わたしは口元をふっとゆるめた。「誇りに思う、か。いいわね」そこでいったん黙った。「あとになるまで彼がどんな顔をしているか知らなかった。彼はつねに顔を見せないようにしていたから。わたしは真っ暗な部屋に入れられていたし、さもなければ目隠しをされていた。彼がそうした理由はわからないけど。ついに彼の写真を見たときは愕然としたわ。頭のなかが真っ白になった。彼が……ごくふつうの人に見えたからよ。大学で教鞭を執っていてもおかしくないような。スーパーでうしろにいたり、通りですれ違ったりしたら笑みを交わすような」

「やつらはたいていそうだ」コールは握っていたわたしの手を口元に持っていき、指のつけ根の関節にひとつひとつキスを落とした。「シリアルキラーはどこにでもいそうな顔をしていることが多いんだ。見た目からは誰も危険人物とは思わないようなね」

「みんなも驚いていたんでしょう?」

コールはうなずいた。「ヴァーノン・ジョーンを知る人間で、やつが〝花婿〟ではないかと疑っていた者はひとりもいなかった」その名前を聞いてわたしはひるんだ。「近所の人も工場の同僚も誰ひとりだ。やつには近くに住む家族もいなかった。生きている親族はいなかったんじゃなかったかな」

ヴァーノン・ジョーン。

〝花婿〟

少なくとも六人の女性を強姦して殺害した連続殺人鬼。犠牲者はほかにもいるという見方もあるけれど、遺体が発見されることはまずないだろう。わたしが逃げたことが彼の逮捕につながった。わたしは満身創痍で、病院に向かう途中で死にかけたほどだったが、それでも知っているかぎりのことを話した。警察がアパラチア山脈の麓にある彼の自宅を突き止めるにはそれでじゅうぶんだった。しかし彼は逮捕されることを嫌い、わたしを含めた多くの女性たちを監禁していたあの部屋で、わたしを刺したハンティングナイフを使って自分の喉を掻き切ったのだ。

そのことをどう感じたらいいのかわからなかった。たぶんこの先もわからないと思う。彼を裁判にかけて、愛する者や家族を奪われた人々からの質問に答えてほしかったと思う反面、彼が死んだことを純粋に喜んでいる自分もいた。

わたしはコールに視線を戻した。コールに話していないことがまだひとつある。

「彼にいったの、わたしにはほかに好きな人がいるって」

コールの口元がこわばった。「いまなんて?」

「わたしが彼に――〝花婿〟にいったのはそれよ」はっきり伝わるようにいい直した。わたしは彼の本名を口にしたことがないし、いまさらそれを変えるつもりもない。あんなやつに名前を与えてやるもんか。「わたしにはもう好きな人がいる……彼にそういったの」

数秒間、コールはわたしをただ見つめていた。あの冷徹な薄青の瞳が徐々にあたたかみを増していく。〝花婿〟にそれをいったのは、彼の情けにすがろうという意図もあった。わたしのことをひとりの人間として見てもらおうとしたのだ。わたしが死んだら悲しむ人たちがいる。愛する人に会いたいと願う血の通った人間として。それが違うかたちで功を奏して逃げだすことができたわけだが、けっして方便というわけではなかった。あのころわたしはすでにコールに恋していた。彼を愛してさえいたかもしれない。

いまのわたしがそうであるように。

コールはゆっくり目を閉じると、握り合った手に額を押しつけた。なにもいわずに。コールの考えていることはわからなかったけれど、ベッドの上からそんな彼を見つめているうちに、目を覚ましてコールがいるのを見たときに感じたものは本物だとわかった。コールがなにを感じていようと、この気持ちは変わらない。

わたしはコール・ランディスを愛している。

その晩、コールはわたしの病室に泊まった。ＦＢＩのバッジとチャーミングな笑顔が看護師たちに効果絶大だというのは本当だったようだ。翌朝、わたしは退院を許され、コールが車で送ってくれた。

コールは昨日の話に触れなかったが、話の内容がふたりのあいだに重く垂れ込めているという感じはしなかった。ただそこにあるだけだ。でもすべてを吐きだしたことでわたしは変わった。コールのそばにいるときの心持ちが変わったのだ。それとわかるほどの変化ではなかったけれど、わたしには違って思えたし……いい気分だった。

後悔はなかった。

母はコールに朝食を出すといって聞かず、焼いたベーコンとソーセージを皿に山と盛りながらせっせと世話を焼いていた。にこにこしているところを見るとコールは世話を焼かれていることを楽しんでいるようだったし、わたしも世話を焼かれるコールを見ているのは楽しかった。食事のあと、わたしは玄関まで彼を見送りに出た。

「すぐに戻るよ」コールはいうと、わたしの腰に手を添えて自分のほうを向かせた。「いくつか用事をすませてくる。そのうちのひとつはシャワーを浴びることだけどね。あとはバッグに荷物もつめないと」

「バッグ?」わたしは訊いた。

あの薄い笑みが口元に浮かんだ。「週末はきみとここで過ごそうと思って」

「そうなの?」

「ああ。ディナーの計画を変更したんだ。そうすればきみは出歩かなくてすむしね。

ああ、きみが平気なのは知ってる」わたしがいうより先にそう制した。「でも、わざわざ無理をすることもないからね」

わたしは片方の眉をあげた。

「長くはかからないよ」コールは空いているほうの手でわたしの頬を包み込んだ。「無理はしないと約束してくれ」

「約束する」わたしはあの薄青の瞳にぼうっとなりながらつぶやいた。

コールは訳知り顔で笑みを浮かべると、頭を下げてやさしいキスをしたが、それはあまりに短すぎた。コールを行かせたくなかった。それは初めての感情で、わたしはそのことについて考えながらキッチンへ戻った。キッチンには焼いたベーコンの香りがまだ残っていた。

母はすでに朝食の片づけを終えていた。無理はしないと約束したけれど、一日じゅうなにもせずにぶらぶらしているつもりはなかった。こめかみと頭に鈍い痛みがあるだけだったし、薬を飲まなくても我慢できる程度だ。それに見たいものがあった。

スタッフルームから懐中電灯とピーコート風のジャケットを取ってくると、ジャケットを羽織って裏口からこっそり外に出た。ベランダを横切り、ジャケットのファスナーをあげながら冷たい冬の空気を胸いっぱいに吸い込んだ。雪になりそうなにおいがする。大抵の人は雪が降る前ににおいなんかしないというけれど、わたしは空気にまじる澄んだ香りでいつもわかった。

ツタの這っていない格子垣のそばを通り過ぎると、ブーツの下で凍った草がバリバリと音をたてた。低い石垣が見えてきた。この屋敷が建てられたときからここにある石垣で、当初は敷地境界線の役割を果たしていたのだろう。空き地を通り抜け、いまは使われていない狭い小道を横切ると、枯れかけた草におおわれた一画に出た。数メートル先にべつの石垣——こちらは腰までの高さだ——が見える。霊廟はこの一画の中央にぽつんと立っていた。

古い墓地に近づくにつれ、おなかのあたりがぞわぞわしてきた。最後にここにきたのがいつだったかも憶えていない。子どものころは人喰いゾンビがうじゃうじゃいそうで近寄らなかった。

狭い墓地に入っていくと心臓が激しく打ちはじめた。ここに墓は五基しかない。コンクリートの墓石は崩れかけ、墓碑銘はとうの昔に薄れて判読不能だった。

遠くで車のクラクションが鳴り、わたしは飛びあがった。大のおとなになったいまでも、この墓地は相変わらず薄気味悪かった。墓地があるのは町の真ん中で、周囲には民家もたくさんあるけれど、霊廟の入口へと歩いていきながら、文明から百キロ離れたところにいるような気がした。

霊廟はぽっかりと黒い口を開けていた。昔は扉がついていたらしいが、わたしが物心ついたときにはすでになくなっていた。ひとつ深呼吸してから霊廟のなかに足を踏み入れ、懐中電灯を点けた。

この霊廟のなにより気味の悪いところは、内部に墓がひとつもないことだ。かつてはあったのだが、リビーおばあちゃんが土地と屋敷を購入するずっと前に消えてしまったのだ。墓が消えた理由もどこへ行ったのかもわからず、それがなんとも恐ろしかった。

床に沿って懐中電灯の光を動かしていくと、地下室のドアによく似た古い両開きの木の扉がすぐに見つかった。扉の片側は閉まっていたが、反対側は合わせ目の近くが粉々になっていた。レンガ塀の半分は暗いトンネルのなかに崩れ落ちて、白と赤のレンガの小山と化している。犯罪現場の専門家でもなければ建築の知識もないわたしには、レンガ塀が故意に壊されたのか、それとも自然に崩れ落ちたのかはわからなかった。

朝食の席で母から聞いた話では、すでに業者に連絡して月曜の朝一できてもらうことになったらしい。それはコールの友人がホテルの住居部分に警報装置をつけにくるのと、だいたい同じ時間だった。

誰かがこのトンネルを使ってホテルに侵入した。わたしなら百万ドルもらったってこのなかには入りたくない。大量の蜘蛛のことを考えただけでうなされる。

だけどデレクは正しかった。レンガ塀は崩れていた。ホテルに戻ったら、まずは板と釘と金槌をさがさないと。トンネルに通じる地下室の奥のドアに板を打ちつけるのだ。

霊廟の外に出たところで、背後でなにかが折れるような小さな音がした。わたしははっと足を止めた。背筋がぞくりとして、うなじの毛が逆立った。懐中電灯を握り締め、さっと振り返る。背後に誰かが立っているのではないかと身構えたが、誰もいない。

左のほうで小枝が折れる音がした。音のしたほうに首をねじり、低く垂れ下がった枯れ枝の向こうに目をやったが、なにも見えない。墓地を素早く見まわし、石垣の先や近くの民家の庭先にも視線を投げる。動くものはなにもないのに鳥肌が立った。

近くに誰かいる。

誰かが。

そんな思いに駆られ、わたしは懐中電灯を消して全速力で墓地から逃げだした。ホテルに飛び込むと、裏口のドアを閉めて鍵をかけた。

懐中電灯をカウンターにおき、身をくねらせてジャケットを脱ぎながら、なんとなくコルクボードのほうに視線が流れた。ジャケットをフックにかけてスタッフルームから出ようとしたところで、いきなり振り返る。急に動いたせいで頭ががんがんしはじめた。

痛みを無視してコルクボードに近づき、もっとよく見た。部屋番号入りの予備のルームキー。ホテルの出入口の予備の鍵。馬車小屋の合鍵。母のトラックのキー。その横がぽっかり空いていた。

そんな馬鹿な。

アンジェラの自宅の鍵が消えていた。

彼女は秘密に近づいた。信じられないほど近くまで。こちらが手を伸ばせば触れられるほどに。

だが、彼女はそれに気づいてもいない。

声をあげて笑いたかった。

彼女の首に両手を巻きつけ、その瞳から命がもれだしていくのを見たかった。

いまも彼女は見られていることに気づいていない。ドアに鍵をかければ、それで安心だと思っている。口元に笑みが浮かんだ。こちらは好きなときに彼女に近づける。いつでもだ。トンネルを外からふさごうと。ドアに鍵をかけようと。いつでも入り込める。

なにしろ自分は昔からここにいるのだから。

彼女がドアの脇のコルクボードに近づくのを、唇を嚙んで見つめる。彼女は眉間にしわを寄せ、コルクボードをしげしげと見ている。いまここで彼女を殺してもいい。彼女になにが起きたのか誰にもわからないだろう。

一度目もそのはずだったのだ。

だが、殺すのはいつでもできる。

彼女が気を失って倒れているとき、あやうく実行しかけたが、それでは簡単すぎるし、あっという間に終わってしまう。

まだだめだ。

まだ遊び足りない。

17

カウンターの上で充電していた携帯電話をさっとつかみ、すぐさまコールに電話した。

幸い、コールは三回目の呼び出し音で電話に出たが、その声は笑いを含んでいた。「ベイブ、いまぼくは全裸で、体から水をしたたらせているんだが。もう会いたくなったのかい？」

全裸で、水をしたたらせている？

「サーシャ？」

しまった。まんまと二秒ほど気を取られてしまった。わたしはまばたきして、頭に浮かんだうっとりするような映像を振り払った。「アンジェラの自宅の鍵がなくなっているの」

「なんだって？」コールの声からふざけた調子が消え失せた。

「彼女の自宅の鍵がなくなっているのよ」キッチンの引き戸のところまで歩いていってダイニングルームをのぞき込み、無人であることを確かめた。「アンジェラは自宅の鍵の予備をここにおいていたの。昨日の朝、階段での一件が起こる前に見たときはたしかにあったのに」

「くそっ。それはたしかか？」

「たしかよ」わたしは戸口から離れた。「あのときあった鍵がいまはなくなってる。まだ訊いてはいないけど、母がなにかしたということもないと思う」

「わかった。一時間ほどでそっちへ行く。今後、その部屋のなかのものには手を触れないように。誰にも触らせないでくれ」

「わかった」

「いまから何人かに電話する。ひとりはアンジェラの事件を担当している刑事だ。ぼくより先に着くかもしれない。大丈夫か？」

「ええ」わたしは顔に落ちてきた幾筋かの髪を耳にかけた。

「よし」声が途切れた。コールはまだ裸なのかしら、とちらりと思った。そんなことを考えている場合じゃないのに、考えずにいられなかった。「鍵のこと、憶えていてくれて助かったよ」

わたしはにっこりした。「どういたしまして」

「じゃ、あとで」

電話を切ると、携帯をテーブルにおいて母をさがしにいった。母は三階のランドリールームにいた。わたしの話を聞いてかなり動揺していたものの、コールが誰かをよこしてくれると知って安心したようだった。コールに任せておけば大丈夫だと思っているらしい。

「じゃ、あなたが見た男はアンジェラの自宅の鍵を取りにここへきたってこと？」母はわたしの先まわりをしてそういった。「イーサンじゃなかったのはたしかなの？」

「イーサンじゃなかったのは間違いない。彼だったら、倒れているわたしをそのままにしておくと思う？」

母はフラットシーツを作業台におきながら首を振った。「あの子のことはよく知らないけど、そんなことをするとは思えないわね」

「それに、イーサンなら合鍵を持っているんじゃない？」

「なるほど」母はシーツの端を折り重ねた。

わたしはコールから聞いた話のことを考えた。あの日、彼女とイーサンのあいだで口論になったとコールはいっていた。「アンジェラとイーサンはうまくいっていたの？」

母はシーツをたたみながら眉をひそめた。「わたしにはそう見えたけど。アンジェラはいつもイーサンの話ばかりしていたし。まあ、アンジェラはなんにせよしゃべってばかりいるんだけど」母の顔にちらりと浮かんだ笑みはすぐに消えた。「どうしてそんなことを訊くの？」

わたしは肩をすくめた。「ちょっとした好奇心よ」母にならちょっとくらい内部情報を明かしても平気だろう。「コールから聞いたんだけど、アンジェラが……行方不明になった日、ふたりはけんかしていたそうなの」

「なんてこと」母は手を止め、目をきつくつぶった。「どう考えたらいいかわからないわ。イーサンはいい子に見えたけど、人は見かけによらないし」

「そうね」実生活で〝花婿〟と知り合いだった人たちのことを考えた。コールが昨夜いっていたように、その人たちは誰ひとり彼があんな残虐な犯行を重ねていることに気づいていなかったのだ。

母がため息をつき、手元のシーツから視線をあげた。「気分はどう？」

「大丈夫」

「ハニー、フロントの仕事に戻ったらどう？」身をかがめて洗濯物の山を抱えようとしたわたしに母はいった。

わたしは顔をしかめた。「手伝うわよ」

「ここはわたしひとりで大丈夫。それより顔色がよくないわ。それでなくてもばたばたしているのに、そのうえ卒倒したあなたに押しつぶされるんじゃないかと心配するのは願い下げよ」母はシーツを作業台に落とした。「母親のいうことは聞くものよ」

目の奥がずきずきしはじめていたこともあり——頭を打ったときによく見られる症状だと、退院するときに注意を受けていた——ここは逆らわないでおくことにした。わたしは母の頬にキスすると一階におりた。ダイニングルームの横を通りかかったとき、フロントのベルが鳴るのが聞こえた。足を速めてフロントデスクに急ぐ。

フロントデスクの前にいるのが誰かわかったとたん、全身の筋肉が緊張した。

ヒューズ町長。

今日の町長はジーンズにモスグリーンのボタンダウンシャツというカジュアルないでたちだったが、その笑みは前と同じように硬く、嘘くさかった。

「こんにちは」わたしは両手をきつく握り締めた。「なにかご用でしょうか、ヒューズ町長」

「この一両日、きみが多忙を極めていたと聞いてね」ヒューズが身をのりだしてフロントデスクに片腕をのせると、白いランの造花を挿した花瓶がかたかた鳴った。「それで様子を見に寄ったんだよ」

どうしてこの人がわたしの様子を見にくるわけ？　わたしは驚きを顔に出さないようにして背筋を伸ばした。「どういうことでしょうか」

笑みがわずかに大きくなったが目までは届かなかった。「ミス・キートン、私は小さな町の町長だ。たいていの噂は耳に入る。たとえばミセス・ドーソンと、隣家の若夫婦のあいだで進行中の地権争いとかね。ほら、ロジャーズ家にはティーンエイジャーの息子がいるだろう？　それでティーンエイジャーの息子のいる家庭の例にもれず、バスケットボールのゴールを立てたんだよ。ミセス・ドーソンと一部共用している私道に。ミセス・ドーソンはそれが大いに不満らしい。どうやらひっきりなしに聞こえるドリブルの音が癇に障るようだ」

どうしてわたしにそんな話をするのかさっぱりわからない。

「だからね、きみのような人が町に戻ってきて、一度ならず二度も車にいたずらされたうえに、今度は階段から落ちて病院に運ばれたという話も聞こえてくるわけだよ」

ヒューズの笑みが薄れていった。「そこへきて今度はミス・レイディの痛ましい事件が起こった。彼女はなんときみのホテルの従業員だった」

わたしは口を動かしたが声は出てこなかった。最初は言葉が見つからなかったからだが、そのときあることに注意を引かれた。「母はトラックのことを知らないんです。まだ話していないので」声をひそめた。「お願いですから母には黙っていてください。わたしが折を見て話しますから」

ヒューズは首をかしげた。「なぜ話さなかったんだね？」

「よけいな心配はさせたくないので」

「よけいな心配とは思えないが」

不安が込みあげた。「どういう意味ですか？」

彼は黒々した眉をあげた。「きみのお母さんはこの十年、きみの手を借りずにひとりでホテルを切り盛りしてきた。きみは町を出た。それはきみの自由だ。だがお母さんはことあるごとにきみの話をしていたよ。きみがいなくて寂しかったんだろう。まあ、いうまでもないことだろうが。お母さんはきみなしでもずっとやってこられた。これといった……騒ぎもなしにね。ところが、こうしてきみが戻ってきた」

「だから騒ぎが起きたと？」

「そうはいっていない」

「でもほのめかしてはいる」声を荒らげたくなるのを必死にこらえた。「わたしの車と母のトラックを傷つけたのはわたしじゃない。階段から落ちたのはわざとじゃないし、アンジェラのことは――」

「きみとはなんの関係もない」ヒューズがあとを引き取った。「そのとおりだ。しかし、これらのことはすべてきみが帰ってきてから起きている。ひょっとすると……」彼は右腕をまわした。「きみになにかを伝えようとしているのではないかな」

わたしは胸の前で腕組みした。ぶち切れる一歩手前だった。なんなのこの人？　わけがわからない。「で、そのなにかってなんです？」

「きみはここに戻ってくるべきではなかったということかな」

腕で押すようにしてフロントデスクから離れるヒューズを、わたしはにらみつけた。怒りがめらめらと燃えあがる。「どうしてわたしを目の敵にするんです？」

「目の敵になどしていない。きみに思うところはないよ」ヒューズ町長は断言した。

「これはあくまでビジネスの話だ」

「どこがですか？」純真な好奇心から尋ねたものの、まだはらわたは煮えくり返っていた――盛大に。

ヒューズはわたしの背後にちらりと視線を投げた。「きみが私の町に戻ってから、女性がひとり死んで、もうひとりは行方がわからない。どこかで聞いたような話だと思わないか？」

わたしは口をぽかんと開けて彼を見た。

「二件の恐ろしい悲劇がきみと無関係なことは私も知っている。しかし、今回の事件をきっかけに過去の事件を思い浮かべる人もいるはずだ。この町の過去を掘り返されることだけはなんとしても避けたいんだ、ミス・キートン。さてと、そろそろ行かないと。私がいったことをよく考えてみてほしい」

なにをどう考えろというのよ？　町長の背後でドアが閉まると、わたしはくるりと向きを変えてフロントデスクから離れた。かっかしながらも、ひどく混乱していた。わたしがマスコミの前で〝花婿〟について語ることを町じゅうの人が望んでいるわけではないというのはよくわかる。ここは小さな町だし、批判的な報道をされれば町の評判も悪くなる。だとしてもだ。いったいわたしがなにをしたら、町に甚大な被害を及ぼすというのだろう。ほかになにかあるはずだ。わたしの帰郷に町長があそこまで神経質になる本当の理由が。

ラウンジまできたところで、正面玄関のドアがまた開く音がした。ずきずきと痛みだした頭でまわれ右をしたとき、背の高い男性がホテルに入ってくるのが見えた。ものすごく背の高いハンサムな男性が。頭痛が少しやわらいだ気がした。

これは町長とやり合ったわたしへの神さまからのご褒美かも。

見たところ白人とアフリカ系アメリカ人のハーフのようで、何日も眺めていられそうな頬骨をしていた。息をのむほど美しい鋭角的な顔立ち。地肌が透けて見えるほど短く刈りあげた髪。身を包むダークスーツと相まって、まるで男性ファッション誌から抜けだしてきたかのようだ。

でなければ、セクシーな警官カレンダーから。

長い脚でつかつかと歩いてくる彼のジャケットの下から、ベルトに留めたバッジがちらりと見えた。黒い瞳がわたしの上で止まる。「ミス・キートン？」

「そうですが」

「タイロン・コンラッド刑事です」彼はわたしの前で足を止めて握手の手を差しだした。そしてわたしの手をしっかり握った。「先ほどコールから連絡をもらった者です」

「きてくださってありがとうございます」

彼はわたしの手を放した。「いいんですよ」

あからさまに見つめないよう気をつけながら、わたしは脇へ寄った。「よければキッチンで話しませんか？　お客さまには聞かれたくない話なので」

「どこへでもお供しますよ」彼は心臓が止まりそうな笑みを見せた。

ああ、死にそう。

「ちょっとお訊きしますが、ミス・キートン」先に立ってキッチンへ向かうわたしにコンラッド刑事はいった。「いま私と入れ違いに出ていったのは町長ですよね？」

わたしはなにかを殴りつけたい衝動と闘いながらキッチンの引き戸を開けた。「サーシャと呼んでください。ええ、町長は……ホテルの様子を見にきたんです」慎重に言葉を選んだ。本当は罵詈雑言（ばりぞうごん）を並べたかったが、そんなことをすればコンラッド刑事に引かれてしまう。

「なるほど」コンラッド刑事はつぶやいた。

「なにかお飲みになりますか？」話題を変えようとしてそういった。

「どうぞお気遣いなく」コンラッド刑事はキッチンを見まわした。「コールによると、アンジェラ・レイディの私物と思われるものがなくなっていることに気づいたとのことでしたが」

「コールからくわしい話を聞いていないんですか？」わたしはカウンターに寄りかかった。

「聞きました。しかし、あなたからもお聞きしたい」

「わかりました」わたしは深呼吸して、肩から髪を払った。「アンジェラは自宅の鍵の予備をここにおいていたんです。わたしの母の説明によれば、部屋に鍵をおいたままドアを閉めてしまうことがしょっちゅうあったようです。昨日の朝、鍵はスタッフルームにありました。見たのを憶えています。それどころか、触ってもいます」いいながら、背後にあるカウンターを手でつかんだ。「どうしてそんなことをしたのか自分でもわかりません。鍵を見てアンジェラのことを考えました。そのあと階段から落ちたんです」

「それについても聞いてます」コンラッド刑事はポケットに手を入れ、デレクが持っていたのによく似た手帳を取りだした。「あなたから改めて聞かせてもらえますか」

わたしは昨日の朝に起きたことをかいつまんで話してから、鍵がなくなっていることに気づいたいきさつに移った。墓地に出かけたくだりに差しかかると、コンラッド刑事のまなざしが鋭くなった。「鍵がなくなっているのに気づいたのはそのときです。母は持っていませんでしたし、あのときホテルにいたほかのスタッフはダフネだけですが、彼女には鍵を手に取る理由がありません」

「そのスタッフルームを見せてもらえますか?」

「ええ」彼をスタッフルームの前まで連れていき、ドアを押し開けて薄ら寒い室内に足を踏み入れると、体に震えが走った。「ここはその昔、使用人用の台所でした。あそこのドアから外に出られます」わたしは住まいのバルコニーに通じる階段の下にある戸口を手で示した。「あのときドアに鍵がかかっていたかどうかはわかりませんが、ふだんはかけるようにしています。従業員は全員鍵を持っていますし。そちらのドアは従業員用の階段に通じています――昨日わたしが落ちた階段です」

「で、その階段は地下室までつながっていると」わたしがうなずくとコンラッド刑事は言葉を継いだ。「ざっと調べさせてもらっても？」

「どうぞ。わたしはキッチンにいますので」

コンラッド刑事は笑顔でうなずいた。「ありがとう、サーシャ」

コルクボードのところへ歩いていくコンラッド刑事のうしろ姿は、前に劣らず魅力的だった。うーん、たまらない。キッチンに戻って新しくコーヒーを淹れ、自分のカップに注いだちょうどそのとき、スタッフルームのドアが開いてコンラッド刑事が手ぶらで出てきた。「コーヒーをいかがですか？」訊かないわけにもいかない気がして、もう一度勧めた。

「カフェイン断ちしているところなんです」彼は答えた。

「そんなふうにいわれると、悪いことをしている気分になります」

「白状すると、なかなか容易じゃありませんよ」コンラッド刑事はにやりと笑うと、カウンターの前で足を止めた。「これから鑑識を呼びます。指紋の検出と写真を何枚か撮るだけですから、ひとりでじゅうぶんでしょう。なんなら裏口にまわるようういいますが。それなら宿泊客に見られずにすむ」

「そうしてもらえると助かります」わたしはコーヒーをひと口飲んだ。「このことはお客さまには知られたくないので」

「お安いご用ですよ」彼は上体を前に倒してカウンターに両肘をついた。「鑑識員は一時間ほどで到着するでしょう。誰にも迷惑をかけないよう、よくいっておきます」

そこでいったん言葉を切った。「それにしても、あんなこまかいことに気づくなんて、あなたの観察眼には敬服するばかりだ」

「習い性なんです」わたしはカップを両手で包み込んだ。「鍵がなくなっていることはアンジェラの失踪と関係があると思いますか?」

「それはわかりませんが、いまは手がかりをつかむべく、あらゆる角度から捜査を進めているところです」

いい換えれば、これまでの捜査ではなんの手がかりもつかめていないということだ。わたしは落ち着かない気分になり、コーヒーに口をつけた。「人がなんの痕跡も残さずに消えるなんてことがあるんでしょうか」

「そういうことは意外と多いものです」コンラッド刑事はわたしの視線をとらえた。「あなたならわかると思いますが」

「そうですね」わたしはカップをおろした。「わかります。たぶん誰よりもよく。ただ、ときどきそのことを忘れてしまって」

「それが人間というものですよ」しばらく沈黙が続いたあと、コンラッド刑事がびっくりするようなことを口にした。「コールとは警察学校(アカデミー)からのつきあいなんです」

「は、はい？」

「〝花婿〟事件が起きたときは、ここではなくモーガンタウンの法執行機関にいました。事件当時あなたとコールがつきあっていたことは、ここの市警察に異動になるまで知らなかった。事件から一年ほどあとのことです」

「そうなんですか」小声でいい、口元にカップをあげた。「知りませんでした」

「知らなくて当然ですよ。あのころコールはあなたの話ばかりしていた。そんなに気になるならさっさと見つけだせと何度いったかわからない」コンラッド刑事はとても魅力的な笑みをちらっと見せた。「アイリーンと結婚するのは間違いだともいったんです。どんなに彼女を愛したいと思っていても、やつの気持ちは彼女にはなかったんだから」

唇を開いたところでカップを持つ手がぴくりと跳ねて、手にコーヒーがかかった。でも熱いと感じることさえなかった。この人、いまなんて？

「あなたの気持ちを尊重することとイコール距離をおくことだと思い違いしていたんでしょう。だが結局すべて丸く収まったわけだ。人生ってのはおかしなものですね」カウンターから体を起こしたコンラッド刑事は、わたしが床にあごがつきそうなほどあんぐりと口を開けていることにはまったく気づいていなかった。「それじゃ、鑑識に電話を——」

「いまコールが……結婚しているっていいました？」いいながらも、わたしの聞き間違いだとわかっていた——聞き間違いに決まってる。だって、結婚しているならコールはそういったはずだ。いわないはずがない。

コンラッド刑事の鼻孔がわずかに広がり、眉間にしわが寄った。「参ったな」

わたしは彼を見つめた。

「コールは結婚していたんです」

18

コールは結婚していた。

その言葉が頭のなかをぐるぐるまわっていて、もっと差し迫った問題——たとえば、とてつもなく魅力的な刑事がいま、犯罪現場の指紋を採取させるために科学捜査の専門家を電話で呼んでいるとか——に考えが及ばなかった。

母がふらりとキッチンに入ってきたときも、わたしの心臓はまだ胸を突き破りそうなほど激しく打っていた。わたしは上の空で母をコンラッド刑事に紹介すると、ひと言断ってからその場を離れた。ひとりになって、たったいま知ったことについてじっくり考える時間が必要だった。

ダイニングルームを横切りながら、胸骨のあたりを手でさすった。なにをどう考えればいいのかわからなかった。コールとは十年会っていなかったし、そのあいだにわたしも他の人とつきあった。べつに、コールが聖人のような禁欲生活を送りながらわたしの帰りを辛抱強く待っていると考えていたわけじゃない。恋人もいただろうし、とっくに結婚して末永く幸せに暮らしているだろうと長いこと思っていた。わたしが彼とふたりで叶えたかったハッピーエンドをべつの誰かと実現して。だけどコールは結婚しているのかもしれないと思わせるようなことはひと言もいわなかった。

どうして話してくれなかったのだろう？　二度目のチャンスとか、テフロン製の壁を突破するとか、そういうことをいうのなら、結婚していたことはなにより重要な情報のように思えるのに。

でも考えてみれば、わたしたちが再会してまだ一週間だ。

たったの一週間。

フロントデスクの奥の椅子にすとんと腰を落とした。わたしたちは先を急ぎすぎた――ううん、急ぎすぎたのはわたしだ。コールとわたしに立ち入った話をする時間があまりなかったのはたしかだけど、結婚していたことは重大な問題だ。ふつうはかなり早い段階で持ちだす話だろう。

頭をうしろにそらして目をつぶると、こめかみの痛みが少しずつ引いていった。キッチンのほうから母の笑い声が流れてきた。行方不明者に通じる手がかりをさがしながら、コンラッド刑事がいったいどんな話で人を笑わせているのか見当もつかなかった。それを除けばホテルは静かだった。宿泊客も外出している。そのとき、いまわたしが感じているのは驚きではないということに気づいた。

わたしは傷ついているのだ。馬鹿みたい。コールがあれから前に進んで、結婚までしていたからといって、傷つく権利なんてわたしにはないのに。わたしはこの町を捨てた。コールを捨てたのだ。自分が前に進めていないからといって、コールに同じことを期待するのは間違っている。

そのとき、昨夜病室でベッド脇にコールがいるのを見たときと同じ思いに打たれた。わたしはコールを愛しているだけではなかった。一度として彼を愛するのをやめたことがなかったのだ。十年前、コールはわたしの心に入り込み、奥底に彼だけの場所を見つけた。そしていまもそこにいつづけているのだ。

だから他人同然の人からコールが結婚していたと知らされて傷ついたのだ。だから、コールのこととなるとどうしてこんなふうになっちゃうのだろうと自問しているのだ。〝ひとりでじっくり考える〟のはもうやめだ。ミランダに電話して、このことを話さないと。

引き出しを開け、そこにしまっておいた携帯電話を取りだした。ミランダの番号にかけると、呼び出し音が鳴ったあとで留守番電話に切り替わった。ミランダが留守電を毛嫌いしているのを知っていたから、メッセージは残さずに電話を切った。

椅子から立ちあがり、ジーンズのうしろポケットに携帯電話を突っ込んだとき、正面玄関のドアが開いた。コールが入ってくるのを見て、心臓がどくんと跳ねた。

外は雪になっていたようで、コールの肩と頭には白いものがついていた。彼はにっこり笑うと、指を髪に差し入れて雪片を払った。「やあ、ベイブ」

「ハイ」小声で返したとき、おぞましい映像が頭に浮かんだ。白いウェディングドレスをまとった顔のない、だけど美しいとわかる女性が、祭壇の前に立つタキシード姿のコールに向かってゆっくり歩いていく。

コールが眉根を寄せた。「大丈夫か?」

「よう、ランディス」ラウンジにコンラッド刑事がいた。「ちょっと話せるか?」

「ああ」コールの視線はわたしから離れなかった。「大丈夫か、サーシャ?」

結婚のことを訊きたかったが、いまはそんなことをしている場合じゃない。だからわたしは笑顔でうなずいた。「ええ」

コールはしばらく探るようにわたしを見つめたあと、ラウンジへ足を向けた。コンラッド刑事はコールの肩をぽんと叩いた。ダイニングルームのほうへ向かうふたりとすれ違うようにして母がこちらに歩いてきた。

母は髪をうなじのところで丸くまとめていたが、幾筋かのほつれ毛が顔のまわりを縁取っていた。フロントデスクに両手をおき、わたしに身を寄せて囁いた。「あの刑事さん、ふるいつきたくなるようないい男よね」

唇がひくついた。「ええ、そうね」

「こんなに小さな町なのに」母はちらりとうしろを振り返った。「いままで会ったことがなかったなんて。あんな色男、一度見たら忘れるはずないもの」

これには笑ってしまった。「コールとはアカデミーからのつきあいだそうよ」

母の視線がわたしに戻った。「そうなの？」

わたしはうなずいた。コールが結婚していたことを母に話したかったが、わたしが口を開くより早くホテルのドアがまた開いた。今度入ってきたのは、予約していた新しい宿泊客だった。

チェックインの手続きをすませて部屋へ案内し、ジェイムズがキッチンでばたばたとディナーの準備をはじめたころ、警察署から年配の男性がひとり到着した。ちらりと見たかぎり、ありがたいことに鑑識員とわかる服装はしていなかった。コールはコンラッド刑事や鑑識員と一緒にスタッフルームに行ったきりで、よけいなことを考えないよう仕事をさがしていたわたしは、今日はまだ郵便物を取ってきていないことに気がついた。

玄関からそっと外に出たとたん、身を切るように冷たい風がまわりを吹き抜け、思わずセーターの上から体を抱き締めた。粉雪がドライブウェイを白く染めている。今日はさすがにわたしもサンダルではなくブーツを履いていたが、それでもすべりやすいところは注意して歩いた。ドライブウェイの端までくると石垣の外に出て、郵便受けのところへ向かった。手袋を持ってくればよかったと思いつつ郵便受けのふたを開け、急いで中身を取りだす。請求書が数通——あると思った——に、全米自動車協会（トリプル・エー）からのなにか。それに縦十二センチほどの細長い小包がひとつ。

ドライブウェイを引き返しながらその小包を裏返して驚いた。その茶色い包みはわたし宛だった。誰から送られてきたものか見当もつかず、差出人の住所に目をやった。

「ジャケットはどうしたんだ？」

その声に顔をあげると、コールがむずかしい顔で玄関ポーチに立っていた。「スタッフルームにあるわ」

コールはステップのところまで出てきた。「念のためにいうが、雪が降っているんだぞ」

「捜査の邪魔をしたくなかったのよ」コールのことを避けていたというのもある。わたしはステップをあがった。「それに外に出るといったって、せいぜい二分くらいだし」

「雪が降っているんだぞ」コールはくり返した。

「それにもうなかに戻るところよ」コールの横を通り過ぎたとき肘をつかまれた。

「なに——?」

コールは反対の手をわたしのうなじにまわし、口でわたしの言葉を封じた。不意打ちのキスにあやうく郵便物を落としそうになったが、すぐにそんなことも忘れて、彼の唇の感触のことしか考えられなくなった。コールのキスは……。ああ、彼はいつだってこれが最後のキスだといわんばかりのキスをする。

頭が真っ白になるキスを。

コールが唇を離し、わたしのうなじをやさしく揉んだ。「話をしよう」

それよりもう一度キスしましょうよ。わたしは目を開けた。突風で雪がポーチの上まで吹きあがる。次の瞬間わたしは思いだし、彼の目を見あげた。

「タイロンから聞いたそうだね」

わたしは鋭く息を吸い込んだ。「コール——」

薄青の瞳がわたしを見つめた。「そんなかたちできみに知らせたくなかった」

「じゃ、どんなかたちで知らせたかったの？」わたしはコールの手を振りほどき、彼から離れた。コールがそばにいて、いまみたいに触れられていては、客観的でいるのはむずかしいから。

「ぼくの口から伝えたかった」コールは答えた。「続きはなかで話そう」

さっきのキスのせいもあり、心臓が激しく打っていた。「ディナーの準備ができているかどうか確認しないといけないから」

コールはドアを開けながら片眉をあげた。「キッチンにはジェイムズのほかにきみのお母さんがいたから問題ないと思うが」

ドアを閉めると、あたたかな空気に出迎えられた。「コンラッド刑事と鑑識の人はどうするの？」ひそめた声でいった。「一緒にいないといけないんじゃない？」

コールは小首をかしげた。「ぼくがいましないといけないのはきみと話すことだ。ぼくを締めださないでくれ」

わたしは眉を吊りあげた。「あなたを締めだしてなんかいない」

「きみはぼくが結婚していたことを、ぼく以外の人間から聞かされたばかりなんだぞ」コールはわたしのほうに体を向け、抑えた声でいった。「ぼくらはそのことについて話をする必要があるのに、きみはなにかと口実をつけて話を避けようとしている。

そうしてぼくを締めだしているんだ」

　郵便物をフロントデスクの奥におきながら、たしかにそうだと思った。ラウンジのほうにちらりと目をやる。宿泊客がひとり、暖炉の前でくつろいでいた。

「わかった。わたしの部屋で話しましょう」

　わたしたちは無言で中央階段をあがり、三階からは従業員用の階段を使った。玄関から部屋に入ると、わたしはドアを閉めてそこに寄りかかった。コールは部屋の中央に立った。彼が口を開くより早くわたしはいった。「どうして話してくれなかったの？」

「話すつもりだった。いまさらこんなことをいってもしかたないが、話すつもりだったんだ。ぼくの家で食事をしたとき、飲みながらもう少し話そうといったのを憶えていないか？」

　わたしは記憶を巻き戻し、そして思いだした。「そうだった。たしかにあのときは話が完全に脱線してしまったけど、あれからわたしたちはほぼ毎日顔を合わせていたのよ。話さずにおけるようなことじゃないと思うけど」

「きみのいうとおりだ」コールは一歩前に進みでた。「だがなにかと騒動が続いた。今日こそはと思うたびに、またなにか起きる。故意に隠していたわけじゃないんだ」

「どう考えたらいいのかわからない……」わたしはドアに頭をもたせかけ、大きなため息をついた。「あなたがずっと独身でいたと思っていたわけじゃない。心のどこかでは結婚したものとさえ思っていたわ。そうであってほしいと思った――愛する人と結婚して幸せになっていてほしいと。心からそう願っていた」

「わかってる」コールがもう一歩近づく。「でも、ぼくが実際に結婚していたと聞いて、きみはあまりうれしそうじゃないね」

コールの口からそれを聞くと身が縮む思いがした。

「本当にどう考えたらいいのかわからないの。なんていうか、あまりにも思いがけないことだったから」

コールが目の前に立った。手を取ってドアから引き離されても、わたしは抵抗しなかった。「ぼくの話を聞いてからならわかるんじゃないかな」

コールはわたしをソファのところへ連れていくと、まずは自分が腰をおろし、それからわたしの手を引いて隣に座らせた。「彼女の名前はアイリーン。出会ったのはきみが町を出た二年後だ。もともとこのあたりの出身じゃないんだ」

わたしは手を膝において黙ったままでいた。だって、わたしにいえるようなことがなにかある？

「アイリーンはロンドン郡で教師をしていた」コールは説明した。「ぼくらはスポーツジムで知り合ったんだ」

なるほど、スポーツジムに通うような女性なのね。わたしはといえば、ジムの内部がどんなふうかさえ忘れてしまった。

コールはソファにもたれて眉間を揉んだ。「最初は友だちづきあいからはじめた。彼女がぼくに友情以上の感情を抱いていることは初めから知っていた。デートに誘ってきたのも彼女のほうからだ。一年半ほどつきあったあと、ぼくからプロポーズした」

恐ろしく理不尽なことに、胸がぎゅっと締めつけられた。あなたはコールを捨てたのよ。自分にそういい聞かせた。彼が誰かにプロポーズしたと聞いて動揺したり……嫉妬したりする権利はない。

「結婚したのはその半年後だ。ささやかな式を挙げて」コールの話は続き、わたしは淡々とした表情を保とうと苦心した。「アイリーンはすばらしい女性だ。いまも連絡を取り合っている。会うことはめったにないが、それでも彼女に会うのはいつも楽しみだよ。結婚がだめになったのは彼女のせいじゃない」

純然たる好奇心から訊いた。「じゃ、どうして？」

コールは口元に苦笑を浮かべた。「ぼくは仕事が忙しくて家を空けることもしょっちゅうだった。彼女は我慢してくれていた。文句ひとつといわなかった。そしてぼくは、一日十二時間働いているのはＦＢＩの新人捜査官だからだ、と自分にいい聞かせつづけた。いまはすべてを仕事に捧げるべき時期なんだと。そんな折、彼女が子どもを作りたいといいだした。だがぼくは……冗談じゃないと思った。正直いうと、椅子に座らされて、彼女から子どもがほしいといわれたその瞬間まで、子どものことなど考えたこともなかったんだ。子どもを作る気はない、とぼくはいった。自分でも最低だと思いながらもそういったんだ。彼女は、わかったといった。本当にわかろうとしてくれたんだと思う。でもじつのところ彼女は無理していたんだ。本来ならあのときぼくが結婚生活を終わらせるべきだった」

コールはソファの上で腰を前にずらし、両腕を太腿においた。「二年後、仕事とわたしのどちらが大事なのと彼女にいわれたのをきっかけに、ぼくらは別居し、そのまま離婚に至った。全部ぼくのせいだ。ぼくがすべてをだめにしたんだ。ぼくは欠点だらけの人間なんだよ、サーシャ。ぼくは自分自身と彼女に正直になるべきだった。ひどいことをいうようだが、そもそも彼女と結婚してはいけなかったんだ」

わたしは小さく息を吸い込んだ。

「彼女はもう前に進んでいる。新しい恋人とも出会った。医者だそうだ。年内には結婚するんじゃないかな」

白状すると、最後の部分を聞いてうれしくなったけれど、それはあまり褒められたことではないだろう。「それは……」残念だわ、といおうとした。誰かが離婚したと聞いたらそう返すのがふつうだからだ。でもコールがすでに一度わたしを強烈なオーガズムに導いていることと、彼に対するわたしの気持ちを考えれば、それは本音にはほど遠い。だからここは正直になることにした。「なんといえばいいのかわからないわ、コール。離婚は残念だといいたいけど……残念だとは思えないから」わたしはコールを見あげ、急に火照りだした顔のことは無視した。「だってあなたがいまも彼女と暮らしていたら、わたしたちはここでこうしていないから」

コールの目元がやさしくなった。「ベイブ……」

「ただ、ちょっと……先を急ぎすぎているんじゃないかという気がするの」脈拍がまた急加速しはじめた。「再会してまだたったの一週間だし、さすがにどうかしてる――」

「まだ話していないことがあるんだ」コールがいった。

機会がなくてわたしに話せずにいたことがたくさんあるのは想像がつくけれど、それでも体がこわばった。

コールはほほえんだ。「長いこと、ぼくとアイリーンのあいだに立ちはだかっていたのは仕事だと思い込んでいた。子どもを持つことさえ考えられなかったのは仕事に没頭していたからだと」

わたしは眉根を寄せた。「違うの？」

「ああ、ベイブ。仕事じゃなかった。この仕事は大いに気に入っているが、仕事しかない人生を送りたいと思ったことは一度もない。なのに、あえて自分でそうしていたんだ。ぼくとアイリーンのあいだに立ちはだかっていたのはＦＢＩじゃない。きみだったんだ」

「いまなんて？」

「聞こえただろう」コールはわたしの手を取り、両手で包み込んだ。「きみだったんだ。ぼくの心にはいつもきみがいたんだ」

嘘でしょう。

嘘……でしょう。

体じゅうがいまではまったくべつの理由で脈打っていた。「わたしは……」

玄関ドアを連打する大きな音が響いた。「コール、サーシャ、いるか？」

「タイロンだ」コールは顔をしかめつつソファから素早く立ちあがった。わたしは彼のあとについていった。ドアを開けたコールの肩ごしにコンラッド刑事と、そのうしろにいる母が見えた。母の顔は心配そうに青ざめていた。「なにがあった？」

わたしは不安で胃がねじれたようになった。

「邪魔してすまない。だが至急確かめたいことがあって」コンラッド刑事は透明のビニール袋を手にしていた。なかにはわたしが郵便受けから取ってきたあの茶色い小包が入っている。「フロントデスクのうしろにこれがあった。きみが取ってきたものか、サーシャ？」

「ええ」わたしは答え、コールの横に並んだ。「どうしてそんなことを訊くの？」

「署に戻ろうとしたとき、きみのお母さんがデスクのうしろにあった郵便物を取りあげたんだ」コンラッド刑事は説明した。

「もれていたのよ」母がいい添えた。

「もれていた？」わたしは小声でいった。「なにがもれていたの？」

「もう開けてみたのか？」コールが訊く。

コンラッド刑事は首を振った。「サーシャの許可を得てからと思って」

「許可します」コンラッド刑事にいいながら、母のほうをちらりと見た。そのとき、あの鑑識員も廊下にいることに気がついた。

コンラッド刑事はくるりと向きを変え、茶色い包みの入ったビニール袋を鑑識員に渡した。包みの角の部分だけ茶色が濃くなっているのに気づいたのはそのときだ。わたしはコールの腕に手をおいた。

鑑識員は手袋をはめた手をビニール袋のなかに入れた。小さなナイフを使って慎重に包みを開く彼の横で母が腕組みした。「誰が送ってきたの？ 差出人を見た？」

わたしは首を振った。「ちらりと見ただけだったから。ほかのことに気を取られていて、よく見ないでそのまま……」

「サーシャ」母の声音に、不安が炸裂(さくれつ)した。

鑑識員が取りだしたのは、包みと同じサイズの黒い紙箱だった。シンプルなギフトボックスみたいに見えた。箱が開けられるのを、わたしは息をつめて見ていた。

「ああ、そんな！」母が両手で口を押さえ、さっと顔をそむけた。

「これは」鑑識員はコンラッド刑事のほうを向いた。「ちょっと見てください」

「なんなの？」わたしは足を一歩前に踏みだしたが、行けたのはそこまでだった。いきなりコールが廊下に出て、わたしの前に立ったからだ。「お母さん――？」

コールが毒づいた。コンラッド刑事は両手を腰に当てている。恐怖が毒草のようにはびこって息がうまくできない。わたしは廊下に出た。

コールは体をずらして鑑識員が持っているものを隠そうとしたが、わたしは彼とコンラッド刑事のあいだに体をすべり込ませた。次の瞬間、わたしは口をあんぐりと開けてうしろによろけ、壁にぶつかった。信じられない思いでいっぱいだった。

「嘘」消え入るような声でいった。「嘘よ」

コールがわたしに向けた顔にはさまざまな感情が浮かんでいた。彼はわたしのほうに一歩踏みだしたが、わたしは手でそれを制した。一瞬でいい、いまは時間が必要だった。箱のなかに入っていたものは、二重三重の意味で最悪だった。

それは人間の指だった。

女性の指だった。

19

肌の感覚がなくなり、肉や骨までが麻痺したようになった。わたしに送られてきた箱には人間の指が一本入っていた。女性の指が。ショッキングピンクに塗られた爪が動かぬ証拠だ。

「サーシャ」母がわたしの腕をさすった。「どこかに腰をおろしたほうがいいわ」

わたしは首を振って壁に寄りかかった。どこかにも座りたくない。動きたくなかった。視線は男性三人に釘づけになっている。コンラッド刑事は電話中だった。コールはわずかに前屈みになって、鑑識員の手のなかのビニール袋をじっと見ている。あえぐように空気を吸い込んだが、どこにも入っていかない気がした。この目で見たものを信じられずにいた。脳の一部が機能を停止し、受け入れを拒否していた。

こんなことが起こるはずがない。

喉がからからだった。「あの箱のなかに人の指が入っていた」声がかすれた。

コールがさっと頭をめぐらせ、間髪を容れずにいった。「ずっとそこにいたのか?」

わたしがうなずくと、コールは母に目を向けた。「頼みがあります」

「なんでもいって」母は答えた。

「ミランダに電話して、きてもらってください。くれぐれも内密にと念を押すのを忘れないように」

わたしは押すようにして壁から離れた。「ミランダを呼ぶ必要はないわ。しばらくひとりにしてもらえれば――」

「それはだめだ。これはとんでもなく深刻な事態なんだ、サーシャ。きみは大丈夫だというが、いまはそうでもこのあとどうなるかわからない。大丈夫じゃなくなったときに、ひとりでいてほしくないんだ。きみのことを大切に思う人たちと一緒にいてほしい」

「コールのいうとおりよ、ハニー」母がわたしの腕をぎゅっと握った。「ミランダに電話させて」

いい返そうとして、やめた。わたしはうなずいた。少しのあいだひとりになりたいと思うことは誰にでもあるだろうが、わたしの場合はその〝少し〟が十年になったのだ。

母が足早に去ると、コールはわたしの手を取って部屋に戻った。玄関のドアは少し開けたまま、コールはわたしの腕をぐいっと引いて自分のほうに引き寄せた。とっさに体を引こうとしたが思いとどまった。コールはわたしを抱き寄せると、片手を背中の中央に、反対の手をうなじにまわした。そしてわたしの背中をさすった。わたしは彼の胸に顔をうずめて目を閉じた。彼のぬくもりと手の感触がありがたかった。わたしは浅く息をしながらもう一度いった。「あの箱のなかに人の指が入っていた」

「ああ、ベイブ、そうだ」コールは重々しい口調でいった。「あとでまたタイロンから話を聞かれると思う」

わたしはコールのシャツをきつくつかんだ。「あれは女性の指だった」

コールは答えなかったが、答える必要はなかった。彼がわたしと同じことを考えているのはわかっていたからだ。〝花婿〟は毎回、犠牲者から左手の薬指を切り取った。毎回かならず。その目的は――。

わたしはコールの胸から顔をあげた。あの小包のことでまだ訊いていないことがある。「差出人の住所はどこだったの？」

コールが胸をふくらませて大きく息を吸い込んだが、答える前にドアにノックの音がした。「はい」コールは大きな声で応じた。

「おれだ」コンラッド刑事だった。「入ってもかまわないか？」

「ええ」わたしがうしろに下がるとコールはわたしのうなじから手をおろしたが、反対の手は腰にまわしたままでいた。コンラッド刑事が部屋に入ってきた。彼はドアを開けたままにした。「コンラッド刑事——」

「タイロンでかまわない」刑事はいった。

「わかった」わたしは彼にも同じ質問をした。「あの小包はどこの誰が送ってきたの？　住所はどこになっていた？」

タイロンは一瞬わたしを見つめたあと、わたしの頭上にちらりと視線を向けた。それから首をねじって廊下のほうに声をかけた。「クリス、あの小包をここに持ってきてもらえないか？」

鑑識員が部屋に入ってくると胃がむかついたが、あの包みがすでに閉じられビニール袋に戻されていることに気づくと、少しだけむかつきが収まった。

「差出人の住所を彼女に見せてくれ」タイロンはいった。

わたしの横でコールが体をこわばらせ、手がわたしの背中にあがった。それでも彼は鑑識員がビニール袋を持ちあげて裏返すのを止めようとはしなかった。

最初は文字がごっちゃになってよく見えなかった。それとも差出人の名前と住所はすぐわかったのに、脳が受け入れようとしなかったのだろうか。

なぜならその住所はもう存在しないからだ。

そして差出人の名前、〝V・ジョーン〟の頭文字がなにをあらわしているか、わたしは知っていた。

ヴァーノン・ジョーン。

強烈なパニックに襲われ、胃が焼けるように熱くなり、胸が締めつけられた。「ありえない」わたしはタイロンとコールを交互に見た。「ありえないわ。あの家は取り壊されて、彼は……」

「〝花婿〟は死んだ」タイロンがあとを引き取った。「だが、これを送りつけてきたやつになにかいいたいことがあるのは間違いない」

「いいたいことって？」鑑識員が手にしているビニール袋を見つめながら、わたしの心は最悪の可能性にたどり着いていた。あの包みと差出人の情報から見えてきたものは悪夢でしかなかった。

「なんなの？」わたしは手で喉を押さえた。「いったいなにが起きているの？」

答えはなかった。

少なくとも、わたしたちが聞きたいと思うような答えは。

タイロンは、わたしの車が荒らされ、母のトラックに鹿の死体がおかれたときにデレクとコールから訊かれたのと同じ質問をしたあと、鑑識員を伴って帰っていった。コールはあとに残った。すでに自分のトラックからジムバッグを取ってきていた。バッグをソファにおくと彼はわたしのほうを向いた。「トラックの一件だが、そろそろお母さんに話したほうがいい」

わたしはため息をつくと、つかのま目を閉じた。「なにもかもどうかしてる」

「わかるよ。きみを怖がらせるようなことはいいたくないが……事態は深刻になってきている」

ワインをグラスに一杯、ううん、ボトル一本ほしい。わたしはソファの肘掛けに腰をおろすとコールを見あげた。「これはどういうことなんだと思う?」

「真っ先に頭に浮かんだのは」コールは腕組みした。「過去の事件に執着している人間がいるということだ。あの小包がその証拠だ。しかしこれはどこかの暇人がおもしろ半分にしたことじゃない。なにしろ本物の人間の指が入っていたんだから」

「そして小包を送りつけてきた人物が、嬉々として自分の指を切断したんじゃないかぎり、あの指は……」わたしは言葉をのみ込み、唇を嚙んだ。最悪の可能性が頭に浮かんだ。アンジェラはいまも行方不明のままだ。あれが彼女の指だったら？

コールはこちらに歩いてくると、わたしの膝に両手をおいてわたしの目を見た。

「きみを怖がらせるようなことはいいたくないが、今回のことはすべてきみにつながっている」

それは否定しようがなかった。体が震えた。どうしてわたしなの、と問い質したかったが、〝花婿〟事件に関係しているのはわかっていた。わからないのは、どう関係しているのかということだ。

「アンジェラの失踪もわたしと関係があると思う？」いいながらも、答えを聞くのが怖かった。

コールは首を横に振った。「それはわからない。関係しているかもしれないし、していないかもしれない」

「ああもう」わたしは大きく息を吐いた。「昨日の男の顔が見えていたらよかったのに」

コールはわたしを見つめた。「アンジェラの鍵を盗んだのが本当にその男で、ほかの件にも絡んでいるのだとしたら、そいつはここに出入りする方法を知っていることになる」

「あのトンネルのことを知っている人間は山ほどいるわ。なにしろ、国家歴史登録財に指定されているんだから」それで今日ホテルに来訪者があったことをいきなり思いだし、わたしはソファの肘掛けから落ちそうになった。「すっかり忘れてた。今日、町長がホテルに顔を出したのよ、コール」

コールが眉間にしわを寄せた。「なんの用だったんだ？」

「昨日のことを聞いたといっていたけど、わたしの無事を確かめにきたわけじゃなかった。それどころか、わたしはここに戻ってくるべきじゃなかったというようなことをいわれたわ」

「なんだって？」コールは肩をこわばらせた。「正確にはなんといったんだ？」

わたしは思いだせるかぎりの話を彼にした。「妙だと思わない？　そりゃ、わたしがマスコミと接触すれば過去をほじくり返される、という理屈はわかる。だけど、そこまでむきになるようなこと？　絶対、ほかに理由があるのよ」

「そのようだな」コールの目が鋭くなった。「白状すると、きみが初めて町長の名前を出したときから、彼のことはつねに頭の片隅にあった。ただ、彼が器物破損行為に及んだとは思えなくて」

町長のしわざだとしてもわたしは驚かないけど。「いまは？」

「いまも迷っている。彼のしわざだとしたら動機はなんだ？　そこがわからない」

「たしかに」わたしはつぶやいた。「ほかにこんなことをしそうな人は思いつかないけど、今回のことは——あの小箱のなかに入っていたものは——これまでとはまったく次元が違う。もう嫌がらせの範疇を超えているわ。恐ろしくてたまらない」

ある意味、十年前より恐ろしかった。〝花婿〟には不意を襲われたが、今回は相手の影が見えている。気づかないわけにはいかない。無視できない。

「きみのことはぼくが守る」コールがわたしの膝をぎゅっとつかんだ。「誰にも指一本触れさせない」

わたしはコールの顔に視線をあげた。「自分の身は自分で守るわ」これまでもそうしてきた。わたしは苦難に陥った、か弱き乙女じゃない。わたしは最悪の苦難を乗り越えたのだ。これからも自分の身は自分で守れる。だけど、本当に助けが必要なときに意地を張るのはやめないと。「でも、あなたにも手伝わせてあげる」

コールは唇の片端をひくつかせた。「それでこそぼくの恋人だ」

わたしは彼の手に手を重ね、震える息を吐きだした。恐怖が蔓（つる）のように首に絡まっている。「怖いわ、コール」

コールは手を取ってわたしを立たせると、もう一度その胸に引き寄せ、力強い腕でしっかり抱き締めた。それから頭を下げて、わたしの額にそっとキスした。「ここでなにが起きているのか、かならず突き止めるから」彼は体を引いた。「これから何本か電話をかける。ここで電話してもかまわないだろうか?」

「誰にかけるの?」

「ぼくの上司だ。今回の件を知らせておきたい。FBI支局が介入するとなったらタイロンは腹を立てるだろうが、きみがこんなことに巻き込まれているときにくだらない管轄権争いなど知ったことか」

つまりFBIがのりだしてくるのも時間の問題ということか。「自分の家だと思って好きにして。わたしはお母さんと話してくる」

ドアに向かおうとコールの横をすり抜けたとき、腰にさっと腕がまわされ、抱き寄せられた。そして息を継ぐ間もなく、濃厚なキスをされた。鼓動が跳ねあがり、彼の唇が離れたときには頭が少しクラクラしていた。顔をあげると、コールと目が合った。どうしてもアイリーンのことを考えずにいられなかった。あのときはタイロンのノックで宙ぶらりんのまま話が終わってしまったけれど、コールが結婚していたという事実と、ぼくの心にはいつもきみがいたという彼の言葉は、いまも頭の隅に残っていた。

「少ししたらぼくもおりるよ」

「わかった」

部屋を出て、母が見つかったころには、動悸もようやく収まっていた。ディナータイムまでもう間がなかったから、母をスタッフルームへ連れていった。アンジェラの鍵を盗んだ犯人とわたしが鉢合わせした男は同一人物かもしれないということは考えないようにした。

自分のトラックになにがあったか聞いても母は驚くほど冷静だったが、秘密にしていたことについては怒りをあらわにした。「こういうことは二度としないで」母はわたしにつめ寄り、両手で腕をつかんだ。「黙っていた理由もわかるけれど、わたしに隠し事はしないでちょうだい。なにかあったら、かならずいうこと。わたしは大のおとなよ。ちゃんと対処できるわ」

「そうね。ごめんなさい」

母は唇を引き結び、キッチンに通じるドアを見つめた。「あなたが帰ってこなければよかったのに、と思いそうになることがある」

「えっ?」わたしは息をつまらせた。

「誤解しないで」こちらに向き直った母の目は気遣わしげな色をたたえていた。「あなたが脅されたり、危害を加えられたりするくらいなら、年に一度しか会えないほうがいいということよ」

胃のなかで恐怖が小さなしこりを作った。「べつに脅されたりしてない――」母に一瞥され、わたしはすぐに黙った。「あなたは強い人よ、サーシャ。わたしの知るなかでいちばん強い人だと思う。だけどこんな恐ろしいことが起きているんだもの、怖がったって誰もあなたを責めないし、そもそも怖くないっていったって、わたしはこれっぽっちも信じないから」

さすがはお母さん。わたしのことを知り抜いている。

「あなたには無事でいてほしいのよ、サーシャ。でもここにいたら、安全とはとても思えない」淡い明かりのもとで母の目は光っていた。もしも泣かれたら、わたしまでつられてしまう。「そんなふうに思いたくないのに」

「わかってるわ」それが母の本心だということはわかっていた。家に帰るつもりだと話したとき、母は飛びあがって喜んだ。わたしがここにいることを母はなにより望んでいる。だけどそれはこんなかたちでじゃない。

絶対に違う。

ディナータイムがはじまっても、なんだか頭に霞がかかったようで、笑顔も笑い声もぎごちなかったが、それでも努力した。途中でミランダがやってきた。ジェイソンも一緒だった。わたしはふたりをキッチンへ連れていった。

「驚いたよ、サーシャ。誰かがきみに人間の指を送ってきたって?」引き戸を閉めたとたん、ジェイソンが声を張りあげた。

「声を落として。ジェイムズは知らないんだから」わたしはミランダをにらんだ。「他言するなといわれたはずよ」

「ジェイソンにもいてもらわないと」ミランダはきっぱりといった。「ジェイソンはわたしの友だちだし、あんたにとってもそうでしょう? 締めだすようなまねはしないで」

ミランダったら、コールと話でもしたのかしら? それにジェイソンとミランダは友だち以上の関係なんじゃないだろうか。これは時間を見つけて、ミランダと話をする必要があるわね。

ジェイムズがかすかに煙草のにおいをさせながらスタッフルームから出てくると、ジェイソンは脇へ寄った。ジェイムズはわたしたちをひとにらみすると、足を引きずるようにして流しのほうへ歩いていった。

「あなたを除け者にしようとしたわけじゃないの」わたしはひそめた声でジェイソン

にいった。「ただ、あまりにも……常軌を逸した話だから。わかってもらえるといいんだけど」

「わかってる」ジェイソンは伊達眼鏡の位置を直してほほえんだ。「べつに気にしていないよ。その証拠に、こうしてここにいる」

「ありがとう」わたしは引き戸のほうへ体を向けた。「ディナータイムが終わるまで、あなたたちはここでゆっくりしていて——」

「おれの邪魔はするなよ」ジェイムズが吠えるようにいった。

「それもお願い。コールもじきにおりてくるはずだから」

ふたりが椅子に腰を落ち着けたのを見届けると、わたしは急いでダイニングルームへ戻った。ジェイソンの手を借りて母と三人で最後の皿を下げるころには頭が痛みはじめていた。ジェイソンは腕まくりまでして食器を片づけていた。

ミランダは〝監督中〟と称してテーブルでワインを飲んでいた。どうやら勝手にボトルを出してきたらしい。積み重ねた白い皿を流しの横においたとき、いつの間にかおりてきていたコールにつかまった。

「顔が少し青いぞ」彼は心配そうに口をすぼめた。「頭が痛むのか?」

「少しね」

「薬を持ってくるわ」母はスタッフルームに駆け込み、鎮痛剤を手にあっという間に戻ってくると、薬をわたしに手渡した。「これを飲んで」

「ありがとう」わたしは冷蔵庫から水のボトルを取りだした。薬を飲み下してから、友人たちに向き直った。「すぐに治まると思うから」

ジェイソンがカウンターから振り返った。「きみは座っていたら？　片づけはおばさんとぼくでやるから」

「大丈夫――」

「いい直すよ」ジェイソンがさえぎった。「ぼくがやるから、きみは座っていろ」

コールがにやりとした。「できた男だ」

「わかった」わたしはため息をつくと、ビストロテーブルのところへ向かった。

ミランダが椅子にふんぞり返っていった。「あんたも一杯やりたいところでしょうね」

「うん」軽いとはいえ脳震盪を起こした身では、できない相談だけれど。

ジェイムズがいるうちは話はできなかった。彼が帰ると、わたしはテーブルを離れてカウンターに腰かけた。母はわたしが空けた椅子に座り、ジェイソンとコールは立ったままで、ミランダは二杯目のワインをちびちび飲んでいた。

少し前に外を見たら雪はすでにやんでいて、地面にうっすら残っているだけだった。全員に状況が説明された。そう、なにもかも。ミランダはワインの残りを飲み干し、ジェイソンはその場を行ったり来たりしていた。コールはわたしの横でカウンターに寄りかかっている。

「率直にいう」コールは先まわりして釘を刺した。「今回の件、マスコミがじきに嗅ぎつけるはずだ。知ってのとおり、連中にはつてがあるからな。きっと群がってくるだろうが、タイロンとぼくで追い払う――」

「ジェイソンとわたしも加勢する」ミランダが口を挟んだ。腕組みしたその姿は、記者たちを追い払うことを楽しんでいるように見えた。

わたしはみんなの顔を見た。

ジェイソンがミランダの椅子の横で立ち止まり、大きくうなずいた。「当然だ。ぼくたちがマスコミからきみを守る壁になる」

「その意気だ。だが、連中はしつこいぞ」コールは水のボトルをわたしのほうに押した。「覚悟しておいてくれ」

にこにこしながらコールを見ていたミランダが、わたしのほうにちらりと目をやった。わたしはボトルを取りあげ、ミランダにいわれる前に水を飲んだ。「わかってる」

「警報装置はいつつくの？」ミランダが訊いた。

「明日だ」コールが答えた。「トンネルも封鎖する予定だ」

わたしは母のほうに目をやった。母は無言でワインをすすっていたが、いまもスタッフルームで話したときと同じ顔をしていた。いますぐ荷物をまとめて、わたしをアトランタへ送り返そうと考えているような、この帰郷は間違いだったと考えているような顔だった。

コールとふたりで部屋に戻ったのは真夜中近い時間だった。やけに目が冴えていて、顔を洗って化粧水をばしゃばしゃと顔にはたきながらも、心は千々に乱れていた。

ひらひらしたキャップスリーブのラベンダー色のネグリジェに着替えて、カーディガンを羽織った。最高にセクシーな組み合わせとはいえないわね。そんなことを考えながら、ぶらぶらと寝室に入っていった。

ベッドの横にコールがいた。シャツは脱いで、拳銃はサイドテーブルにおいてあった。ジーンズのボタンははずされている。わたしは数秒間、彼に見とれた。二十九年生きてきて、これほどくっきり割れたおなかを見たのは初めてだった。考えてみれば、六つに割れた腹筋（シックスパック）を実際に見たのも初めて。あれはユニコーンみたいな伝説だと思いはじめていたところだ。

わたしの格好を見て、コールがふっと口元をゆるめた。「かわいいな」

「そういうことをいうのはあなただけよ」

「そんなことないだろう」コールは両手を体の脇におろした。ブーツはもう脱いでいて、ジーンズの裾からつま先がのぞいている。「今日この部屋に招かれていないのはわかっているが、きみと同じベッドで眠りたいんだ」

呼吸が止まった。

「きみを抱いていたい」コールは続けた。「昨日も今日も大変な一日だった。きみは多くのことを知らされた。だから部屋から蹴りださないでもらえるとうれしいんだが」

「そんなことしないわ」わたしはベッドの足元に近づき、肩からカーディガンを落とした。コールの視線が腕とハート形のネックラインを這うのを感じながら、ベンチにそれをおいた。「わたしもあなたと同じベッドで眠りたい」

「そんなうれしい言葉を聞くのは久しぶりだ」コールの声が低くなった。

わたしは唇を噛み、彼を見あげた。「さっきは心を閉ざそうとした」正直にいった。

「あの箱のなかに入っていたものを見た直後は。そうするのがいちばん簡単だったたからよ。でも、いまわたしがしたいのはそれじゃない」

コールがあごをあげ、その体から緊張が抜けていった。

「あなたを感じたい」わたしは心を決め、ベッドの横に立つコールを見つめた。息をのむほど美しく、たくましい。でもそれだけじゃない。コールはいまここにいる。わたしは浅い息を吸い込むとコールに近づき、彼の裸の胸に両手を当てた。手のひらに触れるコールの肌は熱く、彼が鋭く息を吸い込むのを全身の細胞で感じた。わたしはコールを見あげて囁いた。「今夜は一緒にいて。わたしのそばにいて」

20

コールは大きな音をさせて息を吸い込むと、体の両脇でこぶしを固めた。「きみのそばにいる。ここ以外にいたい場所はないよ」

「わかってる」わたしは硬く引き締まった腹部へ両手をすべらせ、軽く触れただけで彼の体がびくっと反応する様に感嘆した。セクシーな腹斜筋に思わず見とれた。「だけどわたしがほしいのは……」

コールがこぶしを開いた。「なにがほしいんだ？」

「あなたよ」もう一度彼を見あげた。「あなたのすべてがほしい」

「ああ、サーシャ」コールの唇からうめきがもれ、彼は両手をあげて指先でわたしのむきだしの腕に触れた。「その言葉をどれほど待っていたか。永遠にも思えるよ」

わたしはコールの脇腹に手をすべらせ、それから背伸びをして彼にキスした。コールの指先がわたしの腕を下へたどり、手首をそっと包み込む。「今日はいろいろなことがあった」張りつめた声でいった。「だからきみは――」

「自分のしたいことならわかってる」わたしはふたたび彼を見あげた。「自分がなにを感じているかも。これは今日起きたこととは関係ない」胸が大きく上下する。「あなたがほしいの」

コールはわたしの手を持って自分の胸に押しつけた。「ぼくはきみのものだ、ベイブ」

「証明して」

コールは鼻孔をふくらませたが、動こうとしなかった。胸に当てたわたしの手を握っているだけだった。はねつけるつもりなのだと思った。こうしてはいけない論理的な理由を挙げて。だったらこちらは苦肉の策に訴えるまでよ。

その苦肉の策がなんなのか見当もつかないけれども。

ところがそこでコールが動き、手でわたしの腕を撫でおろした。それからわたしをつま先立ちにさせて、唇を重ねた。

そしてわたしを拒むつもりがないことをキスで伝えてきた。

コールのキスはすてきだった――余すところなくわたしを味わおうとするところが。呼吸が一瞬止まり、それから一気に速くなる。コールが片腕を腰にまわしてわたしを抱き寄せると、下腹部に彼の昂りを感じた。

ここまできたら、もう後戻りできない。だからわたしは真っ逆さまに飛び込んだ。欲望が一気にふくれあがる。十年間抑え込んでいた欲望はあまりに強烈で、わたしはわれを忘れた。この瞬間をわたしはずっと待っていた。わたしもコールもずっと待っていたのだ。

「早くして」わたしは訴えた。

コールが唇を重ねたままうめいた。「そんなことをいわれたら死にそうだ」コールの手が脇腹をかすめてネグリジェの下にもぐり込み、太腿を這いあがると、熱いものが血管を駆けめぐった。コールはキスでわたしの唇をふさぎ、激しく舌を絡ませた。お尻をぎゅっとつかまれると、わたしは熱いキスを受けながら息をあえがせた。

そのときコールがわたしを放した。

喉まで出かかった失望の叫びは、欲望に燃える目に見つめられた瞬間、風に吹かれた煙のように消え失せた。薄青の瞳に浮かんだ熱情に呼吸を奪われ、全身に震えが走る。

コールの両手がジーンズのファスナーにかかった。ファスナーを下げる小さな音が部屋じゅうに響き渡る。彼はジーンズとぴったりした黒のブリーフに指を引っかけると、淀みない動きで一気に引きおろした。そして一糸まとわぬ姿になった。

わたしは息をのみ、言葉をなくして彼を見つめた。コールは美しかった。無駄のない引き締まった体に筋肉がくっきりと浮かびあがって、まるで芸術作品のようだ。下腹部をおおう明るい色の茂みから太く長いものが突きだしている。

その部分も……非の打ちどころがなかった。コールはこの上なく美しい。でもわたしは……違う。わたしの体は全然引き締まっていない。むしろ無駄だらけで、浮かびあがっているのは贅肉ぐらいだ。完璧にはほど遠いし、そのうえ傷もある。

全裸のわたしを見た人はひとりもいない。

わたしはごくりとつばを飲むと、部屋に入ったときにコールが点けたサイドテーブルの明かりのところへ向かおうとした。

「なにをしているんだ？」低くかすれたコールの声は、五百種類もの色気を含んでいた。

頬が熱くなった。「電気を消そうと思って」

「だめだ」

わたしは動きを止めた。「えっ？」

コールはゆっくりわたしに近づき、両手で頰を包み込んだ。「きみが見たい」

「見ないほうがいいわ」消え入るような声でいった。

コールが首をかしげた。「見ないほうがいいところなんてきみにはないよ。きみのすべてがぼくをたまらなく興奮させる」

鼓動が速まるのを感じながらも首を振る。「コール、あなたは知らないから……」

「知ってる」その声はやさしかった。「きみになにがあったかは知ってる。ぼくはきみが見たい。頼むからぼくにくれ。ぼくにきみをくれ」

ぼくにきみをくれ。

その短い言葉が心の壁を打ち砕き、気がつくとわたしは小さな声で「ええ」と答えていた。コールはわたしの目を見つめたままネグリジェをたくしあげ、慎重に頭から脱がせた。ネグリジェが消えてなくなると、わたしは淡いピンクのショーツだけの姿でコールの前に立っていた。ちっともセクシーじゃないコットンのショーツだ。たしかピンクとブルーの花柄だったはず。

でも、コールが見ているのはわたしの下着ではなかった。

コールの目はわたしの胸元に注がれ、そのまとわりつくような視線に顔が火照った。胸を手で隠したいような、好きなだけ見てほしいような気がした。乳房の頂がうずいて硬くなる。コールが食い入るように見ているのは、もう少しでわたしの命を奪うところだった、わずかに盛りあがったピンク色の傷跡ではないようだ。

勇気が完全に失せてしまう前に、ショーツに指をかけて引きおろし、足から抜いた。これでコールとわたしのあいだを隔てるものはなくなった。彼の視線がゆっくりとわたしの全身を這う。

「参ったな」コールはまたうめくと、のろのろとかぶりを振った。「きみはたまらなく美しい。なにもかもがきれいだ」彼の指が肩をかすめ、胸におりた。その手が胸の中央と腹部に走るふたつの傷跡に触れると、わたしははっと体を硬くした。「ぼくにはこの傷も美しく見える。きみの強さの証だからだ。隠そうなんて二度と思わないでくれ」コールは片手をわたしの腰にすべらせ、反対の手で自分の昂りをつかんだ。「きみがぼくをこんなにしたんだ。ぼくになにをできるか、きみはわかっていないんだ。わかっていたらそんなふうに突っ立って、どうかしてるんじゃないかという顔でぼくを見ていたりしないだろうからね。きみは信じられないほどきれいだ。どうにかなってしまいそうなほどに。そのことを忘れないでくれ」

その言葉を丸ごと信じるのはむずかしかったけれど、彼が一言一句本気でいっているのはわかった。

期待に体が熱くなる。「わたしを……愛して」

コールはわたしを引き寄せた。腿と腿が触れた。コールの硬い体毛が肌をくすぐる。彼のたくましい胸が、やわらかいわたしの胸をかすめた。衝撃が全身を貫いた。「コンドームはあるか？」

「ええ、ある。ドレッサーのいちばん上の引き出し」

「ここにいて」

たとえキリンが部屋に入ってきてタップダンスをはじめたとしても動かなかったと思う。コンドームを取りにいくコールの引き締まったお尻に目が釘づけになっていたから。コールが小さな包みをベッドに放ると、部屋の空気が張りつめた。

そのときのコールは百パーセントわたしに集中していた。彼はわたしにキスすると、手を取ってゆっくり向きを変えさせた。そのまますうしろ向きに歩かせ、ベッドにぶつかるとそっとわたしを座らせた。わたしの両脇に腕を差し入れ、抱えあげるようにしてベッドの中央におろす。

「ずっとこうしたかった」コールが体を重ねてくると、むきだしの肌と肌が触れ合って、体に火が点いた。「知っているよね？」

「ええ」わたしは囁き、彼の胸に触れた。

コールはベッドに膝立ちになり、コンドームをつかんで封を切ると、自分に着けようとした。彼の視線がわたしにあがる。「本当に——」

「準備万端よ」証明しようとベッドに起きあがり、彼に代わってコンドームをかぶせる。低くうめくコールの声にうっとりした。

体を起こしたついでに、コールのすばらしい肌を堪能したかった。彼の腰に手を伸ばし、あのセクシーな筋肉を指でなぞる。手をさらに下へ動かしたとき、いきなりベッドに仰向けにされた。コールの唇が顔から首へ、さらにその下へと熱い軌跡を描いて、ついに乳首を口に含んだ。

乳首を吸われ、舐められると、わたしは快感に声をあげ、コールの短い髪に指を絡ませて引き寄せた。腰が勝手に動きだし、硬くそそり立った彼のものをほしかった場所へ導く。コールが身を震わせ、わずかに体をずらしてわたしの脚のあいだに片手を差し入れる。指がするりとなかに入ってくると、わたしはまた声をあげた。

そこからすべてが加速した。

わたしはむさぼるように彼の全身に手を這わせた。体がぶるぶる震えて、彼の先端が押し入ってきただけでどうにかなりそうになった。

「ああ、サーシャ、きみは……」わたしが腰を持ちあげるとコールの声が途切れ、彼は一気に根元まで身を沈めた。そして信じられないほどいっぱいにわたしを満たした。

「たまらなくすばらしい」

すばらしいというのはこのことだ。

わたしはコールの腰に脚を巻きつけた。聞こえるのはわたしたちの息遣いと、あえぎと、体と体がこすれ合う音だけだ。コールが腰を突きだし、うねらせる。その動きに合わせているうちに、体の中心からだんだんと緊張が高まっていく。

コールがわたしの頭の横に肘をつき、背中の下に腕を差し入れてわたしを抱え起こした。ひと突きごとにより深く、激しくなっていく。わたしは彼を締めつけた。快感がどんどん増していく。ふたりの動きが速くなり、むさぼるように唇を合わせながら腰を打ちつけ、舌と舌を絡ませる。そのとき硬く張りつめていた緊張がついにはじけた。強烈なオーガズムに頭がのけぞり、体じゅうの細胞に火が点いた。

わたしの全身が痙攣したときコールも達した。わたしの名を叫びながら腰を突き立てる。すべてのリズムがやみ、コールは最後にぶるっと体を震わせた。わたしは気怠い手を彼の背中にまわしてゆっくりさすった。

どちらもしばらく動かなかった。鼓動が徐々にゆっくりになり、呼吸もだんだん整ってきた。

「参ったな」コールが頭をもたげ、腫れあがったわたしの唇にキスした。「いまのは……」

「完璧だった。すばらしかった」わたしは心に浮かんだ言葉を口にした。「美しかった」

「ああ」コールはわたしの額に額をくっつけた。「三つとも当たってる」

わたしはほほえんだ。全身の筋肉が溶けてなくなってしまったみたいだった。「お望みなら、あといくつか挙げられるけど?」

コールは低く笑うと、腰を持ちあげてわたしのなかから出た。「後始末をしてくるよ。なにかほしいものはある?」

わたしは首を振り、コールがベッドからするりと出てドアのほうへ向かうと唇を噛んだ。彼が裸で歩きまわるところなら一日じゅうでも見ていられるわ。

ベッドの真ん中でそのまま眠りに落ちてしまいそうだったが、なんとか起きあがって上掛けの下にもぐり込んだ。ネグリジェを着る手間は省き、胸のところまで布団を引っ張りあげる。

戻ってきたコールが、その整った顔に満足げな表情を浮かべた。「きみはいつも裸で寝るのか?」

わたしはかぶりを振った。「ふだんは違うけど、今日は……寝巻きを拾って着るのが面倒で。かまわないかしら?」

「ぼくに文句があるわけないだろう?」コールは上掛けをめくると、明かりを消してからベッドにあがった。窓から差し込む淡い月明かりだけを残し、部屋は闇に包まれた。

コールがわたしに腕をまわして自分のほうに引き寄せた。わたしはコールにうしろから包まれ、コールはわたしのおなかを片腕でしっかり抱いていた。わたしたちは隙間もなくぴったりくっついていた。わたしのお尻の横に彼の腰があり、コールの太腿の前側はわたしの太腿の裏に押しつけられている。「ありがとう」

わたしは眉を吊りあげた。「なにが?」

「ぼくに……きみをくれて」

急に胸がいっぱいになり、泣きだしてしまうかと思った。少しして彼の唇が肩をかすめるのがわかった。わたしは何度か深呼吸して、喉に込みあげた熱いものをなんとか飲み込んだ。

コールの腕に抱かれながら、気がつくと彼が別れた奥さんについて話してくれたときのことを考えていた。あのとき、コールがなにかいいかけたところで話が中断したんだった。わたしは寝返りを打って仰向けになった。コールの手が腰へすべりおりて、焼けるような跡を残した。銀色の月明かりがコールの鼻梁をやさしく撫でている。

「う……ん」コールは目を閉じ、くつろいだ表情をしていた。「まだ起きてる?」

わたしはほほえみながら彼の腕に手をかけた。「さっき……結婚生活のことでなにかいいかけていたでしょう? 離婚の原因は仕事じゃなくて……わたしだといっていたけど、あれはどういうこと?」

コールはわたしの腰に当てていた手をおなかへすべらせた。「まだわからないのか?」

「あれ、わたしなにかヒントを見落とした?」

「うん」コールは小さく笑い、手を胸の谷間にすべり込ませた。「ヒントはたくさんあったのにな」

「ちょっとおまけしてよ」

コールは唇でわたしの頬をなぞった。「きみを失ってしまった、ぼくはしばらくそう考えていた。それでもいつかは心の傷も癒えると思っていた。だが違った。ぼくにはきみしかいなかったんだ」

わたしは呼吸を止めていたかもしれない。

コールはわたしのあごを指でつまんだ。「ぼくにはきみしかいないんだ。それに気づくまでにずいぶん時間がかかってしまった。家を空けてばかりいるのは仕事に没頭していたからだ。結婚がうまくいかなかったのはぼくの努力が足りなかったからだ。ずっと自分にそういい聞かせていた。アイリーンはなにも悪くない。精一杯のことをしてくれていた。でも本当の原因は、ぼくがきみを忘れられなかったからなんだ」

「コール」声が震えた。

彼は親指でわたしの下唇をなぞった。「町を離れたあともきみはぼくのなかにいた。幽霊みたいにどこへ行くにもついてきたし、頭からも離れなかった。ぼくはまったく前に進んでいなかった。進む気になれなかったんだ。きみがぼくの一部を持っていってしまったからだ」

言葉にならなかった。だからコールのほうに体をめぐらし、ぴったりと身を寄せて、彼の首筋に顔をうずめた。

「アイリーンはきみとぼくのことを知らなかった。きみのことを彼女に話すのは違うような気がしたんだ。だから彼女は仕事が原因だと思っていたが、本当はそうじゃなかった。ぼくの心はずっときみのそばにいたんだ」

「ああ、コール」わたしは体のあいだに挟まれていないほうの手で彼の肩にしがみついた。目に涙が込みあげた。「わたしもよ。わたしも……そうだった」

コールはわたしの体に両手をまわし、わたしたちは脚を絡め合った。コールの腕にきつく抱かれていると、満ち足りた幸せを感じた。そのとき、いまさらながらあることに気がついた。事件のあとにつきあった人たちは、わたしが築いた心の壁をよじ登ろうとも突き崩そうともしなかった。自分では心を開いているつもりでいたけれど、本当は違ったのだ。いまそれがわかった。コールは壁を見てもひるまず、ひびが入るまで叩きつづけ、やがて亀裂が広がってついに壁は崩れた。でもそれはコールの力だけではなかった。わたしもなかから壁を崩して彼を受け入れたのだ。

準備ができたのだ。

さまざまな感情が押し寄せた。どれもすばらしいものばかりで、わたしの口元に小さな笑みが浮かんだ。ついに準備ができたのだ。

まもなくわたしは眠りに落ち、そしてこの十年で初めて悪夢を見ずにぐっすり眠った。

21

あれだけいろいろなことがあったにもかかわらず、翌日の日曜は驚くほどいつもどおりだった。コールはわたしより先に目を覚ましていて、それはつまりわたしがよろよろと寝室から出ていったときには、すでにコーヒーの用意ができていたということだ。その事実ひとつだけでも、コールの面倒見のよさは本物だった。

その後も、コールは面倒見のよさを大いに発揮した。ホテルまわりの仕事を手伝い、人を雇う暇がなくてそのままにしてあった、ちょっとした修繕作業も片づけてくれた。

昼食後――その昼食もコールがひと走りして買ってきてくれたのだが――わたしは客室のバスルームでコールを見つけた。彼は洗面台の下に上半身を突っ込んでいた。リズムを取るかのように片方のブーツが揺れている。金属と金属が当たる音がしていた。

「なにしてるの？」わたしはドア枠に寄りかかった。

「水道管を直してる」足の動きが止まった。「蛇口を開くと水漏れがするからこの部屋に予約を入れられないと、きみのお母さんがいっていたものだから」

唇を嚙んでも、顔がにやけるのを止められなかった。「そんなことしなくていいのに」

「いいんだ」コールは答えた。「ボルトの座金を交換するだけだから。大したことじゃないよ」

「やさしいのね」わたしはコールの長い脚を眺めまわした。ジーンズの膝の部分だけ色落ちしている。「ありがとう」

一瞬の間。「お礼ならあとでしてもらうよ、ベイブ」

どうやって、と訊こうとしたところで、コールがどんなお礼をほしがっているのか完全に理解した。昨夜の記憶が一気によみがえり、全身がかっと熱くなる。「ま、任せておいて」

洗面台の下から含み笑いが聞こえた。「うん、ベイブ、楽しみにしてるよ」

わたしが一日じゅうそわそわしていたのはいうまでもない。

コールの友人がやってきたのは午後も遅くなってからで、夜までかかってわたしと母の住まいの両方に警報装置を設置してくれた。作業のあと、キーホルダータイプのリモコンを受け取った。

マスコミはあらわれなかった。それでもホテルのドアが開く音がするたび、あのストライカーとかいう胡散臭いジャーナリストが戻ってきたか、タイロン・コンラッド刑事が立ち寄ったのではないかと身構えた。しかし、タイロンがさらなる質問をしにくることはなかった。その夜遅く、タイロンが顔を出すものと思っていたとコールにいうと、よくあることだと説明された。必要な質問はあの場ですべてしていたし、訊き忘れたことがあれば戻ってくるだろう、と。

ところがベッドに入ったとたん、コールはわたしの頭からタイロンのことを叩きだしてしまった。最初は手で、次は口で、それから体全体で。その後、抱き合ってベッドに横たわっていたとき、コールがまたわたしを驚かせた。

「ぼくの両親に会ってほしい」そういい放ったのだ。

コールの手の指の関節をなぞっていたわたしは動きを止めた。「いまなんて?」

「あのころは機会がなかったし」彼は続けた。「だから今度こそ会ってほしいんだ」

「わたしは……」声が途切れた。なにをいおうとしたのか自分でもわからない。

コールは長い脚をわたしの脚の上に投げだした。「しばらくどこへも行く予定はないんだろう?」

「ええ」

「だったら、顔を合わせるいい機会だと思う」

わたしは少し考えてからうなずいた。具体的な計画を立てたわけではないものの、切断された人間の指が郵送されてきたというのに〝恋人のご両親に会う〟ことを考えるのはやっぱり変な感じだった。それでも生活を続けていくことが大事なのだとわかっていた。ただ存在しているのではなく。〝花婿〟事件の直後のわたしがそうだったように。ううん、この十年間ずっとそうだったように。だから計画を立てるのはいいことなのだ。

月曜の朝、夜明けの最初の光が寝室の床にまだら模様を描く前にコールに起こされた。手をわたしの脚のあいだに入れ、乳房を口に含んで。

だから文句はいわなかった。

ベッドにうつ伏せにされ、おなかの下に腕を差し込まれて四つん這いにされたときも、唇の隙間から上擦ったあえぎ声をもらしただけだった。そして彼がうしろから入ってくると、もう文句をいうどころではなくなった。

「ヘッドボードをつかんで」ざらついた声でコールはいった。

わたしはいわれたとおり、すべすべしたヘッドボードをつかんだ。コールは気が遠くなるほどにわたしを満たした。それからゆっくりと動きはじめ、やがてわたしの腰をつかんで速く、強く突きだすと、わたしの喉からうめきがもれた。彼のリズムに合わせて腰を揺らす。彼の感触はすばらしかった。うっとりするほどに。コールの片手が前にまわり、親指が敏感なつぼみをこすりだすと、わたしはのぼりつめ、快感がはじけて波のように全身に広がった。コールがうっとうめいて腰を突きあげ、根元まで深く身を沈めた。

やがてコールはわたしをベッドに横たえ、体を半分あずけてきた。重さはまったく気にならなかった。うつ伏せのまま手脚を絡め、コールの重みやにおいに包まれているのは最高の気分で、わたしは夢とうつつの至福のあわいを漂っていた。「大丈夫か？」

「死んでる。でも、死体にしてはいい気分よ」

コールはくっくっと笑った。「仕事に行かないと。あとで電話する、いいね？」

「ううーん」

コールの唇が肩をかすめた。「アラームをセットしておこうか？」

「うーん」

「もう少し寝る？」

わたしはうなずきらしきものを返した。

コールはまたセクシーな声で笑うとわたしの上から起きあがった。わたしの頬にキスし、上掛けを背中まで引っ張りあげると部屋から出ていった。わたしはその体勢のまま、ふたたび眠りについた。口元に笑みを浮かべて。

その日の午前十時ごろに携帯電話が鳴ったとき、わたしは二時間ほど帳簿づけと格闘しているところだった。画面に表示されたミランダの名前を見て、これ幸いと仕事を中断した。

「どうしたの？」わたしは電話に出た。

「ちょっと、サーシャ。コンラッド刑事があんなにイケメンだってこと、どうして黙っていたのよ？」

わたしは目をしばたたいた。「なに？　タイロンに会ったの？」

「彼が学校にきたのよ。いまは授業の合間の休み時間だから、ゆっくり話している余裕はないんだけど」そういいながらミランダは続けた。「じつは信じられないようなことが起きていてね。それでコンラッド刑事がわたしの未来の子どもの父親だってことがわかったわけよ」

わたしはにやつきながらキッチンのテーブルから立ちあがり、背伸びをした。ミランダとジェイソンがつきあっているというのはわたしの勘違いだったのかもしれない。

「タイロンは事件のことであなたに話を聞きにいったの?」

「ううん。今朝、もうひとりの刑事とふたりでやってきたの。わたしはたまたまシンディと話をしていて——シンディというのはスクールカウンセラーだけど——コンラッド刑事がカリアー先生と話しているのを見ちゃったのよ。カリアー先生のことは憶えているでしょう? 学生のころ、わたしたちがよだれを垂らしながら眺めていたあのセクシーな体育教師よ。いまもここで教えてるって話したことあったよね」

わたしはアイランド・カウンターのところへ歩いていった。「ええ、憶えてる」

「それでね、カリアー先生が三年生の女子生徒の何人かと不適切な関係にあるという噂はやっぱり本当だったんだと思ったわけ」

「なにそれ?」わたしは眉を吊りあげた。

「ところが、そうじゃなかったのよ」カリアー先生がふたつ以上の法を犯しているとほのめかしたことも忘れ、ミランダはさらにいった。「そのときちょうど窓口業務に就いていたタミーには、ふたつ先の部屋でのやりとりが文字どおり筒抜けだったわけ。で、警察はアンジェラのことでカリアー先生に話を聞きにきたというのよ」

わたしは背中をこわばらせた。「なんですって?」

「それ以上のことはわからないんだけど、セクシーな刑事がなにかを疑っているのはたしかよ」

「そうね」わたしはスタッフルームに通じるドアのほうに顔を向けた。「もう行かないと。あとでまた電話する」

電話を切り、携帯をカウンターにおいた。タイロンがアンジェラのことでカリアー先生に事情を聞いた? 思いもよらないことだったが……いま聞いた話のなにかが頭に引っかかった。

カウンターをまわり込んでスタッフルームのドアをゆっくり開けると、冷たい空気が脚に絡みついた。わたしをなぎ倒しそうになったあの男、なにを着ていたっけ? 従業員用の階段に出るドアを開け、薄暗い踊り場をのぞき込んだ。なにかのエンブレムがついたキャップと、同じようなエンブレムがついた白いシャツを着ていたんじゃなかった? そしてどこかで見たようなエンブレムだと思ったのだ。

光の届かない地下室のドアを見おろすうちに胸が騒ぎだした。あのドアには鍵をかけ、コールが補助錠(デッドボルト)を取りつけてくれた。もっと前にしておくべきだった。

わたしは身震いした。

運動部のコーチをしている教師はキャップをかぶっている。でもキャップをかぶる人はほかにもたくさんいる。人口の半数以上がそうだろう。だけどタイロンはカリアー先生に事情を聞いた。

わたしは唇を嚙むと、階段のドアを閉めてくるりと向きを変えた。カリアー先生の顔を見る必要がある。最後に彼を見たのははるか昔のことだし、十六歳のときに見た顔を思い浮かべてもあまり役に立たない。だけどいまの顔を見ればなにか思いだすかもしれない。

校門の外で張り込んで先生の顔を見る以外に方法が浮かばなかった。わたしは急いでキッチンに戻った。カウンターの前に母がいて、買いもののリストを作っていた。

「すべて順調？」そう訊かれた。

わたしは上の空でうなずくと、テーブルについてノートパソコンをスリープ状態から復帰させた。グーグルのトップページを開き、都市名と高校名を打ち込む。一番上に表示されたのは郡が作成した母校のホームページだった。そこをクリック。

「作業の人たちがきたわ」母はペンのキャップを歯で嚙んだ。「また雪が降りだす前にトンネルの入口を封鎖しようと頑張ってくれてる」

「予報ではいつから降りだすといっていた？」メニューバーに目を走らせ、運動部のタブを見つけた。そこをクリック。

「今夜遅くですって」母は眉根を寄せてリストをにらんでいる。「ダフネとふたりで二時間ほど食料品の買い出しにいってくるわ。必要なものがあればリストに加えるけど」

「わかった」運動部の一覧表に目を凝らした。カリアー先生はどこのコーチだった？アメフト部だ。

アメフト部をクリックすると、努力の甲斐(かい)あって代表チームと二軍(JV)とフレッシュマン・チームの写真数枚が表示された。そのうちの一枚、屋外の観覧席でポーズを取るチームの背後にコーチ陣が立っている写真をクリックする。写真を拡大したが、どの顔にも見覚えはなかった。

しかも全員が階段の男と似たようなキャップをかぶっている。

カリアー先生は体育教師だ。そこで教職員のタブに戻ってさがすことにした。彼の名前が見つかると興奮が高まった。写真が表示されることを期待して、名前をクリックした。

なにもない。

名前の下にはなにもなかった。

「なんなのよ、もう」思わずつぶやいた。

母がぶらぶらとこちらにやってきた。「なにしてるの?」

「なんでもない」そういったあとで、ちらりと母を見あげた。「じつをいうと、さっきミランダが電話をよこして、今日コンラッド刑事が高校の運動部のコーチに話を聞きにきたと教えてくれたの。どうやらアンジェラに関することらしいって」

「本当に?」母はわたしの向かいに座った。

「それで、階段でぶつかりそうになった男のことを考えていたのよ。彼はキャップをかぶっていた。それでそのコーチの最近の写真を見られないか、ネットで検索していたの」わたしは椅子の背にもたれて腕組みをした。「だけどコーチの名前の下に顔写真はなくて、アメフト部の写真も大して役に立たなかった」

母が眉をひそめた。「ちょっと待って。たしかあなた、キャップとシャツにエンブレムがついていたといっていたわよね?」わたしがうなずくと母は続けた。「それってブルドッグじゃなかった? あの高校のロゴだかマスコットだかは灰色のブルドッグだったと思うけど」

胃のあたりがぞくりとして、わたしはパソコンの画面にさっと視線を戻した。するとページの右上にそれはあった。

「そしてコーチは同じエンブレムがついた白と黒のシャツを着ているはずよ」

すごい、お母さんのいうとおりだ。どうりで見覚えがあるわけだ。なにもかも一瞬のことだったし、階段も暗くてわからなかったけれど、いまブルドッグの顔のエンブレムを目の当たりにして、あのとき見えたのはこれだとわかった。

そしてカリアー先生は地元出身だ。トンネルのことを知っている可能性はきわめて高い。アンジェラの鍵を盗みにきたのがカリアー先生だったら？

だけど車への破壊行為や……あの指にカリアー先生が関わっているとは思えなかった。わたしと彼には深い関わりなど一切ないのだから。だとすると、アンジェラの事件とわたしのまわりで起きていることにはなんの関係もないのかもしれない。それはいい知らせのはずだ。確信はないけれど、そんな気がした。

わたしは母を見あげた。「お母さんって天才」

「そう思いたいものね」母は口元をゆるめた。「で、なにを見つけたの？」

わたしは大きく息を吸い込んだ。「階段にいた男はカリアー先生だったかもしれない」

警察に話すべきかどうかわからず、まずはコールに電話した。タイロンの時間を無駄にするだけかどうかコールならわかるだろうと思ったのだが、彼の携帯電話は呼び出し音すら鳴らず、直接留守番電話につながった。

帳簿づけに集中しようとしたものの、もったのはせいぜい二十分で、わたしは携帯電話を持って自室にあがった。タイロンの名刺はコーヒーテーブルの上にあった。カリアー先生に対するわたしの疑いが捜査の役に立つかどうかは五分五分だ。でも女性がひとり行方不明になっているのだ。あとで悔やむよりずっといい。

刑事の電話番号を打ち込み、発信ボタンを押した。呼び出し音が数回鳴ったところで、こちらも留守番電話に切り替わった。短いメッセージを残して、階下に戻った。

キッチンはしんとしていた。気が急いてパソコンの前に座っていられず、わたしはホテルの表側に向かった。大きく息を吐いてからフロントに立ち、予約帳を開いたが、実際はなにも見ていなかった。わたしは携帯電話をフロントデスクにおいた。

今朝のことがふと頭に浮かび、フロントデスクのなめらかな表面に手のひらを当てて小さな笑みを浮かべた。あれは最高にすてきだった。ほんと、コールは——。

ホテルの正面ドアが開き、そちらに首をめぐらしたとたん、わたしの顔から笑みが消えた。入ってきたのは男性ふたりで、どちらも似たような暗い色のパンツに黒のダウンジャケットというでたちだった。どちらも中年で、その真剣な面持ちを見れば、チェックインしにきた宿泊客でないことはすぐにわかった。

「サーシャ・キートン？」右側の明るい色の髪の男がいった。

わたしは腕組みして、ふたりの顔を交互に見た。「そうですが。どういったご用件でしょう？」

「マイヤーズ特別捜査官だ」彼はジャケットに手を入れ、ＦＢＩの文字が入った金色に輝くバッジを引っ張りだした。「こちらはロドリゲス特別捜査官。アンジェラ・レイディ殺害の件で訊きたいことがある」

22

「アンジェラが死んだ？」膝から急に力が抜け、わたしは手で胸を押さえながらフロントデスクにもたれかかった。全身に衝撃が走り、聞き間違いだと思いたかった。「どうして？」

黒っぽい髪のロドリゲス捜査官がマイヤーズ捜査官を横目でにらんだ。「申し訳ない。こうした痛ましい知らせをここまで不躾にお伝えすることはあまりないのですが」

マイヤーズ捜査官は明るい色の眉をあげただけだった。

目はふたりに向いていたが、そこに彼らは映っていなかった。わたしに見えていたのは、キッチンでクッキーをつまみ食いしながら笑っているアンジェラだった。聞こえていたのは、とりとめのないおしゃべりをしているアンジェラの声だった。

アンジェラが笑うことはもうない。

アンジェラがおしゃべりすることは二度とないのだ。

あまりの恐怖に肺から空気が押しだされた。そんなの嘘よ。

「ああ、そんな」消え入るような声でいい、つばを飲み込んだ。「すみません。あんまり突然だったもので。元気な姿で見つかってほしいと思っていたから……」言葉が続かず、わたしはかぶりを振った。

「われわれもみなそうであってほしいと願っていましたが、残念な結果になってしまいました」ロドリゲスがいった。「そこで、ぜひとも内々にお話を伺いたいのですが」

吐き気がした。「わかりました。どうぞこちらへ――」

「ここではだめだ」マイヤーズがさえぎった。「われわれと一緒にきてもらおう」

背中がぞくりとした。「行くってどこに？」

マイヤーズはバッジをジャケットの懐にしまった。「大通りの先にある警察署に部屋を用意してもらった」

「警察署？」声が上擦った。

ロドリゲスが安心させるような笑顔を作ったが、あまりうまくいっていなかった。

「形式的なことですよ。人目につかないところのほうがいいでしょうし」

たしかにそうかもしれないけど。「でも、いまホテルにはわたししかいなくて――」

「いますぐ話を聞かせてもらう必要がある」マイヤーズがさえぎった。またしても。「留守を頼める人間はいないのか？」

わたしは唇を引き結び、フロントデスクにおいた携帯電話のほうに目をやった。母はダフネと買い出しの最中だし、携帯電話はまず間違いなく車内においたままだろう。外出するといつもそうだから。メールで事情を伝えることはできるけれど、母がそれを見るのは買いものが終わってからだ。ミランダは授業中だし。

「いまうちの……」その先が続かなかった。ジェイムズに電話するのがいちばんだけど、うちのシェフは社交性が皆無ときている。それどころか、ここで働くようになってから一歩もキッチンの外に出ていないのではないかという気さえした。となれば、あとはジェイソンしかいない。「友人に電話してみます」

捜査官が見守るなか、携帯電話を取りあげてジェイソンの番号を押し、フロントデスクから少し離れた。

ジェイソンは三回目の呼び出し音で電話に出た。「やあ、サーシャ。どうかした？」

「あのね、厚かましいお願いがあるんだけど」その声は自分の耳にもぎこちなく聞こえた。

「うん、いいよ。なんでもいいって」

「申し訳ないんだけど、いまからこっちへきて、母が戻るまで留守番していてもらえないかしら」

「わかった」ジェイソンは間髪を容れずにいった。なんていい友だちなんだろう。わたしにはもったいないくらいだ。「なにか問題でも?」

わたしは咳払いして、ちらりとうしろを振り返った。アンジェラのことを話すわけにはいかない。すぐうしろに捜査官がいるところでは。じきにジェイソンの耳にも入るだろう。「ううん。いま警察の人が——FBIの人がきていて。わたしの話を聞きたいそうなの」

「ええっ? 誰かきみに付き添う人はいるの? コールは?」

「いないけど、大丈夫よ」わたしは手をひらひらさせた。「本当にお願いしてもいい?」

「もちろんだよ」ジェイソンはいった。「十分以内に行く」

「ありがとう」ひそめた声でいった。「助かる」

「気にするなって。じゃ、あとで」

わたしは捜査官のほうに顔を向けた。「友人がすぐにきてくれるそうです」

ロドリゲス捜査官がうなずいた。「ご面倒をおかけして申し訳ない」

「いいんです」骨の髄まで寒気がした。「面倒なんかじゃありません。人がひとり……亡くなっているんですから」

通りの先にある警察署内のその部屋は、テレビで見る取調室そのままだった。狭くて、ありきたりな白い壁は胸の高さに指紋汚れがついている。小さな円テーブルのまわりに、座り心地の悪そうなスチール製の折りたたみ椅子が四脚あった。

ここまで乗ってきた馬鹿でかいSUVの座席は座り心地抜群だった。シートヒーターまでついていた。どうして車の座席のことなんか考えているのか自分でもわからない。たぶん無難だからだろう。

ジェイソンに大きな借りができてしまった。いまごろはホテルのフロントに座って、なにをしたらいいかもわからないまま母の帰りを待っていることだろう。母にはSUVのなかからメールしておいた。やはりアンジェラのことには触れなかった。メールで伝えられるような話ではないから。

全身に震えが走った。

わたしがこの人たちと一緒にいることをコールは知っているのだろうか？　コールも同じFBI捜査官だし、知っているはずよね？　そんなわけないか。捜査官どうしがテレパシーでつながっているわけでもあるまいし。

膝のあいだに挟んでいても手が冷たかった。わたしは警察署の裏口からなかに入り、狭い廊下を進んでこの部屋に通されたあと、小さめのペットボトルの水一本とともに残された。

いきなりドアが開き、わたしは椅子から飛びあがった。わたしはあごをぐいとあげた。両捜査官が入ってきた。彼らには連れがいた。顔なじみのタイロン・コンラッド刑事を見て、わたしは緊張を解いた。

「やあ」タイロンはわたしの隣の椅子に腰をおろした。「すまなかった。こちらのふたりがきみを連れにいったことを知らなくてね」タイロンはあごをこわばらせた。

「知っていれば、きみをここへ連れてくる必要はないといってやれたんだが」

「必要なら大いにある」マイヤーズがいい返した。

タイロンはふんと鼻で笑うと、椅子の上でふんぞり返って片方の足首を反対の膝にのせた。「ランディスがこのことを聞いたら黙っちゃいないだろうな」

わたしは目を見開いた。

マイヤーズが身をこわばらせた。「これはランディス捜査官とは関係のないことだ」彼はテーブルにつくと眉間にしわを寄せた。「ミス・キートン、ここは率直にいわせてもらう」

「覚悟はできています」わたしはいい、大きく息を吸い込んだ。「アンジェラについて訊きたいことというのはなんですか？」

タイロンが口を開いたが、それより早くマイヤーズが答えた。「土曜日にきみのところに送られてきた人間の指だが、あれはミス・レイディのものだとわれわれは確信している」

胃がうねった。わたしは口を開いたが言葉は出てこなかった。

タイロンがわたしの腕に手をおいた。「今朝、アンジェラの遺体が見つかったんだ。左手の薬指が欠けていた」

胸が万力で締めつけられたように苦しくなった。口がきけるようになったとき、その声はトンネルのなかでしゃべっているみたいに聞こえた。「どこで……アンジェラの遺体はどこで見つかったんですか？」

「きみはその答えを知っているはずだが」マイヤーズがいった。

わたしは彼の顔にさっと目をやった。

「遺体が見つかったのは、国道十一号線沿いの古い給水塔のそばだ」ロドリゲスが口を開き、やわらかな声で答えた。

「そんな」わたしはつぶやき、大きな音をさせて息を吸い込んだ。「彼女の遺体が見つかったのは、〝花婿〟の
ロドリゲスがテーブルに片腕をのせた。「彼女の遺体が見つかったのは、〝花婿〟の
犠牲者たちの遺体が見つかったのと同じ場所で——」

「フレデリックで行方不明になった女性が見つかったのもあの場所だった」わたしは額に手を押し当てた。苦い恐怖と悲しみが入りまじり、喉と胸をさらに締めつける。

「意味がわからない」

「わかっているはずだ」マイヤーズがいい返した。

タイロンが膝にのせていた足をどさっと床に落として身をのりだした。「そいつはいったいどういう意味だ、マイヤーズ？」

わたしは額から手をおろし、マイヤーズ捜査官を見た。マイヤーズは椅子にふんぞり返り、ふくらました胸の前で腕を組んでいた。「ミス・キートンは聡明な女性のようだから、事実をつなぎ合わせて正しい結論にたどり着けるだろうといったまでだ。われわれが相手にしているのは模倣犯か……模倣犯のしわざに見せかけようとしている何者かだとね」

怒りが込みあげ、恐怖を押しのけた。「そういう結論になるのはわかりますが、その話をするためにわざわざわたしを警察署まで引っ張ってきた理由はわかりません」

「もしもこれが模倣犯による犯行なら、あなたの意見を捜査に生かすことができるかもしれない」ロドリゲスは説明し、わたしをひたと見つめた。「あなたは〝花婿〟の被害者のなかで唯一の生き残り――」

「そんなことはわかっています」ぶるぶる震えはじめた手を膝のあいだに押し込んだ。「自分が唯一の生き残りだということは」部屋が縮んだように感じられた。わたしはドアのほうにちらりと目をやった。ここから出たくてたまらない。次にタイロンを見た。「アンジェラになにがあったの？」

タイロンは声を落とした。「現在までに得られた証拠からは、絞殺されたものと考えられる」

「なんてこと」わたしは目を閉じ、すぐにそれを後悔した。アンジェラが見えた。喉のまわりに恐ろしい跡がついている。絞め殺されるときについたあざが。「彼女が……監禁されていたかどうかはわかる？」

「それを示唆する証拠が見つかっている」タイロンはいった。くわしい説明はなかったが、いわれなくてもわかる。〝花婿〟の犠牲者と同じやり方で監禁されていたとしたら、アンジェラの手首と足首には索痕が残っているはずだった。

「彼女は……性的暴行を受けていた？」わたしは訊いた。

「それについてはまだわかっていない」タイロンは答えた。

胃のなかのものがせりあがり、わたしはテーブルに肘をついて手のひらに額をのせた。「彼女の……恋人には知らせたの？」

「恋人と、ご家族には知らせた」タイロンはいった。

目の奥が焼けるように熱かった。ご遺族がいまどんな気持ちでいるかは想像すらできなかった。

「いくつか訊きたいことがある」マイヤーズがいったが、その声からはいらだちからくるとげとげしさは消えていた。「協力してもらえるだろうか？」

できることならいますぐこの部屋を飛びだして家に帰り、ここで聞いた話についてひとり静かに考えたかった。でも、それじゃだめだ。そんな人間にはなりたくない。臆病なだけじゃなく、身勝手なことでもあるから。死んでしまったアンジェラのためにできることがあるならやらなくては。わたしはうなずいた。

「よかった」ロドリゲスがつぶやき、紙がかさかさと音をたてた。「土曜日の一件以外にも、あなたが町へ戻ってからあなたの周辺でおかしなことが起きていると聞いています。改めてくわしく聞かせてもらえますか？」

すでに何度もしている話だったが、わたしは憶えていることをすべて――ときどき水を飲んでひと息入れつつ——話して聞かせた。アンジェラの自宅の鍵がなくなっていることに気づいたいきさつを話し終えたところで、少し前に抱いた疑いのことを思いだした。

「じつはアンジェラの鍵を盗んだ犯人がわかったかもしれません。わたしの考え違いかもしれないけど——」

「それはこちらで判断する」マイヤーズがいった。

わたしは捜査官たちに目をやった。「カリアー先生だったかもしれません。それでさっきあなたに電話したの」タイロンにいった。「デレクに——ブラッドショー巡査に話したエンブレムのことだけど、ブルドッグだったんじゃないかと思うの。高校のマスコットの。あのキャップとシャツを持っている人が何千人もいるのは知っているけど……カリアー先生が今朝警察に事情を聞かれたと聞いて、それでキャップのエンブレムにどことなく見覚えがあったことを思いだしたのよ」

タイロンが片方の眉を吊りあげたが、ありがたいことにカリアー先生が事情を聞かれたことをどうして知っているのかと尋ねはしなかった。「ドニー・カリアーときみはなんらかのつきあいがあるのか？」

「いいえ。わたしがあの高校に通っていたときの体育教師だというだけ。それ以上のつきあいはないわ」

「だが〝花婿〟事件が起きたとき、カリアーはこのあたりにいた」ロドリゲスがいった。「こっちへ帰ってきてから彼とは会っていないんだね？　ホテルで彼らしき男と鉢合わせしたときを除いて？」

「会っていません。まったく。外出したのも、友人ふたりと通りの先にあるレストランに行った一度だけですし」

「そのレストランというのは？」ロドリゲスが訊いた。

「数ブロック先にあるステーキハウスです」わたしは店名を告げた。「一週間前のことです」

マイヤーズが椅子の上で身じろぎした。「ほかに話をした人間はいるか？　きみはコール・ランディスとつきあっていると、ここにいるタイロンがいっていたが」

わたしはうなずいた。「ええ。コールとは……その、わたしが町を出る前につきあっていて、最近またつきあいはじめたんです」

「町を離れていたあいだは連絡を取り合っていなかったのか？」

わたしはマイヤーズを見ながらうなずいた。「ええ。連絡を取り合っていたのは母と友人のミランダだけです」

「それにしては、よりが戻るのが……早くないか？」

耳がじんじんした。「わたしが帰ってきたと聞いたコールが会いにきてくれて、それで……」それから先はあなたには関係のないことよ。「またつきあうようになったんです」

「ほう」マイヤーズがつぶやく。「そんなに簡単にか？　なるほどね」

タイロンの目が険しくなった。

わたしは息をのんだ。「ええ、そんなに簡単にです。なにがいいたいんです？」

「べつになにも」マイヤーズは次の話題に移った。「こちらに戻ってから会った人間で、奇妙なそぶりを見せた者はいなかったか？」

ひとり頭に浮かんだが、その名前を持ちだすのにこれほどそぐわない場所もなかった。「いないわけじゃありませんが、どうかしてると思われそうで。じつは食事に出かけたレストランで町長に出くわしたんです」

「ヒューズ町長か？」タイロンが質問した。

「ええ」わたしは町長のおかしな言動と、彼がホテルを訪ねてきたときのことを三人に話した。「過去を蒸し返されるんじゃないかと心配する気持ちはわかりますけど、なんとなくそれだけじゃないような気がして」

ふたりの捜査官は顔を見合わせ、やがてロドリゲスがメモを取りながらいった。

「ほかには？」

わたしは首を振った。「それだけです。考えてはみたんですが、ほかに思いつく人はいませんでした」

「アンジェラ・レイディとは親しかったのか？」マイヤーズがいった。あんまり急に話の方向が変わったので、むち打ちになるかと思った。

「そうでもありません」正直に答えた。「先週知り合ったばかりですし。彼女がしばらく前からうちで働いていたことは知っていましたが」

ドアが音をたてて開き、若い警官が顔をのぞかせた。「コンラッド刑事、ちょっときてもらえますか？」

タイロンはうなずいて立ちあがった。「ミス・レイディのご家族だと思う。できるだけ早く戻ってくるから」

「こっちは大丈夫だから」アンジェラの家族がいま経験していることにくらべたら、これくらいなんでもない。わたしはタイロンを見送ると、ふたりの捜査官に向き直った。

マイヤーズの黒い目がわたしを見た。「アンジェラ・レイディと口論になったことは？」

「はい？」あまりの衝撃に全身の筋肉が固まった。

「ごく一般的な質問だ」マイヤーズは答えた。

わたしはロドリゲス捜査官のほうをちらりと見た。その顔は感心するほど無表情を保っていた。「口論になるほど親しい間柄じゃありませんでした。わたしの知るかぎり、彼女はとても感じのいい人です……でした」そういい直して、たじろいだ。「とてもかわいい人でした。明るくて、話し好きで」

マイヤーズは小首をかしげた。「では、きみは彼女のことをほとんど知らないのに、その遺体から切り取られた指が――」

突然ものすごい勢いでドアが開き、氷のように冷ややかな目をしたコールが部屋に飛び込んできた。わたしは安堵に包まれた。

「これはなんのまねだ？」コールは強い口調で尋ね、テーブルをまわり込んだ。ロドリゲスはペンをテーブルに落として椅子に背中を押しつけ、マイヤーズは立ちあがった。「これはおまえの課の案件ですらないんだぞ、ランディス。出張ってくる理由はないはずだ」

「理由はないだと？」コールはタイロンが空けた椅子の前で止まると、テーブルにこぶしを叩きつけた。「あんたはぼくの恋人を警察署なんかに引っ張ってきて、ちょっと前に知らされたばかりの殺人事件について尋問しているんだぞ！」

マイヤーズの顔が怒りで真っ赤になった。「正規の手続きだ。おまえだってわかっているだろうが」

「正規の手続きだろうがなんだろうが、そんなものはどうでもいい。ぼくの電話番号を知っているんだから連絡をよこすべきだったんだ」コールは体を起こしながら、ものすごい剣幕で食ってかかった。「あんたのやり口はわかっている、マイヤーズ。だが、ここでその手は通用しないぞ」

「ほう、おれのやり口を知ってるってか？」マイヤーズは鼻を鳴らした。「だったら――」

「それ以上いったら、しばらくその口をきけなくさせてやる」コールが警告する。

「そこまで。ふたりとも落ち着け」戸口にタイロンがあらわれた。その肩の向こうに制服警官がふたり見えた。「いまはそんなことをしている場合じゃないだろうが」

コールは大きく息を吸い込むと友人をにらみつけた。「なにもこんなかたちをとらなくたってよかったんだ。おまえだってわかっているだろう」

「だから、そいつらが彼女に話を聞きにいったと知ってすぐ、おまえに電話したんだろうが」タイロンは答えた。

「余計なまねを」マイヤーズは小声で悪態をつくと、ふたたび椅子に腰を落とした。

わたしは驚いてコールを見あげたが、彼はいまも壁の裏側まで突き飛ばしてやりたいといわんばかりの形相でマイヤーズをにらみつけていた。ふたりのあいだになにかわだかまりがあるのは間違いない。ボルチモアからここまでの距離を考えれば、コールは猛スピードで車を飛ばさなければならなかったはずだから。

ロドリゲスがあごをあげた。「われわれが彼女と話をしなきゃならないことは、きみも知っているはずだ」

「それをいうならあんたたちも、彼女がどんな試練をくぐり抜けてきたか知っているはずだ」コールは即座にいい返した。「それなのに警察まで引っ張ってくるなんて。容疑者扱いはよせ」

マイヤーズが鼻梁をつまんだ。「彼女とこの事件にはつながりがある。それはおまえもおれも知っているだろうが」

胃のあたりがざわついた。あの指はアンジェラのもので間違いないと告げられたときからわかっていたこととはいえ、そのことについて考える時間が文字どおりなかったのだ。

「そのつながりがなんなのか、われわれは知る必要がある」冷静な声を保ちつつロドリゲスがいった。「だからこうして話を聞いているんだ」

「こんなやり方でなくてもよかっただろう」そういうとコールはこちらに顔を向け、わたしのうなじにそっと手をおいた。目と目が合った。この部屋に飛び込んできてからコールがわたしを見るのは、これが初めてだった。「大丈夫か？」

「ええ」わたしは小声で答えた。いまここでそれ以外の言葉を口にするのはまずい気がした。

コールはしばらく探るようにわたしを見ていたが、やがてロドリゲスに目をやった。

「まだ彼女に訊きたいことはあるか？」

ロドリゲスはかぶりを振った。「必要なことはあらかた聞かせてもらった」

「まだじゅうぶんとはいえない」マイヤーズが嚙みついた。

コールはあごをこわばらせ、いい返そうと口を開いたが、わたしのほうが早かった。

「協力できることがあるならなんでもします。知っていることはすべてお話ししました。捜査の役に立たないことばかりだったとしたらごめんなさい」

「じゃ、もういいな？」コールが硬い声でいい、わたしの肩に手をまわした。返事がないと、今度はわたしに向かっていった。「送っていくよ」

わたしはふたりの捜査官にちらりと目をやると、床においたバッグを手に立ちあがった。コールはわたしを脇に抱き寄せ、タイロンは戸口からどいた。わたしたちは部屋から狭い廊下に出た。

裏口へ向かいながら、コールはわたしの肩にまわした腕に力を込めた。タイロンは薄れゆく午後の日差しのもとまでわたしたちについてきた。

「ちょっと待った」タイロンがわたしたちを呼び止めた。彼はコールにちらりと目をやってからわたしを見おろした。「きみには嫌な思いをさせてしまった。やつらに代わって謝罪する。話ならホテルでもできたはずなんだ」

わたしは両手でおなかを抱くようにした。「なんにせよ、もう終わったことよ。それより……本当に誰かが〝花婿〟の犯行を模倣しているの？　それがいまここで起きていることなの？」

タイロンは両手を腰に当てた。白いシャツが風にはためく。「まだ百パーセントの確証はないが」

コールが小声で毒づき、空を見あげた。「それ以外になにがある？　誰かがあの死んだくそ野郎の手口をまねているんだ。だとすれば、次になにがくるかはおまえも知っているはずだ」

タイロンは答えなかった。しかし彼は知っている。そしてわたしも。誰かが〝花婿〟の手口をまねているのなら……次の犯行を阻止するにはもう遅い。

この犯人が〝花婿〟のことをよく知っていて、彼の異常性を引き継いでいるなら、すでに次の犠牲者がとらわれている。

この女はどうして自分なのかわかっていない。土と死のにおいがするこの冷たい場所になぜ自分がいるのか知らない。アンジェラはわかっていた。あの愛嬌のある目を開いて、自分がいる場所を見たとたんに理解した。

アンジェラは泣き叫んだ。

懇願した。

ほかの女たちがしたように。それは別段悪いことじゃない。命乞いをしない人生など、生きている甲斐がないだろう？

非は誰にあるかアンジェラは知っていた。ナイフの刃が肉に深く突き刺さり、指を切り離したとき、こうなったのは誰のせいか知っていた。ぜいぜいと最期の息をしているときも、〝彼女〟さえ戻らなければ自分は生きていられたのだとわかっていた。

しかし、シンプルな白いブラウスにワンサイズ大きい黒のパンツを穿いたこの女は、これがどういうことかまったくわかっていない。だからこそ完璧なのだ。アンジェラだけでもじゅうぶんだろうが、これは……そう、これはくそったれたケーキに色を添えるアイシングみたいなものだ。この女は〝彼女〟とたまたま顔を合わせただけの赤の他人だ。

これで誰も安心していられなくなる。

23

雪が降っていた。落ちてくる雪が夜空に点々と浮かんで、地面を白一色に変えている。リビングの窓の前に立って下に目をやったが、ここからではどれくらい積もっているのかわからなかった。いつやむのかもわからなかったけれど、降ったばかりの雪ほど美しいものはないと思う。この雪もまた、南部に住んでいたときに恋しかったもののひとつだ。

コールとふたりで警察署から戻ると母はすでに帰ってきていて、わたしはジェイソンと母になにがあったか話した。

たまらなかった。

アンジェラの訃報を知らされ、彼女の身になにが起きて、それがなにを意味するかを理解したときに母の目に浮かんだ表情を見てしまったからだ。母は〝あなたが帰ってこなければよかったのに、と思いそうになることがある〟と告げたときと同じ顔でわたしを見つめていた。いまの母はもう〝思いそう〟ではない。

間違いなく思っている。

ジェイソンは「ついこのあいだ、アンジェラはここでクッキーを食べていたのに」といったきり、遠くを見つめるような目で一時間ほどキッチンのテーブルの前から動かなかった。

ミランダが顔を見せたころには、アンジェラのことは夕方のニュースになっていて、どの番組もその話で持ちきりだった。わたしとミランダはしばらく無言で座っていたが、やがてどちらからともなく話題を変えようとした。ミランダはカリアー先生と、学校で飛び交っている先生に関するさまざまな噂のことを話した。

ふたたび沈黙が落ちると、もっと暗くてつらいことに考えが向いてしまうのが怖くて、わたしはあわててべつの話題に飛びついた。「ちょっと訊いてもいいかな？」

ミランダが両眉をあげた。「うん、いいけど」

「あなたとジェイソンってどうなっているの？」

「はあ？」ミランダの顔がものすごい勢いでこちらを向いた。首を痛めなかったことが不思議なくらいだ。「どうしてそんなことを訊くのよ？」

「だって、すごく親しげに見えるから」わたしは肘でミランダの腕をつついた。「あなたたちがずっと友だちづきあいを続けてきたのは知っているけど……」

「けど、なによ？」

「けど、なんとなくそれだけじゃない気がするのよ」わたしはいい、ミランダが大きなため息をつくのを見てにやりとした。「それがなにかはわからないけど——」

「彼と寝たの」ミランダはわたしをさえぎり、わたしが目を丸くすると両手で自分の顔をぴしゃりと叩いた。「二ヵ月前のことよ。ふたりで出かけたの。どちらもお酒を飲んでいた。べろべろに酔っ払っていたわけじゃないけど、なんとなくなりゆきで、そうなっちゃったの」

わたしは彼女のほうに体を向けた。「そうだったんだ。なにかあるとは思っていたけど、百パーセントの確証はなかったのよ」

ミランダは顔から手をおろした。「そのことについてジェイソンとはまだちゃんと話していないの。別居しているとはいえ、法律上彼はまだ既婚者だし……でもね、気まずくはなかった。それに彼がキャメロンとよりを戻すとは思えないし」

わたしはいま聞いた話を整理してみた。「ジェイソンのことが好きなの？　酔った勢いでも、一夜かぎりでもない関係になりたいと思うくらいに」

「わからない」ミランダにしては珍しく歯切れが悪かった。「そりゃ、彼のことは好きよ。好きに決まってる。十年来の友人なんだし、なんていうか、あのオタクっぽいところにもかわいげがあるしね。それにね、彼、脱ぐとすごいの」

わたしは聞きたくないとばかりに両手をあげた。「正直、ジェイソンの裸のことは考えたくない。わたしは気まずいから」

ミランダは声をあげて笑った。

「この先ふたりがどうなるか、もう少し様子を見たいって、正直に伝えてみたら？」わたしはいった。

ミランダは口の片側だけあげて笑うと髪を耳にかけた。「そうだね。ただ、それで友だちでいられなくなるのは嫌なんだ。そんなことになったら耐えられない。わかるでしょう？」

「うん」わたしは唇を引き結んだ。「それでも考えてみるべきだと思う。ジェイソンはあなたのことを本当に大事に思っているみたいだし、あなたも彼を友だち以上に思っているように見えるから」

ミランダはのろのろとうなずいたものの、まだジェイソンと話をする気になれないでいるようだった。無理もないけれども。

ミランダはあまり遅くならないうちに帰ったが、家に着いたらメールするよう約束させた。ミランダは渋い顔をしていたけれど、〝もう寝た〟というメールが届くと安心した。

わたしは厚手のカーディガンの前をかき合わせ、足の重心を右から左に移した。時刻は深夜の二時をとうに過ぎていたが、寝るのはとっくにあきらめていた。眠れぬ夜がやんだのはほんの数日のことで、いまはまたコールが隣にいても眠れなくなっていた。彼を起こしたくなかったから、ベッドをそっと抜けだしてリビングに出てきたのだ。窓の外の雪を眺めながらも、頭のなかは過去の異様な出来事と、いま起きているおぞましいことでいっぱいだった。

アンジェラと彼女の家族のことを考えずにいられなかった。アンジェラにあんなことが起こるはずはなかったのだ。誰にも起きてはいけないことがアンジェラの身に起こり、そしてフレデリックの気の毒な女性にも同じことが起きたのだと、心の底ではわかっていた。

偶然を信じるほど馬鹿じゃない。

過去の悪夢が戻ってきた。そう考えるよりほかになかった。どこかの誰かがすでに女性をひとり――おそらくはふたり――殺害し、その誰かが〝花婿〟のやり方を踏襲しているのだとしたら、すでに三人目がとらわれている。

胃がうねり、わたしは目を閉じた。犯人は誰であってもおかしくない。十年前にこの町に住んでいた人物ともかぎらない。インターネットを使えばなんでも見つかる。シリアルキラーに傾倒するサイトさえもあるのだ。そこではシリアルキラーが有名人のように語られ、その異常性を細部に至るまで再現できるだけの情報が揃っている。だからどこの国の誰が〝花婿〟の再来を世間に知らしめようとしたとしてもおかしくない。

でも、どうして〝花婿〟なのだろう？　もっと殺害人数の多い、世間を騒がせたシリアルキラーは大勢いるのに。それにわたしが町に戻ると同時に犯行がはじまったのはなぜ？　いや、フレデリックの女性が行方不明になったのはわたしが帰ってくる直前だった。それって——。

考えにふけっていたわたしは、背後からたくましい腕が腰にまわされるのを感じて、思わず息をのんだ。

「サーシャ」耳元でコールの低い声が響いた。「いつからこうしているんだ？」

わたしは彼の胸に体をあずけた。「ついさっきよ。あなたを起こしたくなかったの」

「ベイブ」コールはわたしの首筋にあごをすべらせた。「眠れないなら、ぼくを起こせばいい。力になるよ。眠れないほど気になることがあるなら聞くし、それでもだめなときはとっておきの秘策もある」

最後のくだりに、思わず笑みがもれた。

コールは顔をあげ、わたしの頭にあごをのせた。「なにが気になっているんだ？」

「いろいろよ」

「話してごらん」

わたしはため息をついた。「コール、もう時間も遅いし、明日も朝から仕事でしょう？　眠ったほうがいいわ」

「ああ、たしかに仕事はあるが、恋人が真夜中に窓の前に立って雪を見つめながら、おそらくは頭のなかを不安でいっぱいにしているんだぞ。そいつはひと晩ぐっすり寝ることよりはるかに重要だ」

恋人。わたしはその言葉の響きに酔いしれた。と同時に、マイヤーズ捜査官にいわれたことを考えてしまった。「あなたはおかしいと思う？　わたしたちが……」

「ぼくたちがなんだ？」

「いまここでこうしていること。十年会っていなかったのに、再会してほんの数日でここまで親密になったこと」

コールはすぐには答えなかった。「めったにないことだろうが、おかしいとは思わない。でもこれがどういうことかわかるかい？」

わたしは彼の胸に頭をもたせかけた。「どういうことって？」

「前にもいっただろう。ぼくらは二度目のチャンスをもらった。運がいいんだ」

運がいい、か。おかしいよりずっといい。「いまの状況はそれほど運がいいとは思えないけど」

「運はまた向いてくる」コールは頭を下げてわたしの頰にキスした。「ふたりならかならず乗り切れる」

コールがあんまり自信たっぷりにいうものだから、ほとんど信じそうになった。完全に信じ切れなかったのは、どんなに自信があろうと、どれだけそう信じたいと思っていようと、人生はおかまいなしに進んでいくことを知っているからだった。

「そんなことを訊くなんて、誰かになにかいわれたのか？」コールがいった。

わたしは片眉をあげた。離れていたあいだにコールは読心術でも身につけたの？

「あの捜査官――マイヤーズ捜査官にちょっとね」

コールは小声で毒づいた。「あの大馬鹿野郎は自分がなにをいっているのかわかっていないんだ」

「あなたたち、そりが合わないみたいね」

「あまりね」ウエストにまわされた腕に力がこもる。彼は腕をほどいてわたしのヒップに手をすべらせ、自分のほうを向かせた。「やつは以前ぼくと同じ課にいたんだ。ぼくが新人だったころ、ある事件がうちの課にまわってきた。犯人にマフィアとのつながりがあったからだ。犯人は十六歳の少年だったが、すでに悪の道にどっぷりつかっていた。だが彼がやらかしたことはマフィアとも麻薬密売とも関係なかった。父親を撃ち殺したんだ」

「なんてこと」

「少年が父親を撃ったのは、そのろくでなしが日ごろから彼と彼の母親に殴る蹴るの暴力をふるっていたからだった」コールが加えた説明は、さらに聞くに堪えないものだった。「それが自暴自棄による犯行だということを、マイヤーズはくそほども気にかけなかった。誤解しないでくれ、なにも暴力には暴力で対抗するしかないといっているわけじゃない。だが我慢が限界に達してぶち切れることは誰にだってある。マイヤーズにとって物事は白か黒なんだ。しかしこの世はそんなふうにできていない。その事件でぼくとマイヤーズの意見は対立した」

わたしは首をかしげた。「その少年はどうなったの？」

「収監された」コールはわたしの手を取った。「終身刑だ」

わたしは眉根を寄せた。「刑が重すぎると思っているの？」

コールは肩をすくめた。「あの子があんなふうになったのはろくでもない家庭環境のせいだ。やられたらやり返すという環境で育ったんだ。胸に銃弾を一発ぶち込めばすべて解決する。あの子が学んだのはそれだけだった。誰だって道を誤ることはあるし、犯した罪の罰を受けることは必要だ。だがときには彼らがそうした行動に駆られたのもわかる場合がある」

「そうね」わたしはつぶやいた。「白黒では片づかないものをあなたはたくさん見ているのね」

「たまにだ」コールはわたしの手を引いてソファのところへ向かうと、わたしを膝にのせて横抱きにした。「たいていは白か黒だよ」そこでふっと黙った。「眠れなかったのはマイヤーズにいわれたことを考えていたからか？」

ここでそうだと答えるのはまずい気がした。それに実際、マイヤーズのせいだけではなかったし。「わたしが帰ってきたのは間違いだったと思う？」

「思わない」少しの躊躇もなかった。

わたしはほほえみ、彼の胸に両手を当てた。「母にそのようなことをいわれたの。半分本気だったわ。わたしのことが心配でたまらなくて、心底怯えているのよ」

「サーシャ」

氷のように冷たい恐怖が血管のなかにじわじわと染み込んできた。「わたしが町に戻ったせいでこんなことになっているとしたら？」

「ベイブ」コールはわたしの頬を両手で挟み、じっと目を見た。「きみはなにも悪いことをしていない。今回のことはきみが招いたことじゃない」

わたしは彼の肩をつかんだ。「あなたのいいたいことはわかるの。でも間接的に――」

「間接的だろうと直接的だろうと、きみにはなんの責任もない」コールはわたしの頬から手を離し、顔に落ちた髪に指を絡めた。「きみはすでに一度、あのくそ野郎のために人生のうちの十年をあきらめているんだ」

「そんなこと――」

「自分でもわかっているはずだよ」コールはいい切った。くやしいけれど、彼のいうとおりだ。「だから名前も顔もないどこかの化け物のために、また人生をあきらめるようなことはしないでくれ。もう二度と」

コールのいっていることはまったくもって正しい。

「どうしても考えずにいられないの。過去が……くり返されようとしているんじゃないかって」わたしは消え入るような声で心に溜め込んでいた不安を言葉にした。「また同じことがくり返されるんじゃないかって」

「そんなことはない」コールはすかさずいった。「過去がくり返されることはない。そんなことはぼくがさせない」

どうやったら止められるの、と訊きたかったけれど、それに対する答えはないだろう。あるわけがない。

「きみはここの人間だ」コールはわたしの頭に手を添えて自分のほうを向かせた。

「きみのいるべき場所はここ、ぼくの隣だ。本来ならずっとそうだったように」

胸の重石が少しだけ軽くなった気がした。「そうね」わたしはコールの襟足のやわらかい短髪に指を差し入れた。

「眠くなった？」

「ううん」コールを見あげた。「あなたがさっきいっていた、とっておきの秘策のことを考えていたところ。ものすごく興味があるんだけど」

コールがまぶたを半ば閉じ、熱っぽい目をした。「ぼくはいつでも興味があるよ」

わたしは彼の額に額を押し当てた。「その秘策って、具体的にはどんなものなの？」

「口で説明することもできるが」彼の両手がヒップにおりたかと思うと、体が宙に浮いていた。コールはわたしを抱えたまま立ちあがり、わたしは反射的に彼の腰に脚をまわした。「やってみせるほうがいいな」

わたしは彼にしがみつきながら小さな笑い声をたてた。「わたしもそのほうがいいかも」

「よかった。なにせきみが相手を務めるんだからね」

コールは片腕だけでわたしの体を支え、反対の手はわたしの後頭部に添えると、寝室のほうへ引き返しながら唇を重ねてきた。コールは嘘みたいに力持ちで、わたしをベッドにおろしながらもキスが途切れることはなかった。お世辞にも小柄とはいえないわたしを落とさなかったことに驚いた。

でもすぐにそんなことはどうでもよくなった。彼の口と手が体じゅうを這いまわり、カーディガンを脱がせ、ネグリジェの肩紐を押し下げて、冷たい夜気に乳房をさらした。熱い息にくすぐられて胸の頂が硬く尖る。彼はそこを口に含んだ。ネグリジェの裾がめくられ、コールが穿いていたフランネルのパジャマのズボンが消えて、気がつくと脚のあいだに彼がいた。わたしは彼の体を膝で挟んだ。

コールの腰が動き、突くたびに驚くほどの正確さで絶妙な場所を攻められるうちに、一日じゅうわたしの頭に取りついて眠りをさまたげていたものがどんどんかすんでいった。

全身の筋肉がもっとも甘美な緊張をはらんでいく。コールは片腕で体重を支えながら、唇でわたしの口をなぞる。その甘くやさしいキスに快感がはじけた。

わたしは声をあげて彼の名を叫んだ。コールもわたしを追うようにして達し、たくましい体を震わせてわたしの上に半分倒れ込んだ。重かったけれど、気にならなかった。ずっとそうしていたかった。

コールの裸の胸にキスし、背中をさすっているうちに、鼓動が落ち着いてきた。

「ねえ」

「うーん?」コールはわたしの首筋に顔をうずめた。

「この睡眠薬、効果抜群ね。毎晩一錠、処方してほしいんだけど」

コールはわたしの喉元で低く笑った。「お安いご用だ。一錠といわず何錠でも出してあげるよ」

火曜日に車の修理がようやく終わった。コールはボルチモアへ出かけなければならなかったし、ホテルを無人にするわけにもいかなかったので、昼休みにジェイソンが車でわたしを拾って、通りの先にある自動車修理工場まで連れていってくれることになった。

「いつも悪いわね」ジェイソンの運転で通りを走り抜けながらわたしはいった。

ジェイソンはにっこりすると眼鏡を押しあげた。「大した手間じゃないよ。自営業だから、けっこう自由に動けるんだ」

「だとしても申し訳なくて」雪をかぶった芝生が窓の外を流れていく。「昨日はとくに」

「正直いうと、ああいう用事できみから電話がかかってくるのは、あれが最後だといいと思う」

わたしはジェイソンのほうをちらりと見た。「わたしもよ」

赤信号が見えてくるとジェイソンはスピードをゆるめた。「今日の朝刊は見た？」

わたしはかぶりを振った。「見たほうがいい？」

ジェイソンは唇を震わせた。「見ないでいい」

わたしはため息をついた。「なにが書いてあったの？」

ハンドルを握るジェイソンの手に力がこもった。「アンジェラの事件について。でも彼女のことはほんの少しで、ほとんどが……〝花婿〟事件のことだった。町に新たなシリアルキラーがあらわれたってね」

「そう」わたしは頭をうしろに倒した。「それを聞いても驚かないわね」

「今朝、そのことでミランダが電話をよこした。新聞を買い占めて、全部燃やしてやりたいって息巻いてたよ」

唇に笑みが浮かんだ。「ミランダならやりそう」

ジェイソンは指でハンドルを叩いた。「お母さんは大丈夫?」

「ええ。だけどかなり参っているみたい。たぶん……ううん、間違いなくわたしの身を案じて怯えているのよ」両脚を伸ばし、ため息をついた。「母にまたこんな思いを味わわせてしまったことがくやしくてたまらない」

「それをいうならきみだって」ジェイソンが指摘した。「また同じ思いを味わわされている」

わたしは唇を噛んだだけでなにもいわなかった。母のことを考えているうちはまだ冷静でいられた。だけど自分のことを考えはじめてしまうと怖くてたまらなくなる。

「お母さんがそばにいてくれてきみは運がいい」左折しながらジェイソンがいった。「ぼくなんか母のことを思いださない日はないよ」

ジェイソンの母親と義理の父親が亡くなったいきさつのことを考えた。恐ろしくも痛ましい事故だった。「実のお父さんのこと、いまでもさがしているの?」

ハンドルを叩いていた指が止まった。「いや、もうさがしてない」

「残念だわ」

修理工場に到着するとジェイソンはスピードを落とし、駐車場に車を入れた。タイヤの下で砂利がざくざくと音をたてた。「しかたないよ。縁がなかったんだって思うしかないね」

そうやって折り合いをつけるしかないこともときにはあるのだ。

車のキーを受け取るまでに十五分ほどかかった。ふたたび駐車場に出てくると、ジェイソンが車の脇に立ってウールのコートのポケットに両手を突っ込んでいた。

「どうしたの？　まだいるとは思わなかった」わたしは彼のそばまで歩いていった。

ジェイソンは小首をかしげた。「きみが車に乗り込んで、何事もなく走りだすのを見届けたいと思ってね」

「つまりボディガード役をこなしてくれているわけね」

ジェイソンはにやりと笑った。「まあ、そんなところかな」

「やさしいのね」わたしはつま先立ちして彼の頰にキスした。「でもホテルまでついてきてくれなくても大丈夫だから」

「まっすぐホテルに戻るのか？」

わたしはうなずいた。「ありがとう。助かったわ」わたしが体をめぐらせると、ジェイソンは運転席側のドアへ足を向けた。わたしは立ち止まった。「最近、奥さんと話をした？」

ジェイソンが目をぱちくりさせた。「ずいぶん唐突だな」

頬に血がのぼり、わたしは手のなかのキーリングをいじった。「そうよね。ただあなたと奥さんのことをちゃんと聞いていなかったなと思って。結婚していたこと自体、知らなかったし、詮索したいわけじゃないんだけど——」

「いいんだよ」ジェイソンは笑った。「彼女となら二日前に話したよ。二、三日、こっちへ戻ってくるかもしれない」

「それっていいニュースなのよね？」

「うん」ジェイソンは鼻にしわを寄せた。「だと思う」

「よかった」わたしは車のキーに目を落とした。「そろそろ行くわね」

ジェイソンは笑顔でうなずいた。「なにかあったらいつでも電話して。遠慮はいらないから」

「遠慮なんてしたことないでしょう？」

ジェイソンは声をあげて笑うとセダンに乗り込み、わたしはまわれ右をして自分の車へ向かった。窓のある愛車と再会を喜び合ったあと、ドアのロックを解除して運転席に乗り込んだ。シートの冷たさがジーンズを通して染み込んでくる。車内には新車を思わせる薬品のにおいが漂っていた。

ホテルへの帰り道は何事もなく順調で、こうしてまた自分の車を運転できるのは最高の気分だった。

だからこそ、今後は外の駐車場に停めないようにしないと。

ホテルに戻ると、玄関先に配送業者(UPS)のトラックが停まっていた。

馬車小屋の前で車を停め、アイドリングさせたまま外に飛びだすと、前方にまわって納屋風の大きな扉の鍵をはずした。じれったいほどゆっくり扉が開く。

この扉を電動ドアと交換するのにいくらかかるか見積もりをもらうこと、と頭のなかにメモしながら車に戻り――歴史的建造物保存協会に却下されることはわかっていたが――ゆっくり前進して母のトラックの横に停めた。

エンジンを切り、ハンドルをぽんと叩いてから、ハンドバッグをつかんで車を降りた。ドアを閉め、リモコンキーのロックボタンを押しながら向きを変えたところで、はっと息をのんだ。馬車小屋の入口に誰かいた。逆光のせいで顔は暗く、背の高いがっちりしたシルエットだけが浮かびあがっている。

うなじの毛が逆立ち、わたしは思わず後ずさった。恐怖がたちまち驚きに取って代わり、血管のなかを駆けめぐる。

口と喉がからからになり、わたしはキーリングを握り締めた。「誰?」

人影が――男性だった――前に進み、一月の明るい日差しのもとを離れて薄暗い馬車小屋のなかに入ってきた。恐怖が増殖して全身に広がり、足に根が生えたみたいにその場から動けない。そのとき、男性の顔が見えた。

目の前にカリアー先生が立っていた。「きみに話がある」

24

生存本能が一気に目覚めた。胸の奥で心臓が跳ね、わたしはすぐにいくつかのことに気がついた。カリアー先生がここにいるということは、わたしがFBI捜査官になにを話したか知っているかもしれないということで、だとしたらまずい。同時に、いまこの馬車小屋のなかにいるのは彼とわたしだけだということにも気づいた。彼の目的がなにかも、彼が今回の事件にどれほど深く関わっているのかも知らないが、とにかく彼とここにいてはいけない。

わたしはカリアーの背後に視線を投げた。「すみません、いまはちょっと——」

「きみを階段から突き落とすつもりはなかったんだ。あれは事故だ」カリアーがこちらに向かってきた。「わざとじゃない。信じてくれ」

「わかりました」ここは逆らわないでおくのが得策だ。「信じます。ただ、いまは話していられないんです。用事があるので。なんなら日を改めて——」

「あの場に残ってきみを助けようとも思ったんだが、すっかり怖じ気づいてしまって」外でトラックのエンジンがかかる大きな音がした。「だが故意にやったことじゃないんだ。嘘じゃない」

「わかりました。もういいですから」無理して平静な声を保ちながら、足の重心を移動させた。二台の車のあいだで身動きが取れず、入口から遠ざかるのはわかっていても、うしろへ下がるしかなかった。カリアーがすぐそばまできていた。近すぎるほど。

「でも、いまは本当に時間が――」

カリアーが前にのめるようにしてわたしの両腕をつかんだ。彼の指が肌に食い込み、呼吸が止まる。「一刻を争う話なんだ」

心臓が喉元までせりあがった。恐怖が込みあげ、手からハンドバッグがすべり落ち、地面に当たって音をたてた。「放して」

「おれはアンジェラになにもしていない。くそっ、あんなことするわけないだろうが」カリアーは茶色の目を見開いた。「アンジェラは浮気相手で、この前会ったときに彼女の家にジャケットを忘れてきてしまったんだ。おれはただ浮気がばれないようにしたかっただけだ。ばれたら女房は出ていくだろうし、町じゅうに噂が知れ渡る。家に入れなくなったときのためにアンジェラがここに合鍵をおいていたのは知っていた。人目につかずにこっそりその鍵を取ってくることはできないかと考えて、それでトンネルを使って――」

「放して」カリアーの手を振りほどこうとしたが、彼は手にいっそう力を込めた。百通りものシナリオが脳裏に浮かぶ。そのほとんどにカリアーの股間を蹴りあげることが含まれていた。「放してったら」

「だが、アンジェラにはなにもしていない――」カリアーの体がぐらりと前に傾き、手が離れた。わたしは横に飛び退いて母のトラックにぶつかった。カリアーは白目をむき、顔から地面に倒れ込んだ。

はっとして顔をあげると、わたしの車と母のトラックのあいだにジェイソンが立っているのが見えた。手にはスパナが握られている。ジェイソンは大きく見開いた目でカリアーを見おろした。「昨日フロントに手袋を忘れてきたことをたまたま思いだして。それで取りに戻ったら、ここのドアが開いているのに気づいたんだ」

わたしは安堵のあまり笑いだしそうになった。「嘘みたい」

「彼だったのか？　今回のことは全部、こいつの仕業だったのか？」

「わ、わからない」声がかすれた。

「けがはない？」ジェイソンは、うつ伏せに倒れたカリアーの体をよけるようにしてわたしに近づいた。「放してというきみの声が聞こえたもんだから、とっさに——なにかしなきゃと思って。気づいたら棚の上にあったスパナをつかんでいた」

「大丈夫よ」わたしはジェイソンの腕に手をおきながらカリアーを見おろした。「警察を呼んだほうがよさそうね」

ジェイソンはスパナを持ちあげ、ごくりとつばを飲んだ。「それに救急車も」


「あなたは正しいことをしたんですよ」ホテルのラウンジで、デレクはタイロンと並んで立っていた。幸い宿泊客はみな出かけていた。戻ってくる前に警察が引きあげてくれるといいのだけれど。

ジェイソンは椅子に腰かけ、眼鏡を手に持ってつるをいじっていた。「彼は……大丈夫でしょうか？」

「救急隊員はそういってました」タイロンは腕組みをした。「だから面倒なことにはなりませんよ」

それを聞いて安心した。

「自分はこれから病院へ向かいます」デレクは刑事に顔を向けた。「一緒にこられますか？」

「すぐに追いかける」

デレクはいとまを告げて出ていった。そろそろここに駆けつけることにうんざりしているんじゃないだろうか。わたしはタイロンに注意を向けた。わたしはすでに供述をすませ、カリアーは救急車で運ばれていった。

「病院に向かう前に、なにか私に訊きたいことはありますか?」タイロンがいった。

母はわたしが座っている椅子のうしろに立って、わたしの肩に手をおいていた。

「今回の事件の犯人はカリアー先生なんでしょうか?」

「それはまだわかりません、ミセス・キートン」タイロンは答えた。「ですが彼の意識が戻ればなにかわかるだろうと期待しています」

わたしは暖炉のガラス扉の奥で揺れている炎を見つめた。アンジェラを殺し、切断した指をわたしに送りつけたのがカリアーだとは、どうしても思えなかった。馬車小屋のなかで彼がしていた話が真っ赤な嘘ならべつだが。嘘だとしても不思議はないけれど、でもどうしてそんな嘘をつくの?

「カリアーのしわざに決まってる」ジェイソンがいった。「やつはサーシャの腕をつかんでいたし、アンジェラと関係を持っていたことも認めたんだ。指を送りつけたのは世間の目を欺くためかもしれない」

それもまたありそうなことだった。

母が小声でなにかつぶやき、わたしの背後から離れて暖炉のそばの椅子に腰をおろした。「あなたはどう思います、コンラッド刑事？」

「現時点ではどんなことも考えられます」ジャケットのポケットのなかで携帯電話が音をたて、タイロンは電話を引っ張りだして画面にちらりと目をやった。「もう行かないと。ほかに質問は？」

わたしは首を振った。

「このことがコールの耳に入る前に、やつに電話したほうがいいぞ」タイロンはそういい残して歩き去った。

わたしはため息をついた。「しようと思ってたところよ！」

ジェイソンが椅子の上で身をのりだした。「なんだか……今日は予定外の一日だな」

「ここ最近は予定外のことばかりよ」母がいう。

わたしは乾いた声で笑うと、ずるずると椅子に沈み込んだ。「いえてる」

ジェイソンは苦笑した。「そろそろ行くよ」

わたしは椅子を押すようにして立ちあがった。「なにからなにまでありがとう」

「もういいって。あんまりいわれると、ありがとうコンプレックスになりそうだよ」

ジェイソンはいつものようにわたしのハグをぎごちなく受け入れると、わたしの背中をぽんぽんと叩いた。「トラブルには近づかないようにね。今日はまだ半日残っているし」

「努力する」わたしはそう約束して、さよならをいった。ジェイソンはわたしの母に手を振ると出ていった。

「アンジェラがドニー・カリアーと寝ていたなんて」母は天井を見あげてかぶりを振った。「とても信じられないわ。イーサンに首ったけだと思っていたのに」

わたしはアンジェラと初めて口をきいたときのことを思い返した。彼女はイーサンのことばかり話していた。「人ってわからないものね」

母はため息をもらした。「たしかにみんな、こう見られたいという姿しか見せないものだけれど、それにしたってカリアーがあなたにした話はちょっと胡散臭いわね。それはそうと、コールに電話したほうがいいわよ」母のほうに目をやると、母は胸に手を当てていた。「心配させたくないでしょう?」

「お母さん?」不安が湧きあがったが、コールに対してではなかった。「気分でも悪いの?」

「えっ?　ああ」母は自分を見おろし、胸から手をおろした。「なんでもない。ただの胸焼けよ。今朝、薬を飲むのを忘れてしまって」

わたしは母のそばへ行き、足元に膝をついた。「本当に？　病院で診てもらったほうが――」

「ハニー」母は笑った。「ただの胸焼けだから大丈夫よ。いまはわたしの心配なんかしている場合じゃないでしょうに」

「心配するわよ。短期間に異常なことが続いたんだもの。ストレスが溜まっているのよ」

「サーシャ、わたしは大丈夫だから」

わたしは母を見つめた。ちっとも気づかなかったけど、あの眉間のしわ、前からあったっけ？「だけど、お母さんにもしなにか……」言葉にすることすら嫌だった。

母はにっこりすると、身をのりだしてわたしの膝をさすった。「まだ当分どこにも行く気はないわよ。ぴったりくっついて離れないから覚悟しておいて」

そうであればいいと思う――いや、そうであることを祈った。

「コールに電話しなさいよ」母はそういうと椅子の肘掛けをつかんだ。立ちあがる母の邪魔にならないよう、わたしも立ちあがる。「今日で……こういったことも最後だといいんだけど。ひどい言い草かもしれないけど、カリアーが犯人ならこれで一件落着ね」

母はすれ違いざまにわたしの頬にキスし、わたしはキッチンのほうへ向かう母を見送った。一件落着？　本当にカリアーが犯人なのだろうか？　高校時代にミランダとわたしが熱をあげていた人が？　カリアーはアンジェラと肉体関係があったらしいけど、そのアンジェラは恋人のイーサンに夢中で、婚約したいと思っていると誰もが考えていた。母のいうとおりだ。なにかがおかしい。まだなにかあるという気がした。これで終わりだとは思えなかった。

電話でコールに最新情報を伝えるのは、思っていたほどうまくいかなかった。コールはまずその場にいなかった自分に腹を立てた。まるでわたし専属のボディガード失格だとばかりに。次にジェイソンが居合わせたと聞いて安堵し、そして仕事が終わったらまっすぐそっちへ向かうといって通話を終えた。

電話を切ったあとは、こまごました客室業務を片づけた。スイートルームの宿泊客に追加のタオルを届けてから、午後の残りは帳簿整理を終わらせるつもりだった。帳簿づけだけは百パーセント集中しないとできないから、いまのわたしにはぴったりだ。

中央階段をおりて一階の踊り場までできたところで、わたしは小声で悪態をついた。

今日は……厄日だ。

記者のストライカーがフロントデスクに寄りかかっていた。薄茶色の髪は乱れていたが、ピシッとアイロンがかかった服を着ているところは前回と同じだった。ストライカーは顔をあげ、わたしに気づくとかすかに口元をゆるめた。

わたしは階段の手すりを握り締めた。「今日の分の忍耐力はもう使い果たしてしまったので。お引き取りください」

ストライカーはフロントデスクを押すようにして体を起こすと両手を広げた。「きみがいまいちばん話をしたくない相手が私だというのはわかっている」

「世界一話をしたくない相手よ」わたしは請け合い、階段をおりはじめた。「出ていかないなら警察を呼んでつまみだしてもらいますよ。そのあとで接近禁止命令の申し立てをして――」

「ドニー・カリアーがここにやってきたことも、軽度の鈍器外傷で病院に運ばれたことも知っている」

階段をおり切ったわたしは、花瓶を持ちあげてストライカーの頭に叩きつけたい衝動をこらえた。「それはあなたが知っているはずのないことだと思うけど？」

ストライカーはわたしの皮肉を聞き流した。「ドニー・カリアーは若い女性に目がないろくでなしだが、切断した指を郵便で、シリアルキラーの被害者で唯一の生き残りに送りつけるようなタイプじゃない」

わたしは口を開けたものの、言葉は出てこなかった。

「ああ、それについても全部知っている」

「そのわりに新聞の一面にでかでかと書き立ててはいないようね？」食ってかかるようにいった。

ストライカーの口元に歪んだ笑みが浮かぶ。「少し前に知ったばかりなのでね」

怒りで肌がひりついた。「じゃ、明日の朝刊の見出しは決まったと思っていいのかしら」

「こう見えてもそれなりの節度はある。その手の話を活字にしようとは思わない」

その言葉を信じていいものかどうかわからなかった。

「町長はドニー・カリアーこそがうら若きアンジェラ・レイディを殺した極悪人だと確信しているようだが、それを裏づける証拠はひとつも挙がっていないことを世間は知る必要がある」

「証拠がないなら、町長がなにをいおうと関係ないと思うけど」

「たしかにそうだが、良識というのは世論に左右されるものだ。シリアルキラーの模倣犯が野放しになっているかもしれないという認識があれば誰だって用心する。それで安全が守られるんだ」

わたしはあやうく噴きだしそうになった。「へえ、つまりあなたは他人の利益のためにこの仕事をしていると？」

「そうはいっていない」ストライカーはまた笑みを見せた。

「あなたはこれを――その一部始終を――楽しんでいるのよ」嫌悪感が込みあげた。

ストライカーは目をぐるりとまわした。「楽しんではいない。意気込んでいる、といったらいいか。これが私の仕事だからね。隠れた事実を掘り起こし、ベールを剝がすのが、三度のメシより好きだ。真実を伝え、ときに真実を暴くのが私の仕事なんだ」

「お話しすることはないといったはずよ。なのに、どうしてあなたはここにいるの？」

ストライカーはつかのま口をつぐんだ。「きみは怖くないのか？」静かな声でいった。「人間にどれほど恐ろしいことができるかきみは知っているし、そのうえ切断された指まで送りつけられた。犯人はきみの居場所を知っているということだ。あの指はなんらかのメッセージなんだぞ」

わたしは目を細めた。「もちろん怖い。怖いに決まってる。だとしても、あなたとは関係のないことよ」

「なあ、出だしでつまずいたのはわかっているが、私がここにいるのはきみのことを記事にするためじゃない。最初からそんなつもりはないんだ。ある質問に答えてもらいたいと思っているだけだ」

わたしは黙っていた。彼のことを信用していなかったというのもあるけれど、それ以上に〝ある質問〟というのに興味を引かれたからだ。

「座って話さないか？」ストライカーは椅子のあるラウンジのほうを手で示した。

わたしは眉を吊りあげながらもうなずいた。ラウンジへ向かい、椅子に腰をおろすと、ストライカーもそれに倣った。彼は腰をずらしてポケットに手を入れると、小型のボイスレコーダーを取りだした。わたしは体をこわばらせた。

「スイッチは入れていない。それを見せたかっただけだ」次に携帯電話を取りだし、ホーム画面を見せた。「こちらにも録音アプリは入ってない。この会話は完全にオフレコだ」

わたしは作り笑いを浮かべた。「それをわたしに信じろと？」

「信じるかどうかはきみの自由だ。きみが生き残ったいきさつは誰もが聞きたがる話身をのりだして両肘を膝にのせた。「〝花婿〟がこの町を襲ったとき、私はジャーナリスト養成学校を出たばかりの新米だった。だから取材は担当していない。もっとベテランの記者にまわされたからだ。だが事件の経過は丹念に追っていた。きみが脱出し、〝花婿〟が死んだあとも、すべての資料に目を通していた。そうこうするうちに〝花婿〟を含めたシリアルキラー全般のちょっとしたエキスパートになったわけだ」

わたしは唇を歪めて嘲りの表情を浮かべた。「それはご立派ですこと」

ストライカーはほほえんだ。「善悪を理解しながらも社会的規範には従わず、自分なりの倫理基準を持っている人間というのは、どこか……魅力的なものなんだ」

「ただ恐ろしいだけよ」わたしは異を唱えた。

「それもある」彼は左に首をかしげた。「とにかく、ヴァーノン・ジョーンに関する資料にはすべて目を通した。だから彼がほかの犠牲者になにをしたか知っている。彼がきみを外へ連れだしたときになにをしようとしていたかも。全部知っている。ただひとつのことを除いて。私がここにいる理由はそれだ」

ある考えが頭に浮かび、わたしは大きく息を吸い込んだ。「あなたがわたしの質問に答えるなら、あなたの質問に答えることを考えてもいい」

ストライカーの体に緊張が走った。「なにを知りたい？」

「あなたは誰についてもそこそこ知っているみたいだけど」慎重に言葉を選んだ。

「町長のことはどれくらい知っている？」

ストライカーが興味を引かれたような目をした。「ごくふつうの町民よりは知っているると思うが。なぜだ？」

これは大きな間違いかもしれない。明日の朝刊でわたしが町長に疑いをかけたと書き立てられるかもしれないけれど、それくらいのリスクは覚悟の上だ。「町長はわたしが……あなたみたいな人と話をして、かつての事件のことをほじくり返されるのをひどく心配していたのよ」

「で、どうしてそこまで神経質になるんだろうと考えたわけだ」

わたしはうなずいた。「どうやら町長は、悪評だろうが評判には違いないと考えるタイプの人間ではないようね」

「いや、彼はそのタイプの人間だ。ただし、その悪評が自分に関わるものである場合を除いて」

わたしは眉根を寄せた。「それはどういう意味？」

ストライカーはつかのまわたしを見つめた。「知らないのか？」

「なにを?」

「ふむ。まあ、知らない人間も多いか。なにしろ金のあるやつはあの手のことがおおっぴらにならないよう手をまわせるからな」

「もう少し具体的にいって」

ストライカーは唇の片端をあげた。「マーク・ヒューズ町長の祖父はボビー・ヒューズといって、一九八〇年代にかなりの土地を開発業者に売って一族に巨万の富をもたらした。そのボビーの息子で、マークの父親がロバート・ジュニアだ。彼は町の中心部で手広く商売を営んでいた。ジュニアが死ぬまでにほとんどの事業は売却されたが、一軒だけマークが引き継いだ店があった——金物屋だ」

「その店のことなら知ってる」

「だがボビーに妹がひとりいたことは知らないだろう。コーラといって、彼女は未婚の母になった。当時にしたら一大スキャンダルだ。コーラが産んだ娘はその後、トウモロコシ加工工場で働いていた男性と結婚した。ヴィクター・ジョーンという男だ」

わたしはぴたりと動きを止めた。

「その顔からすると先が読めたようだね。ヴィクター・ジョーンには息子がひとりいた。ヴァーノン・ジョーンだ」

「なんてこと」わたしはつぶやいた。「町長は〝花婿〟の血縁に当たるのね」

「そうだ」ストライカーは小さく笑った。「それがヒューズ一族の知られたくない秘密だ。〝花婿〟事件の直後に一瞬噂になったが、すぐに闇に葬られたよ」

「信じられない」あまりのことに、首を振るしかなかった。「どうしてそんなことを隠していられるのよ？」

「いっただろ、金を持っているやつはあらゆるところにコネがあるんだ。おそらくヒューズ町長は、〝花婿〟事件のことできみがインタビューに応じはじめたら、私ほど仕事を大事に思っていないどこかの記者にその事実をほじくり返されるじゃないかと案じていたんだろう」ストライカーの目にいたずらっぽい光が躍った。「本当にインタビューに応じるつもりはないのか？」

わたしは彼の目をまっすぐ見て首を横に振った。

「じゃ、今度はこちらの番だ」

いまみたいな爆弾発言を聞いたあとで頭を切り換えられるかどうかわからなかったが、とにかくうなずいた。

「ずっと違和感みたいなものをおぼえているんだ――FBIのプロファイラーも一切検討していないことなんだが」ストライカーは両手を合わせた。「きみが彼らに話したことで」

わたしは椅子の肘掛けをぎゅっとつかんだ。「なに？」

「供述書のなかで、きみはたびたびこういっている。〝花婿〟はやさしいとさえいえるときもあれば、きわめて狂暴なときもあった。気分の変化が激しく、むらがあったと」

胃がうねり、頭から町長のことが抜け落ちた。「あなたがどこから供述書を入手したのか、わたしにはそのほうが気になるわね」

ストライカーは無言を通した。

「〝花婿〟は社会病質者（ソシオパス）だった。気分のむらが激しくても当然だと思うけど」

ストライカーは身をのりだした。「しかし供述書によれば、きみはプロファイラーにこういっている。まるでふたりの人間を相手にしていたようだったと。正気ではないがそれなりにやさしい〝花婿〟と、想像を絶するほど残忍で暴力的なもうひとりの〝花婿〟を」

喉元に酸っぱいものが込みあげた。「ええ、たしかにそういった」

「〝花婿〟には忍耐強い一面と、そうでない一面があった。きみはそんなふうにもいっていたね？」ストライカーは静かな声で尋ねた。

わたしはむかつきをおぼえながらもうなずいた。

「もしかすると……〝花婿〟はふたりいたんじゃないだろうか？」

わたしはしばらく、ただ彼を見つめていた。ストライカーがいいだしたことは完全に常軌を逸していた。

「やつはきみを真っ暗な部屋に閉じ込めていた。だからきみは彼の顔を一度も見たことがなかった。そうだね？」

「ええ。だけど……」わたしは口をつぐみ、ストライカーにいわれたことを真剣に考えてみた。胸のあたりに痺れるような感覚が広がる。「〝花婿〟はひとりではなく、ふたりだったんじゃないかといっているの？」

「ありえない話じゃないだろう。複数で犯行に及んでいたシリアルキラーはこれまでにもいた。それほど珍しいことではない」ストライカーは説明した。「だから私の質問は、〝花婿〟はふたりだったと考えられないか――」

「それで、もうひとりの〝花婿〟が戻ってきて、新たに女性たちを襲っていると？」

「仮にそうだとすれば、すでに次の女性がとらわれていることになる」

わたしは目をぎゅっとつぶった。すでに頭のなかにあった考えをストライカーにいわれたようでたまらなかった。「模倣犯だって――」

「ああ、模倣犯も〝花婿〟の異常性を踏襲する。そのとおりだ」ストライカーはいった。「質問に答えてもらえるか？」

答えられるかどうかわからなかった。わたしは目を開けたが、ストライカーのことは見ていなかった。見えていたのは、わたしが監禁されていた真っ暗な部屋。聞こえていたのは〝彼〟の声と、〝彼〟の手が動く重い音。

〝花婿〟はときどきひどくおしゃべりになったが、癇癪を起こして殴る蹴るの暴力をふるうときはまったくしゃべらなかった。いま思えば、怒り狂っているときの〝花婿〟は一切口をきかなかった。わたしを外へ連れだして殺そうとしたあの最後の日に泣き声を聞いたのが初めてだった。

わたしは荒い息を吸い込むと、ストライカーの目を見た。「どうしてわたしの考えを聞きたいの？」

「好奇心かな」ストライカーは答えた。「十年間、ずっと頭に引っかかっていた。正直いって、ヴァーノン・ジョーンは最高に頭が切れる男ってわけじゃなかった。彼ひとりであれだけ長いあいだ逮捕されることもなく犯行を続けられたとは思えない」

とても信じられない話だった。〝花婿〟がひとりではなくふたりだったなんて。考えるだけでも恐ろしく――吐き気が込みあげたが、ありえないことではなかった。

「それだけじゃない」ストライカーは話を続けた。「ヴァーノン・ジョーンと組んでいた男がいたのなら、そいつは逃げたってことだ。それどころか、あれからずっとこの町で、犠牲者の遺族にまじって暮らしている可能性が高い。私がこの話をしても誰も相手にしてくれなかった。いままでは。きみはありうる話だと思わないか？」

喉元に苦いものが居座っていた。「可能性は……あると思う」

ストライカーは肩で大きく息をした。その顔には、宝くじに当たったといわれたかのような表情が浮かんでいた。

テーブルの上でストライカーの携帯電話が鳴りだし、わたしはびくっとした。

「ちょっと失礼」ストライカーは電話に応え、わたしは呆然と椅子に沈み込んだ。

町長は〝花婿〟と血縁関係にあった。サイコパスのような反社会的人格は遺伝すると聞いたことがある。

なんてこと。

「なんだって？」ストライカーが興奮に目をぎらつかせて立ちあがり、レコーダーをひっつかんでポケットに押し込んだ。「本当なんだな？」そこで押し黙り、握りこぶしを腰に当てた。「ああ。わかった。すぐに行く」彼は早々に電話を切るとわたしを見た。「まただ」

腰の下で椅子がずれたような気がした。「また女性がいなくなったのね？」

ストライカーはうなずいた。「リズ・チャップマン。ここから目と鼻の先にあるレストランのウェイトレスだ。たったいま行方不明者届が出された。母親によると、日曜の夜から姿を見ていないそうだ」

25

中央は二十三歳になるリズ・チャップマンの写真だった。その写真を挟んで、フレデリック在住の看護師タニア・バンクスとアンジェラ・レイディのひとまわり小さな写真が並んでいる。

彼女たちを正視するのはむずかしかった。

三人に奇妙な類似点があることに気づかずにいるのも、またむずかしかった。全員が二十代で、親しみやすい雰囲気のかわいらしい女性で、色白のブロンドだった。

そして三人ともどことなくわたしに似ていた。

わたしが十年前の〝花婿〟の犠牲者たちにどことなく似ていたように。

なにより恐ろしいのは、わたしたちがリズと少しだけ面識があるということで、ミランダがワインを水のようにごくごく飲んでいるのも、おそらくそれが理由だろう。

リズはわたしたちが食事に出かけたステーキハウスのウェイトレスだった。

いまから数時間前、リズの写真を見たわたしはすぐにタイロンに電話して、彼女のことを知っていると伝えた。タイロンとの電話を切った十分後にマイヤーズ捜査官が訪ねてきた。マイヤーズは初対面のときと変わらぬ愛想のよさだったが、わたしはタイロンに話したことを彼にも話した。ステーキハウスで、リズはわたしのいたテーブルを担当していた。誰も口に出していうことはなかったが、わたしにはわかっていた。マイヤーズたちにもわかっていた。

わたしとの接点がまたひとつ。

「ワインがもう一本いる」ミランダが自分のグラスに目を落とした。「あんたのお母さんは一本しか持ってきてくれなかったの？」

わたしは弱々しく笑った。「一本だけよ」

「朝には絶対後悔するとわかっているけど、こうなったら一滴残らず飲み干してやる」ミランダはそう宣言すると、グラスの中身を空けて立ちあがった。

ジェイソンが両眉をあげた。「困ったやつだ」

わたしたちがいるのはわたしの自宅のリビングだった。コールはソファのわたしの横で、わたしの肩に腕をまわして片足をコーヒーテーブルにのせていた。わたしは彼の脇の下にすっぽり収まり、ソファの反対側に座っていたミランダは、いまはカウンターの前でグラスにワインのお代わりを注いでいた。わたしのグラスはほとんど手つかずのまま、コーヒーテーブルのコールの足のすぐそばに危なっかしくおいてあった。

ジェイソンはキッチンから持ってきた椅子をコーヒーテーブルの反対側において、そこに座っていた。みんなしてキッチンで夕食をとりながら、わたしはミランダのそばにいるときのジェイソンをじろじろ見ないように気をつけた。母が自分の住まいに引きあげたあとは、四人でテレビを観ながらごくふつうの火曜の夜のふりをしていた。五秒しかもたなかったけれど。

「まったくもってどうかしてる」ミランダはグラスをまたワインで満たすと、ジェイソンの横に立った。「模倣犯による犯行らしいじゃないの」

わたしはもうそこまでの確信は持てなかった。

ミランダはわたしのほうを見ると、口を開いてなにかいいかけたが、気が変わったのかそのままワインを飲んだ。

今日知ったことは、チャンスがなくてまだ誰にも話していなかった。ちょうどいい、いま話してしまおう。「今日、ストライカーがホテルに顔を出したの」

ミランダがワイングラスをおろした。

　隣でコールが体をひねる。わざわざ首をめぐらせなくても、肌に突き刺さる視線で彼にじっと見られているのがわかった。「フリーのジャーナリストの」わたしは説明を加えた。

「ああ、やつが誰かは知ってる」コールの声は怒りでかすれていた。「もっと早くいってくれれば、ぼくが――」

「彼はニュースのネタがほしくてきたんじゃない。そうじゃなくて」また口を開きかけたミランダを、わたしは手で制した。「わたしに訊きたいことがあってきただけ。わたしからはなんの話もしなかった。でも彼はきわめて興味深い話をしてくれたわ」

「というと？」ジェイソンが身をのりだした。

「知ってのとおり、町長はわたしが帰ってきたことを喜んでいなかった。わたしがマスコミのインタビューに応じるんじゃないかということ以外にもなにか理由がある気がした」わたしは脚を組んだ。「だから町長がそこまでわたしの帰郷を苦々しく思う理由を知らないかストライカーに訊いてみたの」

　ミランダはワインをすすった。「あいつが筋金入りの嫌なやつだからでしょ？」

　わたしはにやりとした。「町長は〝花婿〟の血縁だったのよ」

「なんだって？」ジェイソンが目を見開き、椅子に座り直した。

「本当か？」コールは眉間にしわを寄せた。

わたしはうなずいた。「なんでも、町長はかなり裕福な家の出で――」

「わたしは知ってたわよ」ミランダが顔をしかめた。「有名な話だと思うけど」

わたしはミランダをにらんだ。「〝花婿〟は町長の祖父の妹の孫にあたるらしいの」

「その事実が明るみに出て、アクション映画によくあるガソリンスタンドの爆発シーンみたいに大炎上しなかったのが驚きだ」コールがいった。

ミランダがげらげら笑った。

「どうやら町長がお金にものをいわせて揉み消したみたい。とにかく、そのことがあるから町長は、わたしが十年前の事件についてマスコミに話すことを心配していたのよ。またあちこちつつきまわされて、都合の悪い事実を掘り返されるんじゃないかってね」

「だとしたら、一連の騒ぎにも町長が関わっているのかもしれないな」ジェイソンが眼鏡を頭の上にあげると、茶色の髪がツンツンと立った。「きみの車と――おばさんのトラックをめちゃくちゃにしたのとか」

「で、女性をふたり殺した？」ミランダはキッチンのカウンターに寄りかかった。いや、もしかしたら足がもつれて倒れ込んだのかも。恐ろしいことに、カウンターの上のワインボトルは空いているように見えた。「よけいな注目を浴びないようにするために？」

「なんだよ」ジェイソンは両手をあげた。「人殺しと嘘つきが利口だとはかぎらないだろ」

「たしかに」わたしは膝の上で両手を組み合わせた。「だとしても、やっぱり筋が通らない」

「とにかく、どこかの誰かが〝花婿〟と同じことをしているってことだ」ジェイソンは座っている椅子の背もたれに片腕を投げだした。

「〝花婿〟と同じじゃないわ」わたしはテレビに目を向けた。ニュースは明日の天気に移っていた。

コールがわたしの膝に手をおき、元気づけるように強く握った。

ストライカーが出ていったあと、彼から聞いた話と〝花婿〟に関してわたしが知っていることについてずっと考えていた。いまここで起きていることは十年前の事件と似ているけれど同じじゃない。「〝花婿〟は被害者を何日も、ときには何週間も監禁していた。アンジェラが行方不明になったのは水曜の夜か――遅くとも木曜よ。そして月曜にはもう殺されていた。もしかしたらそれより前かもしれない。〝花婿〟はそんなに早く興味や……忍耐力を失うことはなかった。今回の事件の犯人は忍耐力を持ち合わせていない」

「あるいは自制心を」コールはクッションにもたれた。「〝花婿〟と同じくらい長く被害者を監禁しておくには、相当な自制心が必要だからな」

「そのうえ正真正銘の化け物でないとね」ミランダがつぶやき、またしてもグラスのワインを飲み干した。

わたしはコールに目をやった。頭のなかに芽生えた疑念を彼に話したかったけれど、そうするのが怖かった。言葉にしたら……現実になってしまいそうな気がした。それに言葉にすると、いささか馬鹿げて聞こえるような気もするし。

コールがわたしのほうに身をのりだし、ふたりのあいだのわずかな距離を埋めて、わたしの唇にかすめるようなキスをした。「起きてる？」

わたしはまばたきした。自分で気づかないうちに、ずいぶん長いことコールを見つめていたらしい。「ええ」

「もう、あんたたちがかわいすぎて、ふたりまとめて死ぬほどぎゅっとしたい」ミランダはため息をついた。「それに、一緒にかわいくなれる恋人が自分にもほしくなるわ」

真っ赤になってミランダのほうを見ると、彼女はジェイソンのそばに歩いていくところだった。「セックスしよっか?」

「こいつはおもしろくなってきたな」コールがつぶやいた。

ジェイソンがものすごい勢いで振り返ったものだから、頭がもげるのではないかと思った。「なにいってるんだよ?」

ミランダはくすくす笑い、ジェイソンの肩に両腕をもたせかけた。「冗談よ、もう。奥さんが戻ってきたときのために、あなたが貞操を守っているのは知ってるって」手を伸ばし、ジェイソンの頬を軽くつねった。「それに、わたしの好みはもう少し色黒の男だから」ミランダは言葉を切り、コールに目を向けた。「それで思いだしたけど、あのイケメンのコンラッド刑事は独身?」

コールはにやにやした。「そのはずだ」

「なら、わたしに紹介して」ミランダは体を起こしながらいった。「そうだ、いますぐ彼に電話してよ。そしたら——」

「そろそろ帰る時間だ」ジェイソンがいい渡した。

ミランダは唇を尖らせた。「つまらない人ね。でも、わかりました」彼女は腰を振りながらジェイソンの横をまわり込むと、身をかがめてわたしの頬を両手で挟んだ。

「こんなことになって、すごくむかつく」消え入るような声でいった。

「わたしもよ」小声で返した。

ミランダの下唇が震えた。「それでも、あんたが戻ってきてくれてやっぱりうれしい」

「わたしもよ」

ミランダはわたしをじっと見つめてから、わたしの頬をぽんぽんと叩いた。「少し飲みすぎたかも」

「車できてるの?」わたしは顔をしかめてミランダを見あげた。

ジェイソンが笑った。「いや。ぼくの車に乗せてきた」

ミランダは目をぐるりとまわして体を起こすと、ジャケットをひっつかんだ。「なによ、偉そうに」

ジェイソンは素知らぬ顔で手袋をはめた。「ミランダのことはちゃんと送っていくから」

「ありがとう」わたしはいった。「ふたりとも大好きよ」

「わたしのほうがもっと好き」ミランダが大きな声で返した。

コールはふたりを外まで送り、戸締まりをしてから戻ってきた。そしてソファの端に腰をおろすと、わたしのほうに体を向けた。「ストライカーがきみの記事を書くためにきたんじゃないというのは本当か？」

わたしは小さく息を吐き、クッションに頭をもたせかけた。「本当よ。彼はわたしのことを記事にしたくてきたんじゃない。わたしにある質問をしにきたの」

コールの目がぎらりと光った。「記者は平気で嘘をつく。情報を手に入れるためならなんでもする連中なんだぞ、サーシャ」

「そうかもしれない。でも彼は核心をつく質問をしてきたのよ、コール。事件の本質をつくような質問を」

コールは一瞬、探るような目でわたしを見た。「やつはなにをいったんだ？」

「ストライカーは……〝花婿〟に取りつかれているようなところがあるの。というか、シリアルキラー全般に。そのこと自体はぞっとするけど、彼は入院中にわたしが捜査官にした話のある部分に興味を引かれたそうよ」わたしは両手を太腿にすべらせた。「あなたにも話したことがあると思う。〝花婿〟はときどき人が変わったようになったって」わたしはコールに目を向けた。「〝彼〟のことは、いまでもほとんど知らない。あえて知るのを避けていたからよ。だけど〝彼〟に関する資料を読み漁っていたストライカーは、あれだけの犯行を〝花婿〟がひとりでやれたはずがないとずっと考えていたらしいの」

コールは眉根を寄せた。「だからって、〝花婿〟に共犯者がいたということにはならない」

「でも思い当たるふしはある。ふたりの違った人間を相手にしているんじゃないかと思ったときがあるから。それに監禁されていたあいだ、わたしは〝彼〟を見たことがなかった。ただの一度も。だから〝花婿〟がふたりいたとしてもおかしくない。わたしが知っている忍耐強い〝花婿〟のほかに、もうひとりもっと暴力的な男が。そう考えれば、今回の被害者がほんの数日で殺されていることにも説明がつくわ」

「サーシャ」

「ありえないことじゃない」わたしは食い下がった。

コールは目をそらした。あごの筋肉がぴくぴくしている。「ありえないことじゃないが、ありそうにない」

「それをいうなら、模倣犯のシリアルキラーがべつにいるというのも、同じくらいありそうにないと思うけど」わたしはテーブルのほうに身をのりだし、ワイングラスをさっとつかんだ。

「しかし、もうひとり男がいたなら形跡が残っていたはずだ。どんなに用心深い犯人でも微細証拠は残していくものだからね。毛髪、皮膚細胞、指紋。共犯者がいた証拠がなにかしら見つかったはずだ」

わたしはワインをすすりながらそれについて考えた。「警察はそこまで熱心にさがしたかしら？」

コールが口を開いた。

「現場にべつの人間がいたことを示す証拠を？　警察は犯人がふたりいたかもしれないなんて、つゆほども疑っていなかった。共犯者の存在を示唆する具体的な証言を……わたしがしていないんだから」コールの視線がわたしに戻った。「それに警察は犯人を逮捕したと考えていたのよ。はたしてそこまで真剣に捜査をするかしら？」

コールは片手で髪を掻きあげ、その手で襟足をつかんだ。「あのときの捜査にぼくは加わっていない。きみの関係者だったからはずされたんだ」

わたしはワイングラスに目を落とした。

「捜査班はおそらくあらゆるものを証拠品袋に入れ、入念に調べたあとで整理保管したはずだ。指紋の照合もおこなったはずだが、すべての指紋を回収することは不可能だ。捜査班がさがしていたのは被害者のものと合致する指紋だろうし。だとしても、なにかあればかならず見つけていたはずだよ」

「だからって、共犯者がいなかったとはいい切れない」

黙り込むコールの横で、わたしはワインをぐいっと飲み、そのかすかな渋みに顔をしかめた。「ああ、いなかったとはいい切れない」

わたしはグラスをテーブルに戻すとコールを見あげた。「もしもそうだったら？〝花婿〟はふたりいて、わたしがそれに気づかなかっただけだとしたら？」

コールは険しい目でわたしを見返した。「やめるんだ」

「なにを？」

「そんなふうに自分を責めることだ」

「そんなこと――」

「いいや、している。きみは自分がなにか見落としたと考えているんだ。あのときそれに気づいていれば捜査官に知らせることができたのにと。きみにできることはなにもなかったんだ、サーシャ。そもそも共犯者が本当にいたかどうかもわからないんだぞ」コールはわたしのうなじに手をまわし、自分のほうを向かせた。「だから自分のせいだなんて思ってはだめだ」

わたしは唇を噛み、首に手を添えられたままどうにかうなずいた。

「本気でいっているんだよ、サーシャ。そうした罪悪感を抱え込むとどうなるか、ほくは知っている。生き地獄のような苦しみを味わうんだ」抑えた声でコールはいった。「眠れぬ夜に何度考えたかわからない。あのときさみを車のところまで送っていっていたら――」

「やめて。その話はしたはずよ」わたしは彼の胸に両手を当てた。「あなたにできることはなにも――」わたしは黙り、大きく息を吐いた。「なるほど、あなたのいうとおりね。あなたは自分を責めてはいけない。わたしも自分を責めてはいけない」

コールのまなざしがやわらいだ。「そう、きみは自分を責めてはいけない」

「あなたもよ」わたしは囁いた。

コールはわたしの額に額を押し当てた。「鋭意努力中というところかな」

わたしは目を閉じた。「それは聞きたくなかったわ」

「きみがまたこんな嫌な思いをしなきゃならないことのほうがつらいよ」

わたしは手をコールの肩へすべらせ、自分のほうに引っ張った。コールはわたしに身を寄せ、片腕をわたしの背中にまわして抱き寄せた。「同じ思いをしているのはわたしだけじゃないでしょう」

「ぼくにとって大事なのはきみだけだ」コールはわたしの頬にそっとキスした。

わたしは首をめぐらせた。ストライカーの問いを頭から振り払うことができなかった。「もしもストライカーが正しかったら、それがなにを意味するかわかる?」

コールは答えなかったが、背中にまわされた腕に力がこもった。

「もうひとりの〝花婿〟はずっとこのあたりにいたということよ。この町に住んで、何食わぬ顔で町の人たちとつきあって……」ふとあることを思いついた。「だけど、あれからずっと殺人事件は起きていなかったのよね」わたしはいい直した。「フレデリックの女性が行方不明になるまでは?」

「殺人事件はあったが、今回と類似するケースはないな。すべて解決済みだ」

わたしはワイングラスを持って立ちあがった。「なにがいいたいかというと、もしも今回のことが模倣犯か、以前〝花婿〟と組んでいた人物の犯行だとすると、その男はこの十年女性を拉致していなかったか、いままでずっとばれずにうまくやってきたかのどちらかになるってこと」

「きみが町に戻ってくるまでは」コールはソファの端に移動した。「だとするとその人物はきみが戻ってくることを知っていたか、あるいはフレデリックの事件は単なる偶然ということになるな」

「いずれにせよ、シリアルキラーの犯行を模倣しようなんて、ある日突然思いつくことじゃないわよね」

「模倣犯マニュアルみたいなものがあるとは思わないが、全米犯罪情報センター(NCIC)で確認することはできる――犯罪情報を登録したデータベースのことだが」コールは説明した。「近隣三州で報告されている殺人事件や誘拐事件のなかでそれらしいものがないか調べてみよう」

わたしはグラスをカウンターにおくと、カウンターの縁に両手をすべらせた。責任を感じる必要はないといわれたからって、そう簡単に割り切れるものじゃない。実際、わたしの帰郷がなにかのスイッチを入れたのだ。誰かを残忍な犯行に駆り立てたにせよ、隠れた犯罪を暴いたにせよ。

「ひとつ相談がある」コールの声に振り返ると、彼はコーヒーテーブルの横に立っていた。「二、三日、ぼくの家にこないか?」

わたしは彼のほうに向き直った。「コール――」

「ホテルが忙しいのは知っているが、きみがぼくの家にいてくれれば安心できるんだ。ここと違って出入口が無数にあるわけじゃないから、昼間に忍び込んだ誰かが家じゅうが寝静まるのを待つこともない。誰かがなくした鍵を拾ったくそ野郎が家に入り込む心配もない」それを聞いて、わたしは身震いした。「カリアーやストライカーみたいな輩が押しかけて、きみを怖がらせるようなこともない。ぼくの家はここよりずっと安全だ」

ああ、コールの家に隠れていられたらどんなにいいか。「無理よ。お母さんが――」

「お母さんも一緒にくればいい」

心臓が三倍にふくらんだみたいに胸がいっぱいになり、わたしはコールに近づいた。

「やさしいのね。でもお客さまは事情を知らないし、帰ってくださいとはいえないわ。お世辞にも儲(もう)かっているとはいえないし、悪い評判が立つようなリスクは冒せない。うちみたいに小さなホテルは、口コミひとつで生きるか死ぬかのピンチに立たされるんだから」

コールは渋い顔をした。「予約はいつまで入っているんだ?」

わたしは彼の腰に手を当てた。「しばらく先まで切れ目なしに入ってる。ごめんなさい。あなたの気持ちはすごくうれしいけど、その申し出を受けるわけにはいかないわ」

コールは肩で大きく息をした。「うんといってくれるとは思っていなかったよ。だが前もっていっておく。またなにか起きたときは、きみを肩に担いでここから運びだすからな」

こんな状況だというのに笑みがもれた。「いまその絵が頭に浮かんだけど、どういうわけか体が火照ってきたわ」

「まあ、その絵にはぼくも含まれているわけだし、当然……」

わたしは声をあげて笑った。「あなたって謙遜という言葉を知らないのね？」

「まあね」

目と目が合い、わたしたちは見つめ合った。「すべてうまくいくわよね？」

「ああ」コールはわたしに腕をまわした。わたしは体をくるりとまわし、彼の胸に背中をあずけた。コールはどこまでもあたたかく、力強さに満ちていて、その腕に抱かれていると、すべてうまくいくと信じるのは簡単だった。

信じるふりをするのは簡単だった。

水曜日はいつもどおりの一日だった。朝、ミランダが電話をよこした。昨日のワインは軽い頭痛を残しただけだった。コールは仕事に出かけたが、わたしの心は彼のそばにいた。

昨夜はコールの腕に包まれて眠った。コールは片脚をわたしの脚の上に投げだしていた。いまではすっかり慣れてしまったやり方でコールに起こされるまで、わたしは一度も目を覚まさなかった。コールは手と口でわたしを絶頂に導き、そのあとわたしはシャワーの下で彼をいかせた。

シャワーの下であんなことをしたのは初めてだった。

男性と一緒にシャワーを浴びたことすらなかったから、バスルームの床にひざまずくなんて、もちろん初めての体験だった。

毎朝の日課にしたいくらいだ。

軽めのランチの準備をはじめた母をよそに、わたしはフロントデスクで炭酸水をすっていた。手伝おうとしたのだが、料理が得意とはいえないわたしは、たちまちシッシッと追い払われてしまったのだ。そこでしかたなくスプレッドシートのデータを更新する、いつ終わるとも知れない作業に戻った。この先五百年はかかりそうな気がした。

コールが昨日話していたデータベースを調べているのを知りながらフロントにじっと座っているのは骨が折れた。彼の横で犯人を突き止める手伝いをしたかったけれど、わたしは刑事じゃない。おとなになった少女探偵ナンシー・ドルーでもない。わたしにできるのは自分の身を守ることぐらいだ。

だから椅子に座ったままでいた。

足音がしたので顔をあげると、ウィルキンズ夫妻が階段をおりてくるところだった。

先ほどチェックインしたばかりの宿泊客だ。ニューヨーク州北部からフロリダまで車で旅を続けていると聞いて恐れ入ってしまった。そんな長距離を車で旅するなんて、わたしにはとても考えられないから。

まあ、コールとふたりならやぶさかではないけれど。

きっと楽しい旅になるはずだ。

「こんにちは」そう声をかけたとき、ミセス・ウィルキンズがカールしたストロベリーブロンドの髪を肩の上で弾ませながらフロントデスクに近づいてきた。

彼女が見せた笑みはしかめっ面に近かった。「着いて早々文句をいうような客にはなりたくないんだけど」

「いいんですよ」わたしは安心させるようにいった。ミスター・ウィルキンズはそのまま玄関へ向かう。「なんでもおっしゃってください」

彼女はもじもじとピンクのニット帽をねじった。「わたしたちの部屋、ものすごく変なにおいがするの。最初は気のせいかと思ったんだけど。どうやら隣の部屋から流れてくるみたいで。なんのにおいかわからないけど、とにかく臭くてたまらないのよ」

「まあ、それは申し訳ありません」わたしは椅子から立ちあがった。「すぐに確認しは七号室でしょうか？」

「ありがとうございます」わたしはフロントデスクの奥から出た。「においがするの

ます」

「ありがとう」彼女は帽子をかぶった。「それにしても、本当にすてきなホテルね」

彼女はうなずき、玄関のところで待っている夫のところへ向かった。ドアが開くと、冷たい空気と一緒ににわか雪が吹き込んできた。わたしは笑顔でふたりを見送ると、セーターのポケットに両手を突っ込んでキッチンへ向かった。パスタを茹でるにおいに、おなかが鳴る。母はカウンターの前でパプリカを刻んでいた。

「ねえ」スタッフルームへ向かいながら母に声をかけた。「七号室と五号室に予約は入っていなかったわよね？」

「ええ」母は手を止めて顔をあげた。「七号室は洗面台が水漏れしていた部屋よ。コールが修理してくれたけど。どうして？」

「変ね」スタッフルームのドアを開けた。「六号室に入った若いご夫婦から悪臭がするといわれたの。隣の部屋から流れてくるようだって」

母は眉根を寄せた。「たしかに妙な話ね」

「ちょっと見てくるわ。ネズミかなにかが死んでいるんじゃないことを祈っていて」

「わかった」

わたしは客室の鍵をつかむと裏口へ向かった。まずはウィルキンズ夫妻の六号室からだ。ドアは開けたままにして、部屋に足を踏み入れた。

大きく息を吸い込んだが、香水のバニラのような甘い香りがしただけだった。ベッドの脇を通り、五号室と接する壁に近づく。やはりなんのにおいもしない。やっぱり気のせいなんじゃないのと思いつつ部屋の反対側へ向かい、バスルームのドアを開けた。狭いバスルームにはアフターシェイブローションとボディソープのフルーティなにおいがかすかに残っていたが、さらに奥へ足を進めると、たしかにべつのにおいがした。もう一度息を吸い込んで、わたしは鼻にしわを寄せた。

たしかに臭い。よくわからないけど、なにかが腐っているような。

においがするのはバスルームだといってくれればよかったのに。こうなると悪臭の原因は壁の内側にあるか——どうかそうでありませんように——七号室のバスルームということになる。

やだ、待って。

まさか洗面台？

また水道管から水が漏れて、床が水浸しになっているとか？　でも、水漏れぐらいでこんなにおいがするだろうか？　わたしは急いで六号室を出るとドアに鍵をかけた。七号室へ向かい、鍵を使ってドアを開けたとたん、むっとするような熱気と……はっきりとした異臭が押し寄せてきた。

「なんなの、これ？」わたしはドアの右側に顔を向けた。暖房の設定温度が二十七度になっている。不安で胃がよじれた。各部屋の暖房は、とくに理由がないかぎり十八度に設定してある。だからどうしてこの部屋だけ二十七度になっているのかわからなかった。この前この部屋に入ったときはいつもと変わりなかったのに。

それに、このにおい……。

手で口をおおって部屋の奥へ進んだ。においは強烈だったが、どこかで嗅いだことがある気もした。バスルームのそばまできたところで気がついた。腐った肉のにおいに似ているのだ。

不安を募らせながらバスルームのドアを開けた。ドアはきしみながらゆっくり開いた。すさまじい異臭に襲われ、わたしはもどしそうになるのを口を押さえてこらえながら、反対の手で明かりのスイッチを入れた。明かりが点くと、わたしは惚(ほう)けたように床からバスタブへ視線をさまよわせた。

恐怖に全身の筋肉が硬直した。バスタブのなかになにかあった。バスタブに張られたねっとりとした水のなかに灰色っぽいなにかが沈んでいる。指。その指につながる腕がバスタブの縁からだらりと垂れ下がっている。それは女性の左腕だった。指が四本しかない。肌には茶色っぽい汚れが飛んでいる。べったりと頭に張りついた髪はブロンドだ。

わたしはよろめきながら後ずさった。「ああ、そんな」

バスタブのなかで女性が死んでいた。

26

「本当に申し訳ございません」ウィルキンズ夫妻の荷物を玄関まで運びながら、母が百回目ぐらいになる謝罪の言葉を口にした。「もしわたくしどもにできることがあれば——」

「もうじゅうぶんやってもらいました」ミスター・ウィルキンズがいった。「おかげで新しいホテルも見つかりましたし。もうじゅうぶんですよ」

ミセス・ウィルキンズの声は一切聞こえなかったが、夫とロビーにあらわれたところは見ていた。彼女は真っ青な顔をしていた。自分が嗅いだのは隣の部屋の死体のにおいだったのだと考えているのだろう。においにもぞっとしたが、あの光景は死ぬまで頭から離れないと思う。

被害者の女性……。

わたしは彼女の顔を見てしまった。

両目はカッと見開かれ、顔には恐怖の表情が張りついて、大きく開けた口は声にならない叫びをあげていた。

わたしは目をつぶり、ダイニングルームの入口横の壁にもたれた。母はウィルキンズ夫妻の見送りを終えてフロントデスクに戻ったようだった。いまは予約を受けていたお客さまにキャンセルの電話をかけている。わたしはジェイムズに電話して、二日ほど休業するから出てこなくていいと知らせようとしたが、電話はつながらなかった。とりあえず留守番電話にメッセージを残した。

休業するよりほかになかった。ホテルが犯罪現場になってしまったのだから。遺体はいまも客室のバスタブのなかにあるし、こんな状態でお客さまを泊めるわけにはいかない。この場所が安全でないことが証明されてしまったいまは。

タイロンがきていた。例のFBI捜査官も。どちらの事情聴取もすでに終わっていた。コールはボルチモアからこちらへ向かっているところだった。休暇願を出すようなことをいっていたが、あとはなにをいわれたか憶えていない。

母がまた謝っているのが聞こえた。

テーブルのところへ歩いていき、椅子に腰をおろして片手で顔をおおった。事後処理をしなくちゃいけないのはわたしなのに。これは——これまでに起きたすべてのことは――わたしのせいなのだから。

なにも〝みんなわたしが悪いのよ〟と開き直っているわけじゃない。これは現実だ。客室のバスタブのなかに女性の遺体がある。一度わたしにディナーを運んだだけの女性が、血まみれの無惨な姿で死んでいるのだ。

「サーシャ」

タイロンの声に、わたしは手をテーブルにおろして顔をあげた。

「ずっとここにいたのか？」わたしがうなずくと、タイロンはゆっくりとこちらに歩いてきた。彼はわたしの背後で足を止め、椅子の背をつかんだ。「コールはこっちへ向かっているのか？」

わたしはまたうなずいた。

「じきに検死チームが到着する」タイロンは静かに告げた。「遺体は彼らが運びだすが、彼らがするのはそこまでだ。犯罪現場清掃の専門業者には、もう連絡してある。こられるのは、早くても明日の午前中だそうだ。それまであの部屋のドアは閉めたままにしておくといい」

「わかった」わたしは椅子に座り直し、膝の上で手を組んだ。「彼女は……ここで殺されたの？」

「おそらく違うだろう。傷の種類からしても、もしここで殺されたのならもっと大量の血が残っていたはずだ」タイロンは口ごもり、椅子に腰をおろした。「彼女は刺し殺されていたんだ、サーシャ」

わたしは唇を噛んだ。「遺体はいつからここにあったと思う？」

「現場に残っていたのはおもに腐敗体液だからな。いまのところ死亡推定時刻は検死解剖を待つしかない。室温があげられていたうえ、遺体の一部が水に浸かっていたこともあって判定はむずかしいが、彼女は少なくとも一日か二日、あのバスタブのなかに放置されていたものとわれわれは考えている」

吐き気が込みあげた。彼女は少なくとも一日か二日、あのバスタブのなかに放置されていた。ああ、神さま……。

「いろいろなことがありすぎて、いまはなにも考えられないかもしれないが、あと二、三訊きたいことがあるんだ。かまわないか？」

わたしはつばを飲み込み、三度うなずいた。「ええ」

タイロンは身をのりだし、テーブルに片腕をのせた。「われわれは犯人が夜のうちに遺体をここに運び込んだと考えている。ここには警報装置がついているね。暗証番号を知っているのは誰だろう？」

「そう多くない。母と、ジェイムズ・ジョーダン——うちのコックと、アンジェラとダフネ。それだけよ」

「きみたちが警報装置をセットする前に遺体をここに運び入れるチャンスはあるだろうか？」

「ないとは……いえない。すべての出入口を見ているわけじゃないから。でも誰かが玄関から……遺体を運び込もうとしたら気づくはずよ」わたしは落ちてきた髪を耳にかけた。「そうなるとあとは裏口を使うしかないわね。裏口から入って従業員用の階段を使えば、誰にも見られずに遺体を運び込めるだろうけど、裏口のドアはつねに施錠してあるし、地下室に通じるトンネルも封鎖してあるわ」

「何者かが裏口の鍵を手に入れた可能性はあるだろうか？」

反射的に〝ない〟と答えかけたが、不可能ではないだろう。「できないことじゃないと思う」

「裏口の鍵のスペアもほかの鍵と一緒にスタッフルームにおいてあるのか？」

わたしがうなずくと、タイロンはテーブルをとんと叩いて、署に戻るといった。そしてその言葉どおり、警察官一名と、前にもきたことがある鑑識員を伴ってダイニングルームから出ていった。

そしてわたしはひとりになった。どれくらいそうしていたかわからない。わたしたちの知らないうちに何者かがまたホテルに忍び込んだという事実が頭から離れなかった。しかも今回は鍵を盗まれるぐらいではすまなかった。遺体を上階まで運んだのだ。

カリアーだろうか？

彼は昨日の朝ここにいた。いつのまにか裏口の合鍵を作っていたのかもしれない。わたしと鉢合わせするまでに、何度も裏口から出入りしていたのかもしれない。遺体を上に運び、空き部屋を見つけてそこに放置し、暖房の温度をあげて部屋を離れ――帰り際にわたしと出くわしたのかもしれない。

カリアーじゃなければ町長だろうか？　人を殺してその遺体をここに残していけば、わたしを町から追い払うにはじゅうぶんだが、さすがにそこまでするのは理屈に合わない。

足音に気づき、わたしは顔をあげた。

ダイニングルームの入口にコールがあらわれた。唇を固く引き結び、目は氷のように冷たい。コールは無言のまま、マイヤーズをはじき飛ばすような勢いで突進してきた。マイヤーズが部屋に入ってきたことにわたしは気づいていなかった。いつからここにいたのだろう？

でもいまは正直、マイヤーズのことなどどうでもよかった。

わたしは椅子から立ちあがり、自分からコールに歩み寄った。コールはわたしを抱き締め、髪に指を差し込んだ。

彼の胸に顔を押しつけると、喉と目の奥が焼けるように熱くなった。でも涙は出てこなかった。どんなに強くコールに抱き締められても、どんなに強く彼にしがみついても。

感覚が麻痺していたからじゃない。

涙も出ないくらい怯えていたのだ

「二日分の着替えをバッグにつめるんだ」コールはキッチンの真ん中に立っていた。FBI捜査官は二十分前に帰っていった。「きみのお母さんもだ。お母さんにはうちの客用寝室を使ってもらえばいい。明日、清掃業者がくるときはぼくがここで出迎える」

わたしはゆっくりうなずいた。今回は逆らわなかった。ここにいたくなかったのだ。認めるのは嫌だったが、たとえ遺体が運びだされても、わたしにはこの場所が汚れてしまったように思えた。いつかはそんな感覚も消えてなくなると——なくなってほしいと思うけれど、いまはここから離れる必要があった。

母にも離れていてほしかった。

「お母さんは渋ると思うけど」わたしは母が作っていたサラダをゴミ箱に捨てた。「でもあなたのいうとおり、母もわたしもここを離れたほうがいいと思う」

「気分転換にもなるだろうし」コールはカウンターに寄りかかり、わたしはまな板を流しへ持っていった。「でも理由はそれだけじゃない、サーシャ」

胃が締めつけられるのを感じながら、まな板を洗いものの山に加えて蛇口をひねった。「わかってる」

コールは一瞬押し黙った。「きみを怯えさせたいわけじゃないんだが」

わたしはつばを飲み込み、肩ごしに振り返った。「とっくに怯えてるわ。だからあなたのせいじゃない」

コールの口元がこわばった。「サーシャ――」

「わかってる」流しに向き直り、スポンジを手に取った。「なにが起きているかはわかっているから」ボウルを洗いながらいった。「アンジェラとフレデリックの女性がむごたらしい死を迎えた。あの女性――リズは、無惨に殺された。やったのが模倣犯だろうと、十年前の〝花婿〟事件の共犯者だろうと関係ない。彼女たちはみな恐ろしいやり方で命を奪われた」

「やめるんだ」低い声でコールがいった。

ボウルをひっくり返してきれいな水ですすぎながら言葉を継いだ。「そしてこの犯人の狙いがわたしだってこともわかってる。わかってるわ」喉がからからになった。

「ううん、そうじゃない。犯人がこんなことをしているのは、たぶんわたしが——」

「サーシャ」

「わたしが逃げたから」声がかすれ、わたしは次のボウルを取りあげた。「たぶんこれは罰なのよ。わたしが——」

「やめろ」コールがそばにきた。「もういいから、ぼくを見るんだ」

「このボウルを洗ってしまわないと」咳払いしてからいった。「帰ってきたときに洗いものが残っているのは嫌だから。お母さんに——」

「ベイブ……」

わたしはゆっくり息を吸い込み、ボウルにじっと目を凝らした。なにかの粒がついている？　もう一度ボウルをこすりはじめた。「もう少しで終わるから、そのあとバッグに荷物を——」

コールが手を伸ばして水を止めた。次にわたしの手からスポンジを取りあげ、流しのなかに落とした。「そのボウルはそれ以上きれいにならないよ」わたしはボウルを見つめた。コールのいうとおりだ。どれもぴかぴかになっている。わたしは流しの縁に両手をおろした。

コールはわたしを抱き締めた。それからわたしのあごに指を添え、上を向かせて視線を合わせた。「これは罰なんかじゃない」

喉が締めつけられた。「違うの？」

「違う」

「本当にそう思ってる？」声がかすれた。「お願いだから正直にいって。本当のことを知りたいのよ。今回のことはわたしがここに戻ることを決めたときにはじまった。あるいは、犯人はそれまでずっとやっていたことのパターンを変えた。いまでは犯行を隠さなくなった。わたしに自分の存在を見せつけようとしている。でなきゃ、どうしてこのタイミングで事件が起きているの？　わたしと関係があるからでしょう？　だとすれば考えられる理由は――」

ダイニングルームのほうでガラスが割れる音がし、わたしははじかれたようにそちらを向いた。先に動いたのはコールで、わたしは引き戸を押し開ける彼のすぐあとに続いた。ダイニングルームの床に母が倒れているのを見て、わたしの喉から苦悩に満ちた叫びがもれた。

コールは母に駆け寄り、ポケットから携帯電話を抜いた。

「お母さん」わたしは大声で呼びながら母の傍らにひざまずいた。心臓が痛いほど激しく打っている。手を伸ばして母の肌に触れた。肌は冷たく、じっとりしていた。

「お母さん！」

母はぞっとするほど青い顔をしていた。なんの反応もなかった。なにひとつ。ぴくりとも動かなかった。

27

両手をきつく握り締め、目をぎゅっとつぶると、まぶたの裏に小さな光の粒がちらついた。

心筋梗塞。

母は心筋梗塞を起こしたのだ。いまは手術中で、永遠にも感じられたが、実際には一時間かそこらしかたっていなかった。

コールはわたしの背中をさすっていた。さっきから切れ切れにそうしてくれている。おかげでなんとか病院の真ん中で半狂乱にならずにいられた。

お母さんを失うわけにはいかない。

そんなことになったら、わたしは――。

ドアが開き、執刀医が出てきてわたしの名を呼んだ。「ミス・キートン?」

わたしは立ちあがった。心臓が早鐘を打っている。コールはわたしの隣に寄り添った。「はい」

ドクターは笑顔でこちらに歩いてきた。「お母さまが目を覚まされました。術後の経過は良好です」

「よかった」膝から力が抜け、コールの腕にしがみついた。「ありがとうございます。先生に抱きついてキスしたいくらい」

「お気持ちだけいただいておきますよ」ドクターはコールのほうをちらりと見てからぎごちなく答えた。「心筋梗塞は血管形成術によって防ぐことができました」彼は〝バルーン〟や〝ステント〟という単語を用いて説明を続けた。そしてついにわたしの聞きたい言葉を口にした。「もうお会いになれますよ。ただし、長居はしないように。患者にはじゅうぶんな休息が必要ですから。順調にいけば、二十四時間から四十八時間のうちに退院できると思います」

感謝の言葉をさらに十回ほどくり返すわたしの横で、コールはドクターから病室の番号を訊きだすと、わたしの手を引っ張るようにして病室へ連れていった。

ベッドに横たわる母を見て、わたしはたじろいだ。母はやけに小さく華奢(きゃしゃ)に見え、それに顔色も悪かった。床に倒れていたときほどではないものの、まだひどく青白い。わたしはベッドに駆け寄って母の手を取り、コールはベッドの反対側にまわった。

母が弱々しい笑みを浮かべた。「そんなに強く手を握られたら、まるでわたしが死にかけているみたいじゃないの」

「お母さん」わたしは泣き笑いした。「わたしのほうこそ、怖くて死にそうだった」

母はゆっくりコールのほうに顔をめぐらせた。「この子、大騒ぎしたでしょう?」

「なんとか持ちこたえていましたよ」コールはいい、そこでにやっと笑った。「もっとも、ついさっきひと悶着起きかけましたが」

わたしはコールを見て眉をひそめた。「なんのこと?」

「サーシャがあなたの担当医にキスしたいといったんです」コールの説明に、わたしは目をぐるりとまわした。「未遂ですみましたが」

「当然よ」母はゆっくりと言葉を絞りだした。「あなたがいるのに、ほかの男に……キスしたいなんて思うわけない――」

「お母さん」わたしはかぶりを振った。

母の視線がわたしに向いた。「ハニー、いくら心筋梗塞を防ぐために血管内におかしなものを入れられているからって、わたしは死んだわけでも……目が見えないわけでもないのよ」

コールが小さく笑った。

「まったくもう」わたしはぼやいた。

ほどなく母のまぶたが下がりはじめ、まばたきの間隔が長くなってきた。このまま居座りたいのはやまやまだが、そろそろ引きあげたほうがいい。コールにちらりと目をやると、うなずきが返ってきた。「またあとでくるから」わたしは母にいった。もう──」

母の笑みには疲れが見えた。「ハニー、コールと一緒に帰りなさい。もう──」

「お母さん──」

「もうここにはこなくていいから。どうせわたしは寝てしまうし。コールと一緒に帰りなさい。そして無事でいて」母は疲れのにじむ目でわたしをじっと見つめた。「お願いだから無事でいて」

わたしは深呼吸してからうなずいた。「わかった」身をかがめて母の頰にキスする。

「大好きよ、お母さん」

「わたしもよ、ハニー」

ベッドの横から離れる気になるまでに二秒ほどかかった。廊下に出たところでコールがわたしに顔を向けた。「あとでまたこよう。夕食のあとにでも」

わたしはかすかにほほえんだ。「ええ」

「まずはきみの着替えを取りにいって、それからきみになにか食べさせないと」

エレベーターへ向かいながら、わたしは携帯電話を取りだして画面にタッチし、メールをざっと確認した。「ミランダとジェイソンがホテルで待っているって」

「ホテルのなかにいるのか?」

「そうみたい」わたしは電話をバッグのなかに戻した。エレベーターのドアが開いた。

「そういえば、玄関に鍵をかけた憶えがないわ。パニックになっていたから」そもそも鍵をかけてなんになる? おそらく合鍵を持っている人間がいるのに。

外は雪がまた降りだしていた。駐車場にうっすらと積もり、芝生に残っていた汚れた雪を白く塗り替えている。

自分のトラックが見えてくるとコールが足取りをゆるめた。トラックの横に黒いスカルキャップを目深にかぶったタイロンがいた。「電話で話してもよかったんだが、おたくらが病院にいると聞いたものでね。それでお母さんの容体は?」

「心筋梗塞は防ぐことができたわ」わたしは深い息をついた。コールがわたしの肩を引き寄せて背中をさする。ジャケットを着ていても、コールの手のあたたかさに慰められた。「担当医によれば、心筋梗塞のなかでは軽度なものだったそうよ。二日ほど入院するけど、すぐによくなるだろうって」

「そいつはすばらしいニュースだ。安心したよ」タイロンはわたしたちの顔を交互に見た。「じつはおれもいいニュースを持ってきたんだ」

現状を考えれば、たいていのことはいいニュースだ。

コールはわたしの背中から手を離し、わたしの手を握った。「どういうことだ?」

「ヒューズ町長の自宅に向かったチームから、たったいま連絡が入った」タイロンは前に出て声を落とした。「これはいいニュースではないが、どうやら町長はこの午後に自殺したらしい。遺書が残っていた。いいニュースというのはここからだ。やつはす、す、すべての犯行を認めたよ」

コールはわたしの肩に腕をまわして自分の胸に引き寄せた。病院を出てから数時間後、わたしたちはホテルの玄関にいた。鑑識班はわたしたちと入れ違いに帰っていった。ホテルじゅうをくまなく捜査したのだろう。例の部屋はいまも閉鎖され、おそらくあと数日はそのままのはずだ。

「これでもう大丈夫だ」コールはいい、反対の腕をわたしの腰にまわした。「きみのお母さんもすぐによくなる」

わたしはコールの背中に両手をまわし、胸に頬を押しつけた。笑おうとしたけれどうまくいかなかった。母のことが心配でどうにも気が休まらなかったが、それでも町長の家族が気の毒でならなかった。ヒューズがどれほど残忍な事件を起こそうと、いま彼の家族が味わっている苦しみは想像もできない。

しかし、胸に引っかかっているのはそのことではなかった。「わたしたち、なにかを見落としている気がしてならないの——わたしがなにかを見落としているような。だって筋が通らないわ」わたしは目を開いた。「知られたくない事実を隠すためにあんなことをするかしら？　かえって過去の事件に注目を集めるようなことを。どうにも理解できない」

コールはすぐには答えず、わたしの髪に指を絡めた。タイロンによれば、ヒューズが自宅の書斎で死んでいるのを見つけたのは彼の妻とのことだった。ヒューズは頭部に銃創が一箇所あり、机の上には遺書があった。その遺書のなかで町長はわたしと母の車への器物損壊に加え、三人の女性を殺害し、アンジェラの指をわたしに送りつけたことも認めているという。ＤＮＡ鑑定の結果はまだ出ていないものの、遺体の状況からして、あの指はまずアンジェラのもので間違いないだろう。自殺の理由については、〝一族の恥をさらすよりは死を選ぶ〟としか記されていなかったとタイロンはいっていた。

やっぱり筋が通らない。

それにあれからずっとコールはぴりぴりしている。口には出さないけれど、わたしと同じことを考えているのは知っていた。わたしに過去をほじくり返されては困ると、町長はくり返しいっていた。ストライカーによれば、町長が〝花婿〟の血縁だという事実はほとんど知られていなかったのだから。だからこそ今日の彼の行動はこれまでの行動と嚙み合わない。

「だから、タイロンと一緒にヒューズの自宅へ向かうことにしたんだ。これはぼくの事件じゃないし、管轄でもないが、タイロンが現場へ入れてくれるそうだ」ようやくコールはいった。「自分の目で見てみたいんだ」

わたしは体を引いて顔をあげた。現場はＦＢＩと地元警察が保全しているとのことだった。「面倒なことにならない？」

「ぼくを見たらマイヤーズは腹を立てるだろうが、やつにはなにもできないよ」コールはわたしの頰を包み込んだ。「ぼくが戻るまでミランダとジェイソンがそばにいてくれる。少なくともどちらかひとりは」わたしの額にキスを落とす。「そう長くはかからないから。いいね？」

「わかった」小声で返した。

コールは探るようにわたしの顔を見ていたが、やがてわたしの口元に頭を下げた。そのキスは軽くもやさしくもなかった。深く荒々しく、だがあまりに短すぎた。唇を離したとき、あの美しい薄青の瞳は欲望に燃えていた。

「待ってるから」わたしはそう約束した。

「そうしてくれ」コールの手は、どこにも行きたくないといわんばかりにいつまでもわたしから離れなかった。本音をいえば、わたしもコールをどこへも行かせたくなかった。コールはもう一度わたしの口にかすめるようなキスをすると、うしろに下がった。

歩き去るコールの背中を見ているうちに、〝愛してる〟といいたくて舌先が焼けるようにぴりぴりしたが、言葉は出てこなかった。結局、笑顔で指をひらひらさせると、コールは歪んだ笑みを返してきた。キッチンへ戻るあいだも、いえなかった言葉が舌を焦がして穴があきそうだった。

ミランダはテーブルに陣取り、その前にはワインではなく水のボトルがおいてあった。ジェイソンはキッチンのカウンターに寄りかかっていた。

「もう少しでコールに愛してるというところだったわ」わたしは思わず口をすべらせた。

ジェイソンがゆっくりまばたきした。「おいおい。唐突だな」

「どうしていわなかったのよ？」ミランダが椅子の上で体をひねった。

「どうしてかな。なんとなく……まだ早いような気がして」わたしはカウンターをまわり込み、冷蔵庫へ向かった。いまは砂糖たっぷりの甘いコークが無性に飲みたかった。「それに、その言葉を口にするにはタイミングが悪すぎるしね」

「愛の告白をするのに申し分ないタイミングなんて、実際あるわけ？」ミランダは胸の前で腕組みした。

ジェイソンはにやっとすると、カウンターの反対側に移動して身をのりだした。

「町長が女性たちを殺したことを告白して、ピストル自殺したあと以外なら、いつでも大丈夫なんじゃないかな」

ミランダはジェイソンをにらみつけた。「一本取られたわね。でも図にのらないでよ」

「コールはどこへ行くっていっていたっけ？」ジェイソンは腕を組み、またカウンターに寄りかかった。

わたしは炭酸入りの妙薬をひと口飲んでボトルをカウンターにおいた。「町長の自宅よ」

「どうしてだ？」

わたしはコークのキャップをいじりながら肩をすくめた。「現場を見たいんですって」

ミランダがジェイソンをちらりと見た。「犯罪現場を見たいというのは警察官の習性なんじゃないの？」

「むしろすべてを自分の目で確かめたいってことじゃないかしら」ふたりの視線を感じながらコークをもうひと口飲んだ。ミランダの顔は〝それだけじゃないでしょう？〟といっていた。たしかにそれだけじゃない。ここにいるのはわたしの親友だ。このふたりにならわたしの疑念を打ち明けてもかまわないだろう。「あなたたちは……ヒューーズ町長が本当にあんなことをしたんだと思う？」

ミランダが眉をひそめた。「そりゃそうでしょ」彼女はゆっくり言葉を継いだ。「犯行を認めた遺書を残して自殺したんだから」

「タイロンは〝自殺したらしい〟といっただけで、現場はまだ見ていなかったの。あの時点で捜査官が現場にいたかどうかも知らない」わたしはカウンターに寄りかかった。「ただ……どうにも筋が通らないのよ」

「頭のおかしな連中のすることだもの、筋が通らなくて当然よ」ミランダが答えた。

「シリアルキラーなんてとくにそうだと思うけど」

「いや、むしろシリアルキラーは頭のおかしな連中の対極にいる」ジェイソンは肩をすくめた。「ほとんどの場合、彼らはきわめて明敏な頭脳の持ち主なんだ」

「快楽のために人を殺すのは狂気の最たるものよ」ミランダはいった。「わたしはそう思うし、その自説を曲げるつもりはないわ」

わたしはジェイソンを見た。「つまりあなたは、町長はシリアルキラーではなかったと思うの？」

ジェイソンの視線がわたしに向いた。「よくわからないけど、彼はすべてを認めたんだろう？　車両への器物損壊も、アンジェラの指を切断してきみに送りつけたことも？　彼がそんなことをした理由なんて誰にもわからないんじゃないかな」

背筋をこまかな震えが駆け抜けた。アンジェラの指？　わたしはぞくりとした。

「いまなんて？」

ジェイソンがわたしを見た。「なにが？」

うなじにひやりと冷たいものを感じた。「あなたはいま町長が……アンジェラの指を切断してわたしに送りつけたといった。あれが彼女の指だなんて誰もいっていない。遺書にその記述があったこともわたしはいってないわ」

「いいえ」声がかすれた。ジェイソンにいっていないのはたしかだ。遺書の話をしたのは、ついさっきのことなのだ。「いって……ない」

ミランダがジェイソンに目をやって眉をひそめた。「わたしはその話聞いていないけど」

「いや、いったよ」

「いや、ちょっと考えれば町長がやったことだとわかるよ。アンジェラの遺体からは指が一本切り取られていたんだ、だから……」そこでジェイソンは口をつぐみ、カウンターから体を起こした。

わたしはのろのろと唇を開いた。たしかに犯人が〝花婿〟事件を模倣しているなら、遺体から左手の薬指が切り取られていたと考えてもおかしいことじゃない。「アンジェラの遺体から指が一本切り取られていたことも、わたしに送りつけられたのが彼女の指だったことも、警察は公表していない」

「くそっ」ジェイソンがつぶやいた。

怖気をふるう事実に気づき、わたしはカウンターからぱっと離れた。喉がつまり、恐怖が突きあげた。「ミランダ――」

ジェイソンが信じられないほどの速さで動いた。彼のこぶしがミランダのこめかみにめり込み、その鈍い音に、わたしは息ができなくなった。ミランダは悲鳴をあげることはおろか、まばたきひとつする間もなかった。

ミランダは椅子から床にすべり落ち、そのまま動かなくなった。わたしは彼女の名前を叫びながら駆け寄ろうとした。その前にジェイソンが立ちはだかる。

「もう少し時間がほしかったんだが」ジェイソンは眼鏡をはずすと、慎重につるをたたんでシャツの胸ポケットにすべり込ませた。「こうなってはしかたがないな」

28

嘘でしょう。

心臓が狂ったように打ち、頭は必死にこの現実を受け止めようとしている。

ジェイソンだったのだ。

ああ、そんな。ジェイソンだったなんて。

ジェイソンはミランダに一瞥をくれた。「できれば彼女のことは傷つけたくなかったんだけどな。彼女のことは好きだからね。ミランダはぼくとのことを話したか？こいつが片づいたら彼女と次の段階に進めるんじゃないかと期待していたのに」彼の視線がすっとわたしに移った。「その点、おまえのことは反吐が出るほど嫌いだけどな」

「ミランダのことが好きなら……お願い、彼女を助け——」

ジェイソンがいきなり前に飛びだした。逃げる間もなく髪をつかまれ、おなかをこぶしで殴られて、わたしは悲鳴をあげながら体をふたつに折った。肺から空気が押しだされて息が止まる。頭をぐいとうしろに引かれると背中に激痛が走った。わたしは両手を振りまわし、髪をつかまれている手を押さえた。

ジェイソンはわたしの頭をつかんで上を向かせ、息がかかるほど顔を近づけた。

「おい、このくそ女。おまえが見るのはこっちだ。この瞬間を待ちわびていたんだ。よそ見をしてもらっちゃ困る。本当はふたりきりの時間をじっくり楽しむつもりだったんだが、あまりのんびりしていられないようだ」

わたしは目を見開き、信じ切っていた人の顔を見たが、そこには怒りと憎しみに満ちた見たことのない顔があるだけだった。

「聞いているのか？」

答えずにいると、あごに痛みが炸裂した。目の前に星が飛ぶ。ジェイソンが髪を放すと、わたしはそのまま前に倒れて床で膝を強打した。片手をついて体を支える。

「ひざまずくのは」ジェイソンが笑い、その声に背筋に寒気が走った。「慣れてるよなあ」

震える手をそろそろと頰にあげ、あごを動かした。顔の片側に激痛が走ったが骨は折れていないようだ。

「まったく気づいていなかっただろ?」ジェイソンはわたしのまわりを歩きながらいった。「もう少しのところまできていたのに惜しかったな、サーシャ」

わたしは顔をあげ、いまなにが起きているのか理解しようと頭を懸命に働かせた。「この前もいっていたよな、最初から……ふたりだったんじゃないかって」彼はわたしの正面で足を止め、冷酷な笑みを浮かべた。「〝花婿〟はひとりじゃなかったんじゃないかって」

「ど、どうして……」恐怖のあまり、わたしはその場で固まった。

「〝花婿〟に共犯者がいたとしたら? 自分の痕跡を一切残さないほどに頭が切れる男が。そいつはこの十年うまく立ちまわってきた。ほら、メシを食う場所では殺しはしないってやつだよ」

頭がずきずきする。わたしは彼から離れようと体をのけぞらせた。「まさか……」ジェイソンは小首をかしげ、目をむいた。「そう、ぼくだよ」彼はわたしの前でゆっくり膝を折った。わたしはうしろに飛び退き、冷蔵庫のドアにぶつかった。ジェイソンの顔にはサディスティックな笑みが張りついていた。「ふたりであんなに特別な時間を過ごしたってのに、ちっとも気づかないんだからがっかりだったよ」

左に飛び退くと、吐き気がして目がまわった。

ジェイソンはわたしを目で追った。「考えてもみろよ。おまえはこの十年、〝花婿〟をこの世から葬る手助けをしたと思い込んで生きてきた。自分は解放されたと考えていた」彼は手首をしならせ、わたしの口に平手を食らわせた。わたしは悲鳴をあげて横に倒れた。「ところがおまえが葬り去ったのはふたりのうちのひとりだけだった。そのあいだずっと、ぼくは楽しくやってきたよ。ただし、パターンは作らないよう気をつけたけどね。地元から遠く離れた場所で、いなくなっても誰も悲しまないような女を選んだ。シリアルキラーについてぼくがいったことを憶えているか？」

彼からじりじり離れながら、血走った目であたりを見まわした。いまにもパニックに襲われそうだったが、いまはそんな場合ではなかった。助けを呼ばなくては。なんとかして武器を手に入れないと。携帯電話はカウンターの上にあるけれど、この状況ではなんの役にも立たない。

ジェイソンがわたしの髪を鷲摑みにした。「憶えているか？」

口の端から血をしたたらせながらも、わたしは舌を動かすことに集中した。「か、彼らは明敏な頭脳の持ち主」なんとか絞りだした言葉は、自分の耳にも弱々しく聞こえた。

「それでこそぼくの恋人だ」

吐き気がした。「わたしはあなたの恋人じゃない」

「そうだな、おまえはただのまぬけな尻軽女だ。そしてぼくはまぬけな尻軽女がなにより嫌いなんだよ」ジェイソンはため息をつくと、腰をあげながらわたしを乱暴に引っ張りあげた。わたしはよろめきながら立ちあがった。「ぼくの妻に訊いてみるといいよ。ああ、でもあいつは死んでいるから、訊きたくても訊けないか」

「まさか……」声がかすれた。

「キャメロンも最初は違ったんだ」ジェイソンはわたしをカウンターのほうへ引きずっていった。「実際、愛していたかもしれない。でもある日、子どもがほしいといいだした。ぼくはいらないといった。口論になった。それで我慢ができなくなって、ついね。キャメロンが家族と疎遠だったのはラッキーだったな。彼女がいなくなっても誰も気にしないからね」

わたしは目を閉じた。それは違う。気にする人がどこかにきっといる。

「すると今度はおまえが帰ってきた。おまえが帰ってくることをミランダから聞いたときは耳を疑ったよ。腹の虫が治まらなかった。町を自由に歩きまわるおまえを、指をくわえて見ていることしかできないんだから。冗談じゃない。おまえは帰ってきてはいけなかったんだ」頭をぐいと前に引っ張られ、反射的に手を突きだした。カウンターの角に額を叩きつけられ、痛みに目がくらんだ。膝から力が抜けて床に崩れ落ちる。

ジェイソンはうしろに下がった。「考えてもみろよ。ぼくをハグしたときも、電話で頼み事をしてきたときも、おまえはみずからぼくを招き入れた。ぼくひとりにホテルを任せた。やりたい放題だったよ」声をあげて笑った。「おまえの母親を手伝って皿洗いもしたな」

わたしはうめきながら横向きになり、カウンターに体を押しつけた。吐きそう。ああ、吐いてしまいそう。

「そうしながら、ぼくはおまえを罰していたんだ。帰ってきたことを後悔させてやろうと思った。いつまでも長引かせて、ぼくが味わった苦しみのほんの一部でもおまえにわからせてやるつもりだった」

めまいがし、顔を横に向けてしきりにまばたきした。早く立ちあがらないとジェイソンはわたしを殺すだろう。ミランダを殺すだろう。顔の横を生あたたかいものが伝った。そんなことはさせない。二度と彼の餌食になるつもりはない。わたしは生きてここから出る。ミランダは助かる。またお母さんを抱き締められる。コールに愛していると伝えるの。

「なんの罰か、おまえにはわからないだろうな」ジェイソンがいったとき、わたしの携帯電話が鳴りだした。

唇が変な感じだった。「そんなこと……どうでもいい」

「またまた」ジェイソンは笑った。「気になるくせに。おまえは理由を知りたいはずだ。みんなかならず知りたがるんだ」

手を上に伸ばし、カウンターの縁をつかんだ。立つの。立つのよ。

突然、目の前にジェイソンがいた。「おまえはぼくの父親を殺した」

わたしは身をすくませ、ただ彼を見つめた。自分の耳が信じられなかった。彼の父親？

「ヴァーノンはぼくの父親だった」ジェイソンがくり返す。「血のつながった実の父親だったんだ」

じれったいほどゆっくりとパズルのピースがはまっていった。ジェイソンは十年前、実の父親をさがすためにこの町へやってきた。実父は見つからなかったと彼はいい、わたしたちはその言葉を素直に信じた。「あ、あなたの母親と義父が亡くなった火事は……」

「ぼくがやった」ジェイソンはウインクした。わたしの携帯電話がまた鳴りだした。

「誰も彼も自分の見たいものしか見ようとしないんだからあきれるよな。警察も例外じゃない。《スタートレック》ファンで、《ファイヤーフライ宇宙大戦争》シリーズを一気観するような、オールAの優等生に親殺しができるなんて、誰も思いたがらないってことだよ」

ジェイソンは化け物だ。

「父親はあっさり見つかったよ。で、なにがわかったと思う?」ジェイソンはわたしのうなじに手をまわした。「ぼくは親父にそっくりなんだ。やっぱり同じ血が流れているんだね」彼は天井に目を向け、肩をすくめた。「ただし親父のほうがはるかにおだやかな性格で、忍耐強かったけど。その点はおまえのいっていたとおりだ。親父の望みは自分の花嫁たちと一生をともにすることだった」唇を歪め、残忍な笑みらしきものを浮かべた。「でもぼくは彼女たちの体の中身を見たいだけだった」

「なんてこと」

「そうそう、今回のことに彼は一切関係ないよ」ジェイソンはわたしを引きずるようにして立ちあがった。「それについてはおまえに礼をいわないとな。この町に親父以外にも親族がいることを教えてくれて助かったよ。マーク・ビューズ町長みたいな気のいいおじさんがね」

わたしは新たな恐怖に襲われた。

「まあ、向こうは親族だなんて思っていなかったけどね。ヴァーノンに息子がいることを知らなかったんだから。知っていたら、あんなふうに迎え入れてはくれなかっただろうな」小さく笑った。「ちょっと自宅にお邪魔したんだ、なにもかも彼に押しつけるつもりで。そしたら、おまえの車を傷つけたのも、おばさんのトラックにあんな気色悪いことをしたのも彼だっていうじゃないか」ジェイソンはまた笑うと、わたしを引きずってカウンターから離れた。「とんだまぬけだよ。ぼくが正体を明かして、無理やり手に拳銃を握らせたら、あいつ小便をもらしそうになっていたな。ああ、それほどの恐怖を感じさせているのは自分だと思うとたまらないよ」

わたしはつばを飲み込んだ。「警察が……見抜くはずよ。あれは自殺じゃないって」ジェイソンは鼻を鳴らした。「いいや、あのぼんくらどもには無理だね。だが今回はかなり独創的なシナリオを考えないといけないな」そこでふっと黙った。「容疑者に最適なのは誰だと思う？　コール・ランディスだよ」

「なにを――」

ジェイソンがうなるような声をあげ、わたしをカウンターに突き飛ばした。体が横にすべり、なぎ倒されたフライパンや鍋が床に落ちて大きな音をたてる。母が出したままだったお米の保存容器が部屋の反対側へ飛んでいき、携帯電話がそのあとに続いた。床に倒れる寸前、わたしはとっさに体をひねったが、鍋の上にまともに落ちて尾てい骨から脚まで激痛が貫いた。手をうしろにまわして床を探っていたとき、またしても携帯電話が鳴りだした。

あっと思う間もなく、ジェイソンが飛びかかってきた。片手でわたしの胸を押さえつけ、反対の手をカウンターの引き出しに伸ばす。ナイフだ――どうしよう、ナイフを取ろうとしている。「ひどいありさまだな。後片づけが大変だぞ。こいつをコールのせいにするのはむずかしいかもな。町を離れないといけないかもしれない」

腰をそらして、片手を床にすべらせた。指先がひんやりとしたものをかすめた。フライパンだ。鉄のフライパンの持ち手。もう少しでつかめる。

「おまえを殺ったら、死体はいつもの場所に捨てる」ジェイソンは引き出しからナイフを取りだした。明かりを受けて刃が光った。「親父もきっと喜ぶよ」

「あなたの父親はくそったれの狂人よ」わたしは吐き捨てるようにいうと、満身の力を込めて鉄のフライパンを振り切った。「あなたもね」

雷鳴のような衝撃音がキッチンに響き渡り、腕が痺れた。ジェイソンが声をあげ、胸を押さえつけていた手がゆるむ。わたしは身をよじって彼の下から這いだすと、上体を起こして床に膝をついた。やっとの思いで立ちあがり、彼のほうにさっと向き直る。

カッと見開かれた目が、ひたとわたしを見つめた。かつて信頼を寄せていた目――かすかな愛情さえ感じていた見慣れた目が、いまは憎悪と憤怒にまみれていた。その目から、岩間を流れる水のようにゆっくりと感情が引いていく。

ジェイソンの体がぐらりと揺れた。彼は左脚から崩れ落ちながらも、わたしのほうに両手を伸ばした。あくまでわたしに襲いかかろうとするように。まだ傷つけ足りないとばかりに。しかし、その手はわたしに届かなかった。

もう二度と届くことはない。

ジェイソンは顔から床に倒れ込み、二度ほど体を痙攣させたあとで動かなくなった。わたしは荒い息をつきながらうしろへ下がり、じんじんしている腕をおろした。ひと筋の血が床を伝ってタイルの隙間に染み込んでいく。

ジェイソンだったのだ。

最初から彼だったのだ。

胃がうねり、胆汁がせりあがってきて、わたしは体をふたつに折って嘔吐した。彼を信頼していた。事件のあとジェイソンは、もう大丈夫だよとわたしにいった。あんなに恐ろしいことを、おぞましいことをわたしにしておきながら。全身が焼けるようだった。わたしは彼を信頼し、母や友人を託した。それほど信じていたのに――。

体を起こしてフライパンの柄を握り締めた。しっかりしなさい、サーシャ。気をしっかり持つのよ。よろめきながらうしろに下がり、倒れたままぴくりとも動かないミランダのほうへさっと視線を投げる。無事を確かめにいきたいけれど、ジェイソンから目を離すわけにはいかない。

彼女の名前を呼ぼうと口を開いたが、しわがれたかすれ声しか出てこなかった。ごくりとつばを飲み込み、もう一度試してみる。「ミランダ」

ちらりと目をやったが、ミランダが動いた様子はない。

どうしよう、ミランダがもし――。わたしはそんな考えを頭から振り払った。ミランダは死んでない。死んでいるわけがない。そんなこと考えてはだめ。いまは助けを呼ぶことだけ考えて。

ずきずきと痛む顔をめぐらして携帯電話をさがした。キッチンは惨憺たるありさまだった。鍋が散乱し、食器が割れて、お米が散らばっている。足を引きずりながらカウンターに近づくあいだもフライパンは放さなかった。ジェイソンに目を向けたままカウンターをまわり込み、ミランダのほうへ向かう。

傍らにひざまずき、ミランダの胸に手を当てた。「ミランダ」すると、胸が上下するのがわかった。「ミランダ、お願い、目を開けて」

弱いうめき声がわたしの注意を引いた。ジェイソンは動いていない。危険を承知でミランダに目をやる。ミランダのまぶたがぴくぴくした。

希望の光が差した。「ミランダ――」

咆哮（ほうこう）が轟（とどろ）き、わたしはさっと顔をあげた。ジェイソンが立ちあがっていた。彼はナイフを振りかざして突進してきた。一瞬、心臓が止まったようになったが、すぐさまフライパンを構えた。そしてジェイソンの頭を壁にめり込ませる覚悟でフルスイングした。しかし間一髪のところでかわされ、フライパンは宙を切った。

腕から肩へ激痛が駆けあがり、わたしは悲鳴をあげた。手からフライパンがすべり落ち、床に当たって派手な音をたてる。反応する間もなく、今度は側頭部で痛みが炸裂した。脚から力が抜け、わたしはまた床に倒れた。一瞬、頭を刺されたと思ってぞっとしたが、突き刺さったのはナイフではなく彼の鉄拳だった。

ジェイソンは髪をつかんでわたしを引っ張りあげた。「あれで終わったと思ったか？　ぼくがあんなにあっさりやられるとでも？　ハッ、笑わせるな」わたしの首に腕をまわして歩きだす。「ぼくはここで死ぬつもりはないし、おまえが死ぬのもここじゃない」

呆然として自分の足につまずくわたしを半ば引きずり、半ば抱えるようにしてスタッフルームのほうへ運んでいく。本能は抵抗しろ、戦えと叫んでいたが、脳からの指令が手足にうまく伝わらなかった。

ジェイソンはスタッフルームのドアを押し開け、左にある従業員用の階段へ向かった。わたしは戸枠をつかもうとしたが引き離された。あっという間だった。ほんの数秒しかかからなかった。わたしたちは地下室のドアの前にいた。

地下室に引きずり込まれたとたん、土のにおいと湿気が五感を満たした。わたしは彼の腕をつかんでシャツに爪を食い込ませたが、彼は暗闇のなかをそのまま歩きつづけてべつのドア――ワインセラーのドア――をくぐった。明かりが点いたとき、ふとジェイムズが以前ワインセラーに明かりが点いていたといっていたことを思いだした。

わたしはジェイソンの腕から逃れようともがいた。「いったいなにを――」

「しゃべっていいなんていっていない」彼はわたしの体ごしに手を伸ばし、ワインラックをひとつ脇へずらした。瓶がカチャカチャと鳴り、地下室の使われていない部分への入口があらわれた。「この奥に入ったことがあるか?」

返事をする間はなかった。

ジェイソンはわたしを暗い部屋に突き飛ばした。わたしは前につんのめり、やみくもに腕を突きだしたが、そのまま倒れ込んで土間に両手を打ちつけた。暗くてなにも見えない。

「入ったことないよな」ジェイソンがわたしのまわりをぐるぐるまわる。その足取りに迷いはない。「誰もここまでは入ってこない。入ってみればよかったのにな。もう遅いけど」

いきなり明かりが点いて黄色っぽい光が部屋を満たした。わたしははっとし、ほこりっぽくじめじめした空気を吸い込んだ。レンガの壁と土の床をさっと見まわし、たじろいだ。

部屋の隅に誰かが倒れている。横向きなので顔は見えないけれど、着古して毛羽立ったフランネルのシャツには見覚えがあった。「ジェイムズ！」わたしは叫んだ。

ジェイソンがわたしとジェイムズのあいだに立ちはだかる。「動こうとか、馬鹿なことは考えるなよ」

「彼は……死んでるの？」言葉が口から転がりでた。ジェイソンの脚ごしに目を凝らすものの、ジェイムズは動いていないようだった。

「どうかな。見事なパンチを頭に食らったからなあ」ジェイソンの声にはみじんも憐れみが感じられなかった。「そのじいさんのことは気に入っていたけど、今朝ここにおりてきてあれこれ嗅ぎまわっていたんだ。ぼくのミスだ。くそいまいましい明かりを消しておかなかったから。死んでいなかったとしても、じきに死ぬだろうな」

ああ、そんな……。

ジェイムズが無事でいてくれますように、なんとか生き延びてくれますようにと祈りながら周囲を見まわした。レンガの壁に深く埋め込まれた数個の古い金属製のフックからロープがぶら下がっていた。なかにはほつれているものもある。どのロープにも錆色の汚れがついていた。壁には、えぐるような深い引っ搔き瑕があった。まるで動物か――人間が爪でレンガに穴をあけて逃げ道を作ろうとしたかのように。

そんな瑕がいくつもある。

そうか、誰かがここにいたんだ。そして死にもの狂いでレンガを引っ搔いた。瑕跡の途中には割れた爪のかけらのようなものが見える。それに地面にも染みがあった。黒っぽい染みが。ぞっとする壁の瑕の上部にはなにかが張りつけてあった。花柄のスカーフ。バッジ。女性もののブラウス――。

「あの部屋みたいだろう？」ジェイソンがいった。

それを――そのすべてを目にして、わたしはついに明かりが点いたべつのときのことを思いだしていた。わたしが見ているのは、かつてわたしがとらわれていた恐怖の部屋だった。ここはただの地下室じゃない。墓穴だ。

「嘘でしょう」声がかすれた。

ジェイソンが彼女たちを、被害者の女性たちを監禁し、殺害したのは、ここ〈スカーレット・ウェンチ〉の地下室だったのだ。

29

いま目にしているものがほとんど理解できなかったが、それは頭を殴られたせいではなかった。

「恨むなら、地下室のことをぼくに教えたミランダを恨むんだな」わたしの前に立ってジェイソンはいった。「それにおまえ自身を。大学生のときにあのトンネルの話をしてくれたのを憶えているか？」

わたしは唇を引き結んで答えなかった。

「ここがどんなに薄気味悪い場所か、ふたりしてくっちゃべっていただろ。おまえは気づいていたかどうか知らないが、トンネルの墓地側の入口をふさいでいたレンガ塀には十年前から穴があいていたんだ。おまえを拉致する前にぼくがはずしたんでね」

わたしはびくっとした。

「おまえが寝ているあいだにホテルに忍び込んで、歩きまわったものだよ。知らなかっただろ？　おまえが町を離れたあとも、ときどききていたんだ。そうすれば、おまえのすぐそばにいるような気分になれたからな」ジェイソンは地面に膝をついてわたしのあごを持ちあげた。彼の顔の横を血がしたたり落ちる。「この場所には自由に出入りできたよ。トンネルの入口をふさがれたときのために合鍵を揃えておいたんだ。この十年、したい放題だったよ」

胸が悪くなった。この男が入り込んでいることも知らずに、母がたったひとりでホテルにいたかと思うと、本当に吐いてしまいそうだ。

「地下室のこの部分を見つけたのは偶然みたいなものだった」ジェイソンの手がわたしのうなじにさっと伸び、痛いほどにつかんだ。「それでミランダが以前、ここはもう使われていないと話していたことを思いだしたんだ。これだ、と思ったね。どうだ？　女たちはずっとここにいたんだと知った気分は？　おまえが上のキッチンで飲み食いしているとき彼女たちはまだ生きていて、おまえが寝室でファックしているあいだにここで死にかけていたと知ったご気分は？」

わたしはぜいぜいと息を吸った。「あなたは胸くそ悪い変態よ」

「はいはい」ジェイソンはわたしの首をうしろにひねった。ジェイムズはいまも部屋の隅でぴくりともしない。「もっとひどいこともいわれたことがあるよ。おまえにいっておきたいことがある。あの三人が殺されたのはおまえのせいだ。おまえがぬけぬけとここに戻ってきて、ぼくの神経を逆撫でした――」彼は唐突に黙ると、天井に視線を向けた。

足音。

上で足音がしている。

「サーシャ!」頭の上から響いてきたコールの声は恐怖と怒気をはらんでいた。わたしは叫ぼうとして口を開けたが、ジェイソンの手に口をふさがれ、くぐもったうめき声にしかならなかった。彼はそのままわたしを引っ張りあげると、片腕をわたしの胸にまわして両手の動きを封じた。

「ほら」耳元で囁く。「上にやつがいるぞ。おまえがここにいるとも知らずに。そう、やつはこのまま知らずにいるんだ。手遅れになるまで。でも最後には知る」ジェイソンは地下室の入口からわたしを引き離した。「おまえはやつが真上にいるあいだに死んだってことがわかるようにしておくから」

コールが誰かと話している声が聞こえると、わたしの心臓が激しく打ちはじめた。言葉までは聞き取れなかったが――ミランダに話しかけているか電話で話しているかのどちらかだ。

「やつに罪をかぶせられないなら、殺してしまうというのもありかな？」耳にジェイソンの息がかかり、背筋に悪寒が走った。「いや、おまえを二度失ったという思いを抱えたまま生きながらえるほうが楽しそうだ」

わたしはこの男を憎んだ――全身全霊で憎んだ。この男はソシオパスどころじゃない。化け物だ。

彼の手に爪を立てて口から引きはがそうとすると、彼が耳元で静かに笑った。「あのトンネルが枝分かれしているのを知ってるか？　そのうちの一本が大通りの少し先にあるべつの屋敷につながっているって？」ジェイソンはわたしの頭に頭を押しつけた。「おまえを殺す前に知らせておこうと思ってね。ぼくがまんまと逃げることを」

そんなことはさせない。

絶対に。

頭上から怒鳴るように悪態をつく声が聞こえ、続いてコールがまたわたしの名を呼んだ。体のなかからふつふつと湧きあがる怒りが恐怖と痛みを凌駕（りょうが）した。こんなところで死んでたまるか。こんなろくでもない男にわたしの人生をあと一秒だってくれてやるつもりはない。

わたしは脚を持ちあげ、力任せにジェイソンの足を踏みつけた。彼はうっと声をあげたが持ちこたえた。わたしは考えるより先に頭をうしろに倒し、後頭部を彼の顔面に打ちつけた。

ジェイソンは大声で悪態をついた。

それでわたしはキレた。

両腕をうしろに振りまわし、手当たり次第に彼の体を叩いた。空振りも多かったが、そこでこぶしが彼の脇腹に、次に頭に当たった。足をうしろに振り、彼のすねを蹴りつける。

そのまま背中で押しやるようにして彼を壁に叩きつけた。ドスッと大きな音がしたが、上まで聞こえたかどうかはわからない。それでもやるしかない。勢いをつけ、もう一度体をうしろに倒すと、彼の頭が壁にぶつかる音が響いた。わたしの口を押さえていた手が離れた。

わたしは叫んだ——声をかぎりに叫んだ。「コール!」その声は地下室に響き渡ったが、コールに聞こえたかどうかはわからなかった。「コール!」

「この馬鹿女!」ジェイソンが髪をつかんでわたしの体をねじり、ものすごい勢いで前に突き飛ばした。衝撃から自分を守る余裕はなかった。わたしは壁に激突し、強烈な痛みに目がくらんだ。次の瞬間、今度はうしろに投げ飛ばされた。わたしは床に倒れ込み、砂ぼこりが舞いあがる。ジェイソンはわたしに馬乗りになり、膝で腰を押さえつけて両手を首に巻きつけた。

息を吸い込んだところで、これが最後の息になるかもしれないと気づいた。彼の指が喉の皮膚に痛いほど食い込む。彼の手を叩き、引っ掻いてほどこうとするけれど、うまくいかない。腰をそらしても、彼を振り落とすことはできなかった。ジェイソンはなにかに取りつかれているように見えた。顔から血を流し、邪悪な目に憎しみをたぎらせている。顔は怒りに歪んでいた――厚かましくも生きようとする、生き抜こうとするわたしへの怒りに。

だけど、息ができない。

この世の見納めがこの男の顔になるのは嫌だったが、目をつぶることはしなかった。彼をにらみ返しながらも、肺は焼けるようだった。脱力感が全身に広がり、手足が鉛のようになる。重くて持ちあがらない。両手が体の脇をすべって床に落ちた。

ジェイソンの顔に満面の笑みが広がった。血まみれの歯をむきだして、ニカッと笑っている。視界の隅が暗くなったとき、パンッという破裂音がした。

ジェイソンの体ががくんと前に揺れ、わたしの首から手が離れた。ひんやりした美味なる空気が喉に流れ込み、肺を満たす。ジェイソンがゆっくり顔を下に向けた。わたしもそれを目で追う。彼の胸の真ん中に真っ赤なものが飛び散っていた。次の瞬間、彼はがくっと膝を折って倒れた。今回は体が痙攣することもなかった。一度も。

心臓が早鐘を打ち、わたしは地下室の入口に視線をあげた。そして口を開け、しわがれた声でひとつの言葉を発した。「コール」

30

はっとして午睡から覚めたわたしは、あえぐように息をしながらベッドに起きあがり、毛布を腰のあたりまで押しやった。喉がひりついていた。悲鳴をあげていたみたいに——。

寝室のドアが開き、コールがつかつかと入ってきた。心配そうな顔をしている。

実際に悲鳴をあげていたのか。

またしても。

「大丈夫か？」コールはベッドに近づいた。

わたしは両手で顔をおおい、目をきつくつぶった。「ごめんなさい」

「前にもいったし、これからもいうつもりだが、悪夢を見たことを謝る必要はないんだよ」コールがさらにそばにきたのがマットの沈みでわかり、腕に彼の指が触れるのを感じた。コールはわたしの手を片方ずつ順におろさせた。「怖い夢だった？」

わたしは肩をすくめた。「それほどでもない」

「サーシャ」

わたしは顔をあげて彼を見た。地下室の一件があったあの夜以降、この一週間ずっとそうだったように、コールの目はわたしのけがの状態をじっと観察していた。傷はだいぶ癒えていたが、唇の端はまだひりひりするし、あごの横にはまだ青や薄紫のあざがきれいなまだら模様を描いている。あざは至るところに――腰の横とか――できていて、まだ痛みはあるけれど、頭痛だけは一日一回までに減っていた。

それでもこうして生きているのだから、こぶや傷の痛みくらい我慢できる。悪夢にも耐えられるけれど、そこにはコールにできるだけ隠し立てしないということも含まれていた。それがコールの流儀だから。

わたしは重ねた枕の上に体を横たえ、天井を見あげた。「わたしが眠っているあいだに彼が……ホテルに入り込んでいる夢」

コールが悪態をついた。

「いつかは見なくなるわ」わたしはコールのほうを見た。「きっとね」

コールの口元がこわばった。「最初のときは、見なくなるまでに十年かかったんだぞ」

「それでも見なくなった。だからあなたが……いてくれれば」厚かましいような気もしたが、正直な気持ちだった。「今度もきっと見なくなるわ」

コールはぎごちなくうなずくとヘッドボードに寄りかかり、前に伸ばした長い脚を足首のところで組んだ。「そうだね」ぼそりといった。

わたしはコールを見つめた。この一週間、コールの目はずっと翳(かげ)りを帯びていた。彼がなにを考えているかはわかっていた。あのとき自分が町長の自宅へ出向いていなかったらどうなっていたか。町長の書斎で防犯用の隠しカメラを発見していなかったら、ビデオを巻き戻して町長と一緒に映っているジェイソンを見ていなかったら、そこにジェイソンが無理やり町長に遺書を書かせるところからの一部始終が映っていなかったら、地下室から彼の名を呼ぶわたしの大声が聞こえていなかったらどうなっていたか。コールはそう考えているのだ。

わたしの携帯電話を鳴らしたのはコールだった。タイロンやFBI捜査官とホテルへ急行しながら、わたしに警告しようとしていたのだ。

あのときコールがあらわれなかったらどうなっていたかは考えないようにしていた。考えてもいいことはないから。なにひとつ。

天井に視線を戻して、ゆっくりと息を吐きだした。昨日、ジェイムズがようやく目を覚ました。頭を強打されて頭蓋骨にひびが入り昏睡状態に陥っていたのだが、奇跡のようによみがえったのだ。一時は本当に危険な状態だった。なにしろ丸一日、地下室に放置されていたのだ。でもジェイムズなら、たとえ核戦争が起きたとしても生き残るだろう。

この一週間は自分と向き合う日々だった。でも、そうしていたのはわたしだけじゃない。ミランダは肉体的には回復したものの、心の傷が癒えるまでにはかなりの時間を要するだろう。ジェイソンは十年来の友人で、しかもミランダはそれ以上の関係になりたいと思っていた。口にこそしなかったけれど、ミランダはジェイソンを愛していたのだと思う——ただの友人とは違う大切な存在として。

ミランダがいまどんな気持ちでいるかは想像もつかないが、話したくなったときにはいつでも駆けつけるつもりだった。

ジェイソンは父親より利口だった——はるかに狡猾だった。周囲の目を完全に欺いていた。あの対決から数日もすると、彼についていろいろなことが明らかになってきた。

コールはペンシルベニア、メリーランド、バージニアの三州で、ジェイソンの関与が疑われる未解決の殺人事件を探り当てていた。ジェイソンは殺害の手口を変えたうえ、狙いやすい女性をでたらめに選んでいたらしく、パターンが見えにくかったのだ。だがそれも警察が〈スカーレット・ウェンチ〉と彼の自宅の地下を調べるまでのことだった。

ジェイソンの自宅の地下室はここの地下よりさらにひどかった。まさに恐怖の見本市だった。彼が自宅に飾っていた〝戦利品〟は衣類だけにとどまらなかった。毛髪、皮膚の一部、足の指。おぞましいことに、リストは延々と続いた。現場から回収されたDNAをもとに犠牲者の身元を特定するまでには何ヵ月もかかるだろう。

まだどこか信じられずにいた。心の片隅では、ひとりの人間があれほどの別人になれるはずがないと思っていた。誰もが信頼していたジェイソン。彼は好きなときにホテルに出入りできた。ホテルの留守番を何度も頼んだから、鍵を持ちだして合鍵を作るチャンスはいくらでもあった。そしてもうひとりのジェイソンは正真正銘の化け物だった。

わたしはゆっくり息を吐きだした。

「きっとよくなる」コールが身をのりだし、わたしの顔に落ちてきた髪を払った。

「ぼくが保証する」

わたしはほほえみ、ハンサムな彼の顔を見つめた。あごに数日分の無精ひげが生えている。正直いって、コールがいなかったらわたしはぼろぼろになっていたと思う。痛みがピークで、ベッドからバスルームへ行くだけでもつらかったときも、彼はそばにいてくれた。ジェイソンのことを母に告げたときも、そのあとで堰を切ったように泣きだしたときも隣にいてくれた。あの夜以来初めてミランダと会ったときも、そこにはコールがいた。

あのときが……いちばんつらかった。

「聞いてる？」コールはまだ少し腫れているわたしの頬にためらいがちに触れた。

「ええ」わたしは手を伸ばして彼の腕に指先をおいた。キッチンと地下室でジェイソンに対峙したとき、頭のなかを無数の思いが駆けめぐった。そのうちのいくつかは現実になった。わたしは彼の餌食にならなかった。生きてあそこから出た。ミランダは助かった。また母を抱き締めることができた。でもひとつだけ、まだ果たしていないことがある。

コールに愛しているといっていない。

彼がここにいるのはわたしのためだとわかっていても、その言葉を口にするのが怖くてたまらなかった。馬鹿みたいだけれど、まだ心のどこかで不安なのだ。コールはいつかわたしとこうなったことを後悔するかもしれない。わたしと一緒にいるのが……つらくなって。

緊張で胃が痛くなったけれど、尻込みするつもりはなかった。人生は短いのだ。「あなたにいいたいことがあるんだけど、気持ちに応えなきゃというプレッシャーを感じてほしくないの。いい？　わたしはただ――」

「愛してるよ」そういったコールの薄青の瞳はあたたかかった。

わたしはまばたきした。「えっ？」

コールは唇の片端をくいっとあげた。「きみを愛してるよ、サーシャ」

わたしはぽかんと口を開けた。

コールは首をかしげた。「先にいうつもりだったんだろう？　で、ぼくが義務感から同じ言葉を返すんじゃないかと心配していた。でもこれで義務感とは百パーセント関係ないことがわかったはずだよ」

わたしはつかのま彼を見つめた。それから腰の痛みを無視してベッドに起きあがった。わたしに合わせてコールも体を起こす。「あなた……わたしを愛しているの？」

コールの目が探るようにわたしを見た。「十年前、ぼくはきみを愛していた。きみが町を離れていたあいだもずっと愛していた。そしてホテルのダイニングルームに入っていって、そこにきみがいるのを見たときからきみを愛していたよ、サーシャ」

ああ、コール……。

彼の口元に歪んだ笑みが浮かんだ。「ひょっとしてきみがいおうとしていたのは、夕食は和食のテイクアウトにしたいだったとしたら、最高に気まずいけどね」

「違うわ」笑いが込みあげてきた。「あなたを愛しているといおうとしたの」

「いおうとした？」

わたしの唇が笑みを作った。「いうのよ」そう訂正して、少しだけ顔を引いた。「コール、あなたを愛してる。初デートのときからずっと愛していたわ」

コールの笑みが大きくなる。彼は身をのりだすと、わたしの唇にキスしながらいった。「気まずくならなくてよかったよ」

「わたしもよ」そこでちょっと考えた。「だけど和食のテイクアウトも捨てがたいわね」

コールはくっくっと笑った。「愛してるよ、サーシャ。それについては絶対の自信を持ってくれていい」

わたしは顔をわずかに傾け、彼の唇に唇を押しつけた。やさしく、美しいキスだった。「そうする」

コールはわたしをそっとベッドへ寝かせると、自分も体をずらして横向きになった。

「きみの好物を買ってくるよ——ステーキとシュリンプでよかったよな?」わたしがうなずくと、彼は指先をわたしの腕にすべらせた。その動きに合わせて肌に震えが走る。「でもまずはきみの無事を確かめさせてくれ」

この一週間、コールは何度もそうしていた。傷の具合をチェックし、なんの問題もないことを確かめる。実際にはまだ時間がかかるだろう。悪夢は傷の痛みよりも長引くはずだ。ホテルの玄関ドアが開くたびに、また警察官が訪ねてきたんじゃないかと考えなくなるまでにも、もう少し時間がかかるだろう。それでも自分がへこたれないのはわかっているし、わたしのまわりには愛があふれている……。

わたしにはミランダがいる。

母がいる。

コールがいる。

「ええ、わたしなら大丈夫」わたしは清々しい空気を胸いっぱいに吸い込んだ。「これで本当に終わったのね」

エピローグ

リビーおばあちゃんの形見である楕円形の姿見のなかで、母は目を涙で光らせていた。母はわたしの横に立ち、一方の手で薄青のブラウスの胸元をつかみ、反対の手は口元にあげている。

「とてもきれいよ、ハニー」母の声がかすれた。「この日を迎えることはないんじゃないかと思っていたのよ。夢が叶ったみたいだわ」

「お母さん」喉に熱いものが込みあげたが、それはやっかいだけどうれしいものだった。「泣かせないで。ミランダの努力が無駄になっちゃう」

「それは困るわね」わたしの左側にミランダがあらわれた。鏡ごしに目が合うと、ウインクをよこした。「すごくいかしてる」

ミランダは薄青のドレスを着ていた。薄青が彼女の肌の美しさを際立たせ、ギリシャ風のドレスがお世辞抜きで似合っていた。こまかな三つ編みをうしろで優雅なツイストスタイルにまとめた髪形は母と同じだった。わたしはミランダに笑みを返しながら、謝りたいという、もう何度目になるかもわからない衝動と闘った。ミランダの瞳にはいまも翳りが残っているからだ。それでもわたしはその衝動を抑え込むのがうまくなってきていた。心の奥底ではわかっていたから。ミランダに起きたことも、わたしたちみんなに起きたことも、わたしのせいではないと。

悪いのは〝花婿〟だ。

初めからジェイソンとその父親のせいだったのだ。それ以外の誰のせいでもなく。だからいずれは謝りたいと思うこともなくなるだろう。そのうちに。でも今日は過去に目を向けるつもりはなかった。

「今日はいまのための日よ」声に出してそういった。

母もミランダもわたしの発言に驚いた様子はなかった。わたしの考えていることがわかっているからだ。母はわたしの裸の肩に腕をまわした。「今日はいまと明日のための日よ」

わたしはゆっくり息を吐き、鏡のなかの自分を見つめた。ドレスは純白ではなかった。白を身につけることはやっぱりできなかったけれど、わたしが見つけたドレスは美しいシャンパン色で、シルクでできた水のようになめらかに揺れた。ハート形のボディスにパールのビーズをあしらっただけのシンプルなデザインで、胸下の切り替えから流れるようなシルクが床まで続いている。髪はミランダがやってくれた。全体にカールをつけた髪を耳の位置でハーフアップにして、うしろはそのまま背中に垂らしてある。ジュエリーはつけなかった。ベールも。ドレスだけでも大きな一歩なのだ。それ以外のものは余計だという気がした。

「用意はいい?」ミランダが囁いた。

声にならず、ただうなずいた。ミランダは母の住まいのキッチンテーブルから、シャンパン色のバラを薄青のリボンで束ねたウェディングブーケを取ってきた。ブーケをわたしの手に握らせ、背伸びをして頬にキスする。

「おめでとう」感極まった声で囁いた。「本当によかったね」

「ありがとう」しわがれた声で答える。ブーケを持つ手が震えた。

ミランダは母に目を向けた。「先に行ってます」

ふたりきりになると、母はわたしに向き直った。その目は涙で潤んでいた。「いいたいことは山ほどあるけど、いいだしたら泣きだしてしまうのはわかっているから、涙は枕を濡らすときのために取っておくわ」

わたしは笑った。「さてはテレビで《ダンス・マム》を観たわね」

「さあね」母は震える息を吸い込むと、手を伸ばしてわたしのこめかみの髪を撫でつけた。「だけどこれだけはいわせて。あなたはわたしの自慢の娘よ」

「お母さん」涙が込みあげてくるのがわかった。

母はわたしの肩をぎゅっとつかんだ。「わたしのかわいい子……」両手でわたしの頬を挟んで泣き笑いを浮かべた。「さあ、時間よ」

まだ少し余裕があったけれど、このままここにいたらふたりして泣きだしてしまうのはわかっていたし、湿っぽくなりたくなかった。だから部屋を出て、中央階段へ向かった。この週末、ホテルは休業にしていたから、階段の上まできたところで聞こえてきたざわめきは、すべて知り合いの声だった。

手すりに絡ませた電飾がきらきらと輝き、空気は樅の木とセイヨウナシのにおいがした。十一月の最後の週だったから、ホテル全体がクリスマスデコレーションになっている。わたしがいるところからは四本あるクリスマスツリーのうちの一本が見えた。いちばん大きいツリーではなかったけれど、階段の右手においてあったから、玄関ドアのガラスを通して外からも見えるようになっていた。

ドレスのスカートをたくしあげ、階段をおりていく。一番下までくるとわたしは足を止めたが、母はそのまま先に進んだ。ざわめきが静まり、わたしは息を深く吸うことに意識を集中させた。全身がピリピリしていたけれど、怖いからではなかった。まったく違う。これは期待と興奮だ。数多（あまた）の感情が押し寄せたが、暗いものや恐ろしいものはひとつもなかった。

ジェイムズが姿を見せると、わたしは笑顔になった。くたびれたシャツとジーンズ以外の服を着た彼を見るのは初めてだったからだ。

ごま塩ひげはきれいに整えられ、黒いズボンに白いドレスシャツ、薄青のネクタイといういでたちはまるで彼らしくなくて、借りものを着ているみたいだったけれど、こざっぱりして見えた。

「すごくすてきよ」わたしはいった。

ジェイムズは笑わなかった。にこりともしなかった。笑顔のジェイムズなんて嘘くさいから。それでも黒い目がやわらいだ。「用意はいいか、嬢ちゃん？」

わたしはうしろを振り返り、階段を見あげた。階段の上に立つ父の姿が見える気がした。行っておいでとわたしにうなずいている。わたしがエスコート役に選んだ人を見て、お父さんはきっと喜んでいるはずだ。行ってきます、とわたしはうなずいた。

「じゃあ、はじめるか」ジェイムズがぶっきらぼうにいった。

ぼうっとなりながらジェイムズの腕に腕を絡め、わたしたちは左に向かって歩きだした。ささやかな式に集まった来賓のためにダイニングルームには白い折りたたみ椅子が持ち込まれ、テーブルは一時的に片づけられて、空いたスペースにはガーランドを這わせたあずまやができている。テーブルは式のあとの披露宴でまた使うことになるけれど、いまはダイニングルーム全体が愛の魔法を振りかけた白い世界（ウインター・ワンダーランド）になっていた。

わたしは来賓にちらりと目をやった。コールの両親と家族が見えた。母の近くの席にはタイロンが座っている。ミランダはあずまやでわたしを待っていた。ミランダのほかには母の古い知り合いの牧師とデレクがいて、デレクの横にコールが立っていた。

コールの姿が目に入ったとたん、わたしは息をのんだ。心臓がスチールドラムのように打ちはじめ、膝から力が抜けていく。そのときコールと目が合い、わたしたちはそのまま見つめ合った。コールがぽかんと口を開けるのが見え、震える息を吸い込んだのを肌で感じた。その美しい顔と薄青の目にむきだしの感情がよぎる。ミランダと母が着ているドレスも、ジェイムズとデレクが首にゆったり結んでいるネクタイも、わたしのブーケのリボンも、その瞳と同じ薄青だ。

ああ、コールほど美しい人をわたしは知らない。大学の教室で初めて彼を見たときも同じことを思ったし、その思いはいまも変わらない。今日はなおさらだ。彼はもうすぐわたしの夫になるのだから。

わたし、本当に結婚するんだ。

表情豊かなコールの厚い唇が笑みを作ると、もういても立ってもいられなくなった。顔が自然とほころぶ。ジェイムズはわたしに遅れないよう足を速めなければならなかった。

「おいおい、嬢ちゃん」あずまやのところまでくるとジェイムズが不平をもらした。「やつはどこへも行きやしないよ」

「まったく持ってそのとおり」コールが返した。

会場がどっと沸き、顔が赤くなったけれど、恥ずかしくはなかった。わたしはコールしか見ていなかった。ミランダがわたしからブーケを受け取って下がり、ジェイムズは足を引きずりながら着席した。たぶんそうだと思う。なにしろわたしの目にはコールしか映っていなかったから。

コールがわたしの手を取り、小声でいった。「ここまでくるのにずいぶん時間がかかってしまった」

わたしは彼の手を握り返すと、涙まじりの笑い声をあげた。胸が高鳴る。「かかりすぎよ」

「だが、ようやくたどり着いた」コールの声は低く豊かだった。

あれだけのことがあったにもかかわらず、わたしたちはようやくここに立った。ウェディングドレスを着ることも、この手に指輪をはめてもらうこともけっしてないと誓ったのに、コールとわたしはいまここにいる。

リビーおばあちゃんの口癖はなんだった？

人生、なにが起こるかわからない。

訳者あとがき

アメリカ合衆国東部の州、ウエストバージニア。アパラチア山脈内に位置し、南東はバージニア州、南西はケンタッキー州、北西はオハイオ州、北はペンシルベニア州、北東はメリーランド州と接するこの州は、もともとはバージニア州の一部だったが、南北戦争でバージニアが南部連合に属した際に、西側の奴隷制度に反対する層が分離し、独立して州となった。

そのウエストバージニアで二番目に古いバークレー郡にある小さな町が、サーシャ・キートンの故郷だ。

サーシャは、十年前に町を震撼させた〝花婿〟による連続殺人事件の最後の被害者で唯一の生き残りだった。事件後、メディアに追われ、世間の好奇の目にさらされたサーシャは故郷を離れた。二度と帰らないつもりで。

その決心を翻し、十年ぶりに故郷へ戻ったのは、母が営むホテル〈スカーレット・

ウェンチ〉を手伝うため。いつか〈スカーレット・ウェンチ〉の女主人になるという子どものころからの夢——十年前に〝花婿〟に奪われた夢を取り戻すためだった。

なつかしい友人との再会は新しい人生のスタートを予感させた。そんな折、サーシャの周辺で不審な出来事が多発する。サーシャの大学時代の恋人で、いまはＦＢＩ捜査官のコール・ランディスは、今度こそ彼女を守ろうとするが、そんな彼をあざ笑うかのように過去の事件に酷似した事件が発生し、ついに犠牲者が出てしまう。ただの偶然か、それとも……。

原題の〝*Till Death*〟は、〝till death do us part（死がふたりを分かつまで）〟からきている。結婚式の誓いの言葉で使われるロマンティックなフレーズだが、若い女性を拉致監禁し、殺害後は遺体にウェディングドレスを着せて遺棄する〝花婿〟の手口も示唆しているのだろう。

その〝花婿〟の被害者で、あやういところで死をまぬがれたサーシャは、心と体に深い傷を負い、いったんはすべてを捨てて逃げだした。だが十年かけて過去と折り合いをつけ、故郷の町で再スタートを切ろうと決意する。

コールにとっても、十年前の事件は心の傷になっていた。サーシャを守れなかったことを悔やみつづけていたからだ。だからこそ再会後はサーシャのそばに寄り添い、彼女の心と体の傷をすべて受け入れ、愛そうとする。そんな彼に、最初は頑なだったサーシャが少しずつ心を開いていく姿には共感できるものがある。サーシャを全力で支えるふたりの女性のことも忘れてはいけない。サーシャの母アンと親友のミランダは、サーシャのことを心から案じつつも、むやみに甘やかすことはしない。つねに明るさを忘れず、辛辣ともいえるユーモアでサーシャを笑わせ、背中を押してくれる。彼女たちとのやりとりは、猟奇的な事件を扱う本書のなかで一服の清涼剤となっている。

著者のジェニファー・L・アーマントラウトは、ウエストバージニア州チャールズタウン在住。つまり本書の舞台は彼女にとってなじみの場所ということだ。アーマントラウトは〈ニューヨークタイムズ〉ベストセラーリストの常連だが、邦訳はこれが初めてになる。ヤングアダルト向けの作品で人気を博し、〝*The Problem With Forever*〟は二〇一七年のＲＩＴＡ賞、ヤングアダルト・フィクション部門で大賞を獲得している。おとな向けロマンスもコンテンポラリー、パラノーマルとバラエティに富み、本書『甘い悦びの罠におぼれて』は、同年のベスト・ロマンティック・サスペンス部門のファイナリストに残った。別部門で同時に二冊ノミネートされたことからも、著者の実力のほどがうかがえるだろう。

ほかの作品もいずれご紹介できれば幸いである。

二〇一八年八月

甘い悦びの罠におぼれて

著者　ジェニファー・L・アーマントラウト
訳者　阿尾正子

発行所　株式会社 二見書房
東京都千代田区神田三崎町2-18-11
電話 03(3515)2311［営業］
03(3515)2313［編集］
振替 00170-4-2639

印刷　株式会社 堀内印刷所
製本　株式会社 村上製本所

落丁・乱丁本はお取り替えいたします。
定価は、カバーに表示してあります。

ISBN978-4-576-18143-1
http://www.futami.co.jp/

二見文庫 ロマンス・コレクション

夜の果てにこの愛を
レスリー・テントラー
石原未奈子［訳］
同棲していたクラブのオーナーを刺してしまったトリーナ。6年後、名を変え海辺の町でカフェをオープンした彼女はリゾートホテルの経営者マークと恋に落ちるが…

背徳の愛は甘美すぎて
レクシー・ブレイク
小林さゆり［訳］
両親を放火で殺害されたライリーは、4人の兄妹と復讐計画を進めていた。弁護士となり、復讐相手の娘エリーを破滅させるべく近づくが、一目惚れしてしまい……

危険な夜と煌めく朝
テス・ダイヤモンド
出雲さち［訳］
元FBIの交渉人マギーは、元上司の要請である事件を担当する。ジェイクという男性と知り合い、緊迫した状況のなか惹かれあうが、トラウマのある彼女は……

危険な愛に煽られて
テッサ・ベイリー
高里ひろ［訳］
兄の仇をとるためマフィアの首領のクラブに潜入したNY市警のセラ。彼女を守る役目を押しつけられたのは最凶のアルファ・メール＝マフィアの二代目だった！

ときめきは永遠の謎
ジェイン・アン・クレンツ
安藤由紀子［訳］
五人の女性によって作られた投資クラブ。一人が殺害され他のメンバーも姿を消す。このクラブにはもう一つの顔があり、答えを探す男と女に「過去」が立ちはだかる――

あの日のときめきは今も
ジェイン・アン・クレンツ
安藤由紀子［訳］
一枚の絵を送りつけて、死んでしまった女性アーティスト。彼女の死を巡って、画廊のオーナーのヴァージニアは私立探偵とともに事件に巻き込まれていく……

あやうい恋への誘い
エル・ケネディ
高橋佳奈子［訳］
里親を転々とし、愛を知らぬまま成長したアビーは殺し屋組織の一員となった。誘拐された少女救出のため囚われたアビーは、同じチームのケインと激しい恋に落ち…

二見文庫 ロマンス・コレクション

始まりはあの夜
リサ・レネー・ジョーンズ
石原まどか［訳］

2015年ロマンティックサスペンス大賞受賞作。過去の事件から身を隠し、正体不明の味方が書いたらしきメモの指図通り行動するエイミーを待ち受けるのは――

危険な夜をかさねて
リサ・レネー・ジョーンズ
石原まどか［訳］

何者かに命を狙われ続けるエイミーに近づいてきたリアム。互いに惹かれ、結ばれたものの、ある会話をきっかけに疑惑が深まり…。ノンストップ・サスペンス第二弾！

ひびわれた心を抱いて
シェリー・コレール
藤井喜美枝［訳］

女性TVリポーターを狙った連続殺人事件が発生。連邦捜査官へイデンは唯一の生存者ケイトに接触するが…？若き才能が贈る衝撃のデビュー作〈使徒〉シリーズ降臨！

秘められた恋をもう一度
シェリー・コレール
水川 玲［訳］

検事のグレイスは、生き埋めにされた女性からの電話を受ける。FBI捜査官の元夫とともに真相を探ることになるが…。好評〈使徒〉シリーズ第2弾！

危ない恋は一夜だけ
アレクサンドラ・アイヴィー
小林さゆり［訳］

アニーは父が連続殺人の容疑で逮捕され、故郷の町を離れた。十五年後、町に戻ると再び不可解な事件が起き始め、疑いはかつての殺人鬼の娘アニーに向けられるが…

甘い口づけの代償を
ジェニファー・ライアン
桐谷知未［訳］

双子の姉が叔父に殺され、その証拠を追う途中、吹雪の中でゲイブに助けられたエラ。叔父が許可なくゲイブに一家の牧場を売ったと知り、驚愕した彼女は……

いつわりは華やかに
J・T・エリソン
水川 玲［訳］

失踪した夫そっくりの男性と出会ったオーブリー。いったい彼は何者なのか？RITA賞ノミネート作家が描くハラハラドキドキのジェットコースター・サスペンス！

二見文庫 ロマンス・コレクション

略奪
キャサリン・コールター&J・T・エリソン
水川玲［訳］〔新FBIシリーズ〕

元スパイのロンドン警視庁警部とFBIの女性捜査官。謎の殺人事件と〝呪われた宝石〟がふたりの運命を結びつけて――夫婦捜査官S&Sも活躍する新シリーズ第一弾！

激情
キャサリン・コールター&J・T・エリソン
水川玲［訳］〔新FBIシリーズ〕

平凡な古書店店主が殺害され、彼がある秘密結社のメンバーだと発覚する。その陰にうごめく世にも恐ろしい企みに英国貴族の捜査官が挑む新FBIシリーズ第二弾！

迷走
キャサリン・コールター&J・T・エリソン
水川玲［訳］〔新FBIシリーズ〕

テロ組織による爆破事件が起こり、大統領も命を狙われる。人を殺さないのがモットーの組織に何が？英国貴族のFBI捜査官が伝説の暗殺者に挑む！シリーズ第三弾

鼓動
キャサリン・コールター&J・T・エリソン
水川玲［訳］〔新FBIシリーズ〕

「聖櫃」に執着する一族の双子と、強力な破壊装置を操るその祖父――邪悪な一族の陰謀に対抗するため、FBIと天才的泥棒がタッグを組んで立ち向かう！

旅路
キャサリン・コールター
林啓恵［訳］

伯母の住む町に来たサリーと彼女を追ってきたFBIのクインラン。町で起こった殺人事件をサビッチらと捜査するうちに…。美しく整然とした町に隠された秘密とは？

迷路
キャサリン・コールター
林啓恵［訳］

未解決の猟奇連続殺人を追うFBI捜査官シャーロック。畳みかける謎、背筋をつたう戦慄…最後に明かされる衝撃の事実とは!? 全米ベストセラーの傑作ラブサスペンス

袋小路
キャサリン・コールター
林啓恵［訳］

全米震撼の連続誘拐殺人を解決した直後、サビッチのもとに妹の自殺未遂の報せが入る…。『迷路』の名コンビが夫婦となって大活躍！絶賛FBIシリーズ第二弾!!

二見文庫 ロマンス・コレクション

閃光
キャサリン・コールター
林 啓恵［訳］

若い女性を狙った連続絞殺事件が発生し、ルーシーとクープの若手捜査官が事件解決に奔走する。DNA鑑定の結果犯人は連続殺人鬼テッド・バンディの子供だと判明し⁉

代償
キャサリン・コールター
林 啓恵［訳］

サビッチに謎のメッセージが届き、友人の連邦判事ラムジーが狙撃された。連邦保安官助手イブはFBI捜査官ハリーと組んで捜査にあたり、互いに好意を抱いていくが…

錯綜
キャサリン・コールター
林 啓恵［訳］

捜査官の妹が何者かに襲われ、バスルームには大量の血が⁉ 一方、リンカーン記念堂で全裸の凍死体が発見された。早速サビッチとシャーロックが捜査に乗り出すが…

謀略
キャサリン・コールター
林 啓恵［訳］

婚約者の死で一時帰国を余儀なくされた駐英大使のナタリーは何者かに命を狙われ、若きFBI捜査官デイビスに助けを求める。一方あのサイコパスが施設から脱走し…

そのドアの向こうで
シャノン・マッケナ
中西和美［訳］
〔マクラウド兄弟 シリーズ〕

亡き父のために十七年前の謎の真相究明を誓う女と、最愛の弟を殺されすべてを捨て去った男。復讐という名の赤い糸が結ぶ、激しくも狂おしい愛。衝撃の話題作！

影のなかの恋人
シャノン・マッケナ
中西和美［訳］
〔マクラウド兄弟 シリーズ〕

サディスティックな殺人者が演じる、狂った恋のキューピッド。愛する者を守るため、元FBI捜査官コナーは人生最大の危険な賭けに出る！ 官能ラブサスペンス！

運命に導かれて
シャノン・マッケナ
中西和美［訳］
〔マクラウド兄弟 シリーズ〕

殺人の濡れ衣をきせられ過去を捨てたマーゴットは、そんな彼女に惚れ、力になろうとする私立探偵のデイビーと激しい愛に溺れる。しかしそれをじっと見つめる狂気の眼が…

二見文庫 ロマンス・コレクション

真夜中を過ぎても
シャノン・マッケナ
松井里弥〔訳〕
〔マクラウド兄弟 シリーズ〕

十五年ぶりに帰郷したリヴの書店が何者かに放火され、そのうえ車に時限爆弾が。執拗に命を狙う犯人の目的は？彼女を守るため、ショーンは謎の男との戦いを誓う…！

過ちの夜の果てに
シャノン・マッケナ
松井里弥〔訳〕
〔マクラウド兄弟 シリーズ〕

傷心のベッカが恋したのは孤独な元FBI捜査官ニック。狂おしいほど求めあうふたりに卑劣な罠が……この愛は本物か、偽物か――息をつく間もないラブ&サスペンス

危険な涙がかわく朝
シャノン・マッケナ
松井里弥〔訳〕
〔マクラウド兄弟 シリーズ〕

あらゆる手段で闇の世界を生き抜いてきたタマラ。幼女を引き取ることになったのを機に生き方を変えた彼女の前に謎の男が現われる。追っ手だと悟るも互いに心奪われ…

このキスを忘れない
シャノン・マッケナ
幡 美紀子〔訳〕
〔マクラウド兄弟 シリーズ〕

エディは有名財団の令嬢ながら、特殊な能力のせいで家族にすら疎まれてきた。暗い過去の出来事で記憶をなくしたケヴと出会い…。大好評の官能サスペンス第7弾！

朝まではこのままで
シャノン・マッケナ
幡 美紀子〔訳〕
〔マクラウド兄弟 シリーズ〕

父の不審死の鍵を握るブルーノに近づいたリリー。情報を引き出すため、彼と熱い夜を過ごすが、翌朝何者かに襲われ…。愛と危険と官能の大人気サスペンス第8弾！

その愛に守られたい
シャノン・マッケナ
幡 美紀子〔訳〕
〔マクラウド兄弟 シリーズ〕

見知らぬ老婆に突然注射を打たれたニーナ。元FBIのアーロと事情を探り、陰謀に巻き込まれたことを知る。そして三日以内に解毒剤を打たないと命が尽きると知り…

夢の中で愛して
シャノン・マッケナ
幡 美紀子〔訳〕
〔マクラウド兄弟 シリーズ〕

ララという娘がさらわれ、マイルズは夢のなかで何度も彼女と愛を交わす。ついに居所をつきとめ、再会した二人は一緒に逃亡するが…。大人気シリーズ第10弾！